宛如碧风吹过

GONE WITH THE GREEN WIND

〔日〕仓知淳 著

张佳东 译

台海出版社

◇

千

本

樱

文

库

◇

文库，原本是指收纳书物的仓库和书库，也指收纳书与记事簿，以及不常用物品的小箱子。以前者为例，"金泽文库站"就是以前镰仓时代北条氏用来收藏汉书用的，"金泽文库"名字的由来便是如此。东京都的世田谷区也存在收集着珍贵汉书的"静嘉堂文库"。后者则更多地被称为"手文库"。

江户时代以来，可以放入袖袂的小开本书籍逐渐流行起来，被称为"袖珍本"。明治36年（1903年），富山房发行了小开本的丛书，起名"袖珍名著文库"。随后，明治44年（1911年），讲述日本战国时代的猿飞佐助和雾隐才藏系列故事的讲谈社"立川文库"发行出版。讲谈是日本民间艺术，是以口语化的方式讲述历史故事的形式。而"立川文库"则是将讲谈收录成册集中出版的丛书，据统计，当时刊行量为200册左右。从那时起，文库就脱离了原本的释意，逐渐演变成了现在的类书集丛。

文库说法借鉴了日本出版业界的传统说法。而千本樱源自日本奈良县吉野山樱花盛开的奇景，世人皆称"一目千本樱"来形容樱花美景。千本樱文库的纳入作品皆为日系作品，题材包括推理、悬疑、幻想、青春、文化等类型，正如千本樱满山盛开的绝景。

现代日本，以"文库"命名刊行的丛书系列有200种以上，所谓"文库本"只不过是统称而已。日本传统的"文库本"常用的是 A6 尺寸的 148mm×105mm，也叫"A6 判"。千本樱文库的所有书籍将在"文库本"的基础上提升，达到 148mm×210mm 的开本标准。在追求还原的前提下，力图带给读者更清晰的阅读体验。

自 20 世纪 70 年代以来，日系推理小说逐步进入中国读者的视野。随着时代更替，涌现出一大批不同风格的作家。日系推理能够长久不衰的原因之一在于设立的各种奖项，这些奖项能为日本文坛输送新鲜血液，不断地创作优秀作品。其中本格推理大奖是 2001 年由日本本格推理作家俱乐部举办的本格派推理小说奖。该奖项的宗旨便是促进本格推理小说这种类型文学的发展，很多声名显赫的推理作家也曾获得过这项重量级的荣誉奖项。如三津田信三、乙一、东野圭吾等。

本书作者仓知淳是首届本格推理大奖获得者。他的作品在将解谜要素作为核心的前提下，弱化了日常与非日常、温馨与疯狂的界线。创作风格平易近人而又不失独特的味道。猫丸系列是其代表作，希望能为各位读者带来不同的阅读体验。

千本樱文库编辑部

◇作家 WRITER

鲇川哲也奖作家系列

- ◇ 相泽沙呼
- ◇ 城平京
- ◇ 芦边拓
- ◇ 柄刀一

梅菲斯特奖作家系列

- ◇ 西尾维新
- ◇ 井上真伪
- ◇ 天祢凉
- ◇ 殊能将之
- ◇ 木元哉多
- ◇ 北山猛邦

其他作家系列

- ◇ 仓知淳
- ◇ 乙一
- ◇ 三津田信三
- ◇ 深木章子
- ◇ 横关大
- ◇ 野崎惑

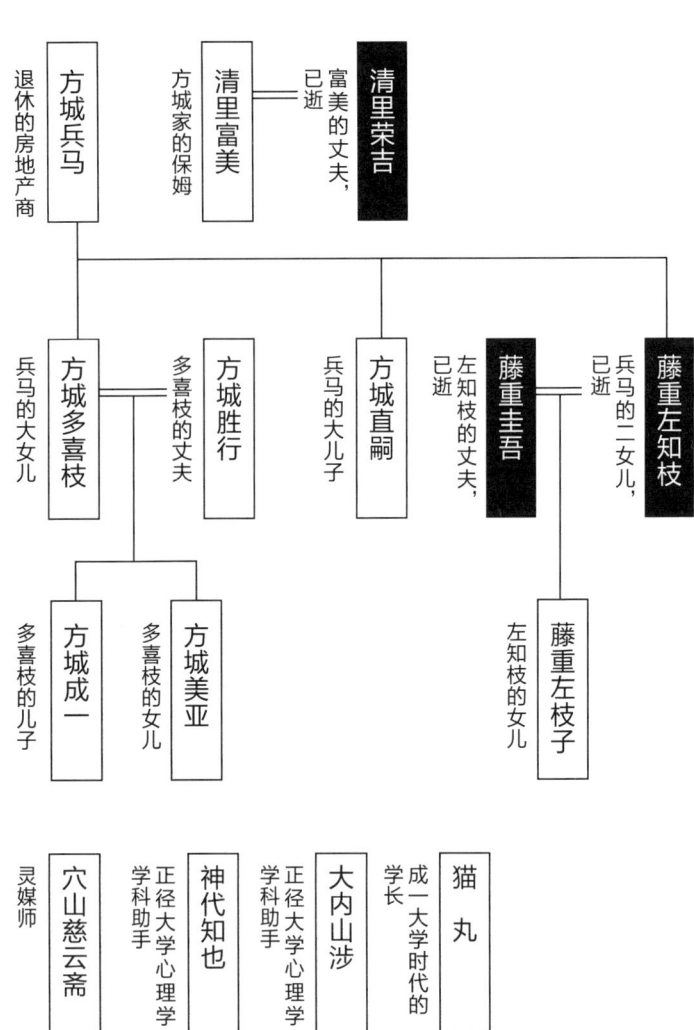

方城兵马
退休的房地产商

清里富美
方城家的保姆

清里荣吉
富美的丈夫，
已逝

方城多喜枝
兵马的大女儿

方城胜行
多喜枝的丈夫

方城直嗣
兵马的大儿子

藤重圭吾
左知枝的丈夫，
已逝

藤重左知枝
兵马的二女儿，
已逝

方城成一
多喜枝的儿子

方城美亚
多喜枝的女儿

藤重左枝子
左知枝的女儿

穴山慈云斋
灵媒师

神代知也
正径大学心理学
学科助手

大内山涉
正径大学心理学
学科助手

猫丸
成一大学时代的
学长

目录

GONE WITH THE GREEN WIND

◇ 序 章　1

三种景色共同组成的序曲

- - - - - - - - - - - - - - - - - - -

◇ 第一章　19

◇ 第二章　105

◇ 第三章　165

◇ 第四章　235

◇ 第五章　311

◇ 第六章　383

◇ 第七章　413

◇ 终 章　477

◇ 关于新版刊行　489

◇

宛如碧风吹过

◇

序章

GONE WITH THE GREEN WIND

三种景色
共同组成的序曲

◇　**其1**

每当我这样做，就仿佛能看见风的颜色⋯⋯

母亲经常将幼小的我抱在膝盖上这样说。

仿佛将身体寄托于五月的风，她悠闲地坐在院中央唯一的长椅上。

——看哪，左枝子。摇摆着树枝的轻风，像不像有了光芒和颜色？就像新生的嫩叶般⋯⋯含羞带涩，却又难掩心中的兴奋⋯⋯闪耀着碧色的光芒，看得到吗？多美啊⋯⋯妈妈最喜欢的就是五月的微风。每当这样做，妈妈都会觉得自己的身体，还有左枝子你的身体当中，宛如吹过了一阵耀眼的、碧绿色的微风⋯⋯

母亲常常抬头仰望微风吹过庭院的树梢，并这样对我说。她一只手扶着坐在膝盖上的我，另一只手则像她口中的那阵微风般轻抚着我的头发⋯⋯庭院中的母亲那惬意的表情也仿佛新生的嫩叶般，令人感到耀眼夺目。

母亲爱着父亲，也爱着我⋯⋯她那时的笑容，闪耀着神圣的光辉。那是只有在幸福洋溢，安宁祥和的人脸上才能看到的笑容。

那时的母亲，一定是非常幸福的⋯⋯

我最近常常这样想。

在母亲那段不算漫长的人生里，一定充满了爱人的喜悦、被爱的惶恐、养育我这个小生命时的疼爱——以及自身的幸福。

我像母亲那样坐在长椅的边缘上。尽管样子不够雅观——但像这样后仰上身，能让我感到整个人都融入在五月的风中。

微微闻到了土地湿润的气息。

风儿在身边轻轻吹过。

我深深地做了一次呼吸——

五月，母亲最为喜爱的时节……

五月，碧色的风儿喧嚣着，令人神清气爽。

当然，这也是我最为喜爱的时节……

然而反过来说，我无法尽情享受这个美好的时节，这也是不争的事实。

因为那场宛如噩梦般令人难以置信的……仿佛恶魔所为的令人痛恨的车祸，也是在这个时节发生的。

十七年前。

仅仅一瞬间，那场可恶的车祸就彻底夺走了我的一切……除了父亲母亲的生命外，还给我留下了终身残疾。

当时尚且年幼的我，几乎没有留下任何有关这场车祸的记忆。可是，肆意妄为的恶魔所留下的爪痕，至今还鲜明地烙印在我身上。

但我从未觉得痛苦。之所以能够接受这场悲剧所带来的结果，一个原因是我当时太过年幼。但最重要的恐怕还是因为，我是母亲的女儿……

因为母亲那样温柔美丽，脸上无时无刻不洋溢着笑容，而我是她的女儿……

所以，即使知道自己的身体与周围普通的女孩子不同，我依然下定决心——决不怨天恨地，而是乐观地生活下去。

可是，可是最近我有点怪。

独自坐在庭院里的长椅上，将身体寄托给五月的风，埋头思考的时间变得越来越长……

最近，我觉得自己的心情总是不能顺遂。

哪怕像这样待在自己喜爱的地方，沐浴着春天明媚的阳光，听着碧色的风在耳边喧嚣时……我的心也会自作主张，不知道飘到哪里去了。

到底飘到哪儿去了呢？

这个问题的答案，我当然知道。

但我依旧忍不住感到困惑。

明明只见过他一两次面……甚至没能正经交谈……

但我的一颗心，还是牢牢地牵挂在他的身上……

这是为什么呢？

每当不经意间回过神来，总是发现自己在想着他。

这是为什么呢？

为什么我的胸口会如此难受？仿佛铅球之类的东西重重压在内心深处一样。

这是为什么呢？

痛苦在体内澎湃汹涌，从内部压迫着我的身体，令我坐立不安。

恋爱。

不……或许并非如此。这不是恋爱。只是一种淡淡的，模糊的向往之情……

我对这种不可思议的感觉是这样理解的。

但是，尽管如此，为什么我的内心又会感觉到甜蜜呢？

难道说这就是恋爱吗？

我第一次产生这样的心情。心动、紧张、有些畏惧，有些困惑，甚至寝食难安。

母亲也有过这样的体会吗？她是否曾将自己躁动不安的心情，悄悄地只说给父亲一个人听？而父亲是否也将母亲揽入怀中，紧紧抱住呢——

母亲，我究竟该怎么做才好……

就这样困惑着，我喃喃自语道。

然而……我的困惑自然得不到任何人的答复。

只有凉爽的微风拂动着我的长发。那感觉就像小时候，母亲轻轻捋着我的发梢……

风儿开始有些冷了。

天色渐渐暗了下来。

我从长椅上站起身来，缓缓将手伸向一旁的拐杖。

随后许下了心愿……

神啊，求求你，请让我的思念传达到他心中……

◇　其 2

昏暗的房间里。

四壁都被厚重的布料所制成的暗幕遮挡。暗幕将整个房间围得严严实实，完全隔绝了外部的光芒。在没有一丝外界光芒的、黑暗的空间里，唯一的光源就是房间中央点亮的一根蜡烛。

房间虽然是西式结构，但却完美地呈日式房间的二十叠——或许正因如此，实在不能奢求蜡烛所带来的光芒能够驱散多少黑暗。那点烛光，只够模模糊糊地照亮蜡烛周围的空间而已。

如果说存在上帝视角——即能像隔着玻璃视物一样透视房间天花板的话，他所看到的一定是昏暗中，有个宛如由咒术创造出来的、圆顶状的光圈……

而在"圆顶"两端，坐着两个半截背脊融入阴影中的男人。

其中一个是位老人。

他十分随意地穿着看起来价格十分高昂的茧绸和服，一条扎染的兵儿带也直接系在腰上。由于头发差不多已经掉光，额头显得极为宽阔，严肃的脸上遍布着漫长的岁月刻下的皱纹。失去血色的、紧闭着的嘴唇，体现着他坚毅强韧的性格。老人深陷的眼窝不禁令人联想起某种猛禽，那双充满桀骜的眼眸里，透出一股与年龄不相称的锐利，但偶尔也会掠过一丝不安与恐惧。这位老人如今一丝不苟地，若有所思地凝视着坐在他对面的人。

房间里的另一个人，中年偏老。

这个男人也身穿和服，但与老人华丽的茧绸和服相反，他穿着粗纺的棉质和服——就像修行僧日常所穿的服饰一般。硬要详细地说，与僧侣服有些类似。尽管如此，这位中年偏老的男人浑身上下散发出一股威严感。而这种感觉，并非全因他的容貌。他那张仿佛将癞蛤蟆从正面压扁般瘆人的面庞，与慈祥和蔼四个字毫无缘分。光是他那桀骜不驯、目中无人般撇着的嘴唇，就足以令人清楚此人绝非善男信女，并感受到一阵疯狂。更甚的是，他在此时此刻令人感受到的气息，更加充满一股难以名状的妖异感。

这股妖异感源自他的专注。

他有一种奇特的、阴森逼人的魔力，仿佛一只脚已经踏进了疯狂的世界。

但出人意料的是，他依旧能始终保持这种高亢到反常的意识。只见他紧闭双眼，紧咬牙关，涌入大脑的血液已经将他那张癞蛤蟆般的脸染得通红，太阳穴上的血管也仿佛像要胀破般高高凸起。

穿着茧绸和服的老人对他的变化视而不见，屏息凝神地关注着眼前事态的进展。

略微过了一会儿，蛤蟆脸男人缓缓张开眼帘，那速度缓慢到像在打开一扇吱呀作响的老旧门扉。与此同时，他始终用力紧闭着的嘴唇，如同怪鱼用上下颚撕咬猎物——又如作恶后的鬼怪在入睡前打哈欠般——缓缓地张开成一种扭曲的形状。

接着，老人发现一股白色的雾状物从他口中静静涌了出来。

看上去那是种沉重的、浓度颇高的、令人觉得很有重量感的气体。

烟雾接连不断地从他口中喷涌而出。

它们仿佛旋涡般纠缠着向下沉去……但很快又受到蜡烛的热量所激，涌到一起再次升上半空。烟雾源源不绝、接连不断地从男人口中喷出。轻轻下落，又缓缓上升，就这样在半空扩散开来。时而浓厚，时而稀疏……扩散开来的烟雾，仿佛拥有独立意识般，在半空中自行飘舞、游荡，并最终消散。尽管如此，男人口中的烟雾依旧一个劲地喷涌而出，完全没有要停下的意思。

老人瞪大了双眼。

原本平放在膝盖上的双手汗涔涔的，不知不觉间紧紧握成了拳头。和服膝盖处原本平整光滑的布料，也被老人攥得皱皱巴巴。但老人完全没有工夫理会这些，而是光顾发自内心地惊叹着。

灵能——

只有拥有高强灵力并感知敏锐、久经磨炼的灵媒师才能做到将体内的灵气净化再集中，提升到人类肉眼可见的程度后，再将其以物质的形态释放到体外——在举行这场"演示"前，男人曾对老人说过这样的话。

但如今的老人，已经无法通过男人事前的说明来认知如今的状况。

就要愿望成真了。

老人不由得在心里高声欢呼。这是他多年以来——从他与世隔绝，蛰居家中以来从未感受过的兴奋。

——不会有错，千真万确。

老人向前探出身去，目眦欲裂。

——他一定能做到，一定能替我做到！我能见到她，能见到她，然后和她说话。初江，初江——

连自己都没有察觉，不知从何时起，他的口中已经念叨起亡妻的名字。

现在这副模样，丝毫无法令人联想起他白手起家并积累万贯家财，被人称作"昭和年代的福泽桃介"那时所散发的理性光辉。

在他那日渐衰老迷糊的头脑里，近来挂念的就只有自己的亡妻。

年轻时专注于打拼事业，完全没想过要顾及家庭。什么妻子，在当时的他眼里只是个体格健壮又不用支付工资的女佣罢了。不只如此，兵马甚至还一直苛责她、疏远她、虐待她、残酷地对待她。在购入的股票事与愿违地市值大跌时，兵马经常会不由分说地把气撒在妻子身上。兵马始终以一个传统的日式工作狂自居，但他没能想到的是，从工作一线上退居下来后，自己的头脑居然会衰退得如此严重。

也正因如此，老人比普通人更加惧怕死亡。不，他所惧怕的并非自己的死，而是死后在阴间之类的地方与亡妻相见。

老人的妻子为他生养了三个孩子，就仿佛结束了自己的使命般默默地患了疾病，没过多久就黯然离世了。在年纪轻轻的时候，她就如同赌博般嫁给了一位独行侠投机客做妻子，可能正是由于这份过度的操劳和疲惫，才导致她心力交瘁，早早而亡。

——初江，初江——

如果不向妻子赔罪，老人恐怕死也无法瞑目。

被名为衰老的病魔所侵蚀，已经几近失去了逻辑和理性的老人脑中，如今所挂念的只有这一件事，这使他的内心片刻不得安闲。

……初江，初江，最近一直觉得你就在我的身边，我知道你就在附近，但没办法与你说话，真是急得我团团转呀。我是多么想和你说说话，多么想见见你呀。但我的愿望马上就能够实现了，我一定能见到你的。这个人他一定能做到，我一定能见到你的。等见到你之后，我就向你道歉赔罪。要是得不到你的原谅，我就连死也没法闭眼呀。所以你等着我，初江……

老人一边发疯般不停扭动着身躯，一边目不转睛地盯着那些不可思议的烟雾。他轻轻地伸出双手，拿起了放在身边的茶碗。

那只是个平平无奇，稍显陈旧，看上去十分廉价的茶碗。它的烧制极其粗糙，上釉也非常随意，上面用拙劣的笔法绘着波浪图案。

但在老人心里，这是连接着阳世与阴间的、世界上绝无仅有的凭证。

当在妻子的遗物里发现这个茶碗时，他悲痛欲绝。他年轻时贫困落魄，至今与妻子有过的唯一一次旅行，就是他们那场简朴的新婚旅行。两人当时是在严岛旅行，而这个茶碗就是他们在那里购买的。茶碗是成对的，而这是其中一只。他本以为这只茶碗早已因损坏被抛弃，但妻子却慎之又慎地始终保管着它。在妻子心里，这只茶碗是见证两人间唯一的共同回忆的重要之物……

妻子的这份心意惹人怜惜。

……初江，你等着我，我一定会让他将你唤来。到时我会诚心诚意地向你道歉，为当时没能珍惜你赔罪。所以初江啊，原谅我吧，请你原谅我吧……

老人用他那干枯、瘦削而布满褶皱的手指，静静地抚摸着手中的茶碗。

仿佛回应他的动作般，蜡烛的火苗幽幽地摇曳着。

◇ **其3**

"你小子怎么一副愁眉苦脸的样子嘛。来来来，多喝点啊，使劲儿喝！话说回来新宿站那么多人，居然能恰好碰上你小子，你说巧不巧？说了这顿我请，来来来，使劲儿喝，用不着跟我客气！"

"哦。"

"哦一声就完事了啊，还是那副老样子，总是沉着张脸。说话就像半夜在坟头念经似的……别这么消沉嘛。好歹也是见到了久违多年的学长，而且当年咱们关系不挺好的？表现得高兴点又不会遭雷劈。"

"唉，不好意思。"

"你小子就是这点不好……说话像念经似的，声调太低沉啦！你一开口，搞得我心里也怪阴沉的，真是士别三日，当刮目相看啊……不过就算这方面能耐了，又没有啥用处。我说成一，你这是遇到什么不开心的事了？老实说吧，是不是被哪个大姐姐给甩了？"

"没有……不是这种事。"

"说的也是，你怎么可能会被大姐姐甩呢。你从过去起就厌女，自然也不会谈恋爱或是被甩嘛。"

"我也不是厌女……"

"但事实不就是这样吗？咱们一起上学那会儿，你从来不接近任何女生……有阵子还有谣传呢，说你是不是同性恋什么的。"

"谁，谁编的这种谣言啊！"

"我编的。"

"……别编这种奇怪的谣言好不好？"

"我也没办法嘛。你看，你外表长得不差，女生们见了都很激动，经常让八木泽和我把你介绍给她们，结果你每次都一脸冷淡地拒绝掉了嘛。后来我就先下手为强，编了你的谣言……其实我也不愿意去编那些无聊透顶的谣言啦。但是当时为了你好，我也只能特地……"

"我说……学长。"

"怎么了？"

"我打算回一趟家……"

"什么，这就要回去了？"

"不是这个意思……我指的是回老家。"

"说什么呢，你老家不就在世田谷吗？"

"嗯，是啊。"

"怎么了，不过是回趟老家而已，表情怎么那么严肃，搞得要去墓地上坟似的。"

"唉……"

"对了，说到这个，我记得你过去好像跟外公吵了一架之后，被赶出家门了吧。"

"是啊。"

"我记得他好像还说——'只要我还活着，就不准那个小兔崽子踏进家门一步'来着。"

"唉……算是这样。"

"你要回那个家啊。"

"是啊。"

"哈哈，就是说老爷子已经咽气了？"

"别说这么不吉利的话啦，不是这么回事。前几天老妈打了一通电话过来。"

"告诉你老爷子咽气了。"

"都说不是啦……她说外公最近的状况有点古怪。"

"原来如此，快要咽气了是吗？"

"麻烦别动不动就把别人外公说死……身子骨虚弱点倒也正常，但问题在于，最近他的脑袋好像也不太灵光。"

"你倒是早说嘛，搞了半天是老爷子痴呆了。"

"嗯，差不多吧。"

"所以你母亲想趁着老爷子还没病得糊涂，让你回家再见上他一面是吗？"

"算是吧……不过不只这回事。"

"怎么，家里老太太也快咽气了？"

"我外婆早就过世了，是别的事。最近我家里好像闹得一团乱……"

"哈哈，是为了准备老爷子的葬礼吵架吗？"

"能不能别提这个了，学长你好烦啊……老妈在电话里说得也不是很明白，但据说是我舅舅看到了幽灵。"

"什么情况？这个话题也太突然了吧。"

"唉，我也不太清楚，但舅舅从那以后就开始沉迷那方面，还带了个可疑的灵能者到家里……这下可好，连外公都彻底信了他的……他似乎扬言要召唤出外婆的灵魂。"

"哇，这可真有点不得了。"

"唉，然后是我老妈……"

"怎么，还有别的问题？"

"嗯，她不想让外公迷信灵能者的把戏，就请了在大学研究心理学……好像是叫超心理学吧，总之就是熟悉这方面的研究学者到家里，打算拆穿那个灵能者的骗局——就是这样，闹得家里鸡犬不宁的。"

"我的天，你们家里是在上演星期五特别节目吗？在家里搞特别节目时要搞什么吗？"

"唉，所以说老妈希望我能回去说服外公，别让家里再乱下去……"

"但是怎么说呢……就算你回去，也只会目睹一场骂战罢了。"

"骂战？"

"没错，神学与科学之间的战争从过去延续到现在从未止息。也就是说，争不出个结果。在相信灵能者的人们眼里，科学家只是些盲信唯物论、鼠目寸光的偏执者而已。而在科学家眼里，灵能者都是骗子，他们的追随者也都是些落后于时代、精神水平还处在猎巫运动时代的、庸俗不堪的家伙们。于是为了使对方屈服于自己的观点，古往今来，无论东方还是西方，这两派都已经以无数种形式进行过反复的论证与实验……在美国之类的西方国家，因为这些闹上法庭，都已经是司空见惯的事情……但至今也没能争出个结果来。但这种事打从开始不就明摆着争不出结果吗？说到底，这方面的问题，以人类的智慧还远远无法定论……它们归根结底都只能回到一句话上去，那就是'信或不信'。"

"但我听说……那个灵媒师似乎有点真本事。"

"真本事？哦？原来你是相信这些的人。"

"不是啦，怎么说呢……我只是觉得也不能全盘否定……而且外公他还看到了那个叫什么来着——灵质？"

"你是说灵能吧。"

"对对对，就是那个。那个灵媒师似乎还让外公见到了这方面的演示……随后外公就对他深信不疑了。"

"是吗，那可真了不起。都这个年代了，居然还有做灵能演示的灵媒师。"

"是啊，他只演示给外公一个人看的……话说回来学长，灵能到底是什么玩意儿？"

"连这个都不知道？你小子够无知的。灵能是心灵科学领域的专业术语，指的是灵媒师在恍惚状态下从嘴里所喷出的，类似于烟雾的物质。我记得这个词是由一位法国博士——名字我忘记了，将希腊语中的 ecto（外界的）和 plasm（物质）两个词所组成的合成词……它从约十五世纪起流传开来，当时人们用'第一原质'或'水银'这些古怪的名称来称呼它。回忆一下，你没在那种路边摊小杂志上看过那种照片吗？像这样从嘴里吐出烟来，然后烟雾汇聚成人脸形状的那种。"

"哦，你是说那个啊，那就知道了，我也见过的。就是那种从嘴里吐出棉花糖一样的东西，汇成人形的照片。那些烟雾一样的东西模模糊糊地形成了一个戴着头巾的年轻女子模样。"

"哦哦，那张照片非常出名。它是一位叫作埃塞尔·波斯特帕里什的灵媒师在宾夕法尼亚州举行的降灵会上所拍摄的照片。她宣称自己要召唤一名叫作西尔韦·贝莱的印第安女孩的灵魂。"

"这些具体内容无所谓啦，学长懂的知识可真够冷僻的。"

"这可一点都不冷僻，刚刚我说的这些，就连稍微对超自然现象有点兴趣的小学生都知道，只是你自己太无知而已。"

"唉，那还真是多谢科普了。"

"不过话说回来，现在居然还有这么正统的灵媒师，还挺令人吃惊的。就是因为平时很少见，才会觉得蛮有意思。"

"现在不是兴致勃勃的时候啦，这可是发生在我家的事，对我来说可是大问题。"

"那倒也是。然后呢，你打算回去吗？"

"嗯，我挺担心家里，而且也好久没见表妹了。"

"表妹……哦哦，就是身体不太方便的那位吧。"

"是的。"

"我记得你说过她通常都只待在家里。"

"是啊……"

"唉，小姑娘太可怜了……喂，你怎么又垂头丧气的……要是总沉着脸，还怎么治好你外公的心病啊。"

"学长说得对……只不过我总有种不祥的预感……"

"又是预感……这么说来你在上学那会儿，也总是把'预感'什么的话挂在嘴边。"

"嗯……算是吧。"

"我说你啊，这可不是什么好习惯。预感之类的说辞，只不过是你处事消极，不愿意付诸行动的借口罢了。"

"倒也不是这样……"

"行啦行啦，就别想太多了。你这样子，周围的气氛都阴沉下来了……来来来，多喝点儿，使劲儿喝！有时间想那些无聊的事，还不如多喝点酒。喝！接着喝，今天我们一醉方休——服务员，我们加一份海鲜沙拉、一份炸豆腐和一份炸鸡，然后再给他上壶酒。今天我请，别客气。喝！多喝点，今天要一醉方休！要不然直接要瓶一升装的清酒吧，下酒菜也多来点，随便挑你喜欢的。"

"……看来学长最近生意不错。"

"可不是嘛，生意好着呢。我刚刚接了笔大活儿，忙得很。"

"工作啊……够少见的，学长居然会工作。"

"话别说得这么难听嘛，不劳者不得食，毫无疑问，我当然也是个优秀的劳动者。听吧——全——世界——的——劳——动——者。"

"知道了，知道了，求求你别唱那么大声了。学长还是老样子，喝乌龙茶都能醉成这样。"

"我才不是喝乌龙茶喝醉呢，坐在这种店里，无论谁喝什么饮料都会醉啦。"

"明明是因为学长你很容易醉。"

"正因为容易醉，所以才要多喝。"

"这倒也是……然后呢？学长你接的到底是什么工作啊。"

"嘿嘿，现在还得保密。不过等到我完成的那天，整个日本都会为之震惊。"

"整个日本这么夸张……学长你该不会又扎进了什么稀奇古怪的

事件吧。"

"什么叫稀奇古怪嘛……无所谓了，总之你瞧好吧，这一定会是一场惊天动地的大事件！"

"唉，虽然不抱什么期待，但我等着你的好消息，猫丸学长。"

CHAPTER 1

第一章

GONE WITH THE GREEN WIND

宛如碧风吹过 GONE WITH THE GREEN WIND

◇ 成一1

本打算至少要在中午前赶到的。

正因如此，才特地将回家的日子定在了没有其他安排的星期日。但不知怎么赶上了些无关紧要的事，错过了出门的机会，结果就像现在这样，来到家门口前已经接近下午三点。看来在潜意识中，还是对这里有所畏惧。

毕竟已经十年没有回过家了。事到如今，上午还是下午赶到，也没有太大区别——方城成一如是想道。他从几分钟前起，就怀着这种犹豫的心情呆立在家门口了。

大门两侧的柱子由切割成立方体的花岗岩垒成，大门则是由细铁条交织而成的铁栅门。门上的装饰同样由铁条拧成，呈现出常春藤状的纹样。可以说是一扇匠心独运、别出心裁的门扉。在大门左右两侧延伸出的栅栏后面，是庭院里的花草树木，树木繁盛的枝叶甚至已经遮住了院子外面的成一的头顶。门柱上嵌着白瓷烧制成的门牌，门牌上用毛笔字体写着一家之主的姓名——方城兵马。

"门槛高人难进"这个说法稍显陈旧，但现在才发现，这句话用来形容他现在的心情真的非常贴切——成一独自苦笑起来。实话说，他的心情还是有些沉重。

成一托了下背后那只装满了日用必需品的大号背包，下定决心去推开那扇铁门。独居时为数不多的家具器物，依然放在他在中野的公寓里。毕竟如果与外公的谈话不顺，也有可能再次回到那里。从这里到他的公寓，途径新宿只需四十五分钟即可到达。近十年里，成一始终没踏入过成城的自家家门。这段仅有四十五分钟的间隔，对成一来说似乎也是"高门槛"的原因之一。

走进大门，越过种植在前庭的灌木丛，就能见到令成一无比怀念的家宅。

那是一座木制的二层建筑，歇山式屋顶由瓦片铺成。

尽管是在个人宅邸争奇斗富、极尽豪华壮美之能事的世田谷高级住宅区内，这所日式建筑却不算太过稀奇。不过说到地皮，这里就远胜附近的其他人家了。在院门与房门中间的这段距离，光是路石就使用了二十三块，整座家院该有多大，自然可想而知。

路石铺成的小路呈一条缓缓的弧线通向宅邸，成一就沿着这条小路向门口走去。

右手边向后方延伸出一个庭院。

庭院里杂乱无章地种植着桂树、百合、五爪楠、佛光树、樟树、木兰、广玉兰、台湾含笑等种类繁多的树木。它们彼此的共同点只有一个，都是超过十米高的大树——树木们仿佛要争出个高下，各自伸展着枝干，并使其密集地交缠在一起。与其说是处庭院，不如说是片小树林更为贴切。树木们仿佛不愿错过五月的阳光而竞相生长般——将它们健硕的、碧绿的枝叶肆意向着天空伸展。院中央有一处被树木围出的圆形空地，里面是一片草坪，而树木则恰似空地的保护伞。那片绿色绒毯的正中心摆着一张鲜亮洁白的木制长椅，恰似一汪碧绿的泉水中涌出一股洁白的乳汁。

那把长椅——原来还摆在那儿。

成一小声嘀咕着，将视线停在那把长椅上。突然，他的胸口一阵疼痛，仿佛被一根粗大的棍子顶在胸口般。那是一种心中有些刺痒，又有些躁动般，痛苦而甜蜜的感慨。

这里是年纪轻轻时便香消玉殒的，美丽的小姨曾经最喜欢的地方。在静谧的午后她常常独自过来，待上一个下午。她会悠闲地将整个身体靠在长椅的椅背上，时而读书，时而编织，时而陷入沉思……她文静的模样，至今还能够鲜活地浮现在成一眼前。而小姨过世以后，她留下的孩子——左枝子也和她一样，常常到这里享受一段私人时光……

走过二十三块路石，装着巨大博风板的屋檐便出现在头顶。

这是一栋久经岁月的木制宅邸。尽管久经岁月，却也因此显得更加庄严肃穆。从成一出生前起——直到现在也未曾改变。木材的质感，带给人一种安心舒适的感觉。

房门是一扇夹着毛玻璃的格子拉门。

尽管有些犹豫，但成一转念一想，既然已经到了，再回去也不是办法。便拉开了眼前的那扇门。

门口与过去相比丝毫未变，无论是被擦得光滑明亮的地板框，还是因鞋柜放不下而整齐摆在外面水泥地上的家人的鞋子，以及上面印着孔雀，看着装饰稍显尴尬的拖鞋架，又或是"家里"独有的那种气味……与十年前相比都没有丝毫的改变。那种感觉就像把儿时的照片突然摆放在眼前，甜蜜中带着些许苦涩，令人有些为难。成一也因此停下脚步。

　　在离家人们的鞋子稍远一点的位置，整齐地摆放着两双鞋，家里似乎有客人来访。其中一双鞋子是样式讲究的褐色皮鞋，另一双则是草鞋。那双草鞋已经穿得稍显破旧，脏兮兮又扁塌塌的，屐带也破得像要断开一样。在打扫得一尘不染的水泥地上，如此破旧的鞋子实在给人一种不协调的感觉。

　　成一坐在门口解着鞋带，头脑中反复思索着这几天来已经多次考虑过的想法。自从在电话里答应母亲后，他已经在头脑中模拟过无数次自己与外公见面时的情形了。

　　见到久别重逢的血亲，总会因不好意思而有些难以启齿。尤其自己当初离家时，与外公的分别实在谈不上和气。当然，他和外公并不是打心底里相互仇视，只是因一时冲动，自然而然变成这样而已。外公一遇到不合自己心意的事就会立刻大动肝火，成一当时也还不到二十岁，正处于年轻气盛的年纪。两个人都固执己见，最终使得成一离家十年之久。想到当年与自己怄气的那个人如今已经年老体衰，成一就很是为难——究竟要怎样面对自己的外公？摆出一副气势汹汹的样子显得太不成熟，但如果直白地服软，又未免太没骨气。而且就算自己亲切地对待外公，可能也只会伤到他的自尊而已。唉，究竟怎么做才好……

　　"哎呀呀呀，成一小少爷回来啦！"

　　突然间，响亮的话语声伴随着嘈杂的足音向他靠近过来。成一抬头一看，清里富美正摇晃肥胖的身躯沿着走廊向他奔来。

"哎呀呀，回家怎么也不提前打个电话呢？小少爷您可真是的。太久没见啦，欢迎小少爷回家。"

富美一个劲地眨巴着那双和蔼而窄小的眼睛。她好像显得老了些……成一望着扭动着身躯表示欢迎的富美，心中想到。她那头剪得十分整齐的短发中，也明显多了不少白发。成一离家时她的年纪有四十五六，所以今年应该有五十五六了。尽管如此，过去经常让孩子们爬到身上玩耍，身材像小山般圆滚的她，体格似乎还是那么健壮。

"哎呀呀，我都想死小少爷了。听夫人说小少爷您要回来，我特地把您的卧室彻底打扫了一遍，被褥也都晒好了……哎呀呀，这可怎么办，不知道小少爷今天回来，都还没准备吃的呢。糟糕，这可怎么办。小少爷您真会吓人，害得我一个老妈子都不知道该怎么做才好了。"

"没关系，不用顾我。还有就别叫我小少爷了，都快三十的人了。"

"怎么会呢，小少爷不管多大，都还是小少爷……话说回来，这下我可真不知道该怎么办才好了。早知道小少爷您要回来，我就早早做好您最爱吃的奶油炖鸡等着了……今天都没能准备上。"

"真的不用管我……明后天再做不也一样嘛。"

"哎呀呀，就是说小少爷您要留在家里了吗？"

"嗯，暂时是这么打算的……"

"哎呀呀，那可真是太好了。大小姐和美亚小姐一定也都很高兴。哎呀，快别在这站着啦，赶快进屋，我这就给您泡茶去。"

富美用与她年龄和体型完全不相称的动作，利落地拿过了成一的背包。她那种机关枪一样喋喋不休的说话方式也还是老样子，丝毫未变。

"今天不用上班吗？放假了？"

"嗯，周日嘛。"

"哎呀，今天是周日啊，我可真够糊涂的……小少爷您是不是瘦了？平时有好好吃饭吗？"

"嗯，算是吧，随便对付一下。"

"什么叫随便对付一下……小少爷您可真是的，还是那种随心所欲的性子，一点都没变过，不让人放心。"

富美已经在家里做了三十年的保姆，家里的大事小情都由她一手料理。所以她无论做什么，都带着一种古典的感觉，说话方式也像历史剧中大户世家的首席女佣一样。但如今她几乎已经成了家里的一员。对成一来说，她就像自己的第二个母亲一样。

富美深深埋下圆滚滚的身躯，麻利地为他摆放着拖鞋。望着她的后背，成一原本固执的想法不禁缓和下来。

微微苦笑着的成一突然注意到好像有人过来，于是他抬起头，正好看见左枝子出现在楼梯上。

"大小姐，大小姐，小少爷回来了！"富美大声说道。

左枝子——

成一欲言又止。原本想打声招呼，但一时又不知说什么好。

上次见到她还是在新年放假时——成一、左枝子，还有他的另一个妹妹，三人共同在外面吃了顿饭，所以到现在差不多是五个月没见了。但每当看到她那头飘逸过肩的黑发、白皙到甚至有些透明的双颊，以及小巧的、樱红色的双唇——成一都会觉得她就像她的母亲一样美丽。身穿灰色长裙和白色衬衫的她，打扮与修女有些相似。但这种素气的衣服穿在身上，不但丝毫无损她的气质，反而使她显得更加清新秀雅。然而左枝子越是美丽，她右手所拄的那根粗重的拐杖就越令人感到怜惜。痛苦的罪恶感与煎熬般的歉疚感，令成一的内心仿佛针扎般刺痛。

就在成一默默望着她时，左枝子缓缓地伸出左手，搭在墙上的金属扶手上。

在方城家，到处都装有这样的铁管，就像芭蕾舞练习教室之类的地方所安装的扶手一样。尽管这些扶手在木制宅邸里显得格格不入，但为了方便左枝子行走，兵马外公还是在家里安装了它们。楼梯一侧的墙壁上自然也有这样的扶手，那些长长的深灰色扶手与楼梯倾斜角度相同，此刻正微微反射着光亮。

左枝子一边扶着金属扶手，一边灵活地拄着拐杖走下楼梯。

"成一哥……"

她的声音显得有些颤抖。

"你真的回来了吗？"

从她充满惊异，甚至已经失去正常语调的声音中，能够听出她在拼命压抑着自己激动的心情。尽管如此，依旧能听出她抑制不住的喜悦。成一感到心里被什么东西猛地撞了一下，只好轻轻答了一句"是啊"。

◇　左枝子 1

成一哥回家了。

我的哥哥回家了。

自从他离家出走以来——没错，已经过了十年。

哥哥离家时，我还只是个小孩子。

听说哥哥是因为大学志愿的事与外公大吵一场，最终才离开了家门。但幼小的我对此一无所知，以为外公要将哥哥赶出家门，所以哭着求他别让哥哥离开。

"乖，左枝子，成一不在了，左枝子会很孤单哪，外公不好，外公给左枝子道歉……"

外公当时忙不迭地抚摸我的脑瓜安慰着我，却只字不提要让哥哥回来。看来外公当时真的非常生气。

很久以后，我才习惯哥哥不在时的那种孤单感。但很长一段时间里，每到晚上，我都会哭喊着"我要哥哥，我要哥哥……"，大声地闹个不停，让富美姨手足无措。直到美亚渐渐长大，能陪我谈话了，情况才有所改变。

哥哥总是不回家，我的身体行动不便，没法常常出门，所以每年只能跟哥哥见几次面。基本上只有姨父姨妈，或者美亚带我去外面一起吃饭的时候……

我曾经对此非常不满。

我一直想着，哥哥要是能回家就好了。

神啊，求求你，请让哥哥回家来吧……

神明听到了我的愿望。

哥哥他真的回来了。

当然，他并不是我的亲哥哥，而是母亲姐姐家的孩子，准确说是我的表哥……但我从小就一直这样叫他。在我眼里，他比亲哥哥还亲。

不，对当时年幼的我来说，哥哥更加重要。我父母早早去世，说他取代了父亲的位置也不过分。

哥哥他总陪在我身边。

保护着我。

如今回头想想，那时哥哥还在上初中或高中，正处在爱玩的年纪。但是每当放学，他都会一溜烟跑回家来陪我。

记得那时，哥哥常常给我带些"小礼物"回来。有时是用芳香的花朵编成的项链，有时是光滑的、形状奇特的石头，还有瞒着姨妈和富美姨带回来的廉价小零食……虽然都是些微不足道的物品，对我来说却是无可替代的宝贝。

哥哥就这样一直陪在我的身边。温柔善良的哥哥就是这样，一直关心着没法走出家门的我……

神啊，求求你，请让哥哥永远留在家里吧……

◇　成一2

在二楼的卧室打开行李，换上舒适的居家服，成一来到了一楼。

起居室里，富美和左枝子已经泡好了茶。

"外公在做什么？"

成一坐在沙发上，向富美问道。虽然不是特别积极，但他还是希望能尽早见到外公，化解两人之间的嫌隙。起居室位于主宅东侧一角，南面与东面都是大落地窗，能够将庭院的景色一览无余。为了配合设计，沙发的朝向也全部向外，坐在房里即可将庭院里郁郁苍苍的那一小片树林尽收眼底，景观十分优美。起居室采光效果极佳，平日在天晴时，阳光能够透过树叶间的空隙照进房间，但不知何时，天空中冒出几朵云彩，使天色稍微昏暗了些。

从东侧的大落地窗向外望去，能够见到与主宅分离的别室，那里就是兵马的居室。附带遮顶的走廊连接起主宅与别室，仿佛能乐表演时后台通往舞台的通路一般。而在这里也能望见那条走廊。

富美用方巾擦着被开水烫过的茶杯边缘说道："直嗣少爷这会大概就在那边……"

她的目光透过大落地窗，示意着对面的别室。

"在那边一起谈话。"

"哦，舅舅也来了啊。"

直嗣是成一母亲的弟弟，如今在京桥经营一所画廊。

"还有一个外公最近特别信任的怪大叔。"

左枝子用没拄着拐杖的左手摆正方糖罐后加了一句。

"你说的怪大叔是谁？"

"就是那个啦，叫穴山……穴山什么的，不是灵媒师就是灵能者……总之是个怪家伙。"

富美这么一说，左枝子扑哧一声轻轻笑了出来。

"他叫穴山慈云斋，是直舅带到家里来的。外公好像特别信任他——不过富美姨很讨厌他。"

"还用说嘛，那么古怪的人。"

"为什么富美姨不喜欢他？"

成一问道。

"这个人实在是有点邋遢，说真的，稍微离他近点就能闻到他身上有股怪味……太讨厌了。"

富美还是老样子，对他人的评价相当简单直白。

"太老爷也真是的，就算不务正事也要有个限度呀。小少爷，您也说说太老爷，劝他别让那种莫名其妙的家伙进到家里面来。"

富美晃动起系着白色围裙的身躯，气呼呼地向厨房去了。左枝子被她逗得咯咯直笑，成一也跟着苦笑起来。富美平时可能会说些更不好听的坏话。

"然后……老妈和其他人呢？今天家里好像格外安静。"

"姨妈和附近的太太们一起出门练三弦曲去了。"

"三弦曲——之前报的手艺班呢？"

"从去年起就不上了。"

"七宝烧班呢？"

"那个上到前年。"

"她还是老样子，什么都想试试，什么都干不长。"

"别这么说嘛，姨妈偶尔也要放松一下。"

　　尽管完全不觉得把家里大事小情都交给富美去做的老妈需要放松什么，但成一没有提出异议。

　　"老爸呢？"

　　"姨父一大早就出门打高尔夫球去了。"

　　"美亚也不在吗？"

　　"嗯，说是去社团训练。"

　　"拿他们没办法，星期日的一个个都还不在家。"

　　"小少爷要是也能像美亚小姐那样，稍微活泼点就好了。"

　　富美回到起居室，手里拿着茶罐插嘴说道。

　　"稍微做些运动怎么样？晒晒太阳能健康得多。"

　　尽管嘴上牢骚着，但依旧能感觉到富美话语中掩饰不住的兴奋。望着正在向左枝子的茶杯里加砂糖，无微不至地照顾着家人的富美，成一的心里一阵舒畅。这是他长时间以来几乎快要忘记的，一种奇妙的畅快感。

　　喝着富美泡的茶，成一悄悄地观察起左枝子的侧颜。

　　长长的睫毛在她眼前划出一道优雅的曲线。

　　看上去明明没有化妆，但嘴唇上却带着一抹嫣红。

　　左枝子……

　　成一心中一荡，悄悄泛起了一丝涟漪。

　　这种心中的荡漾，与自己抛弃左枝子离家时，那种沉重的歉疚感颇为相似。当然，这种情感与恋爱之情相去甚远。只是，这是他的义务——保护自己命苦的妹妹，是命运加在成一身上的责任，至少成一自己如此坚信。像故事中的骑士一样保护左枝子……直到一个能让他安心将左枝子托付出去的人出现……就像王子前来迎娶公主之前，骑士都会尽心尽力跟随一般……成一有理由这样做。然而现实却是在近十年里，自己都没能陪伴在她身边。成一也很清楚，这一切都是由于自己的软弱和固执导致的。

当成一叹着气将手伸向茶杯时，外边的走廊里突然传来轻快而急促的跑步声。脚步声迅速穿过厨房后，美亚仿佛野兔般飞奔进了起居室。

"富美姨！有情况有情况！"

美亚连蹦带跳地穿过餐厅，猛地冲进起居室。年方十七，在东京都内私立高中上学的她留着一头短发，再加上被阳光晒得黝黑的健康肌肤，活像个淘小子一般。

"哇！是老哥，你回来啦！"

看到成一，美亚睁大眼睛愣在原地。

"是啊。"

"什么反应嘛，老哥你就不能用更开心点的方式打招呼吗？总是沉着张脸，真是的。"

"我还想问你呢，美亚，你这算什么打扮。"

"什么打扮……你指的什么？"

美亚低头望着从短裤裤腿中伸出的纤细修长的双腿，提出反问。

"你不是去社团训练了吗？"

"是啊。"

美亚将手中的运动包和网球拍摆在成一眼前，同时点了点头。

"你穿这身衣服去的学校？"

"周日训练时穿便服也行啦。对了老哥，你一直没什么女人缘，这副打扮对你来说是不是太刺激了？"

"蠢丫头，说什么呢，真不像话。"

"哪里不像话了嘛。"

她气呼呼地噘起了嘴。

"人家这副模样不靓吗？看哪，我羚羊般的腿部曲线多美。哎呀呀，坐电车时感觉有好多人都在盯着看呢。"

"美亚小姐……"富美插了句嘴，"您刚才说有情况，是怎么回事呀？"

"哦，对了。"

美亚一下蹦了起来。

"现在可不是挑逗老哥玩的时候。富美姨，泡茶泡茶，有客人来了。我刚刚在门口正巧遇到，就把他们先请到会客室去了。"

◇ 左枝子 2

客人……

听到美亚说的话，我心里扑通一声，感到无比激动。

来的人或许就是他。

这样说来，从今早开始，我就隐隐约约有种预感——预感会有好事发生。

然后哥哥就回家了。

除此之外，说不定还能遇见他……

"什么客人？"

成一哥问美亚。

"你没听妈妈说过吗？就是正径大学的心理学学者们。"

我知道——我就知道是他。

神代大哥……

我的心里更加激动了。

又要跟他见面了，怎么办，怎么办，怎么办……

感觉快要没法抑制住自己脸上的绯红了。

"他们是神代大哥和大内山大哥，好像在超能力的方面颇有研究。据说他们都是年纪轻轻，就已经成了某位教授的助手。"美亚说道，"外公现在痴迷那个古怪的灵媒师。爸爸妈妈都劝过外公，说不能相信那种人，可外公就是不听。"

"哦哦，所以老妈才会叫我回来。"哥哥说道。

"嗯，爸爸有个熟人的熟人好像是那位教授的朋友，所以把他的两位助手介绍过来了。这阵子他们经常到家里来帮忙劝说外公，但根本不管用。"

"毕竟老头子很固执嘛。"

"是啊，但是那两人也说过——这种情况本来就要花费很多时间去说服。必须得多告诉外公那些都是不科学的，不能相信。对了老哥，你也去见见他们吧，他们俩看起来可有学问了，还帅气，说话也很有趣。"

"算了……我就不去了。"

"说什么嘛，又沉着张脸了。老哥你太孤僻啦——这可不行。爸爸妈妈都不在家，只能老哥你去会客。赶紧去吧，客人们都还等着呢，快站起来。"

"喂，快放手，别拽我。"

"那就别磨磨蹭蹭的。好啦，快去吧——啊，对了，姐姐前一阵子也见过吧，要不要也过去聊聊？"

美亚突然问向了我，让我一下子有些惊慌失措。

没错，这段时间里，神代大哥他们为了说服外公来到家里……我和美亚也稍微和他们聊过几句。从那时起……我的心就不再属于我自己了。

我的内心好像被一把沉重的鱼叉刺穿——难受、痛苦而又憋闷——他那沉稳而充满热情的话语，仿佛一下下扎在我的灵魂上。我实在无所适从，只能低着头一动也不动。

难道说，今天也要体会那种感受吗？难受、痛苦而又憋闷……

尽管如此，我依然想去见他……想去见他，待在他的身边。

但如果这样做，一定会无可抑制地被那股无尽的烦闷与焦躁所纠缠。

我的内心几乎要被两种矛盾的感情撕裂。

怎么办，怎么办，怎么办……为了不让美亚发现我心中的不安，我拼命抑制着感情。

"嗯……我待会过去。"

光是这句回答，就已经使我竭尽全力了。

◇　成一3

虽然没有兴致，但成一还是被美亚强行拖进了会客室。

两位年轻男性坐在里面，成一刚一进屋，两人就同时起身向他行了一礼。

两个人都身着西装，看上去约莫三十岁——其中一个身材高瘦，面庞轮廓鲜明；另一个人则是中等身高，略显肥胖，看上去有些呆里呆气。

"久等了，他是我的成一老哥。"

丝毫不怕生的美亚将成一介绍给了两人。尽管天真烂漫又有些活宝这点是美亚的长处，但说得不好听些就是没规没矩。出于无奈，成一只得向两位青年行了一礼。

"初次见面，我们任职于正径大学人文学部心理学科绵贯教授门下，研究的内容是超心理学。"

长相俊美的那位青年得体地打起招呼，然后手掌朝上向较胖的那人伸去。

"大内山。"

"神代。"

两人相互介绍了对方的姓名，看来他们是一对关系相当不错的搭档。在屋子里的茶几上，放着一个印着大学名称的大号褐色信封。

"二位太客气了……站着多累，赶快请坐。"

成一劝两位年轻的研究学者坐在沙发上后，再次向两人道谢："事情我听家母说过了。为了我家外公劳驾二位特地前来，真是万分感谢。"

美亚在一旁低着头咻咻笑着，仿佛觉得成一僵硬的寒暄话特别好笑一样。尽管不善言谈，但成一至少也是个拥有正经工作、早已迈入社会的人。于是他偷偷在茶几下照着美亚裸露的小腿踢了一脚，仿佛在责备她"有什么可笑的"。

"那个……外公正巧在见其他客人，非常抱歉……"

"我们懂的，就是之前提到过的那个什么灵媒师吧。在门口看到那双草鞋，我们立刻就清楚了。"

神代皱着端正的脸，有些啼笑皆非。

"估计他又要给尊外祖父灌输一些荒唐无稽的鬼话了……没关系，我们就稍等一会吧。"

神代坚定地说道。看来成一要等上一阵子才能与外公见面，不得不说外公还挺忙的。

"真是不好意思，要让你们一直等着……外公实在是个老顽固，要劝他很不容易吧。"

美亚说完，神代摇了摇头。

"哪里，我们已经习惯了……而且我们认为这些也算工作的一部分。"

"这些也算工作的一部分？"

对成一的疑问，神代有些欲言又止。

"没错，但要讲清这件事，就必须要了解我们的研究内容……"

"和我讲讲，和我讲讲！"

美亚兴奋的声音盖过了他的话——

"毕竟神代哥你们讲的内容很有趣嘛，正好我和老哥也没什么别的事。"

美亚凑上前去催促着他，神代有些不好意思地笑了。

"是吗……那就稍微讲讲，简单来说，我们的工作就是要将一般情况下被称为超常现象——即无法用已知科学进行解释的现象，从精神心理学与统计学的角度进行研究并解决。我们将其称为心灵研究——这是取 PSI（超能力）的意思来对其进行称呼的。还有一些诸如透视、心灵感应、预知的 ESP（超感知能力）等——人们平时无法想象的精神活动，就是那些看上去有些不可思议的力量，又被称作超能力，而我们将其称为灵异现象。我们的目的就是从科学角度将这些现象研究清楚。不过由于这些灵异现象与超常现象在现实中看来会给人一种不可思议的感觉，因此还是很难被一般人所理解。就像刚刚在我罗列这些超心理学术语时，成一先生就已经露出一丝困惑的表情了，他的反应就像在说——这个人说的内容听上去怪可疑的。"

"哪里，我没这样想……"

"不必在意，一般人都会这样。心灵研究本就如此，会让人觉得诡异和可疑。要问为什么的话——这些匪夷所思的事从侧面来看，通常都容易与宗教或迷信扯上关系。预言、狐仙附身、神灵附体、天启神谕……用这样的语言进行表现的话，反而容易得到一般人的接受。将这些不可思议的现象描述为超越人类的智慧和认知的神佛之力，也更加容易被人们所接纳。古往今来的宗教，都会通过向人们展示奇迹的方式来招揽信徒。"

神代用沉稳语调说道。他紧锁而清冽的眉头，与深思熟虑的眼神，都给人以十分鲜明的印象。

"是这样吗？我倒觉得和'预言'比起来，用'超能力'的方式形容更为贴切。"

美亚插嘴道。而神代的脸上带着沉稳的微笑。

"这是因为美亚小姐还很年轻，上了年纪的人就不会这样想了。"

"是这样吗？"

"没错。"这次是大内山开口了，"而且在被诈骗宗教所欺骗的人里，年轻人也不在少数。"

他的语气干巴巴的，说话时像在低声叨咕一样。他长着一张圆脸，面颊到下巴之间的部分胖乎乎的且略显松软，使他整个人显看上去些笨拙。他继续用与外表相符的说话方式缓缓说道："那些宗教常常给人灌输诸如'教主大人的超能力是神赐之物——'之类的教义，这也是它们将超常现象与神秘主义相结合的一个惯用伎俩，其目的都是为了骗人。而不少年轻人都上了这种花招的当。"

"是吗？还有人会被这种话给骗到呀？"

神代微笑着点了点头。

"举个例子吧，死后存续是心灵研究当中一个重要的课题。但正因为是重大的问题，才很容易让人将其与招魂术——即心灵主义扯上联系，也就是诸如灵魂净化、极乐往生、死后世界一类的说法——换句话说即是近代早期宗教的那些世界观。而一般人则很难将那种不用太过脑子的唯心主义和神秘主义思想，与纯粹的灵异现象分开看待。

所以一般情况下，我们通常认为灵异现象都是搞诈骗的传教者与伪超能力者所耍的伎俩。"

神代断断续续地说着，声音低沉且意味深长。

"这种想法对我们这些正经进行心灵研究的人来说，会产生严重的负面影响。因此努力获得大众的理解，营造一个便于我们研究的环境，也是我们必须要做的事。"

"所以刚才神代才会说'这也算是我们工作的一部分'……"大内山接着神代的话头，"而阻止骗子们用骗术和诈术欺骗那些不具备超常现象专业知识的人，也是我们的工作之一……而这也是我们的导师，绵贯教授的意见。"微胖的大内山用低沉的声音说道。

"另外，启蒙各类人士尽可能用公正的、纯科学的眼光来看待我们的心灵研究——这也是我们的工作之一。"

"原来如此，所以你们才会来劝说外公吗？"

成一问道，而神代重重地点了点头。

当听说对方是超能力方面的研究学者时，成一本以为他们会是那种在某方面信仰狂热、顽固不化的家伙。但现在看来，是自己对人太过贸然下定论了。两个人看上去都是既真诚又正直，比自己想象中要正经得多。从风貌和气质来看，与其说神代是大学教授助手，不如说他更像一位年轻有为的职场精英。大内山看上去也像是那种随处可见的一般青年。硬要挑毛病的话，就是大内山这个人略显阴郁，不由得让人怀疑他可能会有些偏执——

"我说我说，那尤里·盖勒还有那些在电视上表演的超能力者，他他们的能力也都是假的吗？"

美亚问道。

"美亚小姐你是怎么看的？"

神代反问美亚，后者则显得有些疑惑。

"嗯……怎么说呢？虽然有些人耍的把戏一眼就能看穿，但会不会有一半左右的人是货真价实的能力呢？比如说用念力掰弯勺子那种。"

"哈哈，就是说美亚小姐你属于肯定派。"

神代轻轻一笑，似乎对此颇有兴趣。

"我倒也不怎么信啦，但朋友里有很多人信，像是占卜、咒语什么的……和他们一起聊着聊着，大家就会自然而然地表示'世界上真的有超能力呢'。"

"是这样呢。但像我们这类从事心灵研究的人，其实都很瞧不起在电视上卖弄能力的家伙们。我们的导师更是认为他们的行为简直令人气愤——他说这种行为是在危害我们的社会。"

"咦——为什么？他们不是在电视上表演超级厉害的超能力给大家看吗？"

美亚略显不满，成一也接着她的话头说："的确这种在电视上耍诡计骗术并宣称是超能力的行为，一定会让你们很不开心……但这算得上危害吗？我倒觉得不必想得这么过吧？"

"不，问题就在于此——"

神代打断了成一的话。

"正如刚才所说，这样会造成一般群众的认知误差。当电视上出现自称超能力者的人以后，有些观众就会信以为真。于是在美亚小姐朋友们那样的年轻女性的带动下，一般的成年人观众们也会开始相信——不说完全相信，也是半信半疑——这样一来，在不知不觉间，社会中就会出现一种相信这些神秘力量的风气。一般来说，这种情况被称为神秘现象热。从社会心理学的层面来讲，从'社会性规范的同步与变化'的视角来看这个问题倒也很有意思——不过先不谈这些——当这种社会风气成长壮大后，不说他们已经踏入非法经营的领域，但离此也只剩半步之遥了。"

"说起非法经营——就是类似于收取费用替人去做灵能感应的那些生意吗？"

成一问道。神代则紧锁着眉头。

"没错，那帮家伙正是抓住了人们'相信'或是'也许会有'的心理。对人们说些类似这样的话——您家的病人之所以久治不愈，都是因为您平日疏于供奉祖先；由于水子灵①作祟，您这辈子都无法获得幸福；您家风水不好，若不除厄消灾，必将大祸临头——并借机将净壶、多宝塔、法印强行推销给别人，这就是他们惯用的伎俩。利用人们'宁可信其有，不可信其无'的想法来攫取暴利，真是卑鄙无耻至极。绵贯教授教导我们——必须揭穿他们的鬼把戏，以免出现更多的受害者。"

神代用平稳的语气准确叙述着问题的要点。看来他不仅性格沉着冷静，更是个头脑敏锐的人——成一看出了这一点。

① 水子灵：民间传说为因堕胎死亡的婴儿灵魂。

"是这样啊……也就是说那个来我们家的人是个骗子？"

美亚问后，大内山用阴郁的声音回答："我们认为他一定是个骗子。"

在大内山的圆脸上，他仿佛豆沙面包切开后中间那条缝隙般的眼中，闪过一丝令人畏惧的目光。

"但是外公从来没说过买了他什么东西呀。"

"不，他现在只是在等待机会而已。"

大内山说完，神代接着他的话头继续说了下去："这样说或许有些失敬……但兵马老先生毕竟是位家财万贯的大富豪。猎物越大就越要谨慎行事不是吗……不过还请放心，那个装神弄鬼的家伙，我们一定会剥下他的伪装。"

在神代自信满满地保证后，富美推着手推车进来了，上面放着刚刚泡好的茶。而左枝子则如影随形般跟在她圆滚滚的身子后，与她一同来到了会客室。

◇ 左枝子 3

"真是不好意思，太老爷的上一位客人还未离去……所以还得请两位再稍等片刻。"

富美姨一边说着，一边劝神代大哥他们喝茶。

而我则小心翼翼地，尽量在不被人发现的情况下悄悄地溜到了美亚身边。放下拐杖时我也格外小心，尽量不要发出太大声音。其实我本没有必要这样偷偷摸摸……但不知为何，就是觉得不好意思。我想就这样，在不引起神代大哥注意的情况下静静地待在这里，尽量不要显眼。现在只要这样就好……光是能像这样与神代大哥在一个房间共处，能像这样一动不动、老老实实地听着神代大哥与哥哥他们对话，对我来说就足够了。像这样待在房间里，我甚至能听得到他的呼吸……

"各位请慢用。"

富美姨为大家倒好茶后离开了房间。成一哥接着说："也就是说，两位在大学期间读的专业也是这个——超心理学，专门研究这方面的内容对吧。"

看样子他们刚刚在聊神代大哥与大内山大哥工作方面的事。

"并非如此……其实我真正的专业是社会心理学。"

神代大哥用低沉但清晰的声音，略显惭愧地笑着说道。

"我所研究的课题是——集团内部功能维持与目标达成功能的解析。简单来说，就是集团凝聚性及其规范变化与相关关系方面的研究。"

"什么意思？可以说简单点吗？"

美亚听得直发愣，神代大哥显得有些不好意思。

"或许有点难以理解，但刚刚说的这些才是我们的正业——事实上，正径大学并没有正式的心灵研究机构。"

"并没有这些吗？"

哥哥问后，神代大哥说："是的，其实不止正径大学，整个日本都不存在官方的心灵研究机构。在现下更多是由民间研究团体，或是大学的心理学研究室在闲暇时间进行研究……而我们所在的'正径心灵研究会'，也是以绵贯教授个人名义所成立的研究团体。教授工作繁忙，这方面的研究才会主要由我们这些年轻助手进行——差不多就是这样。"

　　"日本在超心理学研究方面，是远远落后于其他国家的……"大内山大哥用干巴巴的语调说着，"在欧美，以享有'近代超心理学之父'盛名的莱因（Joseph Banks Rhine）所成立的杜克大学超心理学研究所为首，各个国家的大学都设有官方的超心理学研究机构。当然，这些机构与其他科学部门都拥有相同待遇——世界各地的国家都有存在——美国的哈佛大学、斯坦福大学、得克萨斯大学、华盛顿大学，德国的弗莱堡大学，荷兰的乌特勒支大学，苏格兰的爱丁堡大学……简直不胜枚举。"

　　就像这样，大内山大哥一旦谈到与自己专业相关的内容时，就会变得格外能讲。这样说可能有些不太礼貌……但像他这样沉浸在某种事物中的样子，会让人觉得有些可怕。虽然不太想用，但'御宅族（亚文化爱好者）'这个词或许蛮适合用来形容他……

　　"在日本可能比较难以想象，但从很久以前，国外就有许多科学家致力于心灵研究了……"

　　大内山大哥继续说着："在英国，牛津大学与剑桥大学的超心理学研究会共同发展，成立了伦敦超心理学研究协会，而这已经是早在一八八二年的事了。看到了吗，早在一百多年前，英国就已经成立了如此正式的研究所。此后在意大利，精神病病理学家龙勃罗梭（Cesare Lombroso）与一些生理学家共同成立了官方研究委员会，对一名叫作欧萨皮亚·帕拉蒂诺（Eusapia Palladino）的特殊能力者进行了正式调查，这件事我记得是发生在……"

　　"一八九二年。"

神代大哥帮忙解了围，真了不起。

"嗯，没错，一八九二年。还有俄罗斯——在信仰唯物论的斯大林时代，心灵研究再怎么说也算是禁忌了——但即使是在苏联，科学家们也于一九六七年在莫斯科与列宁格勒进行过心灵感应实验。据说那一年苏联在心灵研究机构方面所耗费的预算，实际上超过两千万美元。"

缓缓说完这些后，大内山大哥停下了话头。说实话，他的态度的确令人有些畏惧。

"但令人遗憾的是直到今天，日本都尚未拥有任何一所官方研究机构。"

神代大哥平静地加上一句话。

"即便如此，在民间研究所，以及各大学教授们竭尽全力、分秒必争的埋首研究下，终于也做出了相应的成果。"

"日本学者的成果吗？究竟是什么呢？"

成一哥询问道。可能是因为他也在公司的研究室工作，所以对此颇感兴趣。

"这个嘛，比如说……电力信息大学的佐佐木教授，始终进行着用物理学方式对超心理现象进行机器测量的实验。如今他已经能够利用硅二极管的热功耗，捕捉在念写时所出现的'念场'了。"

"呜哇，完全搞不懂是什么意思。"

这句话是美亚说的。

"之后，心理学家本山博老师亲自创立了'宗教心理学研究所'，试图从精神物理学的层面解释超心理学。也就是对体现精神状态变化的脑电波、脉搏、心电图、呼吸、皮肤电反射等诸多现象进行测验的方向。此外，物理工程学研究学者桥本老师提出了超物理学方面的构想，亲自设计了念力测量仪等各种仪器……"

"我说，别谈这些复杂的东西了好不好……"美亚打断了神代大哥的话，"我就直说吧，世界上真的有超能力吗？"

"真是直白的提问啊。"神代大哥的声音里带着笑意，"我记得……美亚小姐是肯定派对吧，也就是说你认为有超能力存在对吗？"

"嗯，我觉得还是有的吧。不是有人这样说过吗？超能力不是什么不可思议的力量，而是每个人都拥有的能力……一旦想象体内可能沉睡着强大的力量，就会觉得自己有点了不起呢。"

"原来是这样，不错的回答……心灵能力并非什么特殊能力，这种说法从过去起就已存在。左枝子小姐又是怎么想的呢？你觉得世界上有超能力吗？"

神代大哥突然问我。

我的心脏一下跳到了嗓子眼儿。

怎么会这样……突然之间对我开口……

这副惊慌失措的劲儿，连我自己都觉得异常。

我甚至还没整理好慌乱不已的心绪，这种时候要怎样回答才好？怎么办，怎么办……

"这个……我想一定是有的。太过深奥的内容我也不是很懂……只是希望真的有超能力存在。"

我非常清楚自己已经红透了耳根，也不知道自己糊里糊涂的都回答了些什么。他该不会把我当成个傻姑娘吧？

　　神代大哥……真是坏心眼儿。突然间这样问我，任谁都会被吓一跳的吧。在这种情况下又怎么回答得出令他满意的答案呢？为什么会突然把话题抛给我这么笨的人呢？

　　难道说是因为他发现我始终待在旁边默不作声，因此在替我着想吗？怕我觉得无聊，才特地为了我……

　　这算是同情……还是体贴呢？

　　因为性格善良，所以会替我着想……

　　又或者，难道神代大哥也有些在乎我？

　　我的脸上仿佛着了火般绯红。因此在恢复正常之前，只好先一直低着头了。

◇　成一4

　　"成一先生又是怎样认为的？你觉得有超能力存在吗？"

　　继左枝子之后，话头又被抛给了成一。成一略加犹豫和思索后，用一种较为谨慎的口吻说："这个嘛，我觉得……可能有吧，你们两位似乎也是相信的。"

　　"没错，正是如此。"

　　神代微笑着点头说道。

　　"我们认为，灵异现象不过是一种极为平常的自然现象。"

　　"我说，世界上存在超能力这件事，真的是有过科学证明的吗？"

面对美亚的询问，大内山呆滞地点了点头。

"当然。如果不是这样，怎么会有那么多科学家致力于心灵领域的研究。"

"是吗……那究竟是怎样证明的呢？对了，可别再讲得那么难懂啦。"

"这个嘛，举个简单的例子来说……"

大内山脸上的笑容甚至有些吓人。

"用齐纳卡片（Zener cards）的实验来解释，应该会很好懂……这种卡片又被称作 ESP 卡片，是在扑克牌大小的卡片上印有圆形、正方形、五角星……"

"啊，那个我知道，我在电视里看过。"美亚大声说道，"我记得还有十字形和波浪形……对吧？是上面印着五种符号的卡片来着。"

"没错，由于经常被魔术师使用，所以齐纳卡片也变得广为人知。印有这五种图案的卡片每种五张，共计二十五张为一组，将其……"

大内山说着，稍微瞥了一眼美亚脸上的表情。

"……算了，具体步骤我们不谈——总之将卡片或背面朝上，或放到实验对象远处，让实验对象猜测上面的符号。如果单纯用数学概率推断，猜中的概率应该为五分之一——也就是百分之二十，这点应该都懂。但实验结果显示：有不少人猜中的概率在百分之四十到百分之六十之间。而在众多测试者中，有人在猜测十几次后，其平均猜中的概率竟然达到了惊人的百分之七十二。这种情况已经无法用凑巧来解释，只能认为是某种心灵能力在测试中起了作用。"

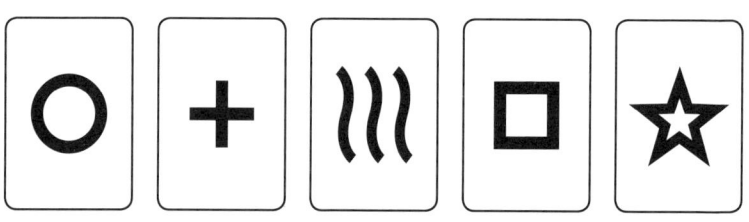

ESP 卡片

"哇……真厉害！"

美亚表示。

"原来如此，这样说就很好懂了。"

成一不禁小声说道。但神代没有在乎"听众"们的反应，只是边从身上取出香烟边用冷静的口吻说："抱歉，可以吸一支吗……在绵贯教授的指导下，我们至今已经获得了差不多三千六百名实验对象的协助，并收集了他们的实验数据。实验结果表明其中近一半数据为显著性差异。"

"三千六百人！"美亚不禁惊叹。

神代掸了掸烟灰继续说："这件事与科学性证明息息相关。必须尽可能获得更多实验范例并得出结论……通过这种方法，得出的结论才是准确无误的。这就是客观公正的科学视角。"

他静静地把话说完。

就在这时，先是"咚、咚"地响起了有节奏的敲门声，接着屋门被人打开。

直嗣从门后微微探出头来。

他身穿一件无领衬衫，衬衫的料子颇有光泽，一条领巾自然地插在他胸前的口袋中。尽管如此，他看上去还是给人一种装腔作势的感觉。

"哎呀呀，原来是两位年轻的研究学者，欢迎再次来访。"

直嗣哂笑着进了会客室，站在门口处没往里走。

"两位还打算继续说服老爹吗？老爹他也上年纪了，浑身上下都是毛病。谈话太久对他身子不好，还请两位嘴下留情啊……咦，这不是小成吗？你回来啦。"

他脸上堆满了笑容，微微抬起一只手打了打招呼。尽管已经年过四十，但他的行为举止依旧像个年轻人。

"小舅，我们刚刚在听神代哥他们讲超能力方面的事。"

美亚说后，直嗣微微抬了抬一侧的眉毛。

"哦，我倒也挺想听听的，有趣吗？"

"有趣！虽然有点难懂……我就知道，这个世界上真的有超能力！"

"那当然啦，小舅之前不就告诉过你，世界上许多不可思议的事，是没法用常理来看待的。就在咱们家里的慈云斋大师也是……啊，对了，小成你还没见过大师吧，我来给你介绍一下……大师，慈云斋大师！"

直嗣朝走廊的方向呼喊着，一个人随即应他呼唤慢慢走进屋来。望着这个人，成一不禁心头一惊。

这是一名中年偏老的男人，他顶着一头银黑相间的头发。

尽管个子不是很高，但他那张仿佛将癞蛤蟆从正面压扁般，看上去酷似两栖类的面孔，却给人一种难以言说的压迫感。他身穿一件仿佛已经洗至褪色，类似于僧侣服那样的和服。细细的眼中所透露出的锐利目光，以及紧闭的、仿佛带着一丝愠怒的嘴唇，一眼就能让人看出他是那种在社会中摸爬滚打、久经风霜的老江湖。

"大师，这是我外甥成一。小成，这是穴山慈云斋大师，灵力高强的灵媒师。"

受直嗣介绍后，成一怯怯地轻鞠一躬。慈云斋一声不吭，但也轻轻向他回了一躬。成一感到一股异样的紧张感涌遍全身，尤其令人感到非比寻常的，是慈云斋眼中那道锐利的目光。如果在大街上遇见这样的陌生人，肯定会令人不由得想去避开。

慈云斋将锐利的眼神从成一身上移开，继而停在了神代与大内山身上。

"你们俩又来了？真是不长教训……"

慈云斋撇着嘴，从嘴唇的间隙里挤出这句话来。他的声音低沉沙哑，难以听清。尽管如此，成一却依然从他的话语中感受到了一股难以掩饰的恶意。

"你们这种人，又来胡诌科学、物理这些无聊透顶的妄语了吧。真是愚昧无知……灵的世界，岂能让你们扬扬自得地去玩弄，让你们放进科学那种微不足道的框架中进行研究！它是更加遥不可及、伟大崇高，更加深不可测、幽邃边远的世界……它是最原始的记忆，是指引一切生命和世间万物存在的宇宙法则！我们人类所能窥探到的，不过是其伟力的冰山一角。人类这种生物撑死不过数十年寿命，凭这就想破解高深莫测的秘法，真是狂妄至极！我奉劝你们趁早滚离这里，滚回你们那发霉发臭的研究室去！愚蠢的科学更适合你们，去巴巴地守着那些愚不可及的凡人权威，沉浸于你们迷信的那些公式当中去吧！"

"穴山先生，恕我直言，我们该怎么做不用您教。"

神代没有理会慈云斋露骨的挑衅，而是用平静地口吻继续说："穴山先生，反正您不相信我们的科学证明，那又何必拒绝我们参观那场'灵能'相关的演示呢？我听说兵马老先生看过您那场演示后，对您信赖有加。如果您真能提取到灵能，我们可以提供设备，对其进行分子级别的化验。如果您所说的千真万确，那让我们见识见识又有何妨？"

尽管语气淡定而平静，但神代的话锋却十分犀利。听了他的话后，慈云斋愤怒地瞪大了眼睛。

"还在胡扯这些，真是愚不可及！你们两个蠢货只会用肮脏、污浊的眼光亵渎圣洁的灵力！那是神圣的力量，是受到神明的嘉许，神圣而不可侵犯的道法之力！岂能成为你们这些荒唐之辈手中的玩物！"

"既然不能展示给我们看，那我们也只能认为——您有什么难言之隐，不方便让我们看了。"

神代说道。

双方的争执果然演变成了一场骂战——成一心想。前几天偶然遇到的学长也说过——科学家与灵能者的争论必然会演变成一场骂战，但没想到这种情景如今就活生生地出现在自己眼前。于是成一饶有趣味地看着他们。

"追求现象而迷失本质的愚者，对神圣之力视而不见的蠢货……否认灵的人啊，神灵必将灾祸降临到你们身上！很好，就这样吧，今天我就正式接受兵马老先生要求召开降灵会的委托。"

"降灵会——？"

大内山用含混不清的声音问道。

"没错。兵马老先生托我召唤他妻子的亡魂，而我接受了委托，所以就姑且同意你们来凑个数。就来用你们被蒙蔽的凡胎肉眼，好好见识见识灵界的深邃吧……这样如何？"

"没问题，务必请让我们厕列。"

神代说后，慈云斋环视四周。

"直嗣先生您呢，同意这两个家伙参加吗？"

"正如我所愿呢。要是他们参加后看到大师您的降灵会大获成功，姐姐和姐夫一定也会对您的灵力深信不疑。"

"那好吧，具体时间我会另行通知，届时向直嗣先生打听就好。到时候有你们瞠目结舌的份。肉眼凡胎的蠢货们，你们就等着瞧好吧——"

慈云斋忽然间转过身去，望向成一。

"你就是成一吗？"

"是。"

仿佛被湿黏的两栖动物死死盯住一般。尽管成一背脊上有种不适感袭来，但他依旧点了点头。

"据我所知，你好像已经很长时间都没回过家了。"

"是的，那是因为……"

"这可不行。"

慈云斋撇着嘴唇。

"每个人都有适合自己的容身之处，不能拒绝那个地方对你的挽留，此乃自然之理。不过也罢……总有一天你会明白。那我先走一步……不必送了。"

丢下这句话后，慈云斋的身影就消失在门外。他走后，房间里原本紧张的气氛顿时缓和下来，仿佛一阵漆黑的风暴终于止息一样。灵媒师那强硬的个性及对他人的影响由此可见一斑。尤其是他最后留下的那句话，令成一一时语塞。

"太邪门了——那个人真够古怪的。"

从紧张中解放出来的美亚把她那双光溜溜的长腿伸向前方。

"搞得好像被什么邪神附身一样，吓死人了。是不是嘛，姐姐。"

"是啊，我也有点害怕。"左枝子的肩膀也颤抖着。

直嗣开口阻拦："别说这种失敬的话，像大师那样的人，多少和神明有些牵扯。一定是因为大师经常在灵界与人间来往，所以才会那样。"

"可是神代哥和大内山哥都说他只是在装神弄鬼而已。对吧对吧，是这样吧。"

听着美亚的话，神代不禁啼笑皆非。

"至少我们是这样认为的……"

应该是考虑到直嗣，他刻意把话说得委婉了些。

"无所谓，毕竟已经得到了参加降灵会的许可，事情到那时就能清楚了……好了，该我们去见兵马老先生了，那先告辞。"

神代一边催促着大内山，一边走出了会客室。大内山急急忙忙抓起茶几上的褐色信封，随后跟了出去。于是，"超心理学临时讲座"与"灵媒师与研究学者之间的第一次交锋"就这样落下了帷幕。

对与家庭阔别十年的成一来说，这场归家之旅未免有些难堪。在一般人家的会客室里的确不太会发生这种事情。正如他母亲所说，家里的情况似乎比想象当中更加混乱。母亲再三劝他回家，果然也有这个原因在内。

"晚饭之前还是要稍微做点功课，姐姐也要回房间吗？"

美亚和左枝子说了一声，两人一起上了二楼。成一决定与直嗣一起回起居室坐坐，因为这会儿他似乎还没法见到外公。

出声示意成一后，直嗣将喝空的红茶杯叠在一起拿在手上。与外表不同，直嗣是个注重细节、会做家务的人。

通过贯穿主宅中央的那条走廊后，两人来到了厨房。要去那间装有大落地窗的起居室，必须经过厨房和家里的餐厅。

富美已经在厨房着手准备晚餐。

直嗣将叠在一起的茶杯放到水槽后，富美诚惶诚恐地对他表示了感谢——"哎呀，劳烦少爷了。"

穿过餐厅后，两人坐在方便观赏庭院景色的沙发上，面对着起居室的大落地窗。

可能由于已经过了五点——从树梢的缝隙间，能够看到云朵密布的天空渐渐昏暗下来。直嗣带着一副优哉的表情靠在沙发上休息，看样子他会留下来与家人共进晚餐。早在成一还住在这儿时，这个年纪不小却依然单身的舅舅就经常像这样，一到晚上饭点就赶回家来。他找的借口是——"富美亲手做的饭菜最好吃了"。但家人们都知道，他只是嫌一个人在公寓吃饭太过冷清。

"我说，舅舅……"

成一望着野鸟在树梢间飞来飞去。

"那个灵媒师究竟是什么名堂？"

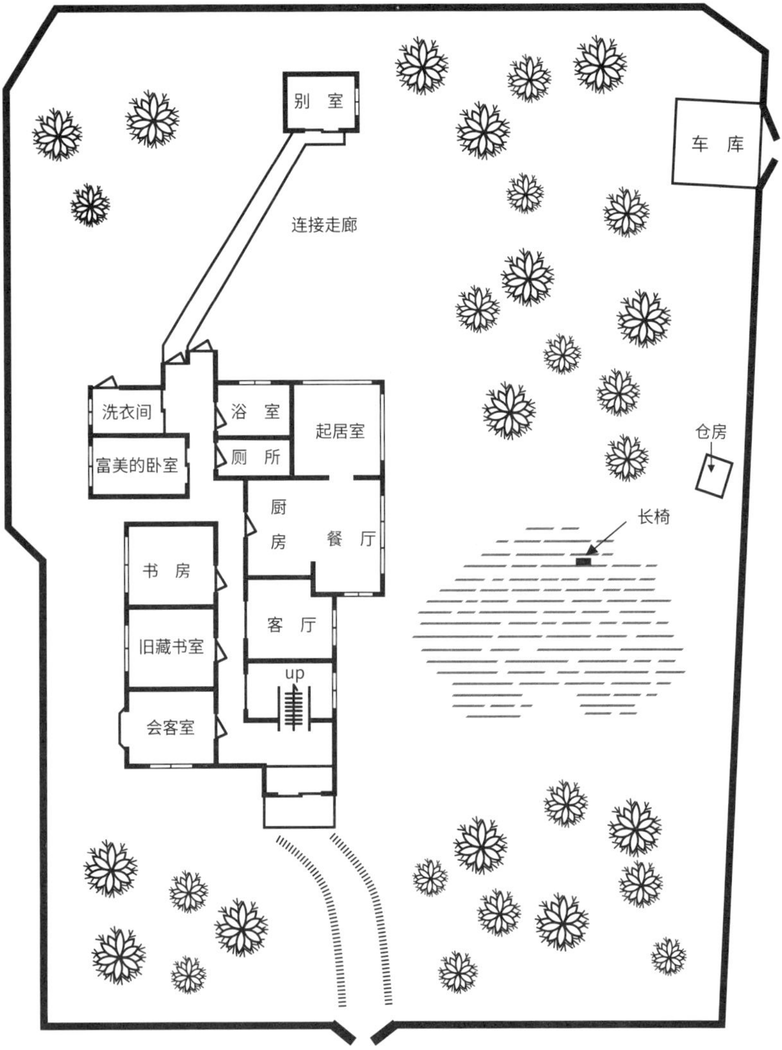

別室

连接走廊

车库

洗衣间

浴室

厕所

起居室

富美的卧室

厨房

餐厅

仓房

 长椅

书房

旧藏书室

客厅

up

会客室

方城家示意图
※二楼（卧室区）省略

N

"啊，他过去似乎是天台宗的和尚。"

直嗣深深地靠在沙发上，装模作样地双手抱着一只膝盖。

"有一天他在做梦时，突然看到阿弥陀佛立于他的枕前。在佛祖的引导下，他领悟到了宇宙的真理。于是他去鞍马山闭关修行三年，并最终获得了灵力。后来他就成了一名灵媒师，致力于拯救众生脱离苦海……就是这样，更具体的事我也不太清楚了。"

成一不明白为什么天台宗的僧侣会跑到鞍马山闭关修行，他只觉得，尽管慈云斋身上有种非同寻常的魄力，但还是过于可疑。如果一定要选择一方站队的话，他觉得自己宁可赞同大内山二人的观点。

"然后呢，舅舅，事实是什么情况？那个灵媒师，真有什么本事吗？"

"那还用问吗，当然有真本事了，而且是独此一家，别无分店。"

直嗣笑嘻嘻地望着成一。

"你不觉得他很了不起吗？那种气场再怎么看都不像是在弄虚作假吧？"

"这个……虽然看上去的确不像什么等闲之辈……但舅舅你好像是真的信他。"

"那当然了——哈哈，小成，舅舅这么信他，你该不会觉得这不太像我吧？"

"嗯，算是吧……"

直嗣一向爱和人唱反调。无论是贯彻独身主义，还是坚持经营在旁人看来完全不赚钱的画廊，都出于他这种性格。身边的人要给他介绍女朋友，或是劝他放弃这种兴趣活儿——但不管别人说什么，他都偏偏要反其道而行之。就这样，正因为这个舅舅在家里堪称异类，才更加令人难以理解。成一觉得以直嗣的性格见到那种怪人，应该会嗤之以鼻，打心眼儿里瞧不起他才对。

"差不多吧，如果是过去的我，见到这种人或许连理都不想理。"

直嗣脸上依旧挂着那副笑嘻嘻的表情。

"虽说这样，我当时也是觉得这个人有点意思，想要拆穿他的把戏，就多管闲事地去看了他的演示。结果不看不要紧，一看过大师的心灵演示，我立马就服了。有个画家是我熟人，我在他家里参观的，真是太了不起了。"

"有多了不起？"

"当时简直是乱成一团……盘子飞来飞去，椅子浮到半空，满屋子都是毛骨悚然的声响……当然，那可完全不是什么把戏。从那以后，我的观念就彻底改变了。"

"感觉完全不像舅舅你原来的性格。"

被成一这么一说，直嗣还是用那副装腔作势的样子耸了耸肩。

"可能吧，或许因为我也上了年纪……不过小成你要知道，许多神秘现象，都是真实存在于世界上的。在亲眼所见之前，我也根本不信……但最近我深深感受到，尽管不像电视节目里说的那么夸张，但这个世界上真的存在科学无法解释的未知力量。"

尽管嘴上这么说，但直嗣脸上依旧笑嘻嘻的，所以成一根本感觉不到他的认真。

这时，电话铃响了起来。

间隔很短的两声——这种响铃是内线电话的意思，看来这件事也十年未曾改变。为了不方便上下楼的左枝子，一楼与二楼之间的内线电话也是家里所必不可少的。

电话机安放在餐厅。成一与直嗣回头望了望，同时站起身来，这时，只见富美滚圆的身躯迅速从厨房冲了出来，拿起了电话的听筒。

"您好，哦，是太老爷。是——是，我知道了，这就去做。"

很短的一通电话。

电话似乎是成一的外公打来的。由于他一直隐居在别室，因此在那边也连上了电话线。

"老爹说什么？"

直嗣靠在沙发背上问道。富美把手撑在盖着白围裙的腰上，显得有些为难。

"太老爷说外面起风了，让我去给院子里洒点水——免得夜里屋子进灰。"

"怎么挑这个时候？——行吧，我和小成去做好了，富美你这会儿应该挺忙的吧。"

直嗣优哉地站起身来。

"哎呀呀，这样好吗？真是太感谢了，麻烦少爷和小少爷了，真是——"

富美撇下后半句的"太感谢了"之后，匆忙跑回了厨房，看样子有什么急事。直嗣望着她笑道："小成你不知道吧，老爹最近有个坏习惯——一旦有讨厌的客人来访，就会吩咐家里人做些无关紧要的活计，其实就是为了让客人知道他不高兴。"

"外公会这样子——？"

成一有些纳闷。他所熟悉的外公如果遇到不喜欢的客人，早就怒吼着将对方赶出家门了。直嗣轻轻笑着，似乎注意到了成一的疑惑。

"毕竟老爹也上年纪了……过去那股意气差不多也消磨尽了。我去给院子里洒点水，小成你也来吧。放心，老爹的意思不是真的要给院子洒水，随手应付一下就行，不然富美会挨骂的。"

直嗣转过身向餐厅那边走去，成一跟在他的身后。外公的性子稍微温和了些，倒也是件值得高兴的事——成一心想。

两人穿过房门，换上室外拖鞋来到庭院。

庭院里，树木的枝叶仿佛染上一层淡淡的墨色，在阴云密布的天空下沙沙作响。

天色渐晚。

几只乌鸦发出暗哑的叫声向远处飞去——它们应该要归巢了。

庭院的景色与十年前相比丝毫未变。

无论是茂盛的树木萌发出的绿意，还是不可思议般令人感到温暖的泥土气息，又或是略显清新的空气给人的那种感受——统统都没有改变。

尽管晚风的吹拂让人觉得冷飕飕的，但心中怀念的感觉令成一一时驻足在原地。

一点都没改变——无论是家，还是庭院，又或是自己的家人——当然，左枝子和美亚与儿时相比已经成长了许多，但成一每年都会找机会与她们在家门外见上几面，因此也没感到她们有太大的变化。成一觉得自己也没怎么改变。虽说走入社会，稍稍懂得了些人情世故，但这不过是细微的变化，自己的本性从未有过任何改变。尽管过去曾因与外公的矛盾而焦躁不安，甚至为此感到苦恼——但他觉得，现在的自己一定能与外公化解矛盾，重归于好。

"小成，在那儿发什么呆？"

直嗣从庭院一角的小仓房处扛着橡胶水管走了过来。

直嗣优哉地拎着水管一端，向房门旁边的室外水龙头走去。尽管性格别扭，但他对这种无关紧要的活计反而很感兴趣，做起来也相当熟练。

直嗣走了回来，开始给庭院洒水。他时而用水把树枝冲得摇摇晃晃，时而将水喷到粗壮的树干上，时而将喷口朝上，搞得水花四溅。看来他的确喜欢这种活计。无所事事站在一旁的成一望着直嗣。

"然后呢？舅舅，你刚才的话还没说完。"

"咦？我说到哪儿来着……"

直嗣抓住水管一头在空中画着8字形含糊答道。

"说到舅舅你开始相信灵力和神秘力量。"

"对了，是讲到这。小成你不信这些？"

"嗯，算是吧……倒也不是全盘否定……只是感觉你信得比较突然。"

"是啊，也算是事出有因吧。毕竟我看到幽灵了嘛。"

"哦，这个我听老妈说了。"

"你知道了啊——看了那个真的是吓了我一跳哪。"

"在哪儿看到的？"

"咦，姐没和你说吗？其实就是在这儿看到的。"

"在这儿？"

"嗯，差不多……是在二月那会儿吧。傍晚我还是老样子回来吃饭，那个季节到了傍晚，天色就已经很暗了不是吗……我走进院门，站在路石那儿稍稍往庭院方向张望了一眼，发现有个人影站在那里。我还想呢，都这么晚了谁会在那儿？于是定睛一看，没想到居然看到了我的老妈。"

"——外婆？"

"嗯，她都过世三十年了，虽然那会儿我还小，但绝对不会看错。"

"真的？"

"真的哎！她穿着白色和服，身子微微前倾……像一道影子般站在那里，吓得我后背直打战。大苏芳年的惊悚画知道吧，当时的情景比那个还要真实。吓得我胆战心惊，赶忙跑进了家里。我把这事儿说给姐听，她完全没当回事儿，可那个幽灵怎么想都应该是老妈才对。直到现在想起这事儿，我都浑身打战……不过毕竟只是见到一个身影，就算当鬼故事来讲，人家都觉得没意思。可对亲眼所见的我来说，印象就太过强烈了。后来我就对这方面有了兴趣，观看慈云斋大师的演示的时候也在那前后。"

直嗣说着，将水管里的水远远喷出，准确地喷到了樟树的树根处。

成一静静地皱了皱眉。过去那个爱唱反调的舅舅居然会开始虚心接受这种事，让他觉得有些意外。加之外公也改了脾气，成一不禁觉得自己像掉了队一样。实际上如果仔细观察就能发现，周围的事物还是在发生改变的。

"行了，差不多先这样吧，酒太多也没什么用。"

直嗣说着，转过身去笑着。

"哦？那两位学者好像要回去了。"

他往成一背后的方向抬了抬下巴。成一回头望去，位于庭院另一端的别室映入眼帘。

别室的入口处延伸出一道带屋顶的走廊通向主宅，而神代和大内山刚刚走出别室，踏进连接走廊。这时，两人身后出现了一个身穿和服的老人，那正是成一久别十年未曾见面的外公。

"他们走得也未免太早了吧？"

直嗣在成一身旁用带着奚落的口吻说道。成一看了一眼手表，时间是五点十五分——从他俩去外公那里起，连十五分钟都还没到。

"应该是老爹把他们给婉拒回去了吧。那样的年轻人，就算有两个也劝不动老爹啊。"

直嗣幸灾乐祸，而成一则紧紧地盯着外公。

或许是因为站在他身旁的神代太过高大，令外公的身形看上去有些瘦小。感觉与过去那个精神矍铄的外公相比，他现在的身体显得有些发驼。这不禁令成一感慨万千。兵马似乎与神代他们说了几句话，但由于距离太远，连他脸上的表情都看不太清。尽管如此，成一仿佛依旧能听到外公那令人熟悉的、粗哑的声音。

神代与大内山向兵马鞠了一躬，从连接走廊向主宅走去。就在这时——

"咦，怎么回事，下雨了——"

直嗣惊讶地说。成一抬头望去，发现的确如此，雨点正从浅灰色的天空中纷纷落下。

"唉，真是服了。好不容易出来洒点水，这下功夫全白费了。小成，别发呆了，快把东西收拾起来。"

直嗣拎着还在淌水的水管跑了起来，跟在他身后的成一回头一撇，发现兵马已经转身回房。老人的身影虽已消失不见，但有什么东西忽然在成一的余光里微微掠过。那是腰带的一端，像狗尾草般在老人的身后摇晃。

◇　左枝子 4

偶然——

同样是偶然，但也分为有意义的偶然和无意义的偶然——我记得神代大哥曾经这样对我讲过。

这是神代大哥他们第一次来我家，与我和美亚闲聊时提到的。

他讲——在不经意间突然想起一个人后，立刻与他偶然相遇——这种情况就叫作有意义的偶然。

共时性原则——Synchronicity。

我记得这个词好像是专业术语，神代大哥给我们解释过含义。

他为我们讲述了荣格与某位女性患者在森林中一同散步时所发生的小插曲。那位患者正巧在向荣格提到自己所做的一个梦——她说自己梦见一只妖狐从家里的楼梯上跑了下去。就在这时，两人正好看到一只真正的狐狸出现在森林里——荣格与患者都大吃一惊——我对这个小插曲很感兴趣。

神代大哥说，这也是心灵感应的其中一种。心中所想的事，与外界实际发生的事，以类似心灵感应的方式产生同步，并得以协调……心中所想之事与实际发生之事，在信息意义认知方面获得一致……当讲到这里时，我就已经很难听懂了……

但我认为——这样的事的确存在。我总觉得人与人之间的关系，是由一种奇妙的力量所维系的，但我们用肉眼无法看到这种力量。人类心中的感情，就像能跨越一切障碍的飞船，载着人们飞往任何地方……

所以，这件事也一定是神代大哥所提到过的那种"有意义的偶然"。

因为，从楼梯上走下去的我，刚巧在门口遇见了打算离开的神代大哥——

当然，神代大哥他们为了与外公见面而来到这里，所以只要是在家里，无论什么时候、在哪遇见——都丝毫不算什么怪事。但这对我来说，却有着非比寻常的意义——因为我是不知为何突然心血来潮，又不想一个人待在房间，所以才走下楼梯的——而他也恰巧出现在那里。

对我来说，这是有意义的。

一场美妙的偶然……或者可以说，是神明的精心安排。

但在这种时候，我没法坦率地感到开心。

努力按捺住激动的心情，让自己故作镇定地站在原地——光是这样，就已经是我竭尽全力才做到的了。

"啊，是左枝子小姐……今天先就此告辞了。"

神代大哥光是这样对我说话，我就已经心满意足，甚至不敢抬起头来。

"这就要……回了吗？"

这样说着的我，声音究竟有没有在颤抖？神代大哥会觉得不对劲吗？

"嗯，尊外祖父的心情似乎不太好……他甚至不愿意见到我们。"

"……真的非常抱歉。"

"啊，不好意思，我不是在抱怨……左枝子小姐用不着道歉。"

神代大哥慌忙说道。

果然我没猜错，他的心里也在替我着想。

"不过今天我们也得到了相应的收获。毕竟我们已经获得许可，能够参加那场降灵会了。"

"那个……神代大哥。"

"嗯……什么事。"

"请问——那个灵媒师说的话，究竟是真的吗？"

"灵媒师的话——？哪句？"

"神灵会将灾祸降临在你们头上之类的话。"

"哦，是说那个啊。"

神代大哥爽朗地笑了起来。

"当然只是一派胡言罢了。用话语威胁别人是他们的拿手好戏，不要被他给欺骗了。把恐惧植入人们心里，是那帮家伙的惯用伎俩。"

"——也就是说，召唤外婆的灵魂也是……"

"当然也是假的，全都是他的骗术。请放心，我们一定会拆穿他的鬼把戏——那告辞了。"

"等，等等……外面好像要下雨了，方便走吗？"

"咦，真的……没关系，不影响什么。"

"可是，不嫌弃的话还是带把伞再走吧。"

"没关系，这点小雨不碍事，您的好意我心领了。"

"这样啊……那什么时候再来？"

这句话冲口而出，我慌忙闭上了嘴。

我在说些什么没羞没臊的话啊——我一下红透了脖颈。怎么办，怎么办，怎么办……

神代大哥他们又不是为我而来的，只是为了工作来我们家……像我这样一心盼着人家过来，不是跟告白没什么差别吗？

不知道神代大哥有没有发现我的失言，希望他千万不要注意到……

羞耻感令我僵在原地，深深垂下了绯红的脸颊。

但是……但是，我只能等待。因为对无法自由出门的我来说，除了等待以外没有其他办法……

神啊，求求你，请让神代大哥尽早再次到来吧……

◇ **成一 5**

雨势并不算很大。

尽管如此，由于被拖在淋湿的地面上，橡胶水管还是沾上了泥巴。成一帮着直嗣，两人费了老大劲才将水管重新打成卷，放回了庭院一角的小仓房。

"哎呀，服了，居然在洒水时下雨，真是不走运。"

直嗣不停地发着牢骚。

两人洗过手。在走回房门的途中，成一不经意间往院门处望了一眼。隔着茂盛的草木，他正巧望见大内山从外面关上了铁门。大内山似乎也注意到了成一，他低下圆滚滚的脑袋向成一微微示意，而成一也以目致意。看来这次，终于轮到他去见外公了。

两人一边掸着肩膀上的雨水，一边走进房门。

而左枝子不知为何，正茫然伫立在门口靠近屋内的地方。

"怎么了，小左枝？干吗在这愣神？"

直嗣一开口，左枝子才如梦初醒般回过神来。

"咦？啊啊，没，没什么。"

"好像有点怪呀，总觉得小左枝你不太对劲。"

"没有呀……没什么……"

"话说回来，正径大学那两位学者好像已经回去了。"

"嗯，是啊，刚刚我……想把伞借给他们，但是他们说不用了。"

"是吗，无所谓啦。反正他们年纪轻轻的，这点小雨就算淋了也不会感冒。"

"也是……"

左枝子一边嘀咕着，一边撑着拐杖、抓着金属扶手，缓缓地向二楼走去——

成一抬头望着左枝子的长发在她肩头摇晃，感到有些疑惑。

一副魂不守舍的样子——左枝子的神色确实有些不太对劲，好像在为什么事而感到担忧。

两人在返回起居室时经过厨房，发现美亚正与富美一起站在灶台前面。美亚身上系着柠檬黄色的围裙，一副天真无邪的模样。

锅里面炖着高汤，香味弥漫在整个厨房。闻着味道，成一开始感到饿了。

"富美，水已经洒好了。"

直嗣说完后，低头看着锅里的富美抬起头来。

"哎呀，劳烦直嗣少爷了。"

"不过外面下了点小雨，所以白忙活一场。"

"哎呀，可真不巧……不过这阵子都是晴天，再洒一些也差不多正好。"

富美说着，轻松地拎起了一瓶一升装的味淋。

"因为小舅你去洒水，所以才会下雨的啦。"

美亚用笨拙的手法打着鸡蛋。

"肯定是因为小舅你难得干一次活，所以吓到天上的雨云了。"

"要是这么说，也该是因为你才对。"

直嗣笑着与美亚针锋相对。

"为什么？"

"因为难得呗。小美亚你一个女孩子家平时都不下厨，今天却一反常态，可不是要下雨了吗？"

"真是不好意思，人家最近跟富美姨学了好多菜式呢。"

"真的？我说富美，要教这么个麻烦的小徒弟，肯定挺不容易的吧。"

"哪里哪里，有这么个好学的学生帮忙，我也轻松多了。照美亚小姐现在的厨艺，已经随时可以嫁出去当新娘子了。"

富美脸上笑眯眯的。

"真的？可别骗我们哦。"

"才没呢，小舅你最近不是常说家里做的酱萝卜好吃吗？"

"我说过吗？"

"怎么没说过，那个萝卜就是我腌的哦。"

"哦？那个是小美亚你做的呀。"

"至于那么惊讶嘛。"

"那当然了，那可真是了不起哎。可是小美亚你刚才不是说要做功课吗？"

"女孩子嘛，做饭比做功课更重要啦。"

"哎哟哟，这借口可真不错，不过小美亚也算女孩子？"

"瞎说什么呢，小舅。"

成一没有多听他们两个拌嘴，而是漫无目的地溜达进餐厅。

神代他们回去后，外公的时间应该空出来了，去别室见见他倒也可以——但不知为何，他就是提不起这个劲。可能是因为闻到厨房里饭菜的香气，他感到一时懒得动弹。吃过晚饭后再过去见外公应该也无所谓吧——成一想着，仿佛在为自己寻找借口。

电话铃响了。短促地响两声，然后略微一顿。两声短铃、一下停顿——是家里的内线电话。

成一刚巧在电话旁，于是他下意识地接起了电话，同时用眼神示意从厨房飞奔过来的富美不用接了。

"喂。"

"——直嗣吗？"

是外公的声音。他在说话前略微一顿，可能在疑惑为什么说话的不是富美。

"不是。"

"那你是谁？"

"成一。"

"……"

对面噤声了很久。成一的掌心在不知不觉中渗出汗来，但兵马的声音依旧十分平静。

"回家了啊。"

"嗯。"

"这样啊……你先吃晚饭，吃完后来趟别室。"

兵马只说了这些，之后没等成一回答就挂了电话。成一长舒了一口气，他为自己的担心感到好笑。我在紧张个什么劲——成一不禁露出苦笑。

"大小姐打来的？"

富美从厨房里探出头来问道。

"不，是外公打来的。"

"哎呀，是太老爷……"

"嗯，他让我吃过晚饭后去见他。"

"太老爷他没生气吧。"

"嗯，没生气。"

"是吗？那太老爷肯定已经不再计较和小少爷之间的嫌隙了。"

"希望是这样吧。"

成一说完后，富美回到了厨房，她脸上的笑容仿佛在对成一说"放心吧，没关系"。

这也算是想什么来什么了——成一一边想着，一边回到能将庭院景色尽收眼底的起居室，坐在了沙发上。既然外公说了吃过晚饭再去，那听他的就好。成一觉得自己终于放下了心里的担子。

成一悠闲地在沙发上摊开身子，将目光向窗外投去。越过茂密的树木，他能望见那栋别室，房顶的瓦片被雾气般的细雨打湿，反射着微弱的光。

成一记得那栋别室原本是放置农具的仓房，但打从自己懂事起，那里就已经弃置不用了。大约三年前，变卖了全部商业资产的兵马将其改造成了独居室一样的地方。原本家人们都表示反对——毕竟家里有这么大一栋宅子，再怎么说也不用跑去住什么仓房。但兵马认为，既然不工作，就得找个地方养老。或许正因为他有着这种旁人无法理解的固执，才能够保持自己的威严。说出口的事就不轻易改变，这也算是一个很能体现兵马其人性格的小插曲了。

成一一边心不在焉地回忆往事，一边远远地眺望那间别室。这时，他正好瞧见兵马打开房门的身影，成一不由得僵住了身体。

他不禁感叹外公真的上年纪了。尽管他鹰隼般锐利的眼神与因不苟言笑而始终紧闭的嘴唇还和过去一模一样，但更加光秃的额头与上面深深的皱纹，却令人感到了岁月在他身上所刻下的印记。

站在别室的入口处，兵马似乎也目不转睛地紧紧盯着这边。

甚至不清楚外公衰退的视力能否看清自己的脸，但成一还是站起身向着他的方向轻轻弯腰行了一礼。但对方却没有任何反应，看来兵马真的看不清楚这边。

两人就这样远远地相对而立了片刻，但最终兵马还是稍稍抬头望了望，皱了皱眉头后转过了身子。系在背后的腰带一端，像狗尾草一样在他身后摇晃。接着兵马回到房内，房门也无声无息地关上了。

透过窗户，能看到别室中亮起了灯。与此同时，连接走廊里也亮起了点点灯光。看来外公只是出来看看天色如何。

"你看，其实老爹也很挂念小成你的。"

不知从何时起，直嗣出现在了成一身后。

"知道小成你回来后，估计他也有点紧张，所以才会像那样出来张望。"

"过去的他是这种招人喜欢的老头来着？"

成一说完，直嗣笑着坐在了沙发上。

"是和原来不大一样了。"

"是吗……原来他可是那种面红耳赤地嚷着，让我再也别进这个家门的老头呢。"

"我都说过了嘛，老爹身体虚弱以后，意气也明显消磨尽了。照他现在的状态，见到小成后说不定会抱着你哇哇大哭呢。"

"……怎么可能。"

"不不不，这可说不准，毕竟他真的变了许多。"

"这么说来，过去的他的确和舅舅你一样，不是会相信灵媒师的人。"

"喂喂，就别夹枪带棍挤对我啦……不过也是，过去的老爹的确没有轻信别人的性格。"

"但现在却把那种灵媒师当成心灵支柱……"

"是啊，他现在就是这么软弱，没点什么心灵支柱就会觉得心里没底。所以小成，也别再像以前那样和你外公吵了。会发生那件事，我多少也有责任，要是我继承老爹的工作，也就不会有后面那些问题……总之，小成你今后就留在家里，好好孝顺孝顺外公吧。"

"哦。"

成一望着窗子外的别室，模棱两可地答了一句。

"话说回来小成，工作那边怎样？"

"还是老样子。"

"还是像你说的那样，整天在公司研磨透镜吗？"

"差不多算是吧——"

"哈哈哈，小成你还蛮悠闲的。简直跟《我是猫》里的寒月一个样儿。"

直嗣笑了起来，仿佛这件事很好笑一样。虽说被这个整天吊儿郎当的舅舅评价自己"悠闲"会稍微有些窝火，但成一也没多加辩驳。

成一任职于国内一家重要的光学部件制造厂，隶属公司研发部。公司主要负责制造工业用测距仪与光学实验装置等仪器。

虽说成一并非如直嗣所说的那样整天在公司里研磨透镜，但刚进入公司那会儿，的确一直在被人支使着做这种活计。以前直嗣问他工作内容时，他嫌细说麻烦，就说自己是在研磨透镜。再加上直嗣也很接受这种说法，后来这个舅舅就真的以为外甥整天在研磨透镜了。实际上成一真正从事的工作是透镜球面像差矫正、测试接合棱镜黏合剂的耐热耐湿度等内容——但他觉得就算自己纠正，直嗣也理解不了，因此就没再多说。

"但是做那种工作感觉好吗？一般来说……你看，企业研究室这种开发竞争最激烈的地方，不是常常有人在暗中活动吗？小说里常常写到的，商业间谍之类的。"

"嗯……处理 IC 或 LSI 这种集成电路的团队技术含量高，所以也会很忙。但我这边只是负责些不起眼的改良工作，所以不会发生那种事情。"

"我感觉小成你都快不属于这个世界了。"

直嗣依旧装模作样地耸了耸肩。

"倒是舅舅你那边怎么样？大周日的还赖在这边无所事事真的好吗？"

照常理来说，画廊的生意在周日是比较忙的。但直嗣对成一微弱的反击不屑一顾。

"无所谓啦，反正马列维奇展刚刚结束，我这边的活儿也算是告一段落了。"

"所以就闲着没事干了？"

"倒也不算闲着没事干，反正就是穷忙活吧。再怎么说，光是银座、日本桥和京桥这三个地方的画廊就有三百八十家。想卖出去货，就得拿出点别人家没有的东西，光是操心这些就已经够忙的了。"

直嗣是典型的放荡子弟。他在上学时曾经立志成为画家，但与那些上演过无数次的故事一样，他很快对自己的才能丧失信心，于是改行做了画商。但合乎常理地，他依旧没能赚到几个钱。

"要是做画廊出租，那和做房地产又有什么不一样嘛……就像老爹那样。我们那个小圈子里有自己的规矩，必须要用单独策划的主题画展赚钱才行，所以很辛苦的。"

"主题画展——？"

"嗯，小成你之前来我这看过的吧？利尼维奇展。像那次一样的主题活动，每年要是办上八次，那才叫忙到脚打后脑勺呢。"

"看来你平时还挺忙的喽，那赚到钱了吗？"

"一般般吧……现在大家已经不怎么关注现代派、抽象派或超现实主义了。店里没有好点的存货，银行也不肯贷款给我……差不多是在负债经营了。但我也不想当那种随便找幅画作让画家签个字就拿出去卖的画商，我想只凭自己的兴趣和审美眼光去做。"

看来他是打算把这份兴趣活儿继续做下去了。尽管是个让人恨不起来的舅舅，但就是不靠谱的这点让人头疼。

"我倒觉得舅舅你才是不属于这个世界的人。"

"哪里哪里，比不上小成你啦。"

直嗣一反常态地谦虚起来。

这时，厨房里突然传来吵嚷声。

"富美，还真让天气预报给说中了，外面下雨了。"

说话的人穿过厨房走进餐厅，房间里顿时多了几抹鲜艳的色彩。

"幸好带了把伞，看来气象局偶尔还能说准。"

一个穿得五彩斑斓的女人冲着厨房大声说着。

她就是成一的母亲——多喜枝。

她身上穿着一件点缀着樱花与鸳鸯图案的友禅染布和服，腰上系着一条淡紫色的腰带。年龄已经接近五十的她，却身穿着这种扮年轻的会客和服。尽管如此，看上去却丝毫不会令人觉得不够自然。如果去掉眼角的皱纹与下巴上的松弛，说她不过四十岁也毫不夸张。经常有人说她和女儿美亚"就像姐妹一样"，不过看她那对大大的眼睛与高挺的鼻梁，会让人觉得外人的说辞也并非只是客套。

"幸好带了伞呢。"

从厨房里传来了富美的声音。

"真是得救了。不好意思富美，回来晚了——冈村太太请我去她们家喝茶来着。"

多喜枝轻描淡写地说着，语气里丝毫没有抱歉的意思。

"哎呀，家里煮了芋头啊，看着就很好吃。"

多喜枝一声欢呼。

"妈妈，这个可是我做的哦。"

美亚的声音从厨房里传来。

"是吗？我家美亚的厨艺真是越来越棒了。别忘记煮透哦——还做了什么？"

多喜枝像哄小孩一样，探头向厨房张望着。

"妈妈真是的，人家已经不是小学生啦。"

"问问还有什么菜而已嘛。"

"真是的，真拿妈妈没办法。这个是魔芋，别摸哦，很烫的。"

"嗯嗯，还有呢？"

"还有莴苣沙拉。主菜是炸虾。"

"哦？是用冻虾做的吗？"

"夫人，有件事得先和您道歉……"

富美的声音打断了母女俩温馨的对话。

"难得成一小少爷今天回来，家里却只有这点吃的，真是太不好意思了。"

"哎呀，成一回来了？"

富美这么一说，多喜枝才终于注意到成一，她瞪大双眼望向成一这边。成一仔细想想，不禁觉得自己的母亲才最不像是这个世界的人。

"欢迎回来……哎呀，直嗣你也来啦。"

成一望着她轻轻地点了点头，多喜枝则兴高采烈地举起一只手来连连摇晃。

"用不着道歉，富美，反正成一也不是什么外人……"

用轻快的语气说完这句话后，多喜枝往成一这边走来。

"成一已经见过老爸了吗？"

这里的"老爸"指的是兵马。

"还没……刚刚外公打电话来，让我吃过晚饭再去。"

"是这样啊。你得多关心关心他，他现在有点老糊涂了……哎呀，我们家那口子还没回来？"

她这次所说的"我们家那口子"则是指她丈夫胜行。

"你说姐夫吗？他好像还没回。"

直嗣答道。

"哎呀，是吗……不对劲儿呀，总觉得他好像已经回了……没事，算了。话说回来，直嗣你又要在家吃饭吗？"

"是啊，偶尔还是很想吃富美亲手做的饭菜。"

"这哪儿叫偶尔，一个月里基本有半个月都是在家里吃的。"

"哪儿有那么多次。"

"当然有啦。你干脆别住单身公寓了，租给别人回来住吧，正好成一也回来了。"

"这事儿再说吧。话说回来，听说姐你练三弦曲去了？"

"是啊是啊——雨夜雪日皆来往，游廓一见情难舍——师傅三味线的调子起得太高，唱到‘游廊一见’的时候都唱不上去了。唉，都怪唱歌时太用力，害得现在肚子都饿了。”

多喜枝笑着坐在沙发上，丝毫没有去帮帮富美的意思。人们常说“一家容不下俩主妇”。但勉强还能被称作是主妇的多喜枝与万能保姆富美在同一屋檐下相处许久，却丝毫没闹过矛盾。这与多喜枝开朗随和、乐观豁达的性格是分不开的。而她仗着有富美操持家务，得以投身于兴趣爱好之中，每天到处游玩。或许也正因为不用为任何身边事操心，她才会像现在这样，不知人间疾苦。

“老妈，外公最近怎么样？”

成一问多喜枝。听了直嗣的话后，成一感觉外公变化不少，因此感到有些挂心。

“这个……感觉他变了不少，真的不太好办。”

多喜枝夸张地皱着眉头。

“都不知道他是从哪儿找来的，什么旧佛龛啊、木鱼啊、佛像啊……搞来一堆看着就瘆人的玩意儿摆在房间里，最后还觉得老妈——我是说你外婆——的灵魂就在他身边，没来由地说些话自己吓自己……感觉怪可怕的。最近还把老妈留下来的旧茶碗给翻了出来，整天捧在手里，一边摸着一边小声嘀咕，搞得人脊背直发凉。”

多喜枝用尖刻的话语说着自己父亲身上发生的事，但由于她性格天真无邪，话里完全没有恶意，因此听上去不会让人太过不适，都知道她只是有话直说而已。

“看样子心病不轻啊。”

成一表示。

多喜枝点了点头，仿佛成一说中了她内心的想法。

"可不是嘛，前一阵子还在会客室旁的房间——就是之前那间藏书室里，用黑色幕布把里面围得一片漆黑——幕布还是直嗣你乐呵呵去挂上的吧，你这人可真是，干这种没用的事情倒是怪起劲儿的。"

"姐你就别说我啦，我也只是照老爹说的去做而已。"

直嗣装模作样地换了下跷腿的方向。

"有什么不好的，只要老爹满意不就行了。"

"有什么好的？说到底，都是因为直嗣你往家里领了那么个莫名其妙的什么灵媒师，才会有这些破事的。"

"哪儿啊，老爹不挺高兴的嘛。我是为老爹着想，才把大师介绍给他的。"

直嗣依旧笑眯眯的。多喜枝长叹一口气。

"又开始自作主张了……你知不知道老爸要是真的信进去了会很不妙？成一你听我说，那个什么灵媒师，是个相当古怪的家伙……"

"我知道他，今天我见到他了。"

听了成一的话，多喜枝瞪大眼睛望着直嗣。

"你怎么又带他来了？不是说过别再带他来家里了？"

"是老爹啰唆个没完，要我带他过来的呀，我也没办法嘛。"

直嗣脸上还是那副笑嘻嘻的表情。

"对了，慈云斋大师还说下次要来举行降灵会呢。"

"降灵会？什么玩意儿？"

"据说是要从灵界召唤老妈的灵魂。"

"饶了我吧，别做这种吓人的事。"

"我也没招呀，是老爹要人家办的。大师也说了，举行降灵会要耗费不少灵力，他其实也不想做，是老爹硬求人家的。"

"就是因为这样才烦啦……成一你也去劝劝老爸行不行？"

"我觉得他也不会听我的劝……"

成一皱起眉头。

"这么一说，正径大学的两位助手今天也来过。"

"是吗？他们和老爸谈过了吗？"

"老爹好像随便打发了一下，他们很快就离开了。"

直嗣幸灾乐祸，多喜枝则非常不满。

"绵贯教授没亲自过来？那两个助手太年轻了，根本就不靠谱嘛……"

就在多喜枝说话时，电话突然响了起来。这次的铃声是普通的外线电话。看来还真是说曹操，曹操就到——

◇　左枝子 5

说曹操，曹操就到——神代大哥曾告诉过我，这也是一句用来表现共时性原则的谚语。谚语是过去的人们积累自己的感受，将其总结成经验并流传后世的话语。或许过去的人们只是因为不了解什么是心灵感应，才会将这种提到谁，谁就出现的情况总结成谚语传之后世的吧……神代大哥当时是这样说的。

心灵感应——

难道说我和神代大哥也是这样，有一条隐形的丝线牵在我们之间吗？

我走进餐厅，发现姨妈不知何时已经回到家里，正在起居室与直舅他们谈话。

"那两个助手太年轻了，根本就不靠谱嘛……"

姨妈在说话——在谈神代大哥他们。正当我想到这时，餐厅里的电话忽然响了起来。

我刚巧站在电话旁边，便下意识地接起了电话。

"您好，这里是方城家。"

"你好，我是方才打扰过贵宅的正径大学心理学科……"

"啊，神代大哥对吧。"

我立刻就听了出来。他那低沉、稳重，让我的灵魂为之一颤的声音——

他应该是用某处的公共电话打来的，我能听到话筒对面传来人群和电车的嘈杂声。

这一定也是种"有意义的偶然"吧。正当我站在电话旁边时，他的电话就如此凑巧地打了过来……

加上哥哥也回到了家里，今天真是美好的一天。

神啊，感谢你，感谢你今天赐予我这么多美妙的偶然……

"啊，左枝子小姐吗？"

他叫了我的名字。听着他电话里的声音，我不禁飘飘欲仙。神代大哥也听出了我的声音——我因这个事实而感到惊慌失措。为了不让家人们看到我绯红的面颊，我赶忙背向了家人们所在的起居室。

"其实……那个，真是不好意思，请问您捡到过我们忘在贵宅的东西吗？"

"忘在这儿的东西？"

"没错，是个大号的褐色信封，上面印着我们的大学名……记得从尊外祖父的别室里出来时我们还拿着……但是坐电车到新宿站时才发现它不在身边。我想会不会是忘在贵宅的门口忘记带走了……"

"小左枝，谁打来的电话？我好像听到什么'忘在这儿的东西'。"

直舅的声音从背后传来，我用手捂住话筒。脸上这会儿应该还是很红，所以我低下头后才回过身。

"是正径大学的大哥，他问有没有一个褐色信封落在门口。"

"这么一说，他们是带了个信封过来。"

成一哥说。

"门口吗？门口可什么都没有。"

姨妈说道。我慌忙转过身去，对着电话里说："那个，姨妈她说——她刚从门口过来，那里什么都没有。"

"是吗？那看来是落在电车上了。唉，总把东西放在行李架上，难免会有不小心忘记的时候。"

"那个，请问是很重要的东西吗？"

"没事没事，没什么大不了的，只是我在家里查的一些资料的复印件而已……抱歉让你也跟着担心了，那我就先挂了——哇！"

突然间，神代大哥惊叫一声。

"发，发生什么事了？"

我也吓了一跳，连拐杖都差点从手中滑落。但神代大哥只是不好意思地笑了笑。

"没事，抱歉吓到你了。哎呀，我也吓了一跳……突然有东西屋[①]从这边经过。"

"咦——？"

"有东西屋——几个打扮成王子和公主的人突然从我眼前经过，所以被吓到了。"

神代大哥有些讶异地笑了起来，我也终于忍不住跟着笑了起来。

"原来他们也要坐电车上下班啊……不对，说上下班似乎不太对劲。不过要打扮成那样走在新宿的人群里……还真得有点儿勇气呢。"

"说的是啊。"

"哈哈哈，他们去坐山手线了，周围的人都被吓了一跳——算了，这种事不重要。给你添麻烦了，那我挂了。"

"神代大哥……"

"嗯……我在。"

"那个……没……没什么，不好意思。"

"哦，好的……那再见。"

即使挂断电话，我的心依然在扑通扑通地狂跳。感觉家人都在看着这边，所以我一时间站在原地没有动弹。

———————

① 东西屋：又称为 Japanese marching band，在日本旧时代，指经过精心刻意打扮的街头音乐家，受委托为所在地区的商品或商店打广告。

他那副平时开朗诙谐，但讲起工作时又会认真起来的样子，让我既难受又心痒。在这种情况下，我的呼吸节奏变得紊乱，甚至会在呼吸时感到痛苦。

尽管如此，我依旧感到无比幸福。没想到只是一通电话，就能让我的内心如此温暖……

从来没有想过我的心会跳动得如此剧烈……

与此同时，又令我感到如此痛苦……

◇　成一6

"你们看，就说他们不太靠谱。"

多喜枝略微回身，对站在电话一旁，背对着这边的左枝子说。

"为什么绵贯教授没亲自来呢？"

"别看他们俩年轻，但相当优秀呢。"

直嗣的语气仿佛在揶揄他们。

"话是这么说……但还是绵贯教授本人更靠谱些。"

多喜枝和全世界的母亲一样，都有些迷信权威。

"哦？姐夫回来了。"

直嗣向窗外示意。

从窗户向外望去，能看到成一的父亲胜行正穿过树丛向这边走来。

天色已经相当昏暗，院子里的树木化作一片阴影，即将与黑色的天空融为一体。外面的雨似乎已经停了，只有微风轻抚着树木。

　　胜行身着开领衬衫和西装长裤，肩上背着一个大包，一看就是打高尔夫球用的着装。在起居室灯光的照射下，他的影子在地面上拖得老长，并随着他的动作在树丛里晃动。

　　"雨好像已经停了，幸好没下太大。"

　　直嗣的目光跟随着胜行，嘴里嘟哝了一句，不知是在对谁说。

　　"唉，他怎么又从后门进来了。"

　　多喜枝显得有些不太高兴。

　　别室门前的灯光十分明亮，在那片灯光的照射下，胜行的影子又在庭院中央划出一道横线。由于停车场在院子东侧，因此如果开车回家，从后门进屋比从正门绕远更加快捷。但多喜枝似乎对此感到不满。

　　"你说这人烦不烦，说了多少遍都不改。"

　　听多喜枝说后，直嗣耸了耸肩。

　　"从哪边走不都一样？姐夫也是个实用主义者，只不过是选条近道而已。"

　　"那也用不着从后门偷偷摸摸进来呀，这样像什么话。"

　　就在多喜枝发着牢骚时，胜行走进了餐厅。

　　"姨父回来啦。"

　　左枝子一个人静悄悄地坐在餐厅的椅子上。

　　"是啊。"

　　胜行点了点头回答。

　　"爸，打高尔夫球得奖了吗？"

　　美亚在厨房里大声询问。

"这个嘛……"

胜行只是小声地说着，向厨房的方向摇了摇头。他任职于一家规模一般的商务公司，担任一名万年不升职的总务课课长。脸上戴着的那副黑框眼镜，令他显得有些阴郁。多喜枝常常数落他——"瞅瞅你这课长当的，只有三个下属，未免太不起眼了吧？"

"跟你说多少遍了，进屋好好走正门啊。"

多喜枝立刻噘起了嘴。

"前门还开着呢，一会儿记得去锁好。"

"嗯……"

面对妻子的牢骚，胜行只是呆呆地点点头。

"对了，还有要紧事没和你说呢，成一回来了。"

心直口快地发完牢骚后，多喜枝立刻像把这事彻底忘在脑后般兴奋地说道。成一向父亲轻轻地点了点头，胜行也点了点头。

"哦……"

直嗣把手一拍，笑了起来。

"哈哈，真不愧是父子。小成这点和姐夫越来越像了，刚才那下点头简直一模一样。"

"可不是嘛，没有好胜心这点和他老爸像个十足，真是愁死人了。"

多喜枝说着也笑了。

"对了老公，待会吃过饭后成一要去跟老爸打声招呼，你也陪他一块儿去吧。这孩子不善言谈，一个人没法和老爸把话说开，麻烦了。"

"嗯……"

胜行点头答应。成一却心想，就算再加上个老爸基本上也没啥区别。他苦笑着望向父亲，他看到胜行的表情也和他一样——看样子两个人想到一块儿去了。凭这点而言，他们父子俩或许确实颇为相似。

"差不多该给太老爷送晚饭了。"

富美双手做出托举的样子说。

"哎呀，都这个点儿了吗？那就过去吧，富美。"多喜枝说。

时钟的指针指向五点五十五分——成一想到早在过去那些年里，外公就严格规定了家里的饭点。他强迫家人们过着井然有序的生活，一旦有人乱了规矩，外公的心情就会立刻变得很差。看来最近家里的规矩是在六点开饭，外公在这方面还是那么严格——不过把饭菜端过去又是怎么回事？

"美亚小姐，麻烦给太老爷的那份晚餐盛一碗味噌汤。"

"好——嘞！"

美亚精神饱满的声音传来。

"外公不在这儿和咱们一起吃吗？"

成一问过后，多喜枝紧锁着眉头。

"这件事也够愁人的……老爸他这阵子都是一个人吃。"

"准确来说应该是两个人。"

直嗣撇着嘴说。

"两个人？"

成一有点疑惑。多喜枝解释道："嗯，按他的说法，他是在和老妈两个人一起吃，他还给老妈摆'阴膳'——这也太瘆人了。还记得吗？

在老妈的遗物里有个茶碗，他每次吃饭时都会在那个碗里也盛上饭。一边盛饭嘴里还一边嘀咕着什么……真不知道该拿他怎么办。"

成一原本已经觉得这件事够不好办了，但没想到情况居然如此严重。

"阴膳吗……"

成一自言自语着。过去人们为了祈求出门在外的亲友能够平安顺利，会在家里摆放"阴膳"。可如果外公明知外婆已经去世，却感受到她的灵魂还在自己身边，那他摆放的就真的算是字面意义上的"阴膳"了。

尽管如此，成一一时之间还是无法相信。一想到如今的外公与过去凭借杰出才能和强势的性格在社会上披荆斩棘的他简直判若两人，成一的胸口就感到阵阵憋闷。

"吃饭啦！饭菜做好了，大家都上桌吧。"

美亚从餐厅出来大声喊道。

"今天老哥回家，人家一不小心就拿出真本事啦！"

她胡乱地脱掉围裙，把它挂在椅背上。

"是吗？听上去还蛮令人期待的，那就让我见识见识小美亚的厨艺吧。"

"千万别客气，好吃到昏过去我可不负责哦。"

"要是做得不好吃，我就要你对刚才那句话负责。"

直嗣一边和美亚斗嘴，一边走进了餐厅。

"哎呀不好，我还穿着这身衣服呢。"

多喜枝突然飞快地向厨房方向奔去，连和服的下摆都因她跑得太快而飘了起来。转瞬间就听到她的脚步声穿过走廊，从楼梯方向传来。左枝子和美亚都笑了起来。

成一也从起居室的沙发上站起身来。窗外的夜色已经十分浓郁，通往别室的连接走廊，仿佛悬浮在黑暗中的一座薪能之桥。他看到富美双手捧着一个大大的托盘在里面静悄悄地走着。成一一边用余光扫视着她，一边动身向餐厅走去。

好久没吃过富美亲手做的饭菜，今天的晚餐似乎相当值得期待。酱油与味噌的香味弥漫在整个餐厅，成一沉浸在温馨的家庭气氛中，脸上不禁流露出放松舒适的表情。

胜行、直嗣与左枝子已经坐在了饭桌旁，但成一已经许久没有在家里吃过饭，因此有些犹豫，不知该坐哪里。

"老哥，坐这儿！"

美亚唰地抽出一张椅子。

"但那是……"

那里曾是外公的座位。

"没事儿没事儿，今天老哥是贵客嘛。"

"没错，小成。别想太多，你就坐吧。"

直嗣也劝他坐下，成一这才释然。

就在这时，直嗣的脸上突然露出一副惊愕的表情。

"咦，你们刚才有没有听到什么怪声？"

左枝子也抬起了头。

"我听到了，好像是什么东西被打碎的声音。"

"是吗？我什么也没听见呀。"

美亚说道。胜行的表情有些不明所以，成一也没听到任何动静。

"不，我的确听到了，就在别室那边……"

直嗣说完后，全家人不约而同地纷纷默不作声，侧起耳朵仔细倾听。

一股诡谲的静谧笼罩了整个房间。

已经坐在椅子上的成一一动不动，试图调动全身的神经去感受这股异样的气息。

"不对劲……有点不太对劲……"

直嗣话音未落，雷鸣般的脚步声就从厨房外面传来，连在餐厅里都能听得清清楚楚。正当众人被巨响吓得惊慌失措时，富美连滚带爬地冲进了厨房。被她猛然推开的房门在墙上狠狠反弹后关了回去，在她身后发出一声惊人的巨响。这声巨响不但震耳欲聋，更令人感到一股不祥的气息。

刚冲进餐厅，富美就筋疲力尽般一屁股坐在地上，她那圆滚滚的身体像患了疟疾一样哆嗦个不停，胖墩墩的脸上没有一丝血色。

"怎么了，富美？为什么这么慌？"

直嗣出声询问，但富美的身体依旧颤抖个不停。

"富美姨，富美姨，振作一点！"

美亚跑了过去，搂着富美庞大的身躯。

"太，太老爷他……"

富美终于开了口，她的话语像是竭尽全力挤出来的一样。

"死在……别室里了，额头被……"

所有人都茫然地站在原地，只有左枝子因一只腿行动不便而坐在椅子上，但她也扭转上半身面对着富美。

　　一瞬间，仿佛终于挣脱了牢牢冻结住的气氛一样，直嗣一个箭步冲了出去。他用身体撞开厨房的门跑向走廊。美亚正打算冲出去，却被胜行用力拽住了胳膊。成一望了一眼茫然不知所措的左枝子后，向直嗣身后追去。

　　他在连接走廊处追上了直嗣，两人几乎同时赶到了别室。连直嗣这样的人，如今也开不出什么玩笑了。

　　别室的入口还大敞四开着。

　　在连接走廊与房间的交界处，一个托盘扣翻在地上，餐具和食物撒了一地。

　　成一和直嗣一边留心着防止踩到地上的东西，一边向房间里望去。

　　这是一个怪异的房间。

　　房间差不多有八张榻榻米大小——壁龛和佛龛并排面对着门口，左手侧的厕所门半开着，从外面能看到厕所里贴着瓷砖的墙壁。

　　壁龛中间摆放着脑后带着圆光的阿弥陀佛，其他的隔板内分别摆放着观音菩萨、释迦如来、多宝如来等十多尊佛像。房间的地面上从供桌、木鱼、华瓶等佛具，到舍利塔、铸铜的丽水器、五色幡等一应俱全。房间的尽头还放着一个不知道用来干什么的，大锅一样的物事，以及一束树枝般的物事——这些显得脏兮兮、令人看上去不太舒服的物事拥挤地摆放在这片狭窄的空间里。尽管如此，它们的摆放方式却有着一定的秩序，摆法也十分整齐。所以硬要说，这里倒是更像一间正在营业的杂货铺。

　　而房间的主人，就倒在这片物事中。

兵马的脚冲着门口方向，以侧卧的姿势倒在地上。他的身体右侧朝下，姿势仿佛一只虾米——又像胎儿般蜷曲着身体。在兵马腹部附近，能看到他用双手紧紧搂着一个小小的、白色的物事——那是一只茶碗。

那只陈旧的茶碗被握在兵马枯枝般的手指之间，仿佛被老人用力，却又怜爱地拥抱在怀中。

那就是外婆留下的茶碗吗？

成一踮着脚凝视着兵马的状况。

身上的茧绸和服十分整齐，老人看上去就像在打盹儿一样，但脸上的表情却怪异地扭曲着，一副泫然欲泣的样子。他的眼睛仿佛在死死地盯着半空，额头靠近头顶的地方，有一处破裂的伤口，伤口处还在往外渗着鲜血。

"真的，死掉了……"

直嗣用嘶哑的，没有一丝起伏的声音说。

"老爹……是被人用那个打的……"

成一立刻领会了直嗣指的是什么。

兵马的身旁掉落着一根长约三十厘米的铁棒。铁棒中间部分刻着纹样，靠近两端的部分则越来越细，顶端是方形的。它看上去像一种老式佛具，其中一端还黏糊糊地沾着血液。

"那是……独钴杵吧。"

直嗣小声嘀咕道。

"嗯？"

成一有些疑惑。

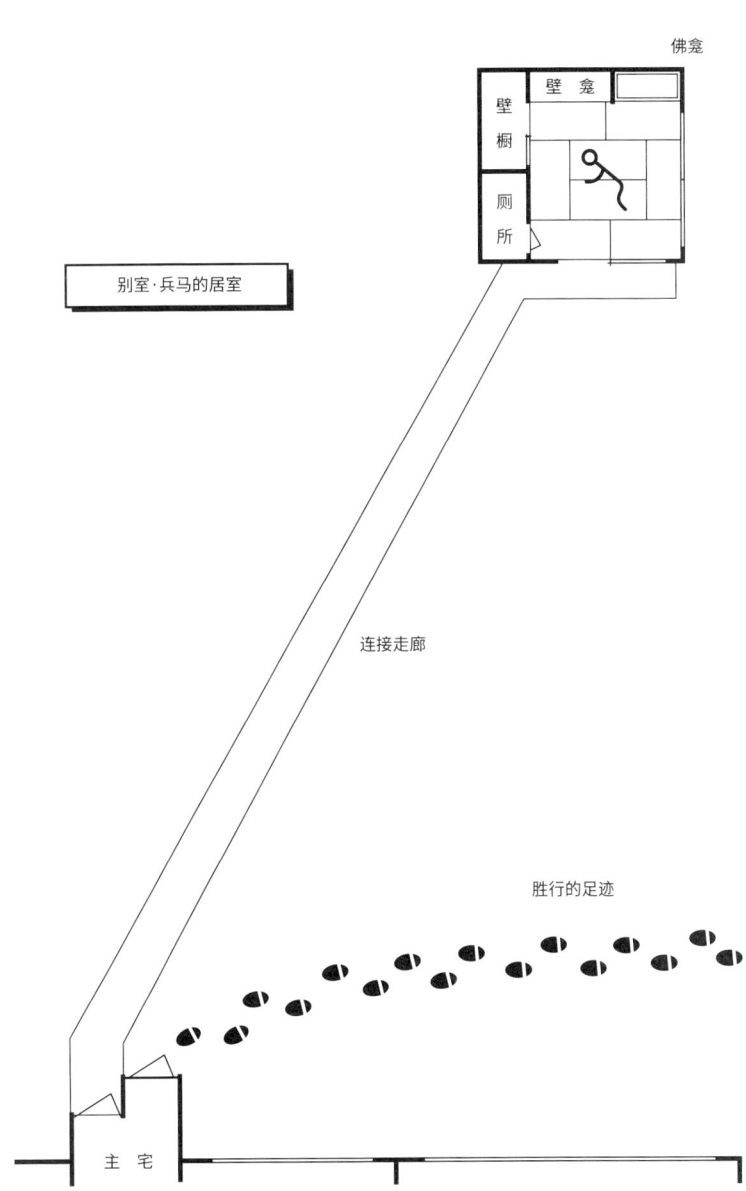

佛龛

壁龛

壁橱

厕所

别室·兵马的居室

连接走廊

胜行的足迹

主宅

"独钴杵——金刚杵的一种，是密教的法器，手持它就代表即身成佛。"

先不管名字和用途，这种佛具光是看着就让人觉得它无论在长度还是质感方面，都非常适合用来敲破人的脑门。

兵马额头的出血量不怎么大，但依旧有不少血滴飞溅出来。其中较小的血迹已经开始干涸。

"问题在于，小成……"

直嗣表情僵硬地向成一转过头来。

"刚才你从起居室里看到老爹了对吧——记不记得？就是老爹打来电话之后。"

"嗯……"

那是兵马在别室入口处张望天气那会儿的事。

"然后老爹回到了房间里……那段时间里我们一直都在起居室里对吧。"

"嗯……"

"从起居室里望出来，这边的情况是可以一览无余的……但是小成，你看到过有人接近，或是进入过这里吗？"

"……"

没有任何人接近过这里。

"既然这样，小成，那究竟是谁、从哪里进屋把老爹害死的？从没有人靠近过这里啊。"

成一无言以对。他感到自己踏进了一个恐怖而巧妙的圈套之中。一种强烈的虚幻感向他袭来——他感到眼前的现实世界正在失去颜色，转而被另一个令人毛骨悚然的异世界所取代。突然，他有些在意外公手中那只陈旧的茶碗。

"我记得那个灵媒师大叔说……"

美亚的声音从身后传来。成一回过头去，发现胜行和美亚在不知不觉间也赶到了，两人都面色苍白地僵立着，美亚的声音在不停地颤抖。

"他说过吧？幽灵会降下灾祸……"

胜行按住了女儿的肩膀，仿佛在责备她不要乱说。

仿佛眼前猛地闪过一道强光，成一的大脑内部变得一片空白。他现在所想的，是一件与眼前状况完全无关的事。

——最终，我还是没能向外公道歉。

◇　**幕间**

某警察的笔记——

世田谷原房产大亨遇害后的第三天。

案件相关者之一，正径大学人文学部助手，大内山涉的不在场证明取证——与辖区警局的泽本搭档完成。（泽本是个开朗善良的好青年，我们在车里谈了些职业棒球方面的话题，彼此感觉还蛮投缘。）

据练马区樱台 3-18-2 号"双叶洗衣店"的店主中崎大次所说——案件发生当天的下午六点零五分前后，他与大内山在自家洗衣店附近的街道上聊天。据说大内山是他的常客，且两人关系较熟。（大内山的证词是在约六点钟，与洗衣店老板说的时间差五分钟，算是可以接受的误差范围吗？）

与大内山住同一公寓的邻居当天不在家中，因此没能得到关于大内山回家时间方面的证词。

除此以外，我们在附近向十几个人做了打听——但是没有特别收获。

·时间方面——据大内山的证词所说，他在五点十五分离开方城家，依次乘坐小田急线、山手线、西武池袋线回家——在时间上与中崎的证词大致吻合。

• 距离方面——如果不在五点十五分坐车离开成城，就无法在六点回到樱台——这点确认无误，时间勉强能够吻合。

路上堵车是否有来不及赶回的可能性？

• 伪证可能性——大内山与洗衣店店主中崎在街道上的相遇真的只是巧合？（是否有刻意制造不在场证明的可能性？）——中崎外出散步只是一时兴起，两人也是偶然相遇，无法预先进行准备——确认无误，作伪可能性低。

• 方城直嗣、成一的证词——两人曾在五点二十五分目击过被害者的身影（透过起居室的大落地窗）——大内山于五点十五分离开，时间很紧——不可能实施犯罪，不在场证明成立？——仍需仔细调查。

晚九点：联合调查会议。

案件发生在位于成城的高级住宅区，许多上流社会人士居住于此，因此总部部长下令要尽早解决案件——太难了吧！那个河豚还是老样子啰唆得很。

◎作案时刻

判断在五点二十五分到五点五十五分之间。

直嗣·成一证词（于五点二十五分目击死者）——可信吗？是否有作伪证可能？

◎不在场证明

• 方城一家人——确认完毕——虽然家庭成员之间的证词不能作为铁证，但各人发言中并无破绽，案发前没有任何人靠近过犯罪现场——

该点存疑。

· 穴山慈云斋，五点前离开方城家，于五点三十五分到十点之间在位于浅草的酒馆——"阿多福"中饮酒——此事由店主依田久治及其他多名客人作证（经杉原、中山组确认）——从时间上来讲不可能出现在犯罪现场——是否有店里所有人都为他作伪证的可能？

· 神代知也，于五点四十分在新宿站与从属达美宣传文艺社（东西屋中介工作室）的东西屋（左枝子证词）——蒲田史雄、加岛雪江同时在新宿站换乘（经小寺、佐久间组确认）。双方的相遇纯属偶然——难以作伪？——从时间方面来讲，神代不可能在作案后赶往新宿站。

· 大内山涉——调查结果由泽本上台说明。他显得有些紧张，但确认了大内山的不在场证明——不出所料，有人询问是否存在作伪证可能——此事仍需调查。

◎家人及当日访客的相关不在场证明基本确认完毕——需要进行重新梳理。

◎死者平时的人际关系——汤浅股长小组无特别收获——汤浅显得有些急躁，看着蛮开心的，他小子活该。

◎据其他人报告，院墙、屋墙及现场建筑周边无任何从外部闯入的痕迹，案发现场的窗户是锁住的。

◎足迹

· 从车库延伸到主宅后门的足迹——来自胜行。

· 院子里有不少足迹——但没有靠近现场的——根据直嗣、成一的证词来看（两人曾在院子里洒水）——现场无可疑足迹。虽然下了点雨，但没有大到能够消除足迹。

　　◎根据直嗣、成一的证词来看——没有人曾靠近案发现场——作案手法成谜？证人是否记错？——是否可能是家人在内部作伪证相互包庇？

　　◎穴山再三强调此事是"幽灵作祟"——协元股长的笑话还真好笑。

　　·会议上最终决定以"案件相关者不在场证明的进一步确认"、"死者的人际关系调查"与"盗窃的可能性"三条线索为主要着眼点进行调查。

　　·成一——久别十年回到家中！是否有作伪可能？

　　·明天继续与泽本在樱台附近进行调查。

　　·汤浅股长的小组说等着我们的好消息——这算记仇？

　　半夜十一点——各小组间单独讨论，交流目前掌握的信息并确认各事项。

　　凌晨一点三十分解散——在局里小睡。

第二章

GONE WITH THE GREEN WIND

◇　**成一7**

兵马的葬礼在案发四天后举行。

原因是他的遗体被带走做解剖检查，才被送回家中。

这是五月一个碧空如洗，令人神清气爽的好日子。

前一天晚上，家里举办了一场只有家人参加的守灵式，正式的告别式则把地址选在了附近的殡仪馆。在错综复杂的住宅区举办葬礼较为繁杂，因此方城家依照了近来的惯例去做。

成一与众家人一同坐在死者家属席上。

葬礼比成一想象中的要简朴些。花圈数量不多，出席者在宽阔的会场里也显得零零散散，给人一种难以打消的孤寂感。

身为白手起家并积累万贯家财的成功者，最终得到的却是一个与成就如此不符的葬礼。这或许是兵马既不信任别人，也不与人深交，始终过着独行侠般生活的结果。

兵马出生于明治末年的东京深川，毗邻洲崎花街处。父亲是首饰匠，他是兄弟姐妹七人中的老六，从小伶俐开朗，是附近小有名气的淘气包。在父母与兄弟姐妹们的关爱下，尽管家境清贫，兵马依旧健康地度过了他的童年。

悲剧发生在兵马六岁那年。那一年，一股台风形成于和歌山县潮岬海域，自静冈县沿岸登录，通过京滨地区、东京北部及福岛县，并从宫城县金华山海域起一路席卷至北海道。当时以东京为中心的东日本一带，狂风肆虐，大雨倾盆，发生了巨大的自然灾害。最终，共有四万三千八百七十一户人家全毁、半毁或被冲塌，二十万四千户人家浸水，七百七十人死亡，三百七十四人失踪。在东海道铁路干线路段，酒匂川铁桥垮塌，山北站到御殿场站之间的隧道也因坍塌而堵塞。由于仓库浸水，食品等货物价格暴涨。当时社会一片混乱，据说为了打击借货物不足之机牟取暴利的商贩，警视厅甚至迫于形势发布了《奸商取缔令》。

这就是铭记于历史的惨剧——发生在大正六年九月三十日的"东日本特大暴风雨"。

而兵马的父母和六个兄弟姐妹，就在那七百七十名死者当中。当时，兵马家的房屋倒塌，全家人都被压在了底下。只有兵马一个人在倾斜的房梁下奇迹般地捡回了一条命。

茕茕孑立的兵马最终得到了照顾，日本桥的一家生丝批发店收容他做了学徒工。身为最低贱的苦工，他在那个专制气息浓厚的商业世界中饱尝了社会的辛酸。在兵马十一岁那年，店主对他慧眼赏识，将他从用人中提拔了出来。如今看来，兵马当时的职位已经相当于社长秘书。在当时论资排辈的大环境下，他的境遇可谓特例中的特例。之所以会这样，一方面由于店主是那种不拘常理、勇于打破常规的人，另一方面，也有人在私下觉得是由于店主喜好男风。不过事情的真相，至今依旧不为人知。

而这位生丝批发店老板的爱好，就是股票投机。

　　然而，老板在日本桥的店铺固然很大，但正因如此，店里的开支也十分庞大，连店主自己也攒不下几个闲钱。据店主所说，他也经常只是纸上谈兵而已。股票的买卖与兵马并没有什么关系，但在看着身边的店主因股市信息一时欢喜一时愁的过程中，兵马对股市的关注度和知识度自然也越来越深。到他十七岁出徒那年，兵马进入兜町一家小型证券公司，成了一名报信的信童。他利用自己过去存的一笔小钱和专业知识，投身到了股市当中。

　　兵马之所以能够获得成功，是由于他在众多只看重短期利益的股票投机者之中更具备长远的眼光。他对大局的预测非常精准，并且能够从更高的角度审核和分析股市的行情。在人们疯买某一只股票时兵马能从中获利，而在他们见势不妙抛售股票时，兵马依然能从中获利，并冷静观察后续状况——他有着冷酷而擅长观察的眼光。在不知不觉中，崭露头角的兵马渐渐习惯了"昭和年代的福泽桃介"这一称谓。福泽桃介自不必多提，他是庆应大学创办者福泽谕吉的女婿，是明治年间无人不知、无人不晓的"股神"。

　　后来，一·二八事变、七七事变、八·一三事变相继发生——兵马敏锐地嗅到了社会潮流的变迁，乘上了军备品生意繁荣的浪潮，这使他的资产仿佛滚雪球般增长。既不相信别人，也不与人深交的兵马，在股票投机客们充满尔虞我诈、相互背叛的世界中可谓如鱼得水。在战况即将陷入胶着之前，他又仿佛预知未来般地从市场中急流勇退。而他这次隐退，也恰如福泽桃介般明智。

　　只不过兵马并非众口相传的那种贪得无厌的野心家，反而是那种贵有自知之明的小人物。"二战"结束后，他没有重返股市，而是涉足房地产业——经营起平稳的生意，过起了安稳的生活。也正是这一时期，他在世田谷购置了如今的家产。

兵马的妻子初江逝世于昭和三十年代，去世前，她只来得及与兵马生育三个孩子。与同时代的夫妻相比，这已经是很少的了，而这也足以说明兵马当时极为忙碌。

秉承了做股票投机客时的独行侠风格，涉足房地产的兵马依旧没有创办公司，也没招募任何员工，只有宿佣工兼任司机的清里荣吉是他唯一的心腹。

就像对外人极其冷淡那样，兵马对自己的妻子和子女也不甚关心。大女儿多喜枝才二十岁出头，就下嫁了一个平凡无奇的大学生——濑川胜行。这件事当时在家里引起了不小的轰动，但兵马最终只是以胜行做倒插门女婿入赘方城家为条件，就轻易答应了这门婚事。同样，尽管二女儿左知枝的结婚对象藤重圭吾是个与房地产业毫无关联的药师，兵马依旧没有对此表现出任何不满。甚至连他的独生子直嗣立志学画时，兵马也没有横加阻拦。

有人说他薄情，但也有人认为归根结底，他还是最大限度地给了孩子们自由。而这或许正是兵马单枪匹马，仅凭自己的才能与实力开拓人生后所养成的，奔放不羁的生活态度。

但到了晚年，他突然一改原本的生活态度。

兵马开始寻求起了自己的接班人。

十几年前——那时的成一还是高中生。

如果说留下自己存活过的证明并将其流传后世是人类的本能，那么兵马到了七十岁后，才终于觉醒了自己的这份本能。

藤重圭吾和清里荣吉已经去世，而胜行和直嗣又不够可靠——做出这样的判断后，兵马最终挑中了成一。

他要求——准确地说是命令成一在大学进修经济学或经营学，但成一表示拒绝。

外公是如此顽固，但继承了他血脉的成一也很固执。

最终谁也没有让步，成一离开家门，开始了独自生活。后来他进入大学研修光学，只有学费还由父母提供。

又过了几年，外公开始逐渐转卖名下拥有的土地和建筑，从这行中急流勇退下来。

而成一至今也不认为当初他的选择是错误的。

只不过，成一会为自己当时的叛逆和略微过头的固执而后悔。也正因如此，没能向外公道哪怕一句歉，才会成为他心中最后的遗憾。

葬礼在一片寂静而冷清的气氛中进行着。

明亮的阳光中，有着几分隆重，又有几分庄严——

轻柔而和煦的微风，拂过了来客们黑色的丧服。

继而轻轻摇晃着礼堂里的鲸幕。

那个午后是如此寂静，仿佛不曾有过一场葬礼。

参加者中，一半是胜行与直嗣在工作中认识的人，另一半则是兵马的旧识——他们大都一言不发，面无表情。但当一个看上去像政府官员、面色严肃的男子开着黑色奔驰车赶过来时，在场的人们不由得感到了紧张。男子表示过去他曾经受过方城老爷的照顾，继而眼圈泛红地为兵马烧了一炷又一炷香。美亚睁大眼睛感叹道："哇，外公可真行。"成一则不禁对外公年轻时狂放不羁的作风产生了遐想。

左枝子也坐在轮椅上参加了这场葬礼。

她身穿一件黑色连衣裙，一串珍珠项链点缀在她的胸口，显得清冽而耀眼。为了保护左枝子不被人们用好奇的目光注视，成一和美亚费尽了功夫。

起灵时，富美伤心欲绝，放声大哭起来。多喜枝不够严肃地说了一句"哭成这个样子，传出去多不好听"。

而胜行在与殡葬公司的员工沟通过相关事宜后，事无巨细地承担了葬礼上要做的各项事宜，展现了他身为万年总务课课长强大的办事能力。

葬礼中唯一没有派上用场的人是直嗣，他光是一副六神无主的样子，始终跟在胜行背后。

出席葬礼的人中，还静悄悄地藏着几个明显像是警察的人在四处张望。还有几个看上去明显是记者的人，被殡仪馆的工作人员赶了出去。尽管如此，兵马的葬礼总体上依旧没出什么乱子，干脆利落地结束了。

只剩凶手尚未落网。

◇ 左枝子 6

外公的葬礼在今天举行。

我也时隔许久地坐上轮椅出了家门。

腋杖和肘杖都不适合长时间外出，因此是哥哥用轮椅推我出来的。尽管如此，我还是觉得很累。看来没能习惯的外出，对我来说依旧是件难事。

可是……明明应该很累，我却始终无法入睡。一股沉闷的感情压在我的心里，令我无法入睡。

外公去世了。

还是被人杀害的……

为什么世界上会有如此可怕、如此恐怖、如此令人不愿发生的事？为什么会有一个人去杀死另一个人，这种令人悲伤的事情发生——？

外公，外公……

虽然有人觉得外公是个非常严肃、可怕的人，但我完全不这么觉得。对我来说，外公是一个胸怀宽广、体贴善良的人……是一个用宽广、强大和包容一切的慈爱来保护着我的人……

外公，外公，他是那样的善良，他是我最喜欢的外公……

为什么外公会去世？

为什么一定要用那样残忍的手段杀死他？

为什么我最喜欢的人总是要离开我？

为什么会迎来这样不幸的结局？

为什么……

没错，父亲和母亲也是那样去世的。

十七年前的五月。

发生了那起车祸。

当时我和父母一同在四谷生活，我们住的似乎是外公名下的一栋公寓楼——那是母亲结婚时外公的陪嫁——没错，外公的为人就是这样善良。

母亲经常会带着我回娘家，也就是我现在所居住的地方。

直到现在我还记得——小时候我总是说"外公的家里有树林"。那时我最期待的，就是能和哥哥一起玩闹——我们在院子里相互追逐，跑来跑去——那时我也能像哥哥那样自由奔跑。我常常在周末和父母一起回外公家住——因为当时我特别喜欢黏着哥哥，当他的跟屁虫。

后来，就是发生在五月的那件事了。

虽然已经记得不是很清楚，但我知道我们那天出门，是要去远亲家里参加一场法事。前一天晚上我们睡在外公家里，打算第二天一早就从那里出发。富美姨的先生荣吉叔负责开车载我们去。

那是十七年前的五月。

车祸本身我已不太记得，我的记忆里只留着哥哥在车门外挥手送我们离开家里时的样子。能坐荣吉叔开的车，我兴奋极了，在车上欢闹个不停……

或许是因为醒得太早，后来我趴在母亲的膝盖上睡着了。当再次醒来时，我已经躺在了医院的病床上。

我们所乘坐的车，似乎是在东京与琦玉县交界附近的一个十字路口，与一辆翻斗车撞了个正着。

就在那一瞬间，富美姨的先生和我父母的生命，以及我身体的自由，都被这场车祸给夺走了。

据说两车相撞所带来的冲击令翻斗车半毁，而我们所乘坐的轿车则被撞得不成原形。我之所以能捡回一条命，其中一个原因是我的身体还很娇小柔软，而最重要的原因是——没错，据救出我的人说，母亲维持着紧紧抱住我的姿势，而父亲又维持着扑倒在母亲身体上的姿势，两个人就这样死去了。

父亲，母亲，我是你们的女儿。我是被父母所深爱的，属于他们的独生女。所以我才顽强地存活了下来。

当我在医院醒来时，我的全身缠满绷带，连脸上都被裹得严严实实，什么也看不见。我记得那时右腿感到很痒很难受，明明它已经再也无法动弹……

外公一定非常可怜我。

在与父亲家商量过后，外公把我收养在了自己家里。他在家里建了残疾人用的卫生间，还在各处都安装了铁制扶手……

看着挂着儿童用的拐杖跌跌撞撞行走的我，外公一定非常难过，所以他经常会将幼小的我抱在怀中。

"左枝子，你是个好孩子，可爱的孩子。你就留在外公家，永远留在外公身边吧，外公会永远陪着你……"

外公他是那样的慈祥。

随着我年龄的增长，家里的扶手每年都会安装到更高的位置。与此同时，固定扶手的零件所安装的位置也渐渐提高，在墙上留下许多小洞，让家里变得有些难看，但外公却对此毫不在意。每年外公都会叫工人来家里调整扶手位置，这件事对他来说甚至成了一种乐趣。

但这样的外公，如今也已经不在人世了。

尽管这几年他窝在别室里深居简出，尽管他年事已高——但他依旧是我的外公，我最亲爱的外公。

他已经不在人世了。

我再也见不到他了。

为什么他会被那种残忍的方式害死——？

我最爱的人们，为什么总会以那样的方式死去——？

为什么，为什么……

为了让我喜爱的人们不再遭遇不幸。

神啊，求求你。

请你守护我最爱的人们，就像父亲、母亲和外公守护着我那样。

神啊，求求你。

求求你守护他们。

哥哥、美亚、富美姨、姨父、姨妈、直舅——还有，还有他——求求你守护他们。

◇ 成一 8

距案发当日已过了五天。

成一在二楼的卧室，任自己疲惫的身躯倒在床上。

他也非常清楚，自己的神经最近绷得太紧。

窗帘还未拉上，窗外，树木的枝条在黑夜中摆动。听着它们发出的沙沙的噪音，望着它们单调的晃动，成一的内心不禁因烦躁而恼怒。

他不禁长叹出一口气。

今天白天，警察甚至来到他公司里对他进行问讯。为了让成一不那么生气，他们一边在像念咒一样强调自己只是例行公事，一边把之前问过无数遍的问题不厌其烦地又问了一遍。

阔别十年回家后，因与外祖父发生不和而将其杀死——警察或许有充分的理由这样怀疑自己，但他们对自己的说法丝毫不予信任的态度，依旧让成一感到很不愉快。他们看上去一副急着要从成一的陈词中嗅出破绽，并将其抓住的样子。警察的到来已经够让人窝火的了，而同事和上司眼中好奇的，似乎想要刨根问底的视线，则令他更加烦躁。

拜他们所赐，成一在下午的棱镜孔径角实验中完全没能专注。

受够这种荒唐的闹剧了——成一心想。

不可思议的是，他对外公的死并没有感到伤悲。

毕竟十年没见面了，这样或许也不奇怪。也许正是因为继承了兵马的血脉，他对血亲的感情才会如此淡薄。但无论理由如何，这种出人意料的平静，令成一感到更加焦躁。

窗外晃来晃去的树木刺激着成一的神经，他站起身来粗暴地拉上了窗帘。

这个动作仿佛信号一样，成一刚刚拉上窗帘，房门就被人敲响了。

"进。"

进来的是美亚。她穿着宽松的粉白条纹睡衣，双手各端着一个冒着热气的马克杯。

"老哥，你还没睡？"

"嗯。"

"喝可可吗？我刚泡的。"

"好的。"

美亚把其中一只杯子递给了成一。

"没耽误学习吧，美亚？"

"会说话吗？倒是先讲声谢谢嘛。老哥你真是的，总是那么冷淡……别担心，不会耽误学习啦，喝点可可休息一下而已。"

令人意想不到的是，或许拜母亲大大咧咧性格的反作用所赐，妹妹是个可靠的姑娘。

"老哥……还记得咱们小时候总是像这样泡可可喝吗？每次都是富美姨泡给姐姐和咱们的。"

美亚轻轻坐在成一的床上。

"是啊，那时还得左枝子帮忙把可可吹凉你才能喝。"

"是吗？"

"可不是，当时你总乱跑乱闹的，把可可都洒在我床上了，还被富美姨狠狠训了一顿。"

"是吗？原来还有这种事呀，我都不记得了……算了，先别提以前的事了。老哥……"

美亚的声音突然小了下来。

"……你觉得这个世界上有幽灵吗？"

"怎么突然提起这个。"

"因为小舅说他见到过外婆的灵魂呀。而且外公被杀害的情况……怎么想都不太正常对吧？"

"嗯……是啊。"

"这阵子我问过警察叔叔，他们说那间别室除了入口以外，没有任何人进入过的痕迹。"

"也有可能只是他们看漏了吧。"

"我也是这么说的，但警察叔叔说那是绝对不可能的。鉴定科——是这么叫的吧？听说这是那里的人们调查后得出的结论。"

成一一边考虑美亚的话，一边喝了口可可。甘甜的饮料令他的情绪得到了平复，他慢慢啜饮着可可。

"那应该不会有错了，毕竟他们是专业人士。"

"警察叔叔还说他们把院墙和别室周围都查了个遍，但丝毫没有发现有人偷偷闯入过的痕迹。"

"是吗，怪不得那天都那么晚了，他们还一直在闹哄哄的。"

"嗯，所以只能推测杀害外公的凶手是从正门大摇大摆走进来的。"

"……嗯。"

"可是老哥，你和小舅一直都在起居室里面望着别室对吧。"

"嗯，一直看着。"

"真的谁都没去过那边吗？"

"是啊。"

没错，怪就怪在这点。成一感到十分费解。如果有人过去，自己应该是不会看漏的，但是……

美亚用一双黑漆漆的大眼睛紧紧盯着成一。

"我说，会不会是老哥你看漏了？"

"警察已经这样问我很多遍了。"

成一皱起了眉头。

"那帮警察实在啰唆，简直要被他们烦死了。可是……外公在别室门口露了次脸，紧接着就打开了连接走廊的电灯……当时那边非常明亮，实在想象不到会看漏什么人。"

"绝对没有？"

美亚向前探着身子问道。

"虽然谈不上绝对……但当时我有点好奇外公现在的样子，所以一直注意着那边。如果有人经过那里，我应该不会看不到。"

"对嘛……所以说才不对劲。"

美亚说着，将杯子里的可可一口喝下。

"明明没有任何人靠近那边，可外公却被杀害了。"

"那就只能推测是意外或自杀了。"

成一心里想到的话不禁冲口而出，但这种情况连他自己也无法相信。果不其然，美亚立刻摇起了留着一头短发的脑瓜。

"警察叔叔说那是不可能的，他们说外公是被人用很大的力气击打而死的，而且那根铁棒……"

"是独钴杵吧。舅舅说那是佛具之类的物品。"

"是的，警察叔叔说那个独……钴杵把手的部位，有指纹被人擦拭掉的痕迹。"

"擦掉指纹——？"

"嗯，似乎是因为有人用那个击打了外公，所以才会用布制品擦掉指纹。所以说很奇怪对吧，明明谁也没进过那间别室，只有外公一个人在里面，却有人击打了外公……"

美亚说完后，仿佛在害怕着什么一样，双手捧住了自己的马克杯。

"所以我在想，会不会真的有那些幽灵之类的东西存在……"

"原来你是害怕这个，才端着可可来我这儿的啊。都怪你自己，大晚上的非要去想这些无聊的事。"

"不是这样啦……可是幽灵居然会杀人，我还是有点害怕的。"

"怎么可能……"

虽然嘴上这么说着，但成一不禁也有点打怵，心想应该不会发生这种怪事——

"可是那个灵媒师说过吧？幽灵会降下灾祸什么的……"

美亚大大的眼睛里，已经有了一丝认真。

"被那种幽灵给诅咒，一定很可怕吧？"

"可是幽灵杀人这种事，连听都没有人听过不是吗？"

成一故意让自己的语气开朗起来，但美亚的表情变得更加严肃。

"要不然就是……超能力之类的？"

"超能力……？"

"嗯，要是使用特异功能，把那种又小又轻的铁棒从远处移动过去，再敲到人的脑袋上，应该只是小菜一碟而已。"

"真够扯的,又不是什么科幻情节。"

"可是神代先生他们不是也说过吗,这个世界上真的存在超能力……老哥,你不也相信这些吗?"

被美亚紧紧盯着的成一慌忙挪开了视线。超能力、预知……这些现象应该的确是存在的。尽管他想这样说,但内心的恐惧令他无法出声。

◇ 左枝子7

今天是星期六。

那场令人心痛的惨剧发生后,已经过了接近一周。

家里也终于恢复了以往的平静。

哥哥放了假,一整天都在家里陪着我。我们聊起各种各样的事,仿佛回到了小时候。只不过当哥哥谈起工作,说起什么透镜曲率、棱镜曲面修正之类的话题时,我就完全听不懂了……尽管如此,我还是要多谢双休日制度呢,非常感谢。

时隔许久,终于又度过了令人安心、平静的一天。

今天要做的,就只剩睡觉了。

富美姨在房间里为我铺好了床铺。

这是从我小时候起,富美姨就有的习惯。

现在的我还是能做到生活自理的——但富美姨却丝毫不愿改变这个习惯。当她为我整理床铺时,我们会单独聊一会儿天。我非常喜欢这段时间，富美姨似乎对此也很享受。所以我没有坚持要自己去整理床铺，而是在这件事上接受富美姨的服侍。所以至今每到这个时候，富美姨都会像现在这样来我这里。

"富美姨。"

"什么事，大小姐？"

"富美姨和你家先生是因为相爱而结婚的吗？"

听我发问后，富美姨稍微有些惊讶。

"怎么了，大小姐……为什么突然问这个？"

我也不清楚为什么会这样，但我最近突然对恋爱故事很感兴趣。

"没怎么……只不过，我以前没听过这方面的事。"

"这个嘛……因为相爱而结婚，我们可没那么夸张。"

"那是为了什么结婚的呢？"

"过世的太夫人——也就是大小姐您的外婆——当时生了病，太老爷就雇我来这儿照顾，而他当时也在……就是这么简单。"

"就是这么简单——？这么说我不太明白。"

"所以说嘛……我们家那口子当时是宿佣工司机，而我也住在这儿……结果就顺其自然了。"

"哇……"

"所以说没有什么相爱不相爱的，当我回过神的时候，就已经被他推倒了……"

富美姨好像有些难为情。

"多美妙啊……"

"美妙吗？ 明明是既不梦幻也不浪漫。"

虽然嘴上只是轻描淡写般一带而过，但富美姨究竟有多爱自己的先生，连我都非常清楚。

听说十七年前，我父母与富美姨的先生在那场车祸中去世时，她简直伤心欲绝。兼之警察告诉她车祸可能是由于荣吉叔开车时打盹造成的，更是让她直接不省人事。

但据说当时外公却在替荣吉叔说话，训斥了那名警察——他说荣吉叔不可能怠慢工作——车祸的原因直到最后也没能查清，但富美姨认为自己也有责任，打算离开这里。家里的先生居然会在开车时打盹，这也令她倍受打击。不过外公坚持让富美姨继续留在这里，他说将近四十岁的女人要一个人出去生活是相当困难的。

自那以后，富美姨始终深感外公的恩德——所以在葬礼上她才会哭得那么伤心。而且最先发现外公被害的也是她，她至今还没能从打击中恢复过来。但她还是装作一副坚强的样子，连我都为她感到心疼……尽管如此，为了不让我们担心，她一直都在拼命让自己重新振作起来——这是多么体贴啊。

"富美姨。"

"大小姐又想问什么？"

"富美姨，你考虑过再婚吗？"

"再婚……？"

"嗯。"

"这个嘛……那会儿我还得忙着照顾太老爷和大小姐……而且……"

"而且什么？"

"虽然既没什么特长，为人又很无趣……但世界上再也没有第二个我家先生那样的人了。"

富美姨若有所失地说。

"富美姨，其实你很爱自己的先生吧？"

"真是的，大小姐，您乱说什么呢……好啦好啦，别在这种没劲的话题上聊个没完啦，早点休息。"

"嗯。"

我老老实实地走向床铺。

每晚上床睡觉前，我都会像这样和富美姨单独聊一会儿天。从小时候起，每天都是……

无法入睡的夜晚，她总是这样陪着我。

就像母亲一样，温柔地为我梳理着头发。

当年幼的我被噩梦惊醒时，她总会紧紧将我搂入怀中。

"大小姐，可怜的大小姐，又做噩梦了，在梦里被可怕的妖怪给欺负了吧……没关系，有我在这儿呢。富美永远在这儿陪着您，哪个坏家伙敢欺负大小姐，富美就把它们都收拾掉！没事了，大小姐，放心睡吧，好了，大小姐，慢慢睡吧。"

后来不知从什么时候起，富美姨对我说了这样的话——

"大小姐，您父亲是非常珍爱您母亲的。您看，大小姐叫左枝子——这是您父亲从您母亲的名字里借来两个字后为您取的名字。他希望您能像您母亲一样温柔美丽，并且能像他们俩相遇那样，终有一天也能遇到一个和您互相深爱的人——他是怀着这种美好的愿望，为大小姐您取了这个名字的。"

的确，父亲一直深爱着母亲。

在富美姨眼里，自己的先生也是这个世界上最重要的人。

而这样的人，是否也出现在了我的生命里——？

富美姨，晚安。

母亲，晚安。

还有……我想对他也说声晚安……

神啊，求求你。

至少请让我的心事飞过夜空，飞到他的梦里去吧……

◇　成一9

星期日从一大早就开始忙活起来。

没来得及参加兵马葬礼的那些旧识，开始陆续来到兵马家中吊唁。

今天是死者头七，按当下的风气，法事和殡仪原本都应当在这一天彻底处理完毕。

尽管如此，吊唁的人依旧来个不停。由于兵马通讯录之类的记录留得太过潦草，家人们也很难厘清他的人际关系。因此起初没有得到联络的人们听说了兵马去世的消息后，纷纷在这一天来到了方城家。

无论胜行还是多喜枝，甚至连成一也因这些素不相识的陌生人的来访忙作一团。

成一知道自己的外公一向目中无人，但没想到这也只是兵马为人的一个方面，因此感到有些意外。

过了中午，直嗣也来了。

当然，他不是为了帮忙应付络绎不绝的吊唁者而来的。他只是和往常一样，像个客人般来到了会客室。

灵媒师穴山慈云斋也和直嗣一起来到了方城家。

"姐夫，慈云斋大师不是说了嘛，咱们家里面可能潜伏着恶灵。"

直嗣的脸上依旧挂着那副招牌般的哂笑。

接待他们的是胜行和成一。多喜枝不喜欢慈云斋，因此躲着没有见他。端茶来的富美虽然装作面无表情，但藏在这副表情下的，却俨然是一副厌恶的面孔。成一见后费了好大劲才没让自己笑出来。

"所以大师要多花点时间，帮我们查清家里的问题。"

"哦……"

即使听到直嗣这种出格的话语，胜行的态度也依旧一如既往。

"不知您意下如何，胜行先生……"

慈云斋用嘶哑的声音问道。

"尊岳父离世的样子过于离奇——这点想必您也非常了解。我认为这一定是某种灵力作祟的原因，尊岳父是被幽灵作祟所害死的。前几日我到府上打扰时，就已经感受到了一股极强的灵力。一股凶恶的灾祸之力正从深邃的灵界向这里逼近。我确凿地感受到恶鬼将要对这里降下制裁的征兆。后来也正如我所料，悲剧降临到了尊岳父的头上……如何，如今您是否相信我的话语？我希望能查清笼罩这座宅邸的恶灵的真面目，让这团黑色妖雾现出原形，希望您能给我这个降服恶灵的机会。"

"唉……可我还不太清楚内子的意见。"

胜行有些担忧地说。

"因为老妈她……不太相信这些。"

成一帮父亲说了句话后，直嗣摆着一只手，一副煞有介事的模样。

"可是小成，大师说保不准还会有其他坏事继续发生。如果是真的，再找大师可就晚了。"

慈云斋也随声附和。

"没错，可以肯定的是，如今此处已经充满了某种邪恶的灵力。"

他那张癞蛤蟆似的面孔猛地靠近了胜行和成一。

"请你们感受一下，如今光是待在这里，我就能感受到那股邪气和恶意，能清楚地听到充满怨恨的声音。平时很少会有如此强烈的感觉，连我都不由得毛骨悚然……胜行先生您呢，您感受到了这股气息吗？"

"……这样啊。"

胜行推了一下黑框眼镜，用一副无所谓的语气答道。慈云斋则撇了撇那张酷似两栖动物的嘴，锐利的目光中带着一丝异样的兴奋。

"只不过……现在还有另一股灵力也盘踞在府上。那就是直嗣先生母亲的灵魂……我感受到了，她或许是想保护你们免受恶灵的侵袭。如今母性的灵力正与邪恶的灵力相互碰撞，各有起伏……我感受到了。然而邪恶的灵力过于可憎和强大，需得我用神圣的净化之力助尊岳母一臂之力方能取胜。若您同意，我势必能击退、消灭、封印这道恶灵，若不这样做，事态会变得不可掌控……更大的不幸，更为凶险的灾祸恐怕会继续降临在您家中……"

不祥的话语源源不绝地从慈云斋口中冒出。

"前几天就说过，这是那帮家伙的惯用伎俩。"

神代严肃的脸上浮现出一丝苦笑。

慈云斋喋喋不休地扔下一大堆不祥的话语后，便离开了方城家。过了一会儿，心理学学者二人组——神代与大内山也来到了方城家。

两名研究学者像其他人一样吊唁过兵马后，成一将方才与慈云斋见面时的情况讲给了他们听。

"不过说真的，连我都有些不适了。那个灵媒师身上有一种说不清道不明的压迫感，讲起话来也很有煽动性。"

成一用这句话做了收尾。

这次则是由多喜枝和他一起会见客人。

刚参加完周日社团活动的美亚也鬼灵精似的跟了过来，看来她对这两位年轻的研究学者真的很感兴趣。

还是老样子留在家里吃晚饭的直嗣,这会儿似乎在厨房和富美谈话。

成一讲完后，多喜枝不悦的感情溢于言表。

"受够了，真是烦透了！父亲头七还没过完，老弟就不长记性地把那家伙带来……都说多少遍了，别再让那个人进我们家家门！"

"看来这次的说服对象要变成直嗣先生了。"

神代显得有些为难。大内山也表示："可是……尊外祖父已经够难劝了，想要说服直嗣先生恐怕更不容易。"

他歪着自己微胖的脸，那双仿佛豆沙面包切开后中间那条缝隙般的眼睛眯得更紧，露出仿佛带着一丝冷笑的表情。

"是呀，别看小舅一副好说话的样子，其实他油盐不进的。"

美亚在一旁搭腔。多喜枝也说道："所以拜托你们两位，只要让那家伙以后别再来我们家就行。说实话，现在能依靠的就只有你们了。"

看来她早已忘记自己前不久还埋怨过他们"不可靠"的事了。

"不过我对那个灵媒师说过的话有些好奇，神代哥你们能感受到灵力之类的东西吗？"

美亚问完后，神代笑了。

"我们只是普通的研究学者，并没有那种能力哦。"

"而且，美亚小姐……"

大内山将原本就窄小的眼睛眯得像一条缝一样。

"我们不是说过，不要被他们给吓到。他们这种人一直都是这样，先在人们心里植入恐惧，然后再乘虚而入。所以千万不能相信。"

"说得对呀，美亚，你可千万不能信啊。"

多喜枝也叮嘱女儿。

"平本先生和她的大女儿就是这样，有个新兴宗教叫什么天空真神教，他们就上了那个宗教的当，最后被人家骗惨了。又是买什么佛龛，又是把工资捐给教众，还鼓动自家亲戚也跟着信……听说最后闹得不成样子。平本太太为此愁得是一天比一天消瘦，看着都觉得可怜。美亚你要是和那些事情扯上关系，妈可怎么办才好呀……"

"不用担心啦，人家才没那么好骗呢——可是神代哥，不提那些古怪的宗教所供奉的神明，我只想知道世界上真的有幽灵吗？"

看样子美亚对这些事真的颇为好奇。被她问到的神代张开了如女性一般的薄唇。

"这个嘛，人们一般情况下所提到的那种灵魂，我们认为是并不存在的。"

他换上了一副博学的研究学者面孔。

"当人们提到幽灵时，指的通常是看到已经死去的人，或是在空无一人的地方感受到了某人的气息等情况，我们也收集过诸多这方面的报告，但能够确定，其中大多数情况都属于错看、错判或错觉。"

神代用一贯冷静的语气说着。

"而且我认为诸如'感受到某人的灵魂就在身边'的这种想法实属荒谬。像那个灵媒师所说的'兵马老先生夫人的灵魂'之类的话语，更加不值一提。"

"也就是说，那些都是谎言对吗？"

美亚半信半疑般地问，而神代点了点头。

"那当然了。"

"但是，为什么能那样肯定呢？"

"所谓的幽灵，基本上可以认为是一种错觉。像是老旧的木屋里发出的古怪响声，通常都是鼓音现象所导致的。还有就是最近有一起发生在富山县的事例——一位司机深夜行驶在蜿蜒曲折的山路上——我们曾去当地进行过考察，那条山路的确坡度很大，要过的弯也很多。山路外侧就是深崖，十分危险。由于当时有点急事，司机开得也比较快。对面车道没车，他就这样在险峻而空空如也的夜道上行驶……这时在前照灯前，突然蹿出一个身穿白色和服的女子。正当他顿感不妙想要踩下刹车时，事情已经晚了，伴随着冲击，他听到车身传来一声钝响。司机慌忙停车，战战兢兢地下车回去查看……但别说是人，连小动物都不见半个。他看了看保险杠，上面的确有撞击的痕迹，但他却没有找到关键的那个人。司机不禁毛骨悚然，觉得自己撞到了幽灵……"

"呀，好可怕……"

神代的话令美亚的双腿止不住地颤抖起来，多喜枝听着也皱起了眉头。但神代依旧保持着平静的语气。

"我们接到报告，寻访了那名司机。当时我们找到了精通催眠术的专家，让他进入催眠状态，从而探索他的深层心理。我们尝试调查他在那场'虚拟事故'的前后，在驾驶的同时究竟在思考着什么。最终我们得出了一个很有意思的结果：在连他本人都没有察觉的意识深处，其实是这样想的——山路如此危险，边上就是悬崖，周围又没有其他车辆，太可怕了，一旦发生什么事故就全完了，一旦打个盹什么的就死定了……其实他也明确提到过自己当时缺乏睡眠，在所谓的'事故'发生后，他立刻就清醒了过来。我们继续挖掘了他的想法，发现他心里想的是——好可怕，好危险，有没有人能来吓我一跳，让我清醒一点……"

"也就是说，那个所谓的'人'就是幽灵对吧。"

成一抢先说道，神代静静点了点头。

"正是如此。"

"咦……怎么回事？到底谁是幽灵？"

美亚似乎没太听懂，不满意地问道。神代继续解释了下去。

"我们是这样分析的。他在内心深处非常害怕事故发生，希望能有个办法让自己清醒——然而他的身体却渴望着睡眠。就在他快要打盹的时候，突然有树枝之类的东西偶然撞上了保险杠。他由于惊吓而猛然醒来，于是内心渴求着能有人来吓他一跳的想法，在无意识间创造了一个人物形象，并瞬间传送到他的视觉中枢——于是那件事情就发生了。也就是说他所见到的，是他的大脑在无意识间所虚构出来的幻影。身穿白色和服的女人——这是在司机之中流传的最常见的鬼故事之一对吧。他在无意识间想起了这个故事，于是大脑在千钧一发之际所想象出来的也正是相关的形象。"

"好厉害……这么一说感觉很合理哎。"

美亚大声感叹。

"这样一来终于可以接受了吧，幽灵之类的说法都只是出于错觉。"

接下来大内山开了口。"当然，我们也并非全面否定灵的存在。但正如神代所说，它与一般情况下人们所提的幽灵并非同一概念……"

他嘀嘀咕咕地说道。

"也有人在以人类死后的意识残留为主题进行研究……但当然不是从灵的角度，而是从更加科学的角度出发了。"

"咦，从科学角度来研究幽灵吗？那要怎么做呢？"

美亚兴奋得眼睛里闪烁着光芒，大内山哼笑一声。

"这就涉及大脑生理学内容了……脑神经的运作简单来说，就是大脑内部的神经元进行联会并发射电信号。这种电信号发射到外部后被其他人读取……差不多就是这么回事……如果美亚小姐您有兴趣，等以后有机会我们可以慢慢再谈。"

可能是察觉到了多喜枝不悦的眼神，大内山匆忙结束了话题。或许是大大咧咧的性格使然，多喜枝很少盲信什么。在她眼里，大内山所讲的与慈云斋所讲的可能并没有什么不同。

"对了，神代先生，上次忘在这的东西找到了吗？"

为了缓解尴尬的局面，成一忙问。

"还记得吗？就是你上周说的那个褐色信封。"

"哦哦，那个啊。"

神代有些尴尬地笑了笑。

"的确是落在电车行李架上了。因为上面印着校名，所以车站的人好心给送到了学校……真是太感谢他们了，都怪我自己不小心。"

看来即使像他这样冷静的学霸型角色，也出人意料地有着马虎的一面。

"不过嘛……"

神代的表情恢复了严肃。

"也多亏这件事，才能让我有不在场证明……不知算不算运气好。"

"警察也去过你们两位那儿了？"

成一问道。

"是啊，来了许多次。"

"唉，给两位添麻烦了……真是不好意思。"

多喜枝说道。但大内山摆了摆手。

"哪里哪里，这也是没办法的事，毕竟那天我们也前来拜访了。不过我也有不在场证明的，那会儿我正巧遇到了在自家附近认识的洗衣店老板。"

"咦？那天回去后遇到的？"

美亚问道。

"是啊，纯属偶然。我和那位洗衣店老板站在道路上聊了一会儿……也拜此所赐得到了不在场证明，所以警察应该不会再来找了。"

大内山说着，圆圆的脸上浮现出微笑，但表情中似乎又流露出一丝担忧。

神代与大内山离开后，又有几组客人到访。

"专门为客人准备的茶叶，今天一天就用到见底了。"

连富美都深感惊讶。

直到傍晚，一拨又一拨的来客总算都离开了。

接待那些素不相识的访客简直累到筋疲力尽。晚饭前，成一打算去二楼的卧室里小憩，就在这时，他发现了一样东西。

就在楼梯最上层的台阶上。

走在楼梯上，成一视线的余光扫到了那样东西，它上面微微反射出低沉而黯淡的光芒。

感到奇怪的成一凑过去将它捡了起来。

那是一颗小小的，黑色的玻璃珠。

他不清楚这种东西为什么会掉在这里。今天来访的客人虽多，却都是成年人，没有任何访客带着可能会玩这种玩具的小孩子。而且这种东西掉在这里真的非常危险，万一被谁不小心踩到，脚下一滑的话……

成一猛地抬起头来。

出现在眼前的，是左枝子平时使用的金属扶手。

楼梯上装有金属扶手一侧的墙边。

这里是左枝子平时必走的那一边……

使用金属扶手上下楼梯的只有左枝子一人。要说家人中谁最经常靠着墙边走路的话，一定是左枝子无疑……从这方面考虑的话，如果要因为那件事而将玻璃珠放在这里，可谓是绝妙之举了。

而且它还是黑色的，与黑褐色地板的颜色大致相同，如果不是微微反了反光，或许连成一都无法发现。

是谁给左枝子设了这样一个陷阱——？

当然，也有可能是某人出于什么原因，不小心将它掉在这里的，但这个位置未免也太过危险。

大概是在赌一种可能性。就算它现在没有被成一发现，说不定也会被其他家人发现，但如果谁也没有发现的话……

其他家人其实也有可能踩到，但最有可能踩到它的人依旧还是——

左枝子。

尤其是左枝子，她在上下楼梯时很难掌握平衡，万一她不小心踩到的话……

成一不禁打了个寒战。

这种圈套极为简单，几乎不费任何力气。只需走上台阶，把玻璃珠放在这里即可……光是这样做，就有足够大的可能性令左枝子陷入危险当中。而且事后也不会有任何证据能够证明是谁所为。如果真的有人试图加害于左枝子，这种做法可以说是相当值得一赌。

究竟是谁要加害左枝子——？

尽管想法可能过于轻率，但只要存在这种可能性，就足以令成一陷入混乱。

是谁，究竟是谁？成一蹲坐在台阶上，大脑拼命地运转着。

与时间无关，几乎每个人都有机会。

而且今天访客实在太多，家人也一个不少全部在家。在这种情况下，直嗣、慈云斋、神代、大内山……兵马那桩命案发生前后来过自己家里的人，今天也一个不剩地都来过。看样子，演员已经全部到齐。

◇　左枝子 8

今天家里来了许多客人。

为了尽量不会碰到客人，我始终独自待在二楼。

接待客人的哥哥似乎十分忙碌。

美亚今天也出门参加网球社的活动去了。

今天是个无聊的星期日。

到了傍晚，家里安静下来，我便打算去院子里坐坐。下楼途中我碰见了坐在楼梯顶端的哥哥，但他显得有些心事重重。我知道哥哥不太擅长与陌生人交流，或许是接待客人把自己搞得太累了。那我就不约他一起出去，让他自己静静待一会儿吧。

来到庭院里熟悉的那张长椅处。

我将拐杖放在一旁，学母亲那样将身体倚在靠背上。

傍晚的风儿尽管有些微凉，但令人非常舒适。

树叶相互摩挲所发出的声音好似低语。

而我心里依旧思念着他……

今天神代大哥他们似乎也来访了，但我终究没能出来与他见面。

我在害怕……

不知为何，我害怕与神代大哥见面。

不，原因我是知道的。

我怕被他讨厌。

会不会被神代大哥讨厌，被他冷落——我总是这样想着，并为此感到害怕。

我发现了。

我注意到了一件非常不愿发生的事。

毫无疑问，神代大哥喜欢的一定是正常的、健康的女孩子——我注意到了这件事。他是不可能钟情于我的——我突然想到这件事。

所以即使知道神代大哥他们来访，我也不敢迈出房间一步。因为害怕，我只能躲在房间里一声不响，独自颤抖。

我开始埋怨起自己的身体，怨它为什么不能像正常人一样活动。

我的心里第一次产生这种埋怨。

过去的我从没有过这种念头。

为什么我会变成这种讨人厌的女孩?

明明世界上有那么多比我更加可怜的人……明明母亲的脸上总是挂着无比幸福的笑容……明明我早已下定决心,不要怨天尤人地活下去……

我这是怎么了?

感觉自己的心仿佛不再属于自己。

胸口是如此沉重,如此痛苦。

可是——可是,我不能这样下去。

不能总是这样去想。

我劝自己不要再这样烦恼。

因为,这并不是爱情。

仅仅是一种向往。

这种模糊、甜蜜的错觉,恐怕一段时间过后就会被彻底忘记,像细雪般完全消融。

所以就算烦恼也没有用。

就放弃这一切吧……

为了能对此深信不疑,我反复劝说着自己。尽管需要相当的努力……但我依旧在试图这样去想。可从另一方面来讲,我又很难将自己说服。我心里清楚想要做到这点很难。

尽管如此,也还是放弃吧。

因为我的生命,是母亲和父亲用自己的性命守护下来的。是他们用怜爱、疼爱与慈爱换来的——换句话说,我无时无刻不在母亲的怀抱中。

母亲,母亲……我究竟要怎么做?

如果是母亲遇到这种情况，她又会怎么做？

如果是母亲，即使心情如我，也一定不会忘记保持脸上耀眼的笑容吧。如果是母亲，一定会用她心中的温暖，来融化对方因厌恶而冻结的心灵。

母亲，母亲……

最近——其实也是常常，有人说我长得很像母亲。据说在母亲遭遇车祸后，由于外公太过伤心，大家最终忍痛烧掉了母亲的照片。但对我来说没关系，因为母亲至今仍旧活在我的心中，正如她还在的时候那样——乌黑柔顺的秀发，光辉夺目的双瞳，白皙柔软的面颊，还有那副耀眼的笑容……

如果是真的，如果我真的长得和母亲一样……那我露出微笑时，是否也能让他见到耀眼夺目的笑容呢？他会注意到我像母亲一样耀眼的美貌吗？

我的心思，飘荡不定。

心里不停地想着母亲、神代大哥……还有我自己。

究竟要怎样做才好？

神啊，求求你，请让我从胸口的苦痛和憋闷中得到解放吧。

我向神明衷心祈祷。

因为我做不到其他的事，因此只有祈祷。

我只能做到祈祷。如今的我，只能做到祈祷、祈愿，以及幻想。

风儿带来了夜晚的气息。

差不多该回家了。

我将手伸向拐杖——就在这时。

"姑娘，打扰一下。"

一个从未听过的男声，令我不禁回过头去。

◇　成一 10

"老哥，老哥，不好啦！"

美亚气喘吁吁地冲进起居室。

"怎么了，小美亚，迈那么大步子，一点都没有女孩样儿。"

靠在沙发上的直嗣揶揄着美亚，但她脸上严肃的表情丝毫未变。

"不是开玩笑的时候啦！刚刚我稍微出去一趟，结果看到在院子里……"

美亚焦急地跺着裙裤下露出的脚丫。

"有个怪男人正在骚扰姐姐！"

"什么？在院子哪儿？"

直嗣猛地变了脸色。

"就在长椅那里！"

成一的目光透过起居室的大落地窗扫过庭院，但视线被树木所遮挡，无法望见长椅那边。直嗣这时已经从沙发上弹起身来。

"我这就过去！"

而成一已经抢先一步向门外冲去，直嗣和美亚也跟在后面跑了出去。

成一绕过正门，跑向庭院。

茂盛的树木围着一片草坪，草坪的中央有一把长椅。

成一边跑边望过去，果不其然，一个陌生的男子和左枝子就在那里。

左枝子坐在长椅上，双手捂着面颊。而男子在她身旁绕来绕去，好像在不停地对她讲着什么。

似乎注意到了赶过来的成一等人，男子看到他们时显然吃了一惊。他像要逃离般往四周望了望，但发现这里三面环树，最终才一筹莫展地站在原地。

下一刻，成一就赶到了他面前。

左枝子纤细的肩膀微微耸动着，似乎正在哭泣。成一的火气瞬间涌上头顶。

"你在这儿干什么？！"

连成一自己都很清楚，自己发出的声音因愤怒而颤抖。

"不是，那个……不好意思，我只是想稍微……做个采访。"

他看上去三十五岁上下，但从他三白眼中所透出的眼神却显得很不正经。他的脖子上挂着一个还在晃来晃去的相机。

赶过来的直嗣气喘吁吁地质问："采访？谁让你进来的？"

"不是，那个……我站在门口往里看，正好看到有位姑娘在这儿……我打了声招呼，但她好像没注意到……于是我就过来了。"

男人慌张地辩解。

"你是周刊杂志社的？"

美亚的眼睛吊成了三角形，凶巴巴地问着。她一只手握着网球拍，不知想做什么。

"嗯……我是周刊杂志《Hot Shot》的……呃……算是个自由撰稿人吧。"

"自由撰稿人来这儿干什么？"

直嗣问他。

"都说是采访了……这家的主人上周不是去世了吗，可是案情有些部分似乎不太解释得清……我去问过警察，可他们表示无可奉告，我就直接来打扰了……那个，要是方便的话……能向各位打听一下吗？"

成一愤怒得几乎失语，直嗣猛地向前迈去。

"你拍照了？"

面对气势汹汹的直嗣，男子下意识地用双手抱住了垂在胸口下面的相机。

"拍了对吧？"

直嗣凶巴巴地质问着，美亚则举起了球拍。

男子仿佛在讨好他们般喋喋不休："您看……这位姑娘漂亮得像画里的美人……而且还红颜薄命，遭遇这种不幸，写出稿子来肯定会大受读者们欢迎……"

成一猛地揪住了男子的前襟。

"喂，等等，不能动手打人呀……"

成一控制不住自己手上的力道，对方的脑袋被他摇得晃来晃去。

"喂！很痛哎，快放手……"

"胶片拿来！"

直嗣在成一身后吼道。

"胶片不行……放手！你想打人不成……"

成一被愤怒冲昏了头脑，失控地掐住了男子的脖子。

男子喘着粗气，但仍旧蜷着身子，拼命地护住自己的相机。

"胶片拿来！"

直嗣再次大声吼道。但男人依旧没有停止抵抗。

"不行……胶片是我的……啊！"

男子突然一声惨叫，然后手上松了劲。

成一没有错过机会，将相机从他的脖子上摘了下来。定睛一看，美亚正在他身后保持着绝杀击球的姿势。看来是美亚用球拍给他的屁股狠狠来了一下子。

成一将相机抛给直嗣，又带着怒火向男子撞去。

对方失去了力气，软绵绵地瘫倒在地上。

直嗣粗暴地扒开相机后盖，一把扯出了胶片。被拽出来的胶片仿佛赛璐珞动画中长长的蛇，无力地趴在草坪上。

"啊！啊！你们干什么！"

男人瘫坐在地上，凄惨地发出抗议的声音。

"你们打人，还抢我的相机，这件事我跟你们没完！"

"我们跟你没完才对！"

美亚俏脸气得通红，对着男人吼道："侵犯肖像权，加上非法入侵民宅。我警告你，这会儿还有不少警察和巡警在我们家附近转悠呢！小哥你要是不服气，咱们就去警局讲理！你这种人只会拿兴趣当借口偷窥别人的生活，那有没有考虑过对方的感受？真是个大坏蛋！你自己就没有老婆和孩子吗？想想要是你自己家里的小鬼头和黄脸婆也被像你这样的坏蛋出于兴趣跟踪、偷窥，你又会怎么想？自己不愿意遇上这种事，去别人家里做就毫不在乎？整天只会追着艺人八卦和别人家里的不幸事到处跑，现在搞媒体的人真是没用！有闲工夫干这种事，还不如写点对社会和大家都更有用东西！笨蛋家伙！"

美亚用最近女高中生特有的那股凌厉劲儿狠狠地呵斥了他一顿。而对方则被训得目瞪口呆，傻傻地愣在原地。直到直嗣将相机摔在他脚边，他才猛地跳了起来。

"喂！你干什么？我相机很贵的！"

直嗣从外套内侧的口袋里掏出一张名片甩在他额头上。

"这种破相机，我随时都能赔！要是坏了你就拿赔偿单过来。我工作的画廊就在这儿，我既不躲也不藏，只要良心上过得去，你就来吧！"

"哼，有钱了不起吗……"

男子恶狠狠地瞪着直嗣甩出这句话来。

"你什么意思？"

美亚作势挥了一下球拍，男子一见，赶忙抓起相机向外跑去。

望着男人的身影消失在门外后，直嗣转向成一耸了耸肩。

"姐姐你没事吧？他没对你做什么怪事吧？"

美亚抚摸着左枝子的后背问道。

"嗯……我没事了……"

左枝子终于抬起了头。

"那个人突然向我搭话……问了我许多关于外公案件的事……我

说我不知道，可他还是问个不停……"

她依旧用手紧紧捂着自己的脸。

"我说我什么都不知道后……他又开始对我拍照……我不停地求他，求他不要拍了……"

"那个可恶的混蛋，下次再敢过来，我就对着他的脑门儿来个大力扣杀！"

美亚用单手灵巧地挥舞着球拍。直嗣笑了起来。

"嗨，我觉得这么教训一顿之后，他应该不会再来了。看他逃跑时那副屁滚尿流的样儿，让你揍了一拍，今晚他的屁股肯定要肿起来了。"

"那是他活该。"

美亚说着，把拐杖递给左枝子。

"咱们回家吧，晚饭快要好了。姐姐，现在好些了吗？"

"我好多了，谢谢。"

直嗣一边帮忙扶左枝子站起来一边说："就怕那家伙不知什么时候又会过来，得和姐夫说一声，让他平时把大门锁上。"

"嗯，我也和爸爸说一声。"

美亚扶着左枝子向前走去，直嗣跟在她们后面。

"不过话说回来，小美亚你那一通呵斥够犀利的，胆子蛮大的嘛。"

"我觉得小舅你才帅呢，还说自己'既不躲也不藏'。"

"喂喂，我是用你那种语气说的吗？又不是在演历史剧。"

"你就是这样说的哦。"

"问题是小美亚你说得太凶，万一人家动起手来，你会很危险的。"

"可是啦……紧急之间我也只能想到说那些嘛。"

从身后望着左枝子她们从傍晚的庭院走向家里，成一缓缓松了口气，将身体深深地靠在长椅上。

一定要保护好左枝子——这种想法再次与紧迫感一同涌上心头。

十年前，成一逃避了自己的义务。

他的义务就是像骑士一样保护左枝子，直到一个能让他安心将左枝子托付出去的人出现在他眼前。然而面对责任，他却夹着尾巴逃了。那时的愧疚感，让他心里隐隐作痛……

早在那时起，左枝子就是那样纯真耀眼。她仿佛拥有着纯粹、高洁、神圣而不可侵犯的灵魂。或许是在养育过程中，她得到了富美所有的爱；又或许是她平时深居简出，使她成了一朵温室里的花朵……这一切都使她洋溢出纯朴的气质。在别人面前，从不以自己的残疾为耻，她是那样天真无邪、纯洁质朴。

但不知从什么时候开始，成一对照顾左枝子这件事开始感到痛苦。

随着升入初中、高中，成一也像那些最普通的少年一样，产生了最普通的感情——嫉妒、羡慕、轻视、自卑、优越……

纯真的左枝子像一面镜子，映照出了成一内心的丑陋。接触到左枝子的纯朴，成一就深深地意识到自己内心的扭曲；接触到左枝子的善良，成一就深深地感受到自己为人是多么冷漠。左枝子的天真无邪衬托出了成一患得患失的习性；左枝子的纯洁质朴映照出了成一虚伪和虚荣的阴影。

尽管现在一想，这些都已经是些微不足道的小事，但对当时还是高中生的成一来说，这样的现实令他无比煎熬。他深深地觉得自己是如此渺小、肮脏而卑鄙。那时的成一甚至对左枝子心怀畏惧。

这就是成一年少时期青涩而幼稚的烦恼。

尽管想履行保护她的义务，却无法留在她身边——当时成一就像这样处于进退两难的境地。

别说什么骑士了，卡西莫多还差不多。

于是——成一逃跑了。

由于不敢面对左枝子，成一逃出了家门。当然，离家出走的直接原因依旧是在志愿选择问题上与外公之间的冲突。但当时的成一心里，说不定也正在苦苦等待着这样一个机会。

年少时经历的挫折，至今还是个沉重的心结。如今回味起来，成一不禁感到一丝荒唐。尽管如此，当他见到长大后如此美丽的左枝子时，他的心结依旧开始躁动不安，隐隐作痛。

也正因如此，他下定决心，这次一定要将左枝子守护到底，守护她不受那种不识趣的外人觊觎，也守护她不被那颗黑色玻璃珠所伤害……如果有人心怀歹意，想要对左枝子下手，他就必须挺身而出去保护她。如果这件事与外公的案件有所关联，那就更要尽早查出凶手才行。

庭院开始被夜幕包围，成一坐在长椅上发着呆。

空气变得有些微冷——成一抬起头来，看到启明星正远远地向他眨着眼睛。

那是发生在第二天——周一晚餐后的事情。

成一也慢慢习惯了家人们围坐在一张餐桌上吃饭的感觉。十年的独居生活，令他上周过得有些别扭，吃饭时总是有些不太好意思的感觉。

尽管家里发生了命案，日常生活却仍在继续——这不禁令人觉得可笑。平凡无奇的日常生活，却有着名为忘却的自我净化作用。这个家庭也不例外，日复一日的生活，似乎也逐渐赶走了悲剧般的过去……

直嗣也一如昨天那样回到了家中。

这段时间里，直嗣似乎忘记了自己所在公寓的住所，而是频繁地出现在家里。不过与沉默寡言的胜行和成一相比，这样一位开朗活泼的舅舅倒是令家里的餐桌上热闹不少，可谓贡献卓著。因此在大多数情况下，多喜枝、美亚和左枝子，都很欢迎直嗣的到来。直到这天他提起了那个"大多数情况下"以外的话题——

"之前不是说好要举行降灵会嘛，时间定在这个星期日怎么样？"

直嗣的脸上依旧挂着平日里那副笑嘻嘻的表情，正在喝饭后茶的多喜枝猛地呛了一口。

"瞎……瞎说什么呢你？老爸都已经不在了，再做这种事还有什么用？"

"没错，正因为老爹不在了，所以这次由我牵头。"

"别说傻话了，这种邪门的事儿我不答应。"

"那可难办了……"

直嗣脸上还是笑嘻嘻的，一点也看不出有什么难办的感觉。

"我和慈云斋大师已经在商量这件事了。"

"不是跟你说过，别再把那种人往家里带了吗？"

直嗣把多喜枝的抗议当成了耳边风。

"可是，姐你另眼相看的那两个菜鸟学者似乎也很期待这场降灵会哦。"

"谁对他们另眼相看了？我说老公，你倒也教训他几句啊。"

听了多喜枝的话，胜行眯着眼睛，从镜片后望着直嗣。

"这个……我说直嗣啊，毕竟爸都没了，是不是没必要搞这个了。"

"姐夫，我就是为了老爹才要这么做的。老爹还在的时候说过，他就等着参加慈云斋大师的降灵会呢。我也是想完成老爹的遗愿，好让他能不留遗憾，往生极乐。怎么样？姐夫，就把这个看作对老爹的一种供养吧。"

"你说的也有道理，不过……"

一到这种时候，胜行就格外靠不住。于是成一插嘴进来："我也不同意，这种事做了没有任何意义。"

他觉得这种莫名其妙、乱七八糟的事情已经够多了。然而——

"我说，这不挺有意思的吗？"美亚探着身子说道，"能在家里举行这种仪式不是很带劲儿吗？"

"美亚，怎么连你也这么说？"

尽管被多喜枝训斥，但美亚的语气中依旧透露着兴奋。

"可是妈，难得有这种事，我还挺感兴趣的。想到家里要开降灵会，心里还蛮激动的呢！小舅，这个应该不会有什么危险吧？"

"当然不会有啦，我们只是在一旁静静地看着而已。"

"看嘛，反正既没危险，又没有什么不对劲的……光是看着而已，不是很有趣嘛。神代哥和大内山哥也一定很想看，他们不是信心满满地想要拆穿那个灵媒师的骗局嘛。"

有了声援者后，直嗣更来劲儿了。

"大师也气势汹汹地说要让那两个毛孩见识见识他的神通呢，姐你怎么看？不觉得光看两边的对决，也是一场好戏吗？"

"我可不觉得是什么好戏。"

"哪怕当一场戏看着好玩也成，就当是看场余兴节目了呗。还是说你怕那两个年轻人输给大师，所以才不同意？"

"怎么可能。"

多喜枝不愉快地说。

"不，肯定就是这样。姐你就是不希望降灵会成功，不想看到自己讨厌的慈云斋大师扬扬得意的样子，不想看到那些年轻人狼狈而逃的样子。"

"跟这些有什么关系？"

"那不就无所谓了嘛。姐你只需要等着那两个人揭穿大师的骗术，嘲笑大师被揭穿后哑口无言的样子不就够了？还是说，你果真害怕大师成功？"

"都说不是这么回事了！"

两人的对话已经快变成小孩子吵嘴了。

"那有什么不行的呢？姐你反对这个，说到底不就是因为在内心深处害怕大师的灵力是真的吗？"

"行了行了，要非得这么说，管它是降灵会还是品评会，你爱举行什么就举行什么吧！不过我有个条件。老公——"

多喜枝摆着一张可怕的面孔逼近胜行。

"你去联络小池先生，让他拜托绵贯教授亲自过来。光是那两个年轻人根本靠不住！"

"好的……知道了。"

胜行战战兢兢地回答。

"好，那就敲定了，就定在这周日，大伙记得把时间空出来哦。"

直嗣就像宣布郊游日期的小学老师一样。

"哇！真棒！真希望快点到那天！"

美亚高举双手欢呼起来。

成一一直被冷处理，事情从头到尾基本上没有他插嘴的余地。直嗣的作战计划可谓效果卓著——毕竟用激将法对付多喜枝，对他来说只是小菜一碟。

自己的舅舅还没闹够，看来家里又要乱成一锅粥了——成一只得长长地叹了口气。

第二天晚上，成一与父亲喝了顿酒。

这也算是极为罕见的情况了。

当天晚上，成一在起居室里独自发呆。

"怎么样，来不来点？"

从餐厅那边传来胜行的声音。只见他高高拎起一瓶白兰地询问成一。胜行脸皮薄，过去在家门外与成一见面时，他都是和自己的妻子、女儿或左枝子一起去的。像这样只有父子二人，面前还摆着一瓶酒的情况，或许还是头一次。

两人简单地摆了点腰果仁和奶酪棒当下酒菜。成一微微举了下酒杯，举到差不多眼睛那么高，似乎连干杯都显得太过做作。胜行也做了相同的动作，然后轻呷了一口。

这是个寂静的夜晚。

"工作那边怎么样？"

胜行问了一句。

"还行，慢慢来吧，不算好也不算坏……老爸你呢？"

"我也是，不好也不坏。"

胜行眯着眼睛，从镜片后直直地望着桌子对面。

"后悔过吗？"

"后悔——？"

成一一时没明白父亲在说什么。

"哦，我是说你会不会后悔自己当初没有继承外公的土地、建筑和买卖之类的……"

"是这意思啊……这个嘛，毕竟外公那么富有，现在回头想想，可能是有点可惜……不过我还是觉得现在的工作更适合我。"

"做实验搞研究？"

"嗯，我不擅长干指使别人、调动物资之类的活。"

"是吗？那就好。做自己喜欢的事就好。"

听着胜行喃喃自语般的话语，成一停下了握着杯子的手。

"老爸，你当时也是这么说的。"

"说的什么？"

胜行诧异地抬起头。

"不记得了吗？我上高中那会儿，老妈对我发脾气，让我听外公的话……老爸你当时说的就是'你去做自己喜欢的事就好'。"

"我说过这样的话吗？"

胜行有些疑惑。

"说过啊，所以我才会不顾一切地决定去学习光学。"

"原来是这样啊，看来这句话一说不要紧，要负的责任可不小。"

胜行有些不好意思地苦笑着，视线又集中到了桌子上的一点。

成一知道胜行会支持自己，并不只是出于对外公的反抗。正因为深知在理想道路上前进有多困难，才更要选择知难而进。外公的性格那样刁钻，脾气那样火暴，身为他的女婿，父亲一定也面临过自己难以想象的巨大压力。想必是为儿子着想的那份心意，才令他承受了这股压力。

胜行仿佛读懂了儿子心中的想法。

"岳父他其实是个有趣的人。"

胜行的口吻和表情仿佛风平浪静、波澜不惊的大海。

"他是个有趣的人哪……年轻的时候喜欢乱来——当时的股民在那些大投机客的眼里，不过是些毛都没长齐的小孩儿，所以他能披荆斩棘地混过来，也是相当不容易的。他在年轻时也用过一些过火的手段，为此还有人说他是个恶毒的人……不过想在这个世界上混得开，没有才能是绝对不行的。无论以前发生过什么，能否存活下来才能决定一个人到底有没有真本事，而你外公则毫无疑问算是人中豪杰。他身上有着一般人无法与之抗衡的才能和品性，而他的人生也一定有其独特的乐趣所在——我心里一直都是这样认为的。"

父亲应该并不憎恨外公——成一心想。但就像萤火之于太阳那样，父亲在个性鲜明的外公面前，无论存在感还是气魄都显得黯然失色。父亲就是在这样的环境下度过了自己的半辈子。尽管如此，或许他依然会怀着向往般的敬意仰望头上的太阳。

父亲为人沉默寡言，而且总是像看开一切般与世无争，顺其自然。在成一还小时，即使被母亲和外公数落，父亲也从不还口，因此他常常觉得父亲并不可靠。但现在他明白——这只是父亲为了避免人际关系出现摩擦，用自己的胸怀去包容一切的做法。而他希望自己今后也能这样生活下去——

成一从杯子里呷了口白兰地。

喉咙里流过一股热乎乎的舒适感。

两人依旧一言不发，只是静静地喝着酒。

或许只有到了这个年纪，父子之间才能相互理解——望着脸上挂着温和的表情，将酒杯送到口边的父亲，成一不禁这样想到。同时他也想到了父亲的人生，这种风平浪静的人生，无外乎也会是自己今后的人生吧……

"有时候我在想，成一……"

胜行突然说道。他藏在镜片后的那双小眼睛里，一反常态地闪着一丝坏坏的眼神。

"你还没娶妻呢。年纪也不小了，差不多该考虑这方面了吧。"

"嗯……差不多吧。"

"你妈妈也挺关心这个的。怎么样？有没有什么不错的对象？"

"现在还……"

成一含糊其词。

从学生时代起，成一就在这方面应付不来。倒也谈不上是精神洁癖——但每当看到自己的朋友和女朋友一起散步，他的心情就会没来由地变差。成一不是那种一心投在学业上的"好好学生"，但他就是没来由地——纯粹没来由地懒得接近女性。当时有不少人笑话他是"厌女症"或"禁欲男"，但他也没法改变这种性格。走上社会后也还是老样子。无论同事们与单位的白领丽人打得有多火热，费尽心思碰撞出多少工作关系之外的火花，他也依旧对此不闻不问。许多同事向他炫耀，他不但丝毫不觉羡慕，反而心生厌恶。至于为什么会这样，连成一自己都不知道。

胜行似乎注意到成一对这个话题不感兴趣。

"算了，这种事你自己心里有数就好。"

"嗯，是啊。"

成一简单应了一句。

"你妈妈的人际圈子不是很广嘛，所以时不时会有人跟她谈些相亲方面的话题。会问'您家孩子意下如何'什么的，不过我觉得无所谓，这事反正也不着急，随你高兴就好。"

胜行结束了这个话题。

成一沉默片刻后，与胜行碰了碰杯。

他本想和胜行谈谈有人想要害左枝子的事，但最终没能说出口。一方面他怀疑是自己多想，弹珠或许真的只是有人不经意间掉落在那里的；另一方面，他也怕给胜行再添些无谓的担心。而且他认为保护左枝子的义务并非别人的，而是他自己的——

酒瓶中的液面仿佛退潮时的海面渐渐下降。

成一少见地有些微醺。

但即使胜行回房后，他也依旧无法入眠。针对左枝子的陷阱、降灵会，还有兵马的凶杀案……或许由于一直在为这些事情绷紧神经，他最近睡得很差。与父亲安静地相处片刻之后，成一却出乎意料地有些感伤。不知为何，今晚他很想和人说说话——这对成一来说非常罕见。

要不然，给他打个电话吧——成一突然心想。

成一想到的，是上大学时一位大他三岁的学长。尽管年龄与专业都不相同，但他却是成一唯一信得过的人。这位学长在学校里是个出了名的怪家伙，挖苦起人来尖酸刻薄，言行又稀奇古怪——若在平时，他一定是成一最先敬而远之的那类人。但不知为何，成一却在他身上感到了一种奇妙的吸引力。这个人恰巧具备一切成一所不具备的性格要素——行动力、好奇心、自信心、迷人的魅力、有话就说的直率，以及不经意间对人展露的体贴。

那时的成一极其内向，而将他拉回现实的正是这位学长。他辛辣刺耳的话语，与那种古里古怪的体贴结合在一起，显得再别扭不过了，因此他也很少表现出自己的体贴。

成一拿起了话筒。

已经过了半夜十二点，但他一向闲得发慌，所以应该还醒着吧。

"喂，里（你）好……"

出乎意料的是，话筒中传出的是迷迷糊糊的声音。

"啊，睡啦？"

"那还用问吗？当然在睡觉啦！是个正常人这会儿肯定都在被窝里吧。你谁啊？睡得好好儿的让你给吵醒了。"

"我是方城。"

"方城是……咦？成一吗？我去，真是太阳打西边出来了，像你这么高冷的人居然会主动打电话过来，这是吹的哪阵风啊？"

"……不好意思，在你休息时打给你。"

"肯定得不好意思啊，我睡得正香呢。"

"真是对不起……那个，前几天在新宿承蒙款待。"

"哪里哪里，不成敬意。我挂了啊，晚安。"

"那个……学长。"

成一觉得有些沮丧，但依然拦住对方挂断电话。

"什么事？我要睡觉呢。"

"那起案件……你不知道吗？"

成一原本觉得好奇心极强的他，一定会对案件方面的事刨根问底，然而——

"什么案子啊？"

"我外公去世了……是遇害的。"

"……"

"喂，学长，在听吗？"

"……听着呢，你等一下，我脑袋还有点迷糊……那个遇害的外公，就是你之前说'闹得家里鸡犬不宁'时提到的那个外公吗？"

"嗯，是的……"

"人是你杀的？"

"瞎说什么，请别开这种莫名其妙的玩笑。你没看报纸吗？"

"这阵子挺忙的，根本没工夫看报纸。"

"这么说你前段时间里是提过一嘴，到底是忙什么去了？"

"不是说了要保密嘛。咱们讲正事，老爷子遇害是怎么回事儿？与你之前提到的灵媒师还是超能力者的那个人有关系吗？"

"唉，遇上了点难题……案情有些复杂。"

成一简略叙述了事情的经过，对方讶异地提高了声音。

"哇，这可了不得！幽灵杀人事件之后又是降灵会吗？这案子相当古典啊！你家里到底是怎么回事……对了，你该不会还养了一条狗，名字叫约翰·卡特什么的吧。"

"不，我家没有养狗……"

"喂喂，开玩笑呢，别那么认真嘛，真是个呆脑筋……我说成一，明晚你有空吗？"

"有吧，怎么了？"

"这么说还不明白吗？我的意思是明天晚上方不方便见个面。"

对方刚刚还充满困意的声音已经消失无踪，取而代之的是急不可待的询问。

"电话里讲不清楚，你当面详细说给我听，这案子似乎还蛮有趣的。"

"你觉得有趣，对我来说可是丧亲之痛……"

成一难得主动联络别人，但此刻他却突然发现——打电话给这位学长似乎并非明智之举。他好像已经勾起了对方那股非比寻常的好奇心，而对方一旦对某件事情产生兴趣，就一定会锲而不舍，无视对方的感受死死纠缠，直到好奇心满足为止。成一不禁感叹自己还是小瞧了他的性子，这下可真是自找麻烦了。

"总之我答应听你倾诉了，还不快感谢我。"

在这个人的字典里，怕是没有"好心办坏事"这句话。

"好吧，可这件案子是杀人案，警方已经正式立案侦查，所以就算我讲给你……"

"你的声音怎么还是那么阴沉——你那种幽怨的声音听着让人很不舒服，说话的样子像被人诅咒过一样。"

"唉，不好意思。"

"你自己听听，声音像从墓碑底下冒出来似的……算了，我想想……新宿附近见面怎样？你几点下班？"

"学长……你不是说你很忙吗？"

"当然很忙啦！不过我都说了，就算很忙也要抽空见你一面，所以你可得好好感谢我。我明天还是老样子，一大早六点就要出门呢。"

"学长……你？"

成一微微有些惊讶，因为他的学长原本只是个年过三十却还没有正经工作，整天游手好闲、无所事事的人——

"那当然啦，我可是个大忙人。"

"是这样吗……学长这么忙，我还占用你的时间，真是不好意思……"

"少废话啦，都说别用那种隔着棺材盖子念经一样的声音说话了……话说回来你也太狡猾了吧，这么有意思的事儿，怎么能让你一个人独占？好了别说了，明天说好的地儿，然后时间呢，你几点下班？我六点半能到新宿，你那边几点方便？"

成一就这样被对方强行约了见面。

挂掉电话后，成一有些厌倦地叹了口气。

要被迫向人讲起这件案子，令成一有些郁闷。

餐厅里恢复了安静，成一坐在椅子上重新陷入沉思。等等……他突然想起一件事。

刚刚和他打电话的那个人，恰巧拥有着破解谜团、查清真相的能力。

听说去年发生的许多起怪事，都是这位学长暗地里找到真相的。另外，据说他过去所属的小剧团里曾发生过连续杀人案，而这起案件的谜题，也是他抢在警方之前解决的。既然他拥有这种特殊的才能，那拜托他帮忙似乎也并非坏事——成一开始想道。

那位学长或许能从成一没注意到的独特视角来看待这起案件，或许还能揭穿想要谋害左枝子的"敌人"的诡计。这样一想，成一不禁觉得他们前几天在新宿站的偶遇，或许正是上天赐给他的礼物。

那就和他谈谈吧。就算是死马当活马医，拜托那位学长试试吧——成一如是想道。

拜托那位与众不同，名为猫丸的学长——

◇ **幕间**

故事发生在我十二岁那年。

梦里的情景，至今还深深地烙印在我心里。仿佛大屏幕上的老电影不停在我眼前播放一般，那幅画面也时不时地投影在我心中，历历在目。

我努力想要去忘记。

但那幅画面在我心中留下的印象过于强烈，仿佛尖锐的利爪深深陷入我的胸口，令我久久不能挣脱。每当记忆的利爪抓进我的胸口，我的心脏就会因新的伤口而扭曲、破裂，继而再次流淌出血液。那是苦涩的、泪水般的血液。

我回想了起来。

那幅画面至今依旧清晰到仿佛就在眼前——

我回想了起来。

猛然惊醒后，衬衫被冷汗浸湿的感触、五月飘香的空气、榻榻米的触觉、心脏疯狂跳动的感觉，还有那令人无法忍受的恐惧感……

全部回想了起来。

然后，我的心在流血。

从永远无法愈合的伤口中，流出了泪水般的血液。

那个五月的清晨。

我目送着小姨、小姨父和表妹所乘坐的轿车离开，然后在家里打了个盹儿。

　　然后，我做了一个可怕的梦。

　　事故——一场车祸。

　　梦境已经在记忆中变得模糊。

　　但我依旧清楚地记得，那是一场车祸。

　　轿车——

　　轿车撞了上去——仿佛受到吸引一般，撞上了一面黑暗的墙壁。

　　车子瞬间成了一堆废铁，挡风玻璃碎成一阵光雨，四处飞溅，继而纷纷落下。

　　小姨——令十二岁的我感到悸动的对象，那样美丽的她——如今的嘴角却因惊恐而抽搐。

　　小姨父——拥有一对浓眉，平时那样乐观开朗的人——如今的表情却因绝望而扭曲。

　　以及我那洋娃娃一样可爱的表妹，也因惊愕而瞪大了双眼。

　　车子的保险杠像软糖般被撞瘪。

　　引擎盖软塌塌地扭曲成怪异的形状。

　　汽车警报器的蜂鸣声。

　　人群的怒吼声。

　　警笛声，疯狂旋转的红色爆闪灯。

　　杂音与炫光纷纭杂沓。

　　发生了事故，发生了车祸——

　　我在梦中被自己的尖叫所惊醒，甚至在一时间动弹不得。

那场噩梦撕裂了我幼小的心灵。

家人们常说，我小时候精神容易过敏，半夜有时会突然像身上着了火一样大哭，让老妈头痛不已。稍微长大点后，又会迷迷糊糊地在深夜的走廊里转悠。

这些事或许都是因噩梦而导致的吧。因为那些可怕的、令人感到撕心裂肺般疼痛的噩梦……

但真正的噩梦，从我十二岁那年的五月起才刚刚开始。

几小时后，我得知现实中发生了车祸。

这才是真正的恐怖。

当时，我感到现实世界已经分崩离析，被梦境的世界所吞噬……

在车祸发生的几小时前，我真切地梦到了这件事。

我的身体止不住地颤抖。

畏惧，胆怯，惊恐，悔恨，恐慌。

从此，这场噩梦无时无刻不在撕咬着我的心灵……而流淌在我心中泪水般的血液，也始终未曾断绝。

CHAPTER 3

第三章

GONE WITH THE GREEN WIND

◇　成一 11

"预知梦——？也就是说你在那场车祸发生的几个小时前，在梦里预见了这件事？"

猫丸人如其名，用他那双幼猫般圆溜溜的眼睛紧紧盯着成一。

新宿一家装修豪华的西式居酒屋里。

成一与他那位小个子学长就约在这里碰头。

猫丸比成一晚五分钟入店，瘦小的上身邋里邋遢地披着一件与流行无缘的松垮垮的黑色外套。他一看到成一就露出笑容，孩子似的举起手来高高挥舞。这一切却统统都是假象，别看脸上挂着一副无忧无虑的笑容，他的性格可远远不像表情那样阳光。那张看上去甚至会让人错以为是高中生的娃娃脸，以及垂在额头前蓬松的刘海，和他还是学生那会儿丝毫未变。而立之年的男子威严，在他身上更是丝毫感受不到。

两人碰了碰杯，现在的时间是晚上八点十分。

猫丸听成一极尽详细地讲完了兵马遇害的整个过程，以及成一年少时那个可怕的梦境。

成一也是头一次将这个怪梦讲述给别人听，在家人面前就更没提过了。首先，这种事贸然说出来一定不会有人相信；其次，就连成一自己也怀疑当时的自己是否正常。但兵马的死亡如此离奇，就连神代与大内山这些科班出身的研究学者也对超常现象怀着极为严肃认真的态度。因此借着这个势头，成一不禁也想谈谈自己的经历了。而且眼前这位名叫猫丸的男子，本来就对这类稀奇古怪的故事最感兴趣。

在成一讲述这件事的时候，猫丸的嘴巴也没闲着，他食欲大开地将服务员端来的芝士薯饼、炸蟹壳、芦笋沙拉、烤鱼、煎豆腐等食物流水般地送进他那瘦小的身体内，看来白天他一定干了许多力气活。与请成一吃饭那天相比，他那副满是孩子气的娃娃脸上多了几分阳光灼晒过的痕迹。尽管如此，他那旺盛的好奇心依然如旧。当成一讲到发现尸体的部分时，透过垂到眉毛下面的刘海，能看到他那双圆溜溜的眼睛里正放着异样的光芒。而当后面讲到"预知梦"的部分时，正在专心对付那盘香菇墨鱼汁炒面的他又兴趣盎然地抬起头来，用猫咪一样圆溜溜的眼睛望向成一。

"所以说你觉得自己也难辞其咎吗？因为你预知到了那场车祸，却没能阻止它发生。"

"嗯，算是吧。"

"唉，消极、别扭又不干脆，的确像是你这种人会产生的烦恼。不过归根结底，真的存在什么预知梦吗？我问你，那个梦是真实的吗？你确定真的梦到那些事了？"

"嗯，我确定。"

"该不会是与后面的记忆混淆了吧？比如说你把自己在白天睡觉时所做的梦，与车祸发生后，在夜里所做的梦弄混了……又或者是做过其他似曾相识的梦。"

"绝对不会！那绝对是我在得知车祸发生前做的梦！"

那种精神上受到的冲击，是没有体验过的人无法懂得的。

"别一下子站起来嘛。你就是这样，总是那么固执己见……好吧，就算退一百步讲，真的如你所说，你的确预知到了那场车祸……"

食欲似乎终于得到满足的猫丸，悠然自得地点上了一根香烟。

"就算真的是这样，也不必觉得自己有什么过错。不管你做没做这个梦，该发生的车祸还是会发生的。"

"话是这样，可……"

"而且首先，当时的你拿这件事肯定没有任何办法。就算你真的未卜先知，跑去和大人们说'小姨一家坐的车有危险，不要让他们去'。别说这种话出自一个小学生之口，就算是大人说的，你觉得会有人信吗？大家只会说你睡觉睡蒙了头，对此一笑了之罢了。"

"或许是吧……"

"所以照我说呀，还是赶快抛弃那种消极的想法吧。那个时候的你是不可能有办法阻止车祸发生的。"

"唉。"

对猫丸这种自成一派的粗鲁式安慰，成一是心怀感激的，但这并没有使他卸下心里的重担。借口只是借口，自己没能阻止那场悲剧所引发的自责，依旧折磨着他的内心。成一对此心怀恐惧，所以最终才选择了光学研究的道路。他单纯只是为了让自己能逃避到数学和物理的世界当中，逃到那个不用接触人类内心的、严肃的世界中去——而他孤僻冷漠的性子，也在这方面起了助推作用。他甚至从不翻阅超常现象方面的书籍，也是因为他在内心感到恐惧——一旦直视这些问题，他的脑海中就会立刻浮现出小姨父和小姨的死。

成一逃避了，既逃避去接触人类的内心，也逃避了左枝子的纯真……正因如此他下定决心，这次一定要保护好左枝子。他有义务保护好她。如果不这样做，成一便无法抹平心灵的创伤。

"又来了，一个人愣在那儿想事儿。"

猫丸不悦的声音，将成一从沉思中拉回了现实。

"你这个人可真够别扭的。说到底，不都已经是十几年前的事儿了吗？直到现在还念念不忘的，真是给自己找别扭……干吗总是这么消极地看问题？换个想法，乐观一点才能活得更轻松嘛。"

猫丸微微喝了一口啤酒。他酒量很差，酒杯里的酒与喝前相比几乎一点没少。而成一讲完长长的故事后，水割威士忌都已经喝到第四杯了。

猫丸用圆溜溜的双眼望着飘在半空中的香烟烟雾。

"然后呢？这种预知未来的梦你做过多少次？"

"大的就这一次，后面还有过几次小的……还是学生那会儿，我在考试前的晚上梦见过试卷上的考题，后来还提前梦见过第二天上司要对我发牢骚……"

"原本就知道你是个怪人，这么一看确实没有想错。"

猫丸并没有显得太过惊讶。

"算了，先不管那么久以前的事了，当务之急还是眼前这件……乖乖不得了，这起案子可太有意思了！该死，我最近忙得要死，为什么偏偏要现在跟我讲这个，就不能等我闲下来再说吗？"

猫丸显得十分气愤，嘴里叨咕着任性的话语。

"我有什么办法……"

"又是这种阴郁的语气，搞得像躲在坟墓里说话一样。求求你别这样了，怪吓人的。你一用这种语调说话，我就感觉自己要被诅咒似的。"

随着自己性子说完话的猫丸，又微微嘬了一口啤酒，成一也把盛着水割威士忌的酒杯送到口边。

"学长，你好像对这事儿挺感兴趣。"

"何止是挺感兴趣，是非常感兴趣！有趣，真是太有趣了……真不甘心，要不是最近太忙，真想让你立刻带我去现场看看。好不容易在熟人身边发生一起这么有趣的案子，我却什么也做不了，真是急死我了。"

猫丸丝毫不在乎被害者是自己熟人的亲人，不停地将"有趣"二字挂在嘴边，似乎丝毫不担心这样做会冒犯别人。不过他也向来是以是否有趣——而且是仅凭这一点，作为评价事物的标准。他为人有一个特点，在好奇心面前不会过多地纠结于常识与良知。而多年的相处，也使成一非常清楚这点。所以他不但没有责怪学长言语冒犯，反而觉得猫丸或许会有什么奇思妙想，因此打算先问个究竟。

"然后呢，学长有什么想法吗？我觉得学长的头脑异于常人，肯定能想到些什么。"

"什么意思？说我头脑异于常人，意思就是我这个人稀奇古怪喽？"

猫丸有些不满地又点上一根香烟。别看他杯里的酒没减多少，烟灰缸里的烟屁股倒是堆得高高的。

"怎么你们都把我看得跟怪物一样？警察调查一个多星期都没破

的案子，我这种平凡无奇的普通人怎么可能随便弄清？"

猫丸发着牢骚，又微微喝了口啤酒。

"不过算了，这起案子的确有趣。幽灵杀人什么的，真是太吸引人了。"

他又开始将"有趣"挂在嘴边了。

"没有确定真的是幽灵杀人……只是我妹妹这样说个没完。"

"那个灵媒师大叔不也是这么说的？"

"嗯，算是吧。"

"那位大叔似乎也蛮有趣的……然后呢？警察怎么看待这件可疑的事？"

"谁知道呢，但可以确定他们并不认为是幽灵作祟。"

"那当然啦，要是警察都说出那种话，这个世界可真的就要完蛋了。他们跟你提过案件调查的进展状况吗？"

"没有，没怎么听说，只不过进展似乎不太顺利……但我觉得学长你这么厉害，一定能找到什么头绪。"

成一非常清楚这位学长爱听奉承话的习性。

"这个嘛……如果真的是幽灵作祟倒也蛮有趣的，但也不能贸然断定就是这么回事儿。首先还是要从现实角度来考虑问题的……总之还是先考虑下第一种设想吧。"

猫丸唰地竖起一根手指："会不会是因为你和你的舅舅——他叫直嗣对吧——你们两个看漏了什么呢？也就是说其实有人从那个连接走廊经过，但你们并没注意到。这是第一种设想。"

"那是不可能的。"

成一当即表示否定。

"警察问过我同样的问题，包括连我妹妹也这样问过……但由于当时天色已经变暗，连接走廊里的灯已经开了，我不可能注意不到。而且，要是一个人也就算了，但当时我和舅舅两人都坐在面朝院子的那张沙发上，如果有人从那经过，至少我们其中一个会发现的。"

"是吗，那第一种设想就不成立了。接下来是第二种设想：凶手是从你和直嗣视线的死角——比如说别室后面的窗户，或是其他地方偷偷进入的。"

"警察说过，这也是不可能的，因为他们似乎没有发现任何外人闯入别室内部的痕迹。那天下了点小雨，所以很容易留下各种痕迹。如果有什么可疑之处，警察应该能够发现的吧。"

"是吗，那这个设想也泡汤了……这样一来我也百思不得其解了，想不出凶手走哪条路才能进去。"

猫丸在嘴上轻易地屈服了，但与此相反，那双圆滚滚的眼睛里却露出笑意。

"不过嘛，只有一点我能保证——凶手是大摇大摆、堂而皇之地从你家门口走进来的。"

"那当然啦，既然不是从其他地方进的，那肯定是从门口……"

成一突然闭口不言，他回想起了门口的样子。在大脑的角落里，突然闪过一件已经似乎被他忘记的事。成一用力回想，但这股不协调感又像在躲着成一的探寻一样匆匆消失不见，这种水中捞月的感觉令人无比焦急。

"怎么了，成一？"

猫丸疑惑地问。

"没什么，只是刚刚我听到'门口'这个词时，有一种异样的感觉……但我不清楚究竟是怎么回事。"

"唔，这样吗……"

猫丸微微露出了好奇的神情。

"刚刚说到门口了对吧？凶手是堂而皇之地从门口走进来的人，换句话讲，凶手就在当天来过你家的客人，以及你的家人之中。"

"客人——？"

那天到访过的客人应该只有灵媒师穴山慈云斋、正径大学的学者二人组和直嗣。

"但是学长，他们的不在场证明似乎都是成立的，我的家人也都有不在场证明。"

"是啊，难就难在这儿了……但这样讲下去，最终还是会回到幽灵作祟的说法上去。"

猫丸说着以手托腮，将视线向上移去。

"幽灵……杀人？"

他茫然地说道。

成一无法从猫丸含糊不清的表情中，推测出他那稀奇古怪的脑袋里究竟在思考着什么。

明明刚才还把"有趣"一直挂在嘴边，但现在却依然没能提出任何犀利的看法。虽说是因为最近偶然遇见了他，才会找他进行商量，但这样做似乎还是有些轻率——成一开始这样思忖。

◇ 左枝子9

家里久违的来了通电话。

是森村一惠打来的——不，现在应该叫她松野一惠了。一惠是我为数不多的朋友之一，是在我过去的学校——与我有着相同境遇的孩子们所上的学校——中最好的朋友。

"怎么样？小左枝你最近好吗？"

一惠的声音还是那样欢快活泼。虽然毕业后我们无法每天见面，但直到现在，她还会偶尔打电话给我。

"嗯，我很好。一惠你呢？"

"一天天可累了。"

"因为小丽？"

"可不是嘛，宝宝的脖子终于硬起来了算是好事，但每隔三个小时就得给她喂奶、换尿布，真是累死人了。"

一惠的年纪比我大些——因为上的是特殊学校，所以同年级的学生不一定是同岁。令人惊讶的是，她一毕业就结了婚，男方是区政厅社会福利科的一位大哥。而在去年年末，他们两人终于有了期待已久的小宝宝。

"真是太麻烦啦！连健全的人养起孩子来，都会被折腾出神经衰弱的。本来我已经做好心理准备了，可一旦真的生了养了，却又觉得那些心理准备全都没作用。我现在都已经筋疲力尽了。"

尽管嘴上这么说着，但一惠的语气里却丝毫感觉不到辛苦。

"是吗？一定很辛苦吧。"

"是啊，辛苦得不得了。小左枝，原来都说没那么辛苦的呀。别看这会儿好不容易把宝宝哄睡，可一想到过不了多久她又要醒过来哭着闹着要奶吃，我就提心吊胆，连睡觉都睡不安稳。"

"松野哥呢？他不帮帮你吗？"

"我家那口子？不行不行，他可做不了。养孩子是女人的事……开玩笑啦，这种想法早就过时了。问题是不管小丽半夜是哭是闹，他都只顾自己在那儿鼾声震天的，一点儿都不搭理，真是迟钝得要命。"

尽管嘴上这么说，但一惠的声音却很温柔甜蜜。想到或许她老公就在她身旁听着，我也不禁笑了起来。

"你可别这么说，一惠。"

"为什么呀？"

"我都听说了，说松野哥可疼宝宝了。还有人告诉我他整天待在孩子身边，片刻也不离开呢。"

"哎呀，你连这个都知道啦。肯定是小圭在外面乱说的吧？那孩子最近总来我们家玩……算啦。我们家那口子确实爱宝宝爱得不得了，一回家连我都不管了，只顾黏在孩子身边，我都要吃醋了。"

"小丽一定很可爱吧。"

"那当然啦，可爱得不得了。喝奶时笑得可欢了……真是可爱得不得了。"

"不得了"是一惠在高兴时喜欢使用的口头禅。

“一惠。”

“怎么了？”

“感觉你真的很幸福。”

“为什么突然这么说？”

一惠有些不好意思。

“你家先生人这么好，又有了可爱的宝宝……听到你的声音，就觉得你非常幸福。”

“谁知道呢……只是忙忙碌碌地度过每一天而已。这种生活真的算幸福吗？”

“已经很好啦，我觉得这样的生活就可以叫作幸福。”

“既然小左枝你都这么说了，那我就算是幸福吧。”

一惠的笑声听上去也十分幸福——

“对了小左枝，你该不会是……”

“什么？”

“有心上人了吧。”

“为什么这么说——？没这回事啦。”

我有些惊慌失措。

“因为你说我这样的生活很幸福嘛。女孩子会考虑幸福这方面的事情，基本上都是因为有了喜欢的人。”

不愧是我最好的朋友，她敏锐地发现了端倪。

“不是这么回事啦……只不过我觉得，有了宝宝后的生活或许是很幸福的。”

"哦？是吗？那小左枝过几天来我家做客吧。前几天你不也说要来看看小丽嘛……而且这么漂亮的大美女来家里做客，我们家那口子肯定非常欢迎。"

一惠跟我开着玩笑。

"嗯，我去，等家里的事安定下来，我一定去。"

"家里的事……怎么了？"

一惠惊讶地问。

"没什么……只是我表哥回来了。"

我急中生智，把话题岔了过去——看来一惠还没得知外公的事。我本以为她是为了这件事打电话来安慰我的。外公去世对家里来说的确是件大事，但在家门以外却没有掀起一丝波澜。

"表哥？就是小左枝你当成亲哥哥一样看待的那个吗？"

"嗯，是的。"

"那正好带他一起来吧，方便的话随时过来。"

"嗯，我会的。"

接着我和一惠兴致勃勃地闲聊了一阵子。

一惠是个性格坚强的人——我是后天事故所导致的残疾，而一惠则是先天。或许是神明的心血来潮，跟她开了个恶意的玩笑，但她丝毫没有介意，一直都是那么阳光、坚强而又充满活力。尽管也遇到过各种辛酸和困难——包括她与松野哥决定结婚时，也曾因身边人的不理解而苦恼，但她从未向现实屈服。过去我也得到过她很大帮助——所以她才会是我最珍贵的朋友。她是一个我能无话不谈的人，一个善良的人。所以即使我内心的骚动终有一天得到平息，我也一定会与她分享神代大哥的故事。但直到现在我还完全不知道这件事会往怎样的方向发展……

我本想把那件可怕的事也讲给她听，在向她倾诉后，我的心情或许能够放松一些，但为了不给她的幸福蒙上阴影，为了防止不幸沿电话线来到她的身边，我还是放弃了最初的想法——

神啊，求求你，请让一惠的幸福永远延续下去吧。

◇　**成一 12**

"幽灵……杀人吗？如果是真的，那还够可怕的。"

猫丸又在他那杯液面几乎没有下降的酒杯边缘微微嘬了一口，那双圆滚滚的眼睛里流露着一丝光芒。而成一也将第五杯水割威士忌送到嘴边。

"外公生前似乎经常叨咕——说外婆的灵魂就在自己身边。舅舅也是看到外公这副模样，才在他面前大力吹嘘那个灵媒师有多厉害的。而我也是听他这么说，才会不禁往这方面想的——学长你说，世界上真有那种东西吗？"

"幽灵的世界吗？这个嘛，如果真的有，当然是非常有趣的。"

猫丸轻轻地向上撩了撩刘海。

"相信这些的人其实还不少呢。你知道吧？这方面的杂志现在也蛮流行的。"

"咦，是吗？"

"天哪，你真的是这个世界上的人吗？真是的，还是我讲给你听吧……这些杂志的销售群体多半是年轻女孩，上面刊载的都是诸如召唤奇迹的水晶能量、抓住意中人心意的咒语、带来幸运的白巫术技巧、灵异现象游记之类的内容。以神秘现象为基础，用浪漫主义做调味，这类生意火得很呢。里面还有一些有趣的读者投稿专栏，那些小姑娘们会在上面寻找同伴。"

"寻找对神秘现象感兴趣的同伴？"

"不是这个意思哦，是指前世的同伴。"

"前世的……"

成一不太明白其中的含义。猫丸笑嘻嘻的，表情像刚刚饱餐过人类的妖怪一样。

"我是古希腊神官奥美斯托弗忒普的转世，当时与我在神殿一同祈祷的那位神官转世后，请在看到后联系我。"

"——这是什么？"

"寻找哈米吉多顿之战中共同迎敌的伙伴。我是印加帝国巫女奥玛斯忒卡乌斯的转世，希望古印度高僧或罗马帝国战士看到后能与我联络……这类消息在杂志中随处可见。"

"这算什么新玩法吗？"

"并非如此，她们可相当认真呢。"

猫丸说着，脸上的表情有些严肃。

"怎么说呢……我在她们的话语中，感受到一股强大的力量。也能感受到她们没有丝毫疑心，坚定不移地相信着自己在前世真的就是那样的人。这股劲头很了不起，我也对此非常钦佩。但话说回来，尽管她们真心相信，到头来却还是会老老实实地去上学、打工……过着正常高中生的生活。但这种行为与想法难道不是矛盾的吗？因此我认为这种劲头，一定是为了逃避而产生的。"

"逃避？"

"没错，是为了逃避现实——逃避如今这个没有梦想的时代。生长在普普通通的家庭，普普通通地上学，普普通通地就业，和一个普普通通的人结婚，普普通通地生儿育女，最后普普通通地衰老、死去……这个时代的人就算不会像你那样做预知梦，也能一眼看到自己的未来。所以在年轻时，她们会乐意把自己看作非同寻常的人物。把自己想象成是在某某处，从事某某职业的人。尽管别人没有发现，但自己理所应当地应该得到亲近者的承认。可她们的想法，却不被现实所允许。她们也十分清楚，生长在平凡家庭的自己，无论如何也不可能成为明星偶像。既不会有富有的王子突然出现在面前向自己求婚，更不会有特殊的才能沉睡在体内，成长后开花结果，使自己得到幸福……她们非常清楚这点。无论梦想有多美好，人生的轨迹还是一览无余。环顾四周，发现身边也都是普通人。她们的人生与未来，似乎都与自己相差无几——每个人都平凡至极，每个人都不甘屈居于现状，每个人也都渴望着能与众不同……但现实就是如此残酷，她们永远被困在那个名为平凡的外壳当中。"

猫丸淡淡地说着，喷出一口烟雾。

"正如此时此刻的平凡，她们将来也很可能没法与众不同……今日一如昨日，明日又一如今日，因为脚下只有平坦到令人绝望的道路，所以连自己都不愿等待时间渐渐流逝。既然如此，就只能逃往过去。我认为她们是将希望寄托于过去的自己身上……过去的自己是特别的，与身边那些小人物们不同，是拥有存在意义，地位显赫、能够行使特权的人……她们不得不通过这样深信，以获取心理的平衡。为了在这个荒唐无稽的现代生存下去，这种行为可以说是她们的护身术之一吧。不过我并不认为这有什么不好。"

"听起来有点可怜……"

诉说着前世的少女……她们真的只能靠相信这些而活吗……

"然后呢，成一，你知道杀意这种感情吧。"

猫丸继续说着，幼猫般的眼睛里浮现出认真的表情。

"杀意——想要杀死对方、抹消对方，让对方从这个世界上消失……人类在极其罕见的情况下，会对他人怀有这样一种阴暗的感情。尤其是在压力巨大的现代社会中，不少人会一瞬间被这种感情所支配。毕竟感情就是这么一种不讲道理，基本由本能所控制的玩意儿……我觉得与愤怒、悲伤、爱意、嫉妒等感情大抵相仿……杀意也属于人类本能的一种。不提那种从利害关系出发，计划周全的杀意，我所说的只是从憎恨中诞生的、单纯的杀意……也就是说，渴望着对方从这个世界上消失，这种因强烈的憎恨涌上头脑，最终令情绪上升到杀意的这种原始本能。我认为在人类的大脑中，或许都预先被置入过这样的'程序'。另一方面，如果世界上真的存在来世或是轮回转生之类的事，那么与之相关的'数据'也一定储存于大脑中的某处。这些'数据'决定着人类从出生，直到下辈子的命运。但如果杀意和转生都是像编程一样设计好的内容，那它们彼此之间不就矛盾了吗？想抹杀对方这件事，等于是让对方转生，而这又绝不等于抹杀对方。这样一来，不就相当于杀人这件事情没有任何意义了吗？如果真有来世，而且是早已记录在 DNA 之中的信息的话，那么杀意这种感情就会从本能阶段起被封锁，也就没有道理会从情感中涌现了不是吗？因为就算在今世杀人，对方也依旧会转生去来世，这样就不可能将其完全抹消了。难道不是吗？所以我认为……只要世上还有'杀意'，就一定没有'来世'的存在……"

猫丸缓缓地重新点上一根香烟，然后又在酒杯边缘微微啜了一口。

"然而不争的事实是，在世界各地都有着信奉轮回转世的思想……对了，我认识的一个女生，头阵子找了个占卜师帮她算命，算过后她有些无精打采。我问她占卜师说了什么——她说那个占卜师看出她是某个人的转世——知道那个人是谁吗？"

"不知道……"

猫丸突然向成一发问，但成一自然不会知道答案。

"我跟你说，简直神了。说是卡门，卡门哎！那个占卜师说她从生下来起，就是那种会魅惑男人的红颜祸水，你说好不好笑！问题在于卡门本身就是个虚构角色好不好？比才和梅里美在创作卡门这个人物时，曾有过一个原型女工，如果说她是这个女工的转世也就罢了，可那个占卜师直接说她是卡门的转世，真是笑死我了……"

"哦……"

猫丸夸张地笑着，但成一只是点点头，完全不知道好笑在哪儿。

"我说你怎么一脸呆样啊，没听出来哪里好笑吗？那家伙说她是一个虚构角色的转世哎。要是这都可以的话，那我也可以自称是追随水户光圈公漫游各国的'糊涂八兵卫'的转世咯。"

猫丸突然开始扯起些没营养的话题来，这与他刚刚还十分严肃的态度大相径庭。成一不禁感叹猫丸切换状态速度太快，令人跟不上他的节奏。

"不好意思，扯得有点远了。不过至少我呢，是完全不相信那些神秘现象与灵异现象的，毕竟我也只是个思想正常的一般人。"

猫丸用平淡的语气做了总结。

看上去完全不像一般人的猫丸，悠然自得地吐出一口烟雾。成一望着他说："也就是说，学长你对降灵会不感兴趣？"

"那倒不然，这又是另一回事了。召唤人的灵魂，这不是件很有趣的事吗？"

和之前自己说过的话完全矛盾。

"那方便的话要来看看吗？时间就在这个周日——那个灵媒师看上去信心十足的样子，舅舅也说过他很了不起。"

猫丸突然皱起眉头。

"唉……我是很想去啦……但最近真的很忙。可恶，我真的想去看看这场降灵会。这么有趣的事，可不是随便能看到的……要是能空出时间来就好了。"

"这个嘛，总能抽出点时间来吧……案件方面呢，有头绪了吗？"

被问到这件事，猫丸圆溜溜的眼珠骨碌一转。

"又乱说了……我也是今晚才听你说起这起案子的细节，怎么可能那么快就有头绪嘛。"

猫丸随意应付了一句，看上去他还没能抽出精力专心考虑这件事情。虽然不知道他在忙什么，但他的注意力似乎都放在那边，以至于没法专心思考这起案件。看来还是没法依靠他来解决问题，但猫丸不顾成一的不满，脸上依旧挂着那副平静的神情。

"对了成一，有件事想拜托你调查一下，我实在太忙了。"

"唉，调查什么？"

"首先是案发现场的状况。我能亲自去看一趟自然最好，但现在似乎做不到。你去仔细查看一下老爷子被杀害的现场——那栋别室的状况，然后把它告诉我，可以吗？"

看来猫丸还是有考虑这方面的事。

"好吧，如果这样能有什么发现的话。"

"其次，帮我看看老爷子的遗产是怎么处理的。"

"遗产？"

"没错，话说回来，你现在已经成了有钱人吧？"

"倒也算不上什么有钱人。"

"亏你好意思说，你家不是在世田谷最好的地皮上有一栋大得要死的房子吗？"

"大得要死……有这么夸张吗？"

"可不是嘛，那——么大一个院子，里面建了那——么大一个房子，里面还种了那——么多树。"

"行了行了，别老是张口闭口'那——么'了，这和案件有什么关系吗？"

"蠢蛋，是动机问题啊。不是心跳，是杀人动机哦①。考虑遗产分配所导致的纠纷会不会成为杀人动机，对破案来说可是基本中的基本。老爷子的遗嘱是怎么写的，里面有什么特殊内容，以及家人中有没有为钱所困的人，去帮我查查这方面的事。"

成一皱起了眉头，甚至忘记答复猫丸。他几乎没有考虑过家人会因为金钱而杀害外公的可能性。虽然这并不代表无条件地相信家人，但他总觉得这种设想缺乏现实感的支撑。成一很难将近在身旁的家人们，与谋杀这一与日常生活不着边际的词汇想到一块。但从客观角度来讲，的确不能完全忽视这种可能。警察那边又是怎么考虑的呢？

猫丸吸了口烟，瞥了成一一眼。

"你的好像表情不太对劲。要知道我不是怀疑你的家人，只是说有这种可能性而已。"

"可是……"

"毕竟线索全无，案情还隐藏在迷雾当中嘛。别说这起案件有可能是你家人干的，甚至有可能你自己就是凶手。事实上在家庭内部发生的凶案中，家人犯案反而是最常出现的情况。所以如果掩耳盗铃，故意排除这种可能性，反而会觉得别扭。"

猫丸用漫不经心的语气说着伤人感情的话。

"不过我觉得你的情况还好，不像许多小说或电影里那样，家人之间有着强烈的冲突和矛盾。"

---

① 日语中"心跳"与"动机"发音相同。

"那当然了，我们家也只不过是那种随处可见的平凡家庭而已。"

"得了吧，少装了你——别用那种阴郁而幽怨的眼神看我——你自己想想，哪个随处可见的平凡家庭会把灵媒师叫到家里去开降灵会啊？"

猫丸脸上笑嘻嘻的，似乎觉得十分有趣。他的眼睛眯着，面孔看上去酷似一只打着哈欠的猫。

"那是因为……舅舅非要举行这个。"

"是那个叫直嗣的人？这个人倒也蛮特别的。"

猫丸似乎有些开心，因为他最喜欢和性格古怪的人谈话。这么说来，成一不禁觉得猫丸和自己的舅舅在某些方面有些相似。两人的性格都是潇洒中带些调皮，也同样是矮个头，长得一副寒酸相。尽管就外表而言还是完全不同，但在特立独行、我行我素，而且喜欢古怪事物的方面，两人还是颇为相似的。他们这样的人说得好听点是高等游民，但说得难听点其实就是无业游民。

"但是说到直嗣……"成一面前的无业游民说道，"他和你母亲的关系怎样？听你的说法，他们好像是分别带着灵媒师和研究学者相互较劲一样。"

"谈不上较劲啦，跟小孩拌嘴一样。姐弟年纪都不小了，可还是喜欢争胜负。"

"是这样啊……那就算了，这方面的人际关系就先不用查了。不过动机方面的调查是必须事项，一定要认真仔细地去做，记住了吗？"

"嗯……"

尽管心里不太痛快，成一还是点了点头。

猫丸脸上挂着一副漫不经心的表情，看样子丝毫不在乎成一的想法。

"正径大学那两人，表面来看似乎还没有什么动机……算了，他们和老爷子应该只是萍水相逢，就算杀人对他们也没什么好处。"

"那个叫穴山慈云斋的灵媒师呢？"

"灵媒师大叔嘛……听你说，他好像没要过老爷子的钱财？"

"嗯，暂时还没。"

"那应该也没什么动机吧。如果没有布施方面的纠纷，他又何必杀死自己的头号信徒呢？"

"或许像神代先生他们所说的那样，灵媒师设计了一场骗局，但是被外公识破了——这样有可能吗？"

成一的心里话脱口而出。

"你是不是傻呀。"

猫丸直截了当地否定了成一的观点。

"如果是这样，他肯定要溜之大吉，赶紧找下一个冤大头才对呀。如果被人揭穿老底就要杀人，那些骗子灵媒师得杀多少人才够？"

"哦，这倒也是。"

"你考虑问题真是不够全面。话说回来，其实我有点担心的……"

猫丸突然绷紧了脸庞。

"是你提过的玻璃珠的事，那个真的有些不妙。"

这句话令成一心中一紧。

"是说我表妹吗？"

"没错，我不是吓唬你，她真的有可能遇到危险。"

"什么意思？左枝子可能会是凶手的下一个目标吗？"

成一激动地追问，但对方反倒有些犹豫。

"不不……我也只是说有这个可能。当然也有可能不是……仅凭现在的信息还无法定论……但是无论如何，不能放松警惕，一定要多注意你的表妹。虽然我觉得那种事情应该不会发生……"

猫丸的最后一句话更像是在自言自语，但成一丝毫不知道他究竟在想什么。

"啊——可恶！我不甘心！明明这么有趣的案子就在眼前！"

猫丸突然挺直腰身，将后背反弓到极限高喊。

"真是的，为什么偏偏这个时候我会忙得要死啊！要是不忙的话我就打算在你家住上几天，仔细调查一下了。"

猫丸激动地嚷嚷着。以他现在的状态，要是住进自己家里可不得了——成一不得不打心底里庆幸他的忙碌。

"学长，你一口一个自己很忙的，到底在忙些什么啊？"

成一突然好奇心高涨，于是开口询问猫丸。他想知道这个自打大学毕业就从没做过正经工作，整天无所事事的人究竟会因为什么而忙得不可开交。成一发问后，猫丸转了转圆溜溜的眼珠。

"这个嘛……是件相当辛苦的活。"

"别跟我卖关子了，到底是什么啊？"

考虑到对方是猫丸学长，成一猜想他一定是又埋首于什么稀奇古怪的事件当中了。

"这个嘛……你可千万别透露出去啊。"

猫丸将胳膊挂在桌子上，慢慢凑向成一，用低到夸张的声音说："等到顺利完成那天，整个日本都会为之震惊。"

"我记得你前阵子也说过同样的话……"

"这可是个了不起的计划哦，想知道吗？"

"唉……"

"你什么意思吗？干吗跟泄了气似的啊，真是个没劲的家伙。"

"……那还真是不好意思。"

"又来了，说话的声音像阴风吹过墓碑似的……算了，可别随便说出去啊。"

猫丸一副保密至上的样子，用更低的声音说道："其实，在大森可能会出土全日本最古老的恐龙化石。"

"什么——？"

"大森，就是大森贝冢的那个大森，莫尔斯发掘出来的那个，比川崎稍微离这近点的地方。"

"咦？大森我倒是知道，不过后面你说的那个……"

"恐龙化石哦，恐龙！知道吗，在日本发掘出的恐龙化石只有那么凤毛麟角的几例，而其中最古老的，是于一九七八年在岩手县所发现的蜥脚类恐龙的化石。那可是属于中生代侏罗纪，一亿五千万年前左右的化石了。这次在大森贝冢附近的三叠纪地层里，也被发现了类似于动物骨架的物体。经调查后，居然发现那是两亿年前的地层，藏在里面的化石比在岩手县发现的茂师龙还要早上五千万年！这件事是由某所大学考古学小组的一位毕业生偶然间发现的，而那片土地也属于他父亲。现在那所大学的在校生和毕业生正组织人手在那片土地上开展挖掘作业，对外则宣称正在修路。我有个熟人恰好是相关人士，所以我也想方设法混了进去。了不起吧，这可是日本最古老的化石！这件事情一旦公开，将会成为日本考古学史上的最大发现——两亿年前的绝世传奇！"

猫丸说着，圆溜溜的眼睛里闪着孩子般的光芒。

尽管刚才他称自己为"想法正常的一般人"，但不把这种人称作"怪胎"，成一真的想象不出还能把他称作什么。

还是不要拜托他帮忙了……

成一悄悄地叹了口气。

◇　左枝子 10

我没打算偷听。

只是在不经意间听到而已。

晚饭后，我帮着富美姨收拾厨房——尽管只能做些无关紧要的活，但我依旧站在厨房里。

这时，我听到哥哥在餐厅与姨妈谈话。

美亚明天有场小测，因此早早回房间复习去了。姨父像往常般沉默寡言，直舅今天没有回家。

因此他们在餐厅的讲话声，自然而然地传进了厨房。

"老妈，外公他留过遗嘱吗？"

哥哥的问题显得有些突兀。

哥哥昨晚回的很晚，似乎到什么地方喝酒去了。尽管以哥哥过去的性格来看，这件事有些难以想象，但十年过去，他似乎也具备了些社交方面的人格。看来他昨天不是陪同事，就是和朋友一起去玩了吧，又或者是和女孩子在一起？那可真要对哥哥刮目相看了，这样当然也很不错。

"遗嘱——？哦，我们刚刚去过税务师那儿。"

姨妈一如既往用优雅大方的语气回答道。

"老妈你看过了？里面写了什么？"

不知为何，哥哥用追切的语气连声追问。姨妈笑了起来，好像觉得有些讶异。

"哎呀，为什么突然问这个？"

"没什么……只是有些好奇。"

哥哥有些闪烁其词。

"为什么会好奇这个？里面又没什么大不了的内容。"

"老妈你已经看过内容了吧。"

"是啊，老爸退休那会儿不是要处理名下的房产嘛，具体事宜早在那时就已经写好了。"

"遗嘱里面写了什么？"

"其实算不上是遗嘱，只能说是类似于财产清单的东西。"

"也就是说，里面不会有什么特殊的条款吗？"

"当然没有。里面只注明了老爸的银行存款清单，像是所持的股票有这些，地产房屋有那些，这种财产登记簿附录一样的玩意儿。怎么你突然对这方面感兴趣了？"

"没有，没什么……"

哥哥含糊其词地说着。为什么会这样——？

"那么，外公的遗产全都分给你和直嗣舅舅了吧。"

"差不多吧，毕竟老爸也没有其他亲生儿女……对了，遗产小左枝也有的，是本应属于左知枝的那份嘛。不过虽然有些遗产，但被继承税抽惨了。除去这里的房子和地产后，根本没有剩下太多。老公，能有百分之六十还是百分之七十？"

"不太记得了……"

姨父似乎没太关注这些，只是含糊地答了一句。

"总之遗产税交了太多，税务师也表示非常抱歉——他说早知道会发生这样的事，就趁早劝老爸做节税工作了。"

"是这样啊。"

"怎么了成一，你需要用钱？"

"没有……为什么这么问？"

"因为你突然提起老爸的财产嘛。"

"我不是为了这个。"

"真的吗？想要什么就和妈妈说哦。"

姨妈说着。但哥哥好像在思索着什么，所以没有回话。

接着，餐厅里一片安静。

哥哥究竟在关心着什么?

"怎么了,大小姐?为什么愣在那里,是累了吗?"

"啊,没事,没什么。"

听富美姨一说,我赶忙继续擦起了盘子。

但我的注意力依旧放在哥哥那边。

为什么哥哥会突然打听这些?

遗嘱——遗产?

遗产——也就是外公的钱财。

难道说——会是那样?

一个可怕的念头,令我再次停下了手。

难道说哥哥怀疑外公是因为财产被杀害的?哥哥觉得是有人觊觎外公的遗产,才做出了那种可怕的事情吗?

如果是这样,那他在怀疑谁——?

是家人。

有资格得到外公遗产的,明摆着只有家人。

哥哥在怀疑家里人为遗产而杀害了外公——?

不要,不要。

不可能发生这种事。

不可能发生这种可怕的事。

可是——可是,哥哥似乎的确在这样怀疑。

不安的想法紧紧慑住了我的心,令我一时动弹不得。

◇　成一13

　　与猫丸见面两天后的晚上，成一吃过了晚饭，向那栋单人别室走去。他的目的是完成猫丸所委托的"调查"。

　　话虽如此，成一已经基本没有拜托那个怪胎学长帮忙的意思了。他觉得对方只不过是因好奇心旺盛，跟着凑凑热闹而已，浑身上下没有一丝可靠的感觉。这样一个外行的机动性和搜查能力，怎么可能和警方相比。成一不由得再次意识到：自己会幻想这个稀奇古怪的小个子像小说和电视中登场的名侦探那样大显身手，实在是有些幼稚。

　　虽然他没理由去满足那个好奇鬼的兴趣，但说出口的事情毕竟不好反悔。而且如果不这样做，过后不知道会被他骂到多惨——或许后者才是最重要的原因。因此尽管心里一万个不乐意，成一还是走向了别室——

　　走到连接走廊中段，成一停下脚步，回头向主宅望去。

　　五月和缓的夜风吹在脸上，令人感到无比舒适。

　　起居室里明亮的灯光让郁郁苍苍的树木在地上留下影子。尽管起居室空无一人，但依然能从这里清晰地望见大号落地窗后，起居室里沙发罩的花纹。既然如此，当时如果真的有人经过这里，自己应该不会看漏——成一更加确认了自己的想法。

　　这还是他在案发后第一次进入别室。不，即使是在案发当时，他和直嗣二人也只是站在门口向房间里张望而已，因此成一还是初次进入这个房间。房间的拉门开着，为了看清屋内，成一在墙上寻找着电灯开关——他很快找到了，刺眼的光芒充满了房间。与此同时，背后连接走廊的灯光也亮了起来。

屋内状况与案发当晚基本没有什么不同。

警方应该已经彻底搜查过这里，然而看上去却没留下丝毫痕迹。成一所能发现的唯一与那天不同的，就只有兵马的尸体没有倒在房里，以及地面上的血迹已经被擦拭干净这两处。

踏进房间，成一依旧觉得这里与其说是人的住处，不如说是间杂货铺更为合适。

供桌、华瓶、舍利塔、五色幡等古老而脏兮兮的物事，杂乱无章地散落在八张榻榻米大小的房间里，成一不由得好奇外公平时到底睡在哪里。他四顾而望，看到房间中央处有一床铺盖，但上次由于兵马倒在地上，他没能注意到这个。原来外公是像这样，在一堆杂乱无章的佛具当中空出一块地儿来，每晚睡在它们中间——体会到外公那种跳脱常理，又有些神经质的性格后，成一不禁感到背后一阵微寒。正对着门口的壁龛当中挂着一卷阿弥陀佛的画卷，另一个架子上摆放着十几尊大小与雕刻水平都参差不齐的佛像，看样子它们是外公通过不同渠道得来的。房间里诸多的无序感，不禁令人感到外公的执念与疯狂依旧飘散在房间里。

实在不愿意踩过外公倒下的地方，因此成一踮着脚尖，从旧物事的间隙中走过，开始搜索整个房间。

入口左手侧是厕所门与壁橱门。厕所的门扇与瓷砖都显得很新，可能是兵马住进这里之后才增设的。右手侧窗户的窗框也很新，密封性看着非常好。

壁龛的旁边是一个大号佛龛。在供奉其中的阿弥陀佛面前，香炉一个、华瓶一对、烛台一双，五具皆足。佛龛左右，垂着两个吊灯和璎珞，排列方式极为讲究，连成一都能判断出这是按照一定章法来摆设的。

散发着木材香气的白木灵牌，毋庸置疑是兵马本人的。家人决定将牌位在家里摆放七七四十九天后，移到菩提寺去供奉。之所以还放在这里，是因为离定好的日子还差一个月多一些。供在案上的鲜花水灵灵的，想必是富美悉心照顾的缘故。花瓶旁边还放着一串念珠，反射着乌黑色的哑光。

佛龛上方的平台上，摆放着前几天葬礼上用过的兵马遗像。成一的外婆——初江生前的照片也摆在一旁。那张照片带着老照片特有的模糊感，看上去不太清晰。由于外婆是成一出生前后那几年去世的，因此连成一也只能凭借这张照片来认识她。虽然不清楚是什么时候照的，但照片上的外婆还很年轻。她有着一双美丽而柔和的眼瞳，和蔼的嘴角上带着一丝落寞的笑容——她自然与成一的母亲很像，但硬要比较的话，她的面容还是与左枝子的母亲更为相似。

成一向外公外婆双手轻轻合了个十，再次环视整个房间。

虽然不清楚猫丸盼着他能发现什么，但成一自己并没有发现任何可疑之处。除了这些仿佛倾倒般洒落满地，却似乎又在以某种规律有序排列的旧物事……

成一在脚边捡起了一个铁锅球一样的玩意儿，那是一个被熏成黑褐色、已经锈迹斑斑的铁疙瘩——不清楚具体是什么，但似乎也是佛具的一种。即使拿在手中仔细端详，也看不出它究竟像别的什么。成一将它放下，又捡起了一根倒在地上的锡杖。它的木制杖身长约二十厘米，上面刻有纹饰。原本光洁而呈琥珀色的杖身却因手垢显得脏兮兮的，看着有点恶心。接着成一拿起的是一盏莲形陶器烛台，上面涂着的金粉基本已经剥落，露出的地方是白色的，呈现出光滑的质感；金色的音钵，内侧已经布满铜绿，只能敲出喑哑的声音；金刚力士的木制雕像，一只手断掉了，断裂处已经被磨得发黑；一把刀柄上刻着观音像的匕首，尽管刀尖锐利，但刀刃却又平又钝。观音像的面孔看上去洋里洋气，不像规规矩矩刻出来的。这把匕首恐怕是过去的西方人因为喜好异国文化而做出来的。连这些东西都拿来收藏，外公的行为真的可以说近乎失常了。

　　成一将这些破烂儿一个个拿在手中查看，但越看越觉得荒谬，于是便停了手。在警方细致的调查后，他实在想不出身为外行人的自己能够看出什么端倪。杀害外公的凶器——独钴杵还在警方手中。据多喜枝和富美所说，家里没有丢失过什么特别的东西，这样一来因偷盗犯罪的设想似乎就行不通了。不管猫丸期盼的是什么，成一觉得自己做到这个地步也算是仁至义尽了。

　　成一拍了拍脏兮兮的双手直起身来。

　　由于地面上散落的旧物事太多，因此只有兵马倒下去的位置十分空旷显眼。

　　外公那一晚就倒在这里。被凶手用凶器敲打，死在了这个地方。

　　那时的情景不经意间再次浮现在成一脑中。

　　外公倒地时的姿势，飞溅出的鲜血的颜色，外公瞪得大大的、盯着半空的双眼，以及那双枯枝般的手中攥着的白色茶碗……

　　那只茶碗确实是外婆的遗物。

它在举行葬礼时与外公一同下棺，如今已经不在这儿了。

外公说，他感受到外婆的灵魂就在自己身边。也就是说作为外婆遗物的茶碗，可能会招来灵异或灾厄吗？这样一想，那只光滑洁白的陶器，突然变得令人不寒而栗。成一明知这种想法有些幼稚，但那股阴森的感觉依旧挥之不去。

恐怕生前外公都是独自在这用餐，并给外婆的碗里也盛上饭，佯装成两人在共进晚餐。

就这样一边独自面对着饭菜，一边弯着他那老态龙钟而瘦削的后背，对着空无一人的空气嘀嘀咕咕地自言自语着……

住在这种遗世独立的房间里，被无数佛具所包围的外公，究竟会想些什么呢？在这个与世隔绝，也与家人隔绝，只属于自己的圣地中，外公究竟回忆起了什么？是他的年轻岁月吗？又或是与外婆谈情说爱的那段日子吗？

无论如何，外公都是孤独的——成一心想。

如同漆黑深远的幽暗，又如深不见底的地狱——成一深深地叹了一口气，他很难不去想象外公的孤独。

◇ 左枝子 11

哥哥可能在怀疑着家人——

这种可怕的想法在我脑中挥之不去。疑念仿佛龙卷风般在心中肆虐，令我的意识有些模糊。

我深深地叹着气，合上了面前的书本。

夜里——虽然打开了书本，但无论如何也没法专注精神阅读。难得拜托富美姨在百忙中去图书馆借来这本书，却完全没有办法投入。烦躁的心情，令我无法沉浸到故事世界中去。

哥哥可能……在怀疑着家人。

家里有人会为了金钱而杀害外公，如此可怕的情况，我根本无法想象。那天只有姨父、姨妈、富美姨、美亚，还有哥哥与直舅在家。算我在内一共七人，只有这七个人。难道说这些人中的一个因为觊觎外公的财产——理由也可能不止如此——而杀了人，甚至杀害的是外公？不，不会是这样的，因为家人们都是那样的善良……我无法相信他们会做出那种事来。因此我希望警察能早日抓到凶手，而这个人一定与我的家人没有任何关系，只是个心怀歹意的暴徒而已。

但哥哥似乎并不这么认为。

或许他会一直像这样对家人保持着戒心，终日生活在疑神疑鬼和心惊胆战当中。

如果是这样，该有多么令人伤心。

哥哥现在已经无法相信任何人了。但连家人都不相信，还有谁可以相信呢？

这样说来，哥哥最近的确有这样的行迹。

有时他会像试图独自背负一切般，一个人绕着家里的院墙深思。

我知道别人常常评价哥哥为人高冷。他对外界常常抱着排斥的态度，带着一股生人莫近的气息。不过当然，哥哥对我是十分体贴的。

我想这一定是哥哥过于认真——无论什么事都会太过正经思考的原因。因为哥哥的内心比一般人更脆弱，更容易受伤——尽管如此，他却不擅长将心思说给别人听……我想哥哥一定是过于焦躁，才导致无法让别人感受到他的关怀……

正因为这份焦躁，哥哥才会严格约束、对待自己，不能原谅自己的天真——将一切都揽在自己身上。

曾经发生过这样一件事——

那时哥哥还是初中生，我的年纪也很小。

有一天哥哥从学校为我带回了千纸鹤，他说这是班里的同学们为了我而叠的。回头想想，这应该是老师为了培养学生们的社会福利意识和关爱残疾人精神，从而带头呼吁的吧。对学生们说的可能就是"你们一位同学的表妹是个非常可怜的女孩子，大伙一起去探望她吧"之类的话。

姨妈和富美姨都很高兴，我也非常开心——

但哥哥却不同。

就在我兴奋时，哥哥从我手中一把夺过了千纸鹤，继而扯得粉碎——

这份意外而美妙的礼物变成这个样子，我不由得放声大哭。年幼的我觉得哥哥在欺负自己，说了他许多坏话，姨妈也狠狠责骂了哥哥一顿。但当时哥哥拼命压低声音说出的那句话，却至今令我记忆犹新。

"那帮家伙……那帮家伙又懂什么……"

如今我终于明白了哥哥当时的心情。

因为哥哥对我的痛苦感同身受，所以他无法接受那种虚有其表、顺势而为、敷衍了事般的善意——其实光是那样的善意，就已经令我非常高兴了。但哥哥无法接受他们的行为，因为他对我的痛苦感同身受……

所以哥哥对待他人就像对待自己一样苛刻……

正因为哥哥是这样的性格，家里发生杀人案后，他会怀疑身边的所有人，我才丝毫不觉奇怪。即使身边的人是自己的家人……

可是……可是我依然认为这样是不对的。

哥哥或许不会听我这种不谙世事、天真幼稚的人所说的话。但如果他一直对家人怀有疑心，那就太可悲了。刚刚也是如此……吃过晚饭后，哥哥好像独自一人去了别室那边……他似乎在考虑什么事情。

去找哥哥问个清楚吧——我在心里想道。

时间刚过九点，哥哥应该还没睡。

下定决心后，我将书本放在桌上，将手伸向了拐杖。

◇ 成一 14

"都说了，作案时间是不会有错的……老哥你们在五点二十五分看到了外公生前最后的样子，发现外公的尸体时是在六点……凶手只有可能在这三十五分钟之内作案。问题的关键还是不在场证明。"

美亚盘着修长的双腿坐在床上。

和前几天一样，伴随着飘香的可可，美亚再次来到了成一的房间。原本趴在床上看书的成一也被她赶到椅子上，被逼无奈地成为她的聊天对象。她要聊的自然是案件方面的事，两人从对警方迟迟没有任何进展的牢骚，一直聊到了重新考虑作案时间的话题。

"我觉得如果凶手是那天到访过咱家的客人，最可疑的还得是正径大学那两个人。毕竟和外公矛盾最大的人也是他们俩嘛。"

美亚将早已空掉的马克杯放到了床头柜上。

"要说动机，他们两个应该是有的吧。"

"你不是特迷他们俩吗？"

听成一这么一说，美亚有些不以为然。

"才没这回事啦。当然他们很聪明也很酷……但一码归一码。案件调查就得公正，要是因为个人感情去包庇谁，就不公平了嘛。"

"话倒没错……"

但也不需要她来做什么公正调查……

"然后呢？他们俩离开的时间是五点十五分……这点应该错不了吧。"

"嗯，没错。"

成一与直嗣一同在院子里，目睹了神代与大内山从别室里出来将要告辞时的样子。神代他们似乎还与左枝子在门口闲聊了会儿，后来走出大门时的样子，成一也的确看到了。

"接下来，大内山哥就直接回了家……据说他六点多还在自己家附近遇见了熟人。"

"是啊，好像是附近洗衣店的老板。"

"嗯，据说如果不是五点十五分离开这里，是赶不上在六点到达那边的……但他会不会是使用了什么伎俩呢？"

"伎俩？"

"没错，不在场证明的伎俩。他五点二十五分后在这里作案，然后勉勉强强赶上了六点的不在场证明时间……用了某种办法。"

"怎么说呢……倒也不是完全不可能吧。但据警方所说,大内山的不在场证明是完美的……看来警方应该已经有详细调查过了。为什么不是五点十五分离开就赶不上,这一点警方肯定已经确认完毕了。"

"那能不能认为是洗衣店老板帮他作了伪证呢?"

"有关这点,警方应该也做过详细调查了吧。"

回忆起警察们盘问自己时那副不厌其烦的样子,实在无法想象他们会漏查这点。

"洗衣店老板那边,警察应该确认过了……我觉得不会有作伪证的情况。"

成一说完后,美亚显得大失所望。

"是吗……看来还是不行。我早就想到了……但会不会还是有什么特殊方法呢?连警察也想不到的移动方法,出人意料的移动方法。我试着构思过一些,但实在想不出来到底怎样才能做到。老哥你有什么好点子吗?"

两天前成一也刚刚问过猫丸这个问题,他不禁啼笑皆非。

"我也没有。警方调查那么久都没有头绪,我一个外行怎么可能想得出来。"

他学着猫丸的语气答道。但他当然不会把这件事告诉美亚,美亚显得非常失望。

"没办法,大内山哥的嫌疑就先搁到一边吧……不过基本上可以认为是清白了……没办法。接下来轮到神代哥了。"

美亚歪着留着短发的小脑瓜。

"神代哥的不在场证明应该也成立吧，还记得那通电话吗？"

"嗯，左枝子接的那个吗……好像是说什么东西忘在这儿了。"

"是啊，据说那个电话是从新宿站打来的，时间是……五点四十分左右对吧。"

"没错。"

"从我们家到新宿站再怎么赶也要二十分钟以上……所以如果不是五点十五分离开这里，应该是做不到的吧。但不是有种东西叫作'不在场录音'嘛。"

"不在场录音？"

"嗯，就是用录音机在人来人往的车站或机场大厅里提前录好的杂音。我觉得用那个应该能做到吧……首先杀害外公，然后从附近的公共电话亭往这里打电话，同时播放自己的'不在场录音'来充当背景音。一边播放一边说'我现在在新宿'之类的话。"

"你的意思是他用这种简单的伎俩欺骗了左枝子？"

"是啊。但也只是个人猜想而已……不过还是有些问题的吧？"

"怎么，这么快就遭遇挫折了？名侦探。"

"别挖苦人家啦，人家在认真思考问题呢。"

"行啦行啦，说说是什么问题吧。"

"神代哥说在车站乘车时看到了几个东西屋，他们当时好像刚刚结束工作，打算乘电车回家。"

"嗯，这件事左枝子也提过，说是在电话里讲的。"

"是啊。"

"这些细节警方应该一早就核实过了吧，那几个东西屋估计只是偶然经过那里。神代不可能提前得知他们会在那时去新宿站乘坐电车。就算想伪造不在场证明，不知道这件事的神代也根本无法办到。他那时的确在车站，推定案发时间之内应该不在这边。"

"没想到老哥你还蛮机灵的，就是这样，与我得出的结论相同。"

"什么叫'没想到'嘛……算了，看来神代运气不错，打电话时附近碰巧有那么显眼的人物经过，不在场证明才能够成立。"

"没错，乍一看虽然是这样……但其实还是能耍花招的。"

美亚大大的黑眼珠滴溜溜地转着，意味深长地说："你不觉得那些东西屋出现得太巧了吗？说是偶然，可运气未免也太好了吧……不管怎么说都觉得太做作了些。所以会不会是这样呢……那些东西屋其实是神代哥的同谋，他们事先安排好那时在车站出现。神代哥与他们配合，在这边完成杀人，再使用之前提到的不在场录音，计算好时间在电话里说'啊，有东西屋经过'之类的话。如何？这样就能在五点四十分时装成自己在新宿的样子了吧？"

美亚得意扬扬地吸了下鼻子，但成一摇了摇头。

"不过这样说有点勉强吧，与大内山不在场证明中的洗衣店老板一样。"

"什么意思？"

美亚气呼呼地鼓着脸蛋问道。

"警方多半也已经向那些东西屋反复核实过了。正因为他们确定这真的是偶然事件，神代的不在场证明才会成立。如果稍微出现可疑之处，神代这会儿一定还在被警方严加盘查。而且如果他使用你说的伎俩，那他和东西屋们之间的关系一旦暴露，凶手的身份就会当即坐实。我想计划着去杀害别人的人，应该不会把自己置于如此危险的境地。"

"嗯……可能吧，说得也是……"

"而且就算美亚你的推理正确，神代也应该是在作案后的五点二十五分到四十分之间逃离别室的。如果是这样，那件事又要怎么说明呢？神代要如何在我和舅舅的眼皮底下通过连接走廊呢？"

"我知道啦，刚才说的不算。"

没想到美亚轻易地舍弃了自己的观点。

"看来东西屋是共犯的说法也作废了，就当我没提过这回事儿吧。唉，不行吗……本来想着如果是用这种方法，就算神代哥是凶手我也认了……切，真可惜。看来神代哥也是清白的了，对吧？那其次可疑的就是那个古怪的灵媒师——慈云斋大叔了。"

刚刚就察觉到了，在谈论这起案件时，美亚不但丝毫不怕，反而像是提到游戏世界里发生的事一样轻松惬意。两人的关系虽然是兄妹，但美亚是父母四十岁后因意外怀孕而生下的孩子，因此在年龄上比成一小了整整一轮。或许是由于代沟所产生的认知差异，成一对外公的死和与此相关的怪事感到苦恼，美亚的感觉却与他大相径庭。

"慈云斋大叔是五点左右离开咱家的吧？"

美亚用轻快的语气问道。

"嗯，他是在会客室里与正径大学双人组发生争吵后回去的。"

"然后呢，有关他的事，最近我问了问警察叔叔……"

美亚困惑地晃着自己那一头短发。

"听说那个大叔从五点半过后，就一直待在浅草还是什么地方的酒馆里。"

"怎么，你还和警察谈了这些？"

"嗯，因为光是他们问个没完，人家不高兴嘛，所以我也得从他们那儿问出点消息才行。"

"喂，玩玩推理游戏也就算了，可别做得太过火了。"

"知道知道……"

从美亚身上丝毫看不出她"知道"了什么的样子。她只是摆了摆手，好像成一在妨碍她说话一样，丝毫没有把这个哥哥的面子放在眼里。

"那位大叔下电车后似乎没有回家，而是直接去了那家酒馆……警察叔叔说从这儿到那家店，再快也得花上三十分钟。"

"什么嘛，就是说他也没法作案喽。"

成一有点啼笑皆非。正因为这种信息毫无用处，警察才会轻易告诉美亚的吧。尽管当事人自己可能没注意到，但她肯定是被警察给戏要了。

"是啊，如果不是真的在五点回去，就根本没法在五点半到那家店对吧？而且好像有许多人为他做证……不过真的很不甘心，因为那个大叔各方面都很可疑嘛。感觉他一直在说令人不太舒服的话，完全不知道要干什么的样子。我的直觉强烈地告诉我他就是坏人……"

美亚说着噘起了嘴巴。

"但他的不在场证明也得到确认了嘛，没办法，很可惜哪……"

"也就是说到最后，三人的不在场证明都成立吗？看来我们家菜鸟侦探美亚的职业生涯就这么到头喽……"

成一给美亚泼着冷水，但美亚却一副满不在乎的样子。

"那倒也不至于，接下来是家里人。"

"家里人——？"

成一不由得心头一惊。

"没错，不是说过了吗？我不会因为个人感情而包庇别人。理性考虑的话，没有什么理由将我们的家人排除在怀疑范围之外。而且案件发生时家人们都在家里，肯定会成为警察叔叔的怀疑对象嘛。"

美亚理直气壮地说着。看来真的如猫丸学长所说，不能排除家人里出现凶手的可能性吗？

"有一说一，其实老哥你是最可疑的人。"

"我最可疑——？"

"因为这是事实呀，老哥你已经十年没回过家了，十年哎！"

美亚用非常夸张的语气说着，好像在发泄自己的"神代凶手论"被成一驳倒时所生的气。

"十年都没踏入过家门的老哥，一回来就发生了这种事……是个正常人都会觉得不对劲吧？"

就这点而言，成一的确无力辩解。从客观角度来说，会让人感到蹊跷也是理所当然。因此就算遭到警方怀疑，或许也是无可奈何。但说起这个，成一自己才是最摸不着头脑的那个，眼下他也只能强调这是事出偶然罢了。

"如果老哥是凶手，整件事就说得通了。"

正当美亚说着得罪人的话时，房门突然被敲响了。

成一起身打开房门，发现左枝子正站在门口。由于她的体重都支撑在拐杖上，因此微微右倾着身体。

"姐姐你来得正好，我和老哥正在开会讨论案件呢！反正电视上没什么有趣的节目，姐姐你又没别的事，来和我们一起聊聊天吧！"

美亚嘭地蹦下床来，拉左枝子进了房间。

"姐姐喝可可吗？我去给你泡上一杯，老哥也要续杯对吧。"

引着左枝子坐到床上后，美亚也不管成一答不答应，直接从他手里抢过杯子奔向门外，一头短发在她的脑后跳来跳去。

"功课做好了吗你？"

听成一这么一问，美亚回头吐了吐舌。

"老哥你又这么说了，稍微歇口气儿没什么吧？"

"你这口气儿都歇多久了。"

"别那么死板嘛，老是唠叨那些小事儿，以后肯定没人敢嫁给哥你当老婆。"

美亚说着，连同自己的杯子一起抓在手中，一阵风似的跑了出去。闹哄哄的美亚一走，房间里顿时如台风过境般安静。在一片安静的气氛中，左枝子坐在床上，显得有些无事可做。她仿佛在害怕着什么，呈现出一种不安的状态。

"有什么事吗？"

被成一这么一问，左枝子似乎稍稍有些吓到。

"没，没什么事……"

左枝子小声回答。但听她的语气，还是令人觉得她似乎有什么心事。整个房间里弥漫着一种脆弱、不安，仿佛一碰就会碎的气氛。

玻璃珠的事不适合告诉左枝子本人——成一思忖着。左枝子与美亚不同，自从残疾后几乎从不走出家门。换句话说，她是温室中养育的花朵，几乎没有能力抵御外界的风霜。左枝子的内心就像一颗熟透的蜜桃，脆弱而又易伤。外公的死想必已经使左枝子的内心遭遇了难以想象的打击。一旦得知凶手接下来的目标可能就是自己，真不知道会给她纤细的神经带来多么严重的伤害。在这种情况下，决不能再给左枝子增加心理负担。这件事光自己知道就够了，由身负保护左枝子义务的自己独自知道就好……

"久等啦！"

美亚用托盘端着三杯热气腾腾的饮料走进房间。

"姐姐给，饮料很烫要小心哦。喂，老哥，别大大咧咧地光坐在那边，自己的份自己来拿！"

被美亚劈头一句训斥，成一苦笑着上前拿过了自己的杯子。美亚一边小心着不让饮料洒出来，一边慢慢地爬上床去，在左枝子身边坐了下来。两人这样并排一坐，不禁令人感叹她们长得如此相像，不愧是表姐妹。

左枝子留着及肩的直发，美亚则留着一头便于活动的、男孩般的短发。左枝子白皙嫩滑、几近透明的脸颊，也与美亚被阳光晒得黝黑、充满活力的面庞形成了鲜明的对比。尽管如此，两个人的面孔依旧十分相似。美亚对她一口一个"姐姐"地叫着，让本是表姐妹的两人看上去就像亲姐妹一样。偶尔成一甚至有些羡慕能与胆小怯弱的左枝子正常接触的美亚。

小时候，兄妹三人常常像现在这样在一起喝可可。左枝子和美亚总是在床上喧闹着，等着富美为她们端来在厨房泡好的可可，成一当然也很期待。恍惚间，成一回忆起了那个美好的时代，那个能无忧无虑享受可可温暖的孩提时代。

"然后老哥，咱们俩谈到哪儿来着？——我想想，是谈到你有可能是凶手这件事吧？"

美亚杀气腾腾地回归到原来的话题。成一的追忆被彻底打碎，他下意识地抬起头来。

"我记得刚才说到'如果老哥是凶手，整件事就说得通了'。"

"别闹了，我怎么会干出那种事来。"

成一提高了说话的声调。这不只是为了表现自己被怀疑为凶手的不满，还因为他用余光看到左枝子长长的睫毛上闪过一丝不安。但美亚丝毫没有理会他的用意。

"那可是十年哦，十年！在警察叔叔眼里，肯定会觉得有什么蹊跷。"

"再蹊跷也不可能是我。我和大内山与神代一样，有不在场证明的。"

成一有些焦急。看来想让美亚住口，只能通过讲道理的方式说服她了。毕竟就算对她发火，对方也会无动于衷。

"说的也是，只有这点有些讲不通呢……"

果然用这招对付美亚比较好用。

"毕竟在推定案发的时间里，你和小舅一直待在起居室里嘛……不过老哥，在此之前你去过院子里对吧？"

"啊……那是因为外公说要洒水，我和舅舅就去洒了。"

"然后呢？我想你会不会是在那时做了什么手脚。"

"少说傻话，当时我全程和舅舅在一起。他中途去拿水管也只不过用了两三分钟时间，这么一会儿能做什么手脚？"

"嗯，所以说你会不会是在别室里安装了什么定时装置，时间一到，那根铁棍就哐啷一下砸在外公的头上了。"

"荒唐透顶……"

成一啼笑皆非。美亚果然把这起案件当作一场游戏了。想法倒是不少，但都像漫画里出现的情节一样。他保持着脸上的表情说："如果现场有类似的机关，警察不是立马就发现了？"

"后来老哥你把它收拾掉了嘛。"

"说什么呢，我哪儿有那个时间？从富美发现尸体……不，是发现外公起，到警车过来的期间里，我根本没离开过舅舅和你们身边不是吗？而且，如果发现现场有收拾机关的痕迹，警察也会怀疑的。"

"嗯，这倒也是……"

就连自己都觉得太不现实，所以美亚也不再坚持下去了。

"……那就算啦，定时装置什么的只是开玩笑而已，但哥哥真的没什么机会吗？比如说洒完水后，或是回到起居室后之类的，趁着那时去做就行了吧？"

"都不对啦，不是说过了嘛，我有不在场证明的。在院子里时一直和舅舅在一起，后来也一直在起居室里。想从里面出来必须要经过厨房吧？我待在起居室里一直没离开这件事，富美和你自己不是应该再清楚不过了吗？"

"是呀，所以我才很为难嘛。"

美亚像松鼠一样滴溜溜地转着漆黑的眼珠，仿佛恶作剧得逞般地笑了。

"警察叔叔们应该也在咬牙切齿吧，毕竟最可疑的老哥却拥有不在场证明，就算想传你问讯也不行嘛。但如果你没有不在场证明的话，或许现在就已经是重点嫌疑人喽。"

美亚用带着些许捉弄，却又有些许放心的口吻说道。搞了半天，美亚早就相信成一不是凶手，只不过是假装怀疑他闹着玩而已。

"正是因为这个，警察叔叔才将老哥从嫌疑人名单中排除出去的吧。既然这样，小舅自然也就脱离了嫌疑呢。自从五点开始，小舅就一直在和老哥一起行动，不在场证明自然也就成立了。"

"确实是这个道理。"

"小舅也是清白的，那接下来……就是妈妈了吧。可是我考虑过，妈妈好像也没有作案的机会。"

美亚故意摆出一副疑惑的表情，看来她格外中意这个游戏。猫丸一口咬住凶手是自己家里人的观点不放，搞得成一也反复考虑起这方面的可能性来。但在思考后得出结论无须赘述，自然是全员清白。既然如此，他也乐得陪美亚玩这个游戏。能像这样与美亚核对意见，一个个排除家人们的嫌疑，凶手是家人的观点也就会不攻自破了。而且通过这种方式打消对家人的怀疑，也是一件令人心情放松的事。成一略一思忖，便换了换跷腿的方向，向前微微探出身去。

"老妈回家的时候差不多是……五点半那会儿对吧？"

"嗯，妈妈还说我煮的芋头看上去很好吃，她应该没有机会作案吧？如果说妈妈有什么办法，就是她提前回家，在进厨房之前去了别室那边……有可能是这样的吧……"

"不，那是不可能的。"

成一当即说道。这方面的可能性他早已考虑过。

"我和舅舅透过起居室的窗户看到外公是在五点二十五分左右，那时窗外正在下着小雨。由于雨量太少，别说冲掉脚印，甚至还让院子里的土地变得更加容易留下脚印。就算老妈是在下雨前过去的……但下过这场雨后，她就等于无路可退。想要装成五点半正好到家，就要在从五点二十五分算起的几分钟内完成罪行对吧？五点二十五分时外公他还活着，这点是毋庸置疑的。所以她必须在小雨中匆忙赶回主宅。但如果要穿过院子走到房门，就一定会在院子里留下痕迹。但美亚你也很清楚，在别室周围没有发现任何脚印之类的痕迹。而唯一可以不留下足迹而回到主宅的路线，即连接走廊，那时已经处于我和舅舅的视线之下了。"

"没错，我也是这么想的。所以妈妈不可能在回家之前作案，我们的结论是一样的。但她或许还有另一个机会……"

"另一个机会？是什么？"

"嗯，那就是快要吃晚饭前，她说去换衣服那会儿。"

美亚微微压低了声调。

"也就是说……妈妈回家后不是和我们在起居室里聊天嘛，但在快要吃晚饭前，妈妈说她要换和服，于是就离开了。说不定她是在这段时间里跑去作案的呢？如果说有机会的话，就只有那时候了。"

"但那也太奇怪了吧？"

成一说完后，美亚换了口气继续说道："嗯，就是这样。即便如此，也有讲不通的地方。"

"没错，因为老妈离开餐厅，是富美去给外公送饭之后的事。如果老妈是凶手，就必须以极快的速度超过富美才行。而且由于走院子会留下脚印，所以她能走的只有连接走廊那一条路。但要在那么窄的走廊里超过富美，是不可能不被她发现的。也就是说，如果无论如何都要认为老妈是在那段时间里作案的，就只能将富美视作她的共犯。富美为老妈让出路来，然后老妈进行作案。富美在老妈完成之前一直在旁边等着，老妈返回主宅后再伪装成尸体的发现者……"

成一讲到这，美亚接着说了下去："但这种情况下，时间应该不够的吧？要杀害外公，擦掉凶器上的指纹，还要检查是否留下证据，在这么短的时间里，实在想象不到能够做完这些事情。从富美姨端着饭菜出去，到托盘落地吓了姐姐和大家一跳，这段时间是很短的对吧？"

"是这样没错。"

成一点了点头，美亚也望着他眨眨眼睛。

"我就知道老哥你也考虑到这点了。"

"是啊……而且如果富美和老妈是共犯的话，为什么偏偏要找这么紧张的时间段下手？正确的做法应该是选择一个更加宽裕的时间段，做好工作，能让两个人都拥有铁一般的不在场证明，最后再进行作案才对。因此她们是共犯的可能性首先就可以排除了。最后得出的结论就是——

老妈不可能在换衣服的那段时间里作案。"

"这样一来妈妈也没机会了吗？"

"是啊，老妈也不可能是凶手。"

成一斩钉截铁地说出这句话后，美亚心满意足般地喝了口可可。

"这样一来，妈妈的嫌疑也排除了。接下来轮到爸爸了吧。爸爸想要作案好像也比较困难？不像有什么机会的样子。"

"或许吧，因为老爸回来时，外面的雨已经停了。"

"嗯。爸爸是从后门进来的，妈妈还对他发了顿牢骚呢，要他老老实实地从正门门口进来。"

门口……成一仿佛想到什么事情，一时间没有接话。异样感……他在与猫丸谈话时也曾有过这种感觉，那是一种令人忐忑不安的感受。出于谨小慎微的性格，成一后来又在正门门口检查了一圈，但是依旧一无所获，没有发现任何异常。这次无功而返令他感到有些焦躁，而这份焦躁如今又在心里复苏过来。他觉得自己好像忘记了一件非常重要的事情。

"小舅、妈妈还有老哥你，应该都目睹到爸爸经过院子，从车库回到家里的样子吧……"

美亚没有理会因纠结而缄默的成一，自顾自地继续说着。

"要在那时前往别室，怎么想都不太可能。爸爸不可能在三个人的注视之下乘虚而入，而且脚印也是从车库直接通往后门的。"

"是啊，下过雨后留在地上的脚印非常明显。"

成一应道。脑海中那股奇怪的异样感开始渐渐减轻，但成一依旧还没能想出为什么会这样。那股说不清道不明的不协调感和不适感依旧留在成一心里。

"至于在回家前偷偷前往别室的可能性，出于和妈妈一样的原因，也是无法做到的。因为没有退路对吧？看来爸爸也可以不用讨论了，无论怎么说都不像有机会的样子吧……"

美亚轻轻地耸了耸肩。

"然后……到富美姨了吧。富美姨她……"

"她可以排除吧，你们两个不是一直在厨房嘛。"

"可是呢——"

美亚故意将语尾拉得很长。

"只有富美姨是可以名正言顺前往别室的人吧。"

"名正言顺？"

"就是送饭嘛。去给外公送晚餐时，富美姨不是一个人去了别室吗？"

"是啊。"

"也就是说，富美姨去给外公送饭，然后就在那时……呃……对外公下了手。接着她装成案件的第一发现者，装出胆战心惊的样子来通知我们，这种可能也得考虑下才行呢。"

"真是乱说。刚才不是讲过了吗，那点时间里根本来不及完成整个作案过程。"

"看来还是骗不过老哥你。既然老哥都注意到了，应该不会有人觉得富美姨会是凶手吧。"

"那不是明摆着的吗？而且还有一个原因，那就是血迹。"

"血迹？什么意思？"

"那个时候……富美过来通知我们外公出事，我和舅舅不就先赶过去了嘛。然后我们在别室里看到了外公的血迹……尽管不多，但还是有一些血液溅到了周围。当时那些血液已经开始干涸。尽管血液很少，但能感觉到距离外公被害已经有一小段时间了，因此看上去不像是富美在我和舅舅赶过去之前的短时间内行凶的。而且她身上还系着围裙……"

"怎么又提到围裙了？"

"富美身上不是常常系着纯白的围裙吗？但那天她的围裙上却没有污渍。"

成一回忆着富美仓皇失措地赶来通知他们外公遇害的消息，继而瘫倒在地板上时，身上那件兰花般洁白的围裙。

"出血量再怎么少，凶手身上也会多多少少溅到一些血液，但富美的围裙上却几乎没有这样的痕迹，而她应该是没有时间重新换上一件的。"

"咦……老哥你当时连这个都观察到啦？"

美亚显得有些惊愕。

"这算是冷静吗？感觉老哥你真的蛮特别。不过无所谓，先不提这些，看来富美姨的嫌疑可也以排除了。"

"可以排除了。"

"也是……这样一来我的嫌疑当然也可以排除了，毕竟我一直在厨房给富美姨帮忙嘛。"

"该说帮忙好还是捣乱好呢……"

"什么嘛，我一直在认真帮忙，老哥你不都看见了？"

"别为这点小事发脾气嘛。总之，你确实也没有什么机会作案。"

"早点这么说不就好了嘛，老哥你这个人真够别扭的。然后呢，剩下的就只有姐姐了……"

美亚转了转眼珠，望到左枝子身上。

左枝子从最开始就没出过声，而是始终在听着成一和美亚对话。尽管偶尔她会静静地将装着可可的杯子送到嘴边喝上一口，但总的来说就像固定在原处一样。

美亚把自己的身体向左枝子贴去——

"但当然不可能是姐姐啦！"

她用若无其事的语气说道。这句话明显在暗示左枝子有着残疾，但话语中自然不带有一丝恶意和言外之意，用的只是再平常不过的语调。

美亚出生在那场车祸之后，因此从她记事起，左枝子就已经是这样了。在她的认知中，这只是一件理所当然的事。对美亚来说，姐姐的残疾就像一个人长得矮小或肥胖一样，都属于一种身体特征。有时成一会对美亚的那股坦率劲儿感到惊讶，因为她总是能直言不讳地提到左枝子的残疾，不少时候甚至会露骨地拿这件事来开玩笑。但对左枝子来说，美亚这种自然相处的态度反而比多余的关心和照顾更能令她感到轻松，因此完全不会生气。对竭力关怀左枝子的成一来说，他不但羡慕两人之间轻松愉快的关系，更为自己对左枝子另眼相待的狭隘心胸感到愤恨。

"既然这样，那还是很怪耶……"

美亚显得有些无计可施，却又有些开心。

"把大家的嫌疑一个个排除掉后，不就没人能犯罪了？这未免太奇怪了吧？这样一来，那天在我们家的所有人岂不是都没了嫌疑？"

"是啊，警方似乎也正在为这个发愁。"

"不过呢，老哥，我有一个想法。"

"你又有什么想法了？"

面对一本正经的美亚，成一不禁皱起了眉头。这是因为成一注意到始终一言未发的左枝子，脸上露出了一丝不安和恐惧。他觉得既然家人们的嫌疑都已排除，这个话题就不必继续讨论了。要是将这种血腥的话题继续下去，或许会损害到左枝子的精神状态。但美亚一刻不停地继续说着。

"我在想，凶手会不会使用了类似于远程杀人的方法。"

"远程杀人？"

"嗯，只是简单设想而已。既然老哥和小舅都没看到，就说明的确没有人靠近过那边。那么在这种情况下，我说的办法或许就可行了吧？"

"就是你说的远程杀人？"

"没错，比如说将作为凶器的那根铁棒从院子中的小树林里扔过去，或者用改造枪之类的工具将铁棒射击出去，那么短的距离，就连我都能把网球打过去。"

美亚说着，摆出了一个发球的动作。

"所以我在想，如果是利用工具之类的东西，会不会有办法做到呢？"

"荒唐透顶，不可能有那种事的。"

成一对此报以哂笑。

"别室的门一直关着，我和舅舅在起居室看到了。那扇门只在五点二十五分外公露脸的时候开过一次，其他时候都紧闭着。房间的窗户也一直关着，无论用投掷还是其他办法，都没有缝隙能让凶器飞进屋内。而且外公倒在房间的正中心，难道说那根独钻杵穿过开着的窗户砸中外公后，外公会特地跑去关上窗户，再走到房间正中心倒下不成？这么离谱的事情不太可能吧？"

"这也不行吗？看来这种可能性也得排除了。那就别当真啦，只是我突发奇想而已。但这也不是那也不是，案件究竟是怎样发生的呢？"

美亚有些为难地将双臂交叉抱在胸前。

"没有任何人能进入别室，也没法从远处行凶，与案件相关的人又都有不在场证明……说到最后，还是幽灵作祟之类的吗？到底是怎么回事啊，老哥？"

这个问题成一自己还想问呢，更不可能知道该怎么回答了。

"哥哥……还有美亚……都是那样觉得的吗？"

左枝子突然小声说了一句，她的声音显得纠结而低沉。成一心中一凛，不禁抬起头来。

"一直在讨论家人有没有作案的机会……你们是这样认为的吗？你们真的怀疑是哪位家人杀害了外公吗？我不希望……不希望事情变成这样……"

左枝子的语气没有起伏，但她费了很大劲才讲出这句话。她仿佛是将自己反复抑制的情感全部汇聚在一起后，艰难地挤出了这句话语一般。她的声音听着令人心痛。那双有着长长睫毛的圆眼睛里盈满泪水，仿佛随时都会滴落。

"哇！不是这样的……"

美亚慌张地辩解。

"我不是那样想的啦！只是随便说着玩玩，纯属解闷而已。姐姐你真是的，怎么把玩笑给当真了呢。我和老哥不是真的怀疑爸爸妈妈他们，只是随便聊聊，缓解一下紧张气氛而已啦！"

成一也赶忙接着说："是，是啊，我也一点都没当真。都怪警方进展太慢，我才会和美亚自作主张地重新聊聊案情而已。其实根本就没有怀疑家人的意思。"

美亚用手搂住左枝子的肩膀，仿佛要将她搂入怀中一样。

"但还是对不起，这些话对姐姐来说太过沉重。可是这么一聊就清楚了，也知道家人都是清白的了。凶手一定是很久很久以前，外公还年轻时认识的人。还记得吗？葬礼的时候不是来了不少黑社会小混混一样的人嘛，说不定就是哪个外公的旧识对他一直怀恨在心，也有可能只是强盗入室抢劫而已。总之没有事的，姐姐用不着担心啦！"

美亚用言语安慰着左枝子。听了她的话，左枝子原本低下的头微微抬起。

"真的吗？……真的没事吗？"

她依然有些害怕。

"放心吧，没事的！凶手一定很快就会被警察叔叔抓住，他一定是个与我们素不相识的陌生人而已，我向姐姐保证，打赌也可以哦。"

尽管成一不觉得美亚的保证有什么说服力，但在这种时候，反复强调的话语会显得更有诚意，也更有说服力。美亚继续用胳膊搂住左枝子的肩膀，将整张面孔埋在她乌黑的头发里。

"所以真的很对不起。因为凶手还没有抓到，老哥和我都有些心急，没注意到姐姐你在为这些事烦恼。真的非常抱歉，要怪就都怪老哥，一点都不替人着想。"

被美亚用夸张而滑稽的语气安慰着，左枝子的表情终于变得不再那么僵硬。成一赶忙搭腔："这事也不能全怪我嘛，前天我和一个人稍微见了一面。他叫猫丸，是我在上大学那会儿的学长。我和他聊了聊这件案子，是他说家人也有嫌疑，我才不由自主想到这块儿去的。要怪就怪我那学长，他原本就是个怪家伙……"

见左枝子的情绪缓和下来，成一便随口介绍起猫丸其人。

身材瘦小，一张娃娃脸。外表有着明明已经年过三十，却依然会被人错看成高中生的反差萌。有着惊人的好奇心，一旦遇到感兴趣的事物，就会不顾一切埋首其中。老大不小的年纪了，却还没有稳定的工作，而是整天吊儿郎当、游手好闲。至于要怎样维持生计，就是他私生活方面的谜团了。早在学生时代，他就因行为怪异而闻名全校。而能引起他兴趣的事物则不一而足：奇特的先锋剧、业余魔术社团、居委会三味线同好会，还有茶道和俳句等。有一次他加入了一个来历不明的绝食协会，跑到深山老林里窝了整整一个月；还有一次他利用整个暑假将"东海道五十三次"徒步游了个遍。就连最近也是，他在报纸上读到一篇有关自杀者的报道，便立刻产生了兴趣，还特地造访了报道事件的发生地——位于横滨附近的一个公园。去年夏天，跑去西伊豆去学手划船……尽管兴趣如此繁多，但在不感兴趣的领域，他所掌握的知识就像小学生一样贫乏了。他在机械与电力方面的知识尤为贫乏。据说有次停电，他愣是连一个老式日光灯的灯管都不会更换，光靠蜡烛过了一周。而他直到现在也没能掌握电话留言功能这件事，似乎也并非传言。总之在他的生活里，永远不会缺少那些有趣的小插曲。

"什么人嘛，怪透了！"

美亚咯咯直笑，在床上不住打滚。就连原本不苟言笑的左枝子，也终于露出了和往常一样的笑容。成一看在眼里，心里的一块石头终于也落了地。要不然哪天带他来家里一趟吧——望着左枝子那平滑而曲线美丽的侧脸，成一不禁在心中想道。毕竟猫丸对外公的案子兴趣盎然，也表达过想查看案发现场的想法。像猫丸这种永远不缺有趣话题的话匣子，说不定真能让左枝子开心起来呢。就像为公主打发无聊时间的小丑一样……嗯，这样或许不赖。

尽管如此——成一在想——真凶的身份依然没有头绪。与案件相关的人统统没有机会作案的状况依旧令人感到蹊跷。就算下定决心要保护左枝子，但连敌人的身份，这个至关重要的信息都依然藏在一片迷雾之中。这团迷雾始终遮在眼前，令成一无计可施。那颗玻璃珠的事，也不清楚自己到底是不是在杞人忧天。左枝子的神经现在如此敏感，就算加以提醒，也只是徒增她的不安。但如果只是静观其变，又会觉得自己无能为力。成一的心里再次涌上了一股焦躁和不安。

然而，时间并不会在乎成一的焦虑，而是一如既往地向前流逝着。

到了星期六。

第二天就是星期日，也是慈云斋将要举行降灵会的日子。据直嗣所说，灵媒师似乎相当自信，扬言一定能召唤出外婆的灵魂。神代与大内山想必也在专心致志地为揭发灵媒师的骗术而做着准备。而成一这边则是一片风平浪静——他只是祈祷降灵会能够突然临时中止，或是明天的活动能够在平安中收场。

晚上，猫丸来了通电话。

没想到他如此负责守信，并没忘记第二天降灵会的事。

"该死！我多想去你家参观那场降灵会啊！这种货真价实的灵媒师在降灵会上施术，可不是随随便便能见到的。真是太可惜了啊……太卑鄙了！居然一个人霸占这么有趣的事！你一定要好好看着，过后给我好好讲讲！"

猫丸絮絮叨叨、自顾自地说了一大堆话，接着他又问："然后成一，前几天我拜托你的，你调查过了吧？"

他一如既往地用好像理所当然一样的语气说着。成一心里抱怨着他的自我主义，接着向他汇报了调查的结果。

先是别室的情况——他从别室内部的装修讲到里面杂货店一般的摆设，最后表示自己没有发现丝毫可疑之处。接着是遗书——没有过于特殊的内容，外公只是再平常不过地将财产分给了自己的亲生儿女，也就是成一的母亲和舅舅。除此之外还有一部分财产分给了左枝子。

"唉……你家里真够没劲的，一点都戏剧性要素都没有。"

猫丸表示非常失望。成一不搭理他，继续说着："接着是经济问题，家里似乎并没有人在金钱方面显得拮据。"

成一将自己委婉地向家人们问出的结果告诉了猫丸。

"老爸只是个普普通通的上班族，既不沾赌，每晚也按时回家，更没把钱撒在外面的野女人身上。总之在别人眼里，他根本不怎么花钱。老妈平时不缺零用钱，她本来也不怎么把钱放在眼里。家里的妹妹还是高中生，另一个表妹你也知道，平时几乎足不出户，只不过……"

"只不过？"

"舅舅开的那家画廊似乎有些经营困难……话是这么说，可毕竟只是个兴趣活儿，生意不好也不是一两天的事了。"

他在询问直嗣时对方说——在绘画买卖这行，现金结账是常识，不接受支票付款，商品画通常也只用现金交易。日本不存在用美术品做贷款抵押的制度，这是由于首先银行方面很难对美术品进行估价，其次也缺少这类物品的变卖渠道。因此，画廊必须时刻保证拥有一定数量的经营资金，或是容易变卖的优良画作……

"说白了就是，直嗣的确在为钱发愁对吧？"

成一还没讲完，猫丸就急着打断了他的话。看来美术行业资金筹措的话题，并不属于猫丸感兴趣的领域。

"唉，也不是，毕竟他就是开店玩玩而已。外公从很久以前就转让给过他一整栋公寓，想要维持生活根本不成问题。"

"一整栋公寓！也太大方了吧？我说你小子，是不是故意气我这种穷老百姓？"

猫丸在话筒对面用酸溜溜的声音说着。

"那一整栋公寓，在什么地方？"

"唉，在新桥，怎么了？"

"新桥啊，那得值多少钱啊？像我这种穷人简直无法想象。"

"唉，我也不知道啦。所以说舅舅应该也不会为钱发愁。别看他总是抱怨筹措不到资金，但其实也只是装装样子而已，那是他的拿手好戏。他做这些只是为了摆出一副自己有在努力做买卖的样子而已。"

"哼，你们家的亲戚可真够阔气的。"

猫丸的语气依旧显得非常不悦。

"然后呢，你自己呢？"

"我？"

"是啊，你缺钱吗？"

"算不上吧……毕竟我在靠自己工作，也没什么特别需要钱的地方。"

"哼，真好意思说，'也没什么特别需要钱的地方'，说得倒挺好听，有钱人家的小少爷谈吐就是不一样。"

又在闹别扭了，看来刚才提到的公寓让猫丸很不爽。

"可是话说回来，你家可真够无聊的。就没有些更狗血、更刺激的戏剧性情节吗？比如说近亲之间的血海深仇啦，为了遗产争夺到你死我活啦什么的。这样看来，你们不就是一户普普通通的有钱人家嘛。光有钱却没有故事的家庭，世界上简直没有比这更加令人讨厌的了。"

猫丸在话筒对面自顾自地说着。

"算了，这些事都无所谓了。我说成一，你在降灵会上，一定要格外注意那个灵媒师的手。"

"手？"

猫丸的话又开始让人听不懂了。

"没错，是手。如果那个慈云斋大叔打算使用灵媒师那套老把戏，那他多半会像我说的这样做。听好了，首先他会让所有参加者围坐成一圈，然后让相邻的人牵起手来。"

"牵起手来？"

"没错，比如说大叔会让左边的人抓住自己的左手腕，自己再用右手抓住右边人的左手腕，以此类推，让大家抓着手腕围成一个圈，形成一种每个人的左手腕都被人抓着，同时右手抓着别人手腕的状态。这样一来，所有人就都无法行动，也做不了什么事了。参加者们自不用说，灵媒师自己也动弹不得。这是为了向所有人表示——这样一来我就没办法作弊，也没法耍什么把戏了。"

"原来是这样。"

"但这种方法中依旧暗藏陷阱，只不过已经是个非常老套的花招了。听好，首先他会将房间里的灯光调暗——不过基本上所有的降灵会都会这样做啦——然后灵媒师会把自己的右手换成左手。"

"什么意思？"

"交换自己的手——在电话里解释比较困难——也就是说，灵媒师会先东拉西扯地唠叨几句废话，然后将双手自然地放在身前。当然，这时他的左手被别人拽着，右手拽着别人左手的情况依旧未变。但他是装作谈话谈得入神，才摆出这种姿势的。接着他会漫不经心地撒开右手——还记得吧，就是那只握着右边人手腕的右手。然后他会一边说些'哎，别撒手啊'之类的话，一边迅速用左手攥住右手撒开的手腕，这样一来会怎样？尽管灵媒师左边的人依旧抓着他的左手，但这时抓住右边人手腕的，同样也变成了灵媒师的左手。但右边的人会以为抓住自己手腕的依旧是灵媒师的右手。也就是说，令左手起到了'一人两角'的作用。这就是在一片昏暗中谁也无法注意到的把戏。如此一来，灵媒师就能用得到自由的右手去引发一些令人觉得不可思议的现象了——这就是他们常用的伎俩。"

"他真的会用这种手段？"

成一半信半疑地听完了猫丸的话。这不简直和骗小孩的把戏一样？他无法相信那个灵媒师会使用这种伎俩。

"我也不知道慈云斋大叔会不会使用这种把戏。但事实是至今为止，已经有无数灵媒师使用这招大获成功。连不少享誉盛名的科学家和名流都轻易地被人用这招骗得团团转呢。在一片昏暗中，人们本身就会丧失原有的距离感，再配合上灵媒师的话术和演技，就更加容易上当了。正因为简单直白，所以才更有效，正因为谁也无法想到竟然会有人使用如此普通的手段，才会更加出人意料。也正因如此我才要告诉你，注意那个大叔的手。要是他做出什么可疑举动，就立刻揭穿他，知道了吗？"

"知道了，我会的。"

不过话虽如此，成一还是不得不感叹这些怪里怪气的事儿他知道得还真不少。尽管他平时尖酸刻薄，总是不说些正经话，但刚刚讲的窍门在明天的降灵会上可的确是无价之宝。这样的冷知识，明天没理由不好好利用一下——成一心中暗暗盘算。

"学长,明天你真的来不了吗? 要是你能过来,我就有底气得多了。"

成一用七分奉承、三分恳求的语气说着。可是猫丸表示: "我又何尝不是想去得要死呢,可是那玩意儿今天终于挖出来了。"

话到一半,他的声音突然小了下去,好像害怕被人听到一样。

"挖出来了? 什么玩意儿?"

"这都反应不过来吗? 龙骨啊! 化石啊! 日本最古老的那个! 两亿年前的那个! 那玩意儿今天终于出土,后面就只剩鉴定。太复杂的内容我也不大懂,但似乎是要通过放射性元素含有率和骨细胞 DNA 之类的数值来确定它的具体年代。考古学小组的人明天一大早就要把化石运往一家知名企业的研究室。听说那家企业为许多大学的发掘调查提供过帮助,还拥有全日本唯一一台鉴定设备。虽然明天是周日,但他们还是约好了和那边的工作人员见面。具体情况虽然还没说给对方听,但告知他们这是历史性的大发现后,那边的人也深感兴趣。据考古学学生联合会的鉴定,挖掘出来的化石从系统分类学的角度上来讲,很有可能属于爬虫纲蜥臀目生物。尽管需要稍微花上几天才能正式得出鉴定结果,但今晚他们应该就能大致摸清化石的所属年代,所以明天我无论如何都不能离开现场。这可是考古学史上最重要的大发现,我决不能错过这种历史性的瞬间! 你就满怀期待地瞧好吧,到时整个日本都会为之震惊。"

猫丸兴高采烈地说个没完。在话筒对面,他那双幼猫般圆溜溜的眼睛里一定正闪着孩童般的光辉。成一甚至不用去看,头脑中就能浮现出他那副兴冲冲的模样。他不禁再次心想——

还是彻底放弃幻想,别指望他来破案了……

◇ 幕间

人头攒动，人声嘈杂。

烤鸡肉串冒出的灰蒙蒙的烟雾四处弥漫，仿佛在给这里的喧闹声打气助威。

这里充满了烟火气跟热闹劲儿。

油脂凝固在餐桌上，令桌面黏糊糊的。烟垢和炭灰把墙壁染得一片污黑，只有沾满灰尘的 Hoppy[1]海报，还能给墙壁增添一丝色彩。

破锣般的嗓音、狂笑声、粗野的对骂声……

在这片喧闹中，连店面都被震得微微摇晃。劲头十足的劝酒声与碰杯声此起彼伏，令那些挂在墙上的长条形纸笺微微摇晃，纸笺上分别写着卤煮、关东煮、脂眼鲱、凉拌番茄、烧烤鳐鱼翅等各种菜品的名称。那些纸笺已经发黄翘边，文字的颜色也早已褪色。

但在这儿的客人，无论是对装饰随意的店面，还是掉在地上的烤串，又或是脏兮兮的厨房，都没有丝毫抱怨。

只要有烧酒和清酒，就能让他们兴高采烈。这里的每个人都在大吃

_____

① Hoppy：一种麦芽发酵饮料，味道与啤酒接近，通常与烧酒兑起来喝。

大喝，大声谈笑。

一个脸上被太阳晒得紫红的中年男子放声大笑，露出了嘴里的金牙；年轻人们身穿沾满灰尘的工作服，一边喝酒一边爽朗地笑着；一位身穿短褂的老人展开马报，正忙着为明天的饭钱做打算。

两个男人坐在一张餐桌两侧，完美地融入了店里的气氛当中。两人似乎已经坐了有一阵子，他们面前密密麻麻地摆满了边缘满是缺口的酒壶。

"俺说小善啊，你还是偶尔去做那个？"

其中一个人端起大号茶碗，仰起脖颈将里面的酒咕咚一声一饮而尽之后对着另一个人说道。对方只是轻轻一笑，点了点头，却并没有回话。

"小善你啊，真爱多管闲事。就算跑去给人做那种事，到头来还不是啥好处也没有。"

他加了一句后，对方的脸上露出了苦笑。

"差不多算是吧。"

"那要不就算了呗，用不着特地费那么大劲儿给人家去做那种事吧？"

"话是这么说没错，但这也算是我的爱好了。"

"就算是爱好，也用不着特地给人家做……那个叫什么来着？对了，是叫义工对吧。"

"嗯，差不多算是吧。"

"这也太屈才了！不是吗，小善？"

"怎么屈才了？"

"不就是这样吗？小善你那么有本事，接着干老本行也不成问题呀。"

"不行喽，不得不服老了。"

"说什么呢，小善你还年轻得很呢。身体也没什么毛病，比俺可强多了。"

"话说这么说，可是武哥啊……"

"可是什么？"

"是时代啊，时代变了。这个世道已经今非昔比了。"

"话可能是没错。那小善，难道说就没有你的用武之地了吗？"

"可不是嘛，有句话说得好——老兵不死，只是悄然隐去。"

"快别这么说啦，让人心里空落落的。真是落地的凤凰不如鸡。可话说回来，小善你啊，可真是个老好人。"

"我是个老好人？"

"可不是嘛，就是个老好人。为了别人特地跑去做那样的事。小善你在做的，不就是舍己为人的行为吗？毫不为己，专门为人，简直是当代道德楷模啊！"

"武哥你别挤对我了。"

"没说你不好呀，说你无私奉献呢。舍己为人，为了别人做那样的事。"

"谈不上奉献吧。武哥，我做这种事儿不是为了别人，全是为了自己。我也不像你说的什么义工那样了不起，这都是为了我自己。这样就挺好的，不要为了别人做这些事。我活到这把年纪，才终于领悟到这一点。"

"可得了吧，小善你离上年纪还早呢。来，咱们喝！"

他伸手抓起酒壶——

酒馆内，所有人都是一副醉醺醺的样子。

辛苦一整天后，借着酒劲缓解疲劳。只要能今朝有酒今朝醉——这些男人就是最幸福的人。

幸福的男人们挤满了这间酒馆，他们共同在欢乐与醉意中徜徉。

握着酒杯的手化作船舵，欢笑的声音化作引擎声——这里像一艘小小的轮船，上面满载着幸福地遨游都市之海的男人，慢慢向着巨大的、名为东京之夜的浪头漂去。

第四章

GONE WITH THE GREEN WIND

◇　　成一 15

这一天，晴空万里。

在成一眼中，这简直像讽刺一样。降灵会——这种脱离现实的蠢事所举行的日子，却能赶上一个与其毫不相称的好天气。看来伟大的大自然，并不会因人类的活动而发生丝毫改变。天空万里无云，无比晴朗，仿佛在嘲笑着这场疯狂的集会。

过了中午，直嗣陪着慈云斋得意扬扬地来到家里。

两人宣称需要用一段时间来集中精神，然后就钻进了将要作为降灵会会场使用的房间。这里曾是方城家的藏书室，也是之前慈云斋给兵马进行灵能演示的地方。当时挂在房间里的黑色幕布还保持原样没有摘除，因此今天这里也将成为降灵会举行的场地。慈云斋在把自己关进房间之前表示："今天我不仅要让盘踞在府上的恶灵原形毕露，还要召唤兵马老先生亡妻的灵魂，让她与各位沟通。但是，究竟能否成功还未可知。因为盘桓在府上的邪气已经愈发强盛、壮大。感受到了吗？这股不祥的、可憎的、充满邪念的瘴气，裹挟着一股愤恨的波动，正笼罩着整个家宅。多么恐怖而邪恶的气息，那是本不应存在于这个世界上的强大邪念。如何？能够感受到吧？四处飘荡的亡魂，骚动不安的恶灵……这个家里充满了令人生厌的恶念。愿我不被恶灵袭扰，愿有圣灵降福，护我免受恶灵所害。请各位为我祈祷，祈祷我大获成功，祈祷我的灵力能与恶灵一战。若非如此，这个家中必将降下更大的灾祸。"

在宣布降灵会晚上七点开始之前，他没有忘记对成一等人扔下一番令人不快的言语。如果依照惯例，降灵会应当在丑时三刻举行，但不这样做似乎也无伤大雅——成一不禁觉得这种随随便便的态度实属可疑。

在慈云斋之后，神代与大内山也紧接着来到了方城家。

神代带着歉意地笑着，而大内山则不住道歉，表示绵贯教授今天还是没法前来。

"真的非常抱歉，教授今天在关西有个不得不去参加的学科研讨会，他嘱咐我们告知各位一声。"

尽管两人再三低头道歉，但多喜枝依旧十分不悦，因为她原本满心以为今天教授总该来了。

"但是还请各位放心，教授把这件事全权委托给了我们，还教了我们不少拆穿他们装神弄鬼的诀窍。这次我们一定会揭穿他的花招！"

尽管神代与大内山都这样说，但多喜枝不悦的心情似乎依旧没有平复。

接着，会客室里——

多喜枝把待客的工作推给成一，自己则像闹情绪般躲进了房间里。胜行则半是不感兴趣，半是不想理会，挤对般地留下一句"年轻人就由年轻人来陪吧"，随后就不知去了哪里。

于是会客室里只留下成一、左枝子和美亚面对着两位年轻的研究学者。

"正式对决终于就要到啦！灵媒师大叔说七点开始。说实话我还蛮期盼这场降灵会呢。"

美亚兴奋地说。房间里，方城家三兄妹坐成一排，神代和大内山则坐在他们对面——给大家斟完茶的富美刚刚走出房间。

神代一如往常用稳重的语气应答。

"我们也是同样的心情，如果提前打电话确认一下就更好了——太盼着今天的事，一不小心就来早了。"

他的脸上带着平和的微笑。

"不过那位灵媒师大叔好像一副信心十足的派头。要是他真的召唤出外婆的灵魂该怎么办？"

美亚半开玩笑地说，大内山则轻轻一笑。

"美亚小姐还在说这样的话吗？你放心，他的手段定是骗术无疑。"

"嗯，这一点我知道，可说实话，我还是有点激动。万一是真的，一定会很惊人吧？"

"放心，我们可以打包票，他一定是个骗子手。"

神代冷笑了一声。

"不如说我们更期待那个自信爆棚的灵媒师究竟会使出什么把戏。"

"把戏？"

美亚的眼珠滴溜溜地转着，神代回望着她。

"没错，再怎么说我们也是日本超心理学学术权威——绵贯教授门下的学生，他应该也深知这点。敢在我们面前使出的骗术究竟会是什么——哼，就让我见识见识他的手段吧。"

研究学者的语气里同样充满了非同寻常的自信。成一一边回忆着昨晚猫丸传授给自己的方法一边向两人问道："然后呢？两位猜测过那个灵媒师会使用什么骗术吗？"

"这个嘛……"

神代稍稍闭目沉思之后说道："我想恐怕会是通灵术吧。"

"通灵术？"

"没错，这是一种让灵魂凭借灵媒师之口说话的降灵方式。我想大家应该都很熟悉这个，这是以恐山巫女为代表的人们擅长使用的一种方法。其形式是让灵魂附身在灵媒师的身体之上，与我们这边的人类对话。"

"啊，我在电视上看过这个。她们好像会身穿白色和服，还戴着头巾。把长条形木头扔到火里烧得旺旺的，所有人的嘴里似乎都在齐声念诵着奇怪的祷文。"

"差不多就是那种情况吧，不过巫女是不烧护摩的。"神代有点啼笑皆非，"我认为他多半会使用这种通灵术。想要引发降灵现象还有其他办法，例如让文字显现在石板上，或直接出现在灵媒师自己身上，但我认为他这次要用的一定会是通灵术。"

"那个石板又是怎么回事呀？"

美亚的兴趣点转眼间又跑到了其他方面。大内山替神代开口回答："石板，也被称作 slate，上面提前用滑石写着文字，与黑板有些类似，但没有学校教室的黑板那么大，而是可以拿在手中的大小。他们会用这种道具在人们面前展示幽灵现象。首先这块上面什么都没有的'黑板'上会突然显现出文字，然后他们会说这是来自灵界的信息。类似这样的做法数不胜数。"

"明明没有人在上面写字，却突然显现出文字？"美亚的脸上露出一副茫然的表情。

大内山眯着那双仿佛豆沙面包切开后中间那条缝隙般的眼睛微微得意地笑道："没错，明明谁也没有用手碰过那块石板，上面却显现出文字。"

"为什么？真的能做到这种事吗？"

"当然，这只是一种简单的骗术而已。要简单点说穿这种把戏的话，石板可能原本就是两层，两片石板叠在一起，侧面包着一圈木框，当然，上面的那片石板是可以自由摘下的。首先在下面的石板上预先写下字迹，然后把什么都没写过的那片石板盖在上面。准备完毕之后，就全靠演技了。他会先用一块布或者其他东西把石板罩住，然后装作十分专注的样子，将布和上面的石板一块拿走。这样一来，下面有字迹的那块石板就显露了出来，看上去就像是刚刚还什么都没有的石板上突然出现了文字。就是这么回事。怎么样，听起来非常简单吧？除此之外，还有利用特殊木炭的办法。用这种把戏，只需用手指简单地画几下，就能偷偷在石板上写下文字。但这招的缺点就是不能把石板交给别人仔细检查。又或者从最开始就准备好两块石板，在桌子下面偷偷替换。还有可能是先让助手站在你身后，然后在把石板举到你头顶的瞬间，与助手手中的石板替换。这种耍人的方法，他们可多得是呢。"

大内山在讲述这番话时，不断地用舌头舔着自己的嘴唇，似乎一副乐在其中的样子。他这副沉浸在超心理学研究中几近入魔的样子，加上他狂热的态度，令成一反倒有些不适。

"什么嘛，一旦说穿以后就感觉好蠢哦。真的有人会被这种招数骗到吗？"

美亚显得非常扫兴，但神代却突然严肃起来，俨然一副哲学家的姿态。

"这正是他们要钻的空子。'不可能会用这么小儿科的把戏骗人'，他们正是利用人们这样的心理作为盲点，真是不可谓不狡猾。他们用夸张的演技和带有玄学性质的解说掩人耳目，来使单纯的把戏轻易获得成功。就这点而言，那些灵媒师在心理学方面说不定比我们更懂行呢。"

"嗯，原来是这样啊。那像刚才你们所说的，在灵媒师身上浮现出文字之类的，又是怎么回事呢？"

美亚向前探着身子问道。尽管没有猫丸那么夸张，但她的好奇心也够强的。

大内山开口回答她的问题。

"那就谈谈所谓'从灵界传来的信息'是如何出现在灵媒师身上的吧。在这种情况下，文字通常会出现在胳膊内侧附近的部位，就像文字会像长斑一样突然从身上冒出来。"

"哇，这么厉害，像长斑一样？"

"没错。而且在这种情况下，灵媒师完全不用伸手触碰，但文字还是会直接出现在人眼前。"

"不会吧？感觉好瘆人，这也是骗术吗？"

"当然，这也只是一种利用人体生理反应的骗术。还是只做简单说明。进行仪式几分钟前，他们会提前用硬物在手臂上划下文字。准备工作就只有这些，非常简单对吧？一小段时间后，被划过的地方会因瘀血而变红，仅此而已。当然在他们实际表演时，会将这种现象与其他更复杂的骗术结合在一起使用，例如用其显现出死者的姓名，但基本原理就只有这些。任何人都能够做到，只需要用火柴棍或别的物品划一下就可以。没错，如果左枝子小姐去做，字迹一定会更加明显，毕竟你的皮肤更加白皙……"

大内山的语气并无特殊之处，但左枝子却因这句话吓了一跳，继而低下了头。看来左枝子还是对大内山这股狂热的态度感到有些不适，毕竟她还尚未从惊弓之鸟的精神状态中恢复过来。她今天依旧显得十分不安，似乎没什么精神头，来到会客室后也始终一言未发。成一开始后悔听美亚的话，把她带到这里与客人见面了。或许还是让她在房间里休息更好。

左枝子软弱无力地低着头，大内山也有些为难起来。

"抱歉，我失言了。是不是让你不舒服了？其实我无意冒犯。总之他们就是用这种方法让大家相信他们能与幽灵进行沟通，对于皮肤白皙的人来说，肯定是更加方便的。"

"喂喂，我就不行吗？"

美亚露出她那只从宽松的 T 恤衫里伸出来的、被太阳晒得黝黑的胳膊。大内山终于得救般地笑道："哈哈，美亚小姐的胳膊就算划出瘀痕，也和皮肤的颜色差不多……"

"什么嘛，说得人家好像很黑一样。"

"不不，绝没有那么说……"

"还不是一个意思嘛！"

神代不禁啼笑皆非。

"失敬失敬，我这个搭档笨头笨脑的，不太擅长和女孩子沟通，不过要比论文和调查报告数量，我这位搭档在所有助手中可是能排到头一位的。不过每个人都有强项和弱项嘛，这方面还请多多包涵。刚才说到我们认为慈云斋会使用通灵术之类的把戏，但他也未必会用石板戏法这种利用道具的骗术。毕竟对我们来说，这些不过是骗小孩的把戏而已。既然有我们这样的研究学者在场，使用这种具备一定知识水平就能看穿的伎俩未免太过危险。一旦参加者中有人懂得这种把戏，他的骗术就会被当场识破，所以他应该不会使用有可能当场暴露的把戏。但如果用通灵术的手法，就不容易留下物证，也不容易暴露。所谓的证据就只有灵媒师说过的话，后面总有办法给自己圆回来。这就是所谓'信的人永远都信，不信的永远都不信'，最后只会陷入一种模棱两可、进退两难的境况当中，他期待的恐怕正是这种结果。既然他如此从容自信，就一定是打算营造出这种模棱两可的局面，我们是这样推测的——其实应该是绵贯教授推测的，我们只不过是转述教授的话而已。"

神代笑着，有些惭愧地说着。他直率的语气一如端正的容貌，展现着良好的教养。

"我说，既然这样……"美亚轻轻跷起穿着牛仔裤的长腿，"也就是说所谓召唤灵魂的降灵会，其实都是骗局对吗？"

"当然。"

神代点了点头。

"那可以认为有关幽灵的说法也全是谎言吗？就像你们之前所说的那样，不只降灵会，就连普通人见到幽灵的说法也只是出于错觉而已对吧？"

"事实上问题就在于此……"神代微微皱了皱眉头，"简单粗暴地否定一切超常现象，这种想法也并不科学。之前我也提过用齐纳卡片进行心灵感应测试的事。"

"嗯，用心灵感应猜中卡片符号的那个吧。"

"没错，从临床实验的结果来看，我们确信人类能够使用心灵能力。因此将一切降灵现象或目击幽灵的现象都归为骗局，也并非科学的思考方式。不过嘛，像他那种灵媒师演示出来的灵异现象，基本可以认为是骗术无疑。我记得之前提过，日本的大学里并没有正式的心灵研究机构。这也算是科学偏重主义所带来的负面影响了。文明开化以前——直到江户时代为止，超常现象都自然而然地存在于人们的生活中，并广为人们所接受。狐仙附身、千里眼、狸猫妖、顺风耳……超常现象以这种方式口口相传，它们的存在也被人认为是理所当然。但明治维新时期，西方科学中的唯理论被引入国内，导致超常现象被人们单纯地当作一种迷信所抛弃了。它们被人们当作一种不正经的、可疑的、愚蠢的迷信，被掩埋在黑暗当中——这种风气最终成了日本学院派的主流。接着，以当时的科学水平无法进行解释的灵异现象也全部遭到否定——我国的科学最终就以这样一种偏颇的形式发展到了今天。而我们之所以不懈努力，就是想将其扶到正确的轨道上来。绵贯教授也常说——灵异现象毫无疑问存在于世上，证明它的存在是我们应当完成的使命。"

神代的语气依然一如既往地冷静而淡然，但成一能从他的话语中听出一丝掩饰不住的热忱。如果有一天他成为教授，他充满热忱的发言想必会大受学生们欢迎吧。

听着他突如其来的长篇大论，美亚不停地眨巴着自己的眼睛。

"也就是说，幽灵到底还是存在的吗？这么说来，之前你们好像也提过要用科学的方法来调查幽灵什么的。"

神代静静地伸手打断美亚的话。

"不过美亚小姐，将这些统称为幽灵是不够准确的。"他用谆谆教导般的语气说道，"之前我也提过，被一般人相信为灵异现象的情况，大多数都是由错觉或误会导致的。"

美亚听着神代的话点了点头。

"嗯，是那个司机说自己开车轧到幽灵的故事吧？"

"没错，像故事中那样，把错觉深信为幽灵现象的情况，大都只是出于当事人的想象。请不要将这些故事与属于我们的研究对象的，仅能用科学进行解释的事例混淆。"

神代话音刚落，大内山接着说道："要问我们如何理解这些幽灵故事的话……"

他们俩的专业领域似乎各不相同。谈到与自己专业相关的话题，大内山似乎颇为兴奋，他原本就很细的瞳孔这会儿似乎眯得更细。

"如果要详细划分，这应该属于大脑生理学的范畴——人类的行动与思考，是受大脑皮质内神经元之间交换情报的行为所控制的。这点你是了解的吧。微弱的电信号通过神经元的神经突触进行传输——就是这样的方法。"

"嗯，大致清楚……"

成一点了点头，这只是简单的生理学常识而已。

"指的是脑电波之类的吗？"

但美亚似乎弄错了重点。听了她的话后，大内山摇了摇自己圆圆的脑袋。

"不不，并不是这样。脑电波是在头皮上贴上电极，经测量后得到的频率极低的电压。我所说的，是脉冲信号。它通常也被称为神经冲动或动作电位——指的是大脑内部的神经元进行联会，在细胞之间传递信息时所使用的刺激性电流。我们人类所进行的活动——思考、记忆、行动——都是这种刺激性电流在大脑中传输的结果。"

"又讲这些复杂的内容了。"美亚噘起嘴打断了大内山的话，"可不可以不要讲得这么复杂，用我和姐姐能听懂的话说？"

听她这么一说，大内山有些为难地皱起了眉头。

"唉，如果说得简单一点，也就是说，人类全部思考，都是由大脑中传输的电信号所构成的。例如我在读一本书，将书中的知识存储到大脑中的行为，是由循环往复的电信号所做到的。美亚小姐和男朋友约会时感到快乐的心情，也是这种电信号沿着'快乐'的这条道路上经过的结果。开心、快乐、悲伤之类的心情，也是由这种脉冲信号在大脑中反复运动而产生的。无论是人类的思考方式、感受方式，还是感情，拆开来后其实都只不过是电信号而已。刚才说的内容你可以理解吧？"

大内山用干巴巴的语调说着。

由于话题离幽灵越来越远，美亚只能茫然地点着头。左枝子一如既往地毫无反应，低着头漫不经心地听着。

"我们人类在思考和感受中产生的一切感情与思想，都是这些微弱的电信号传输的结果。"

大内山滔滔不绝地讲着，丝毫不在乎听众的反应。他似乎非常享受这种说话方式，让人感到他在某些方面的确显得过于狂热。

"这属于生理学方面的常识，如今已经有人在研究具体某种信号对应着怎样的感情了——最近的研究成果表明，这种电信号不只在人的大脑内部传输，也会有微弱的一部分溢出人体。也就是说，人在思考时产生的脉冲信号会发射出人体之外。斯坦福大学为了测量这种特殊的电波，还制造了一种叫作超导量子干涉仪的器械。"

"脉冲信号是像电视和收音机的电波那样，通过电线哔哔哔地往外发射吗？"

美亚打断了大内山的话，她看样子已经听腻了这种没完没了的解说。

"不，用这种电波来比喻并不妥当。"

大内山没有领会到美亚的意图，冷着脸继续说道："这种电波与你提到的那种主动发射的电波不同。让我想想，硬要比喻的话，它更像是在视听设备附近使用吹风机时所产生的那种杂音。这么想可能会更加容易理解。"

"杂音？"

美亚有些不解。

"是的，电波附近的物品受到来自外部的电波干扰后会产生杂音。"

美亚对大内山絮絮叨叨的说话方式似乎早就有些不耐烦了。

"这些我明白啦。那幽灵呢？它们之间有什么关系吗？"

"我们试图建立一种假说——它或许就是幽灵的真实身份。"

"咦？什么幽灵的真实身份？"

"刚刚说过，就是溢出到外面的电波。"

"电波是幽灵？"

美亚一脸迷茫，大内山见状笑了起来。

"是的，我们所提出的假说就是——幽灵现象会不会是像我刚才所说的那样，是由于放射到外面的脉冲信号影响了其他人的大脑而引发的。这种现象被我们称为'残留意识'。出租车的广播里，有时会突然传来一些莫名其妙的声音对吧，这件事与此原理相同。脉冲信号和电脑一样都属于二进制世界，只存在有信号和无信号两种状态，所以大脑内部传递信号的方式其实非常简单，只有少数几种组合方式。每种固定的格式的信号对应着特定的感情，与莫斯电码十分相似。例如一个人感到'懊悔'，'懊悔'的感情信息通过某种方式在脑内传递后，这个人就会产生'懊悔'的感情。随后这一脉冲信号会在无意识中溢出身体之外，某个人残留在外界的携带'懊悔'信息的电波，如果凑巧进入了另一个人的脑内，会发生什么事？想必你们已经猜到了——这样一来那个人的大脑就会读取有关'懊悔'的信息，然后莫名其妙地产生出'懊悔'的感情。我们猜测这会不会就是幽灵的真面目。"

大内山的解说还是老样子，既冗长又啰唆。

"也就是说，当一个人在某处产生强烈的'憎恨感'，然后从这个地方离开后，这个携带着'憎恨感'的信号就会暂时停留在附近。后面路过这里的人，会在自己的大脑中读取到那个'憎恨感'的信息。然而人脑是复杂的，读取信息时会突然产生的，可能不只是'憎恨感'，'憎恨感'的信息还会根据他特有的感受在脑内重新构建，变成'背脊一凉'、'看到了什么可怕的东西'等诸如此类的感觉。"

"原来如此。感受到'憎恨感'的人因此才会误以为看见了幽灵吗？"

美亚恍然大悟，大内山露出了一副"孺子可教也"的表情。

"没错，就是这样。幽灵经常出现的场所，例如'幽灵宅邸'之类的场所，就残留着强烈的情感信号，这种信号也可以称作'意念'。而前往这些地方的人自然会带有诸如'听说这里经常有幽灵出没'等先入为主的观念，这会使他心灵的频道完全敞开，进入一个容易接收'憎恨感'信号的状态。人们常说的容易感受到幽灵的人，指的应该就是那些重新构建'残留意识'的能力较强的人吧。"

"哇，听上去很科学耶。这样一想，幽灵也真的很不简单呢。"

美亚半钦佩半吃惊地感叹着，大内山也不断点头。

"所以我们不能被'幽灵'这个词所蒙蔽，将其换成'受到残留意识的影响'来表达就很容易理解了。此外，这种'残留意识'也可以从物体上读取到。"

"从物体上读取？什么意思？"

"比如说桌子、椅子、书本之类的，什么都可以。英国一家研究机构发表过一篇实验报告，报告中称一个名为约翰·布鲁克纳的人可以通过触摸某件物体——比方一张桌子，他只需通过触碰，就能知道这张桌子的制作时间、所有者，曾经放在什么样的房间里等诸多信息。"

"咦？能知道那么多信息吗，听上去有点吓人，这也是因为他读取了信号吗？"

"是的，与空气相比，脉冲信号可能更容易存在于物体当中，我们把这个称作 Skin Vision——触摸读取。尽管不可思议，但不得不承认现实中的确有能做到触摸读取的超能力者。"

"那你说日本会不会也有和那个约翰先生一样的人？"

"唔……可惜的是，日本迄今为止还没有相关的案例报告，那应该是一种极为特殊的能力。"

"是吗？要是有的话就太方便了。只要找他触摸一下凶器，就能立刻清楚谁是杀害外公的凶手了……"

"当然，在英美已经有在犯罪现场大显身手的心灵能力者了，但这样的事在日本似乎还遥遥无期。"

大内山叹息般地说道。

"接下来，死后存续的问题，或许也能用刚刚讲过的脉冲信号理论进行解释。"

神代接着大内山开了口。

"死后的意识还留在这个世界上，这种想法在世界上自古有之。将刚刚的理论稍微发散一下，那么转生，或是轮回转世的案例或许也能用科学加以解释。"

"轮回转世，就是宣称自己的前世是某人那种说法？"

成一开口询问。他想起了猫丸对他讲过的，那些相信存在前世的少女。难道那些事也是真的？

"没错，说的正是拥有前世记忆的人。"

神代说着，抽出了一根香烟。

"抱歉，可以吸一根吗？这种事在美国也有案例发生——加利福尼亚州一位名为艾多·加德纳的八岁少年，有一天他说一些不知所云的话，突然仿佛变了个人一样。他说自己名叫西德尼·伍尔夫，是爱达荷州的农夫。他在八年前去世，去世时六十二岁。他不仅记得妻儿的名字、生日、身为伍尔夫那时的生活，以及其他细致入微的小事，甚至连伍尔夫家中客厅里暖炉上划痕的位置都一清二楚。据加利福尼亚大学心灵研究机构调查，在爱达荷州真的曾有过这样一位叫作伍尔夫的农夫，他生前的家庭状况、家庭构成、人际关系，都与那位少年艾多所说的内容完全一致。当然，少年与农夫没有任何关系，只是单纯的陌生人而已。"

"那位少年的前世，就是那个农夫……"

美亚说。

"正是这样。准确地说，是伍尔夫残留的意识飘散到了这位少年的大脑当中。相关方面的案例还有很多，但我们最感兴趣的报告就是这个。恐怕这是由于两个人的生物节律，或是其他方面的波长十分相似的缘故吧。诸如这样的事例还有其他几十起，都是真实可信的报告。不过我们依然十分希望能在身边得到相关方面的数据。"

神代的表情是那样认真。尽管猫丸说过他不相信这些事情，但成一不禁再次感到：就像自己的预知梦那样，这些超常现象或许真的存在于现实当中。

◇ **左枝子 12**

神代大哥他们的话语依旧那么不可思议。

幽灵、降灵、超能力、轮回转世……他用浅显易懂的话语，如同抽丝剥茧般将各种不可思议的现象一件件解释给我们听。他像用逻辑的金线与推理的银线纵横交织出一张璀璨夺目的布料般，令我们内心奇妙的世界变得更加宽广。

收集案例，建立假说，然后将其证实。

这是我绝对没法做到的。

这才是合乎道理的思考方式。他们的头脑想必都十分敏锐。用这样的方式思考，他们能够感受到的世界与常人相比，一定要宽广五倍甚至十倍。

除此之外，他们还怀着一颗纯粹的，对超自然现象的探求之心。

那片波澜壮阔的大海，日本的学者们至今还心怀胆怯，不敢轻易踏足，但他们却要在那片大海上扬帆远航。他们拥有勇气，拥有不惧被视为异端的傲气，更拥有面对困难的自信。

这是多么优秀，多么充满自信的生活态度啊。

我认为这样真的很了不起。

神代大哥的生活态度，善良又蕴含着力量。我对此深深感到敬佩，内心的感情也如火焰般炙热。

多么了不起的生活态度。

然而，我只能像现在这样躲在美亚身后，听着哥哥与美亚和他谈话，尽量让自己不那么显眼。

但这对我来说就已经足够了。

只要能像现在这样留在这里，听着神代大哥讲话，听着他满怀热情地讲着那些世界奇妙故事，这样切身感受着他，对我来说就足够了。

今天的故事也非常有趣。

他们一定是知道我和美亚懂的不多，所以才特地把知识掰碎，让我们也能听懂。因此这次讲的故事也很有趣易懂。

尤其是人的思想跳出头脑之外——残留意识，好像是叫这个来着——以及感情与思想化为电波，在空中来来去去的故事。

人类的意识，在死后也会飘逸在空中，寄宿在什么物品上，存留在这个世界上。

飘逸在空中的意识。

凝缩、沉淀在物品之内的意识。

想想就觉得十分神奇。那么对人的爱慕之情，又有多少能留在这个世上呢？如果我的相思之苦能够留存下来，又会在空中画出怎样的波形呢？我的心意，超越时空，像波浪般摇摆不定，又像梦境般朦胧不清，无人知晓，真希望这份心意能够传到他心里……

"其实我有个认识的人，是我大学时的学长，他常常喜欢说些怪里怪气的话……"

哥哥聊到了一个新的话题。

哥哥说他认识的这个人，对转世之类的观点持否认态度。

只要世上还有杀意，就一定没有来世？如果来世是像编程一般设计好的内容，那么就会与杀意这种本能相互矛盾？

杀意是一种本能？

这种古怪的论调真的成立吗？真的会有内心深处充满着杀意的人吗？我无论如何都无法理解。杀意居然会是人类的一种本能，实在无法相信。

这种想法还真够古怪的，他一定是个相当怪异的人吧。怪异的人？啊，原来是这样，哥哥曾经说过他有一个怪人学长，就是在西伊豆学过手划船的那个。

"原来如此，相当有趣的看法。"

大内山先生嘀嘀咕咕地说。

他仿佛对哥哥讲的内容颇有感慨，显得非常开心。

"这种想法倒还蛮独特的，也就是说他是全面否认超常现象的吗？真想找个机会和他见上一面。"

他滔滔不绝地表达着自己的感慨。在我看来，大内山大哥对待事物的态度有些偏激，稍稍令我有些害怕。或许是太过醉心于研究吧。但也正因为这种性格，他才会对哥哥口中那位学长出格的言论有所触动。那个人叫猫丸对吧，可是为什么他会有着那种仿佛在窥探深渊一般的阴暗想法呢？我实在没法用他那种玩世不恭、无拘无束的方式去思考问题……

◇　成一16

"接下来，有件事想请教一下，两位知道所谓的预知吧？"

成一小心翼翼地问道。

"提前得知了未来所发生的事，超心理学方面是怎样解释这种现象的呢？"

成一的措辞非常谨慎。他会这么说，倒也不是因为猫丸的话意外获得了他们的赞赏，只是觉得可以趁此机会听一听科班生的看法。当然，面对这两个相识不久的人，成一还不至于将自己的一切和盘托出。他依然保持着慎重，因为他对那些特殊能力依旧怀着一定的敬畏之情，而且也不知道对方听后究竟会有什么反应。至少他们应该不会觉得对方是个优秀的实验材料，而把自己给监禁起来吧。

"大内山先生，你们做过这方面的实验吗？"

大内山刚要开口回答成一的问题，神代却伸手制止了他。

"当然做过。"

神代一如既往用平静的语气答道。看来这个话题涉及了他的专业领域。只听他用低沉的声音说道："这方面的实验涉及应用电子学，多半是使用随机数生成器来进行的。从概率论上来说，只要预测命中率能够超过单纯导出所得到的标准偏差，就能判定为预知成立，但是……"

"又开始说这种复杂的术语了。"美亚插嘴道，"而且你说的那个随机数啥啥的，又是什么东西啊？"

　　"随机数生成器。就是在一定概率下，用完全随机的方式选中一个目标的装置。"

　　"这么说就更不懂啦！人家和老哥不一样，是文科少女啦，就不能说得更浅显易懂些吗？"

　　面对着绷紧脸蛋的美亚，神代不禁啼笑皆非。

　　"也就是说，我们先假设有个电脑屏幕一样的显示器，再想象一个会让显示屏随机显示出齐纳卡片上五种图案之一的机器。出现一个图案后立即消失，再出现一个图案后立即消失。就这样，陆续有图案显示在上面，但它们出现的顺序却没有任何规律。也就是说纯粹由机器选出的图案接连不断、完全无序地冒出来，这种机器就叫作随机数生成器。"

　　"哦，这不就是那个嘛，像摇骰子一样——是单是双，开了便知！"

　　"骰子是个不错的比喻，但这个与赌博完全无关就是了……"

　　"还不是一样嘛，毕竟谁也没法猜到下一个摇出来的数字究竟是什么。"

　　"说得也是。总而言之，对随机出现的目标进行预测，我们不只做过这种预知实验，还收集过许多数据。据统计结果来看，得出有意差的概率是62.5%。但其中也有人完美地全部猜错。毕竟如果共有五种目标，即使随便选择也会有20%的概率猜中。"

　　"这个人的直觉真不是一般的差呢。"

　　美亚说完，神代也被她逗笑了。

　　"最开始我们也觉得很好笑，但百分之百选错还是有些异常对吧。于是又进行了一次后续测试，没想到这次，那位实验对象却接连不断地猜中出现的目标，准确率达到了百分之百，完美命中。"

"咦，真的吗？他是超能力者？"

"嗯，我们也判断他大概率是一个超能者，因此现在还会拜托他配合我们进行各种实验。他的表现已经完全可以称作是拥有预知能力了。但最近突然有了这样一种崭新的说法，就是说用这个随机数生成器所进行的实验，不适用来检测预知能力。这也算是种让我颇感兴趣的说法。"

神代稍微抬了抬俊朗的剑眉。

"这种说法认为，这不算是预知实验，而仅仅是一种 PK 实验。"

"PK？那是什么？"

美亚问。

"Psycho Kinesis，简称 PK。是一种将思想作用在运动体和生物体之上的力量，一般情况下我们也称之为念力。也就是不用双手接触，就能使物体运动的力量。"

"哦，我在电影之类的节目里看到过，有的人光是像这样伸出手，就能哗地冒出光来。"

"差不多就是这样。那么美亚小姐，假设你来参加我们的预知实验，当你盼望自己猜中下一个要出现的图案时，会在心里想着——'我一定要猜中'对吧？"

"那当然啦，因为猜中的话会很有成就感嘛。"

"是这样吧。在我们所找的实验对象中，除了个别特殊的人以外，大多数人也是怀着和你一样的想法来接受实验的。那么请仔细想想，心里一直祈祷着'要猜中，要猜中'的实验对象——就像美亚小姐说的那样，因为猜中才更有成就感——但这样做之后，如果真的猜中了将要出现的图案，这种情况究竟算是预知的结果，还是实验对象的念头以 PK 的方式对随机数生成器产生了影响的结果呢？很难说究竟哪边才是正确的呢。也就是说，看上去是用预知能力猜中图案，实际上却是用念力影响了随机数生成器出现的图案——也有这种可能对吧？怎么样，是不是非常有趣？我们将这种现象称作实验者效果。譬如一位占卜师给别人看相，经他看后，说是这个人近期会生病。如果说占卜师是一位潜在的 PK 能力者，那么事情又会怎样？由于占卜师相信自己的占卜，'他会得病，他会得病，他一定会得病'这种想法深入他的内心，而这种念头又以 PK 的方式影响到了被占卜者的身体，最终令他真的得了场病，这样一来就谁也无法断定这究竟是预知能力，还是 PK 能力在产生作用了。"

"咦？好像有点可怕。只要别人这么一想，我就会生病吗？"

美亚大声感叹，成一却一言不发，因为神代恰恰说中了他最不愿发生的事。如果真如神代所说，成一的身上有着那样的能力，如果那场噩梦的因果关系真是相反的话……

或许，那并不是一场预知梦。或许，是因为成一梦见了那场车祸，才导致了事故的发生……

成一感到深受打击，他知道自己脸上的血色正在渐渐消失。他无法想象自己可能会拥有这种特殊能力，也不愿意去想。他从未想到过姨父和小姨的死，居然会和自己有着直接的关系。

不祥的念头在脑海中翻涌，成一拼命试图将这种想法驱赶出自己的大脑。

但与成一相反，大内山的语气则显得十分轻松。

"说到预知，常常会有人说自己有种'不祥的预感'对吧？"

他的眼睛眯成细细的一条缝，这次似乎聊到了他的专业领域。

"不知为何有一种不好的感觉挥之不去，心里一直打鼓，虽然不清楚原因，但就是觉得事情不妙，这种感觉就叫作'不祥的预感'。出人意料的是，事实上真的有不少人因为这种预感而成功躲避了危险。"

"哦哦，这个我知道，我之前在杂志上看到过这类故事。"美亚插嘴说，"就是那个飞机坠毁的故事——有个人打算坐飞机，乘机手续都已经办好了，却在上机前突然有一种不祥的预感，于是便推迟了一趟航班。最后他原本要乘坐的那趟班机真的就坠毁了。"

"没错，我们常常能听到这样的故事。"

大内山满意地露出了微笑。

"事实上，这样的人还是有很多的。在众所周知的歌潟山坠机事故中，三名主人公也是通过这种方式逃过一劫的。或许这是因为在生死紧要关头，人类的能力会活跃至最大化吧。"

"这些人就是预知能力者吗？"

听着美亚的询问，大内山高兴地点了点头。

"当然，若非如此，就解释不通了。"

"那么，如果找到许许多多这样的人凑在一起进行研究，应该会获得惊人的成果吧？"

"这种事已经有人在做了。"

"咦？已经在做了？"

"没错，以这种方式大难不死的人有许多。在这些人的协助下，科学家们正在以他们的遗传基因，以及 DNA 序列与非能力者之间的区别为重点进行研究。"

"是吗？真了不起！都进展到这种地步了呀！"

大内山伸出一只手，仿佛在制止美亚继续感叹下去。

"只不过这都是美国的成果。一切有关研究方面的后续报告，都是从国外研究机构得到的。而日本光是想方设法弄到这些报告，就已经要竭尽全力了。"

他的语气有些低落。

"哎呀，这次真的是聊了好久。"

神代抬起头来望向墙上的时钟。

"距离降灵会开始还有将近四个小时，但也不好意思让各位一直陪着我们，都怪我们来得实在太早。"

"没关系啦，不用在意时间，多讲些研究方面的话题吧！"

神代委婉地拒绝了美亚死乞白赖的纠缠。

"这方面的话题，容我们今后慢慢再讲吧，毕竟我也非常希望今后能和各位交个朋友，想聊这些，时间还很充足。对了，成一先生……"

"嗯？"

成一抬起头来，只见神代和颜悦色地微笑着。

"请问可以参观一下贵宅的庭院吗？老实说，我对贵宅的庭院倾心已久了。要是能在这么气派的院子里散步，心情一定会无比舒畅。今天机会正好，若您不介意，可否允许我稍做参观？而且我们也需要检查一下会场的外部。"

神代指了指会客室与隔壁房间的墙壁。直嗣与慈云斋如今就在对面做着降灵会的准备工作。

"没问题，请随便逛，不过隔壁的房间可能还没有办法进去。"

听成一说完，神代说道："非常感谢，那就容我在贵宅稍微转转了。这种古色古香的木制建筑真是太迷人了，我平时住的都是单身公寓，所以一直很向往这样的宅邸。"

"还请自便。"

"那就恭敬不如从命了。"

神代说着站起身来。美亚虽然有些遗憾，但听神代要提前检查，也就不吱声了。于是这场"超心理学讲座"到此结束，几个人分别离开了房间。

之后，成一在起居室里发了会呆。

家里突然变得格外安静。

多喜枝与胜行两人应该都在二楼，富美似乎出门购物去了。整个起居室变得寂静而冷清，但成一反倒觉得这种氛围十分舒适。从刚才起，他就一直希望能够独自待上一会儿。朝向庭院的大落地窗外，五月的阳光显得如此恬静安详。高耸的树梢伸向万里无云的蓝天，阳光从枝叶间穿过，在地面留下点点光斑。树枝时不时猛地一晃，或许是有鸟儿在上面嬉戏。

这是一个平静而祥和的午后。

尽管房间里的气氛显得恬静而悠然，但成一心中某处依然感到十分沉重，内心笼罩着的阴霾也久久不散。无论是尚未解决的凶案，还是威胁到左枝子安全的、扑朔迷离的阴影，又或是慈云斋那不祥的话语，脑内浮现的种种念头像旋转木马般闪烁着五彩灯光，在头脑中纷繁交错。同时他也很担心左枝子刚刚在会客室时的状况。不知为何，总觉得她似乎有些心不在焉，又像是在畏惧着什么。总而言之，希望今后不会再发生什么异常。不能让左枝子纤细脆弱的神经继续紧张下去。只要今后的日子能够继续平安无事，风平浪静就足够了。但成一也心知，这样的愿望只能用来聊以自慰。这种扑朔迷离、令人提心吊胆的事态不可能那么轻易结束。尽管无法保证，但他还是隐约有着不祥的预感。

预感……预知……

神代所讲述的，那种难以置信的可能性。

成一的意识开始不受控制地联想起一些不好的事情。如果那起车祸是因自己的梦境而发生的，是由自己的念力所引发的……不，应该不会，如此荒唐的事情不可能发生在现实当中。然而，哪怕概率只有百分之一，哪怕无限接近于零，只要不能完全否定这件事发生的可能性，成一就会始终在内心苛责自己。成一不禁怀疑——自己是不是有些魔怔了？幽灵、超能力、念力……万万没想到原本想要逃避到单纯的数理世界中的自己，如今却又被这种骗小孩子般的观点侵蚀了心智。看来自己的神经真的是太过疲惫了。要不等到下个周末，带着左枝子去哪儿转转吧。海边也好，山里也好，去辽阔一些的地方放松放松心情或许是个不错的选择。置身于大自然中，原本紧绷的神经或许也能放松不少。无论是左枝子，还是成一自己……

正当成一这样思忖时，大内山缓缓地走进了起居室。

"不好意思，请问一下，您见过我的搭档吗？我不知道他去哪儿了。"

他开口问着，圆圆的脸上露出带有歉意的笑容。

"不太清楚，我也没见到他……不在院子里吗？刚刚他说想在院子里散散步。"

"是这样啊，不过贵宅的庭院的确非常气派，方便的话能否也允许我参观一下呢？"

大内山用细成一条缝的眼睛望着窗外含混地说。

"嗯，您请自便。大内山先生您刚才在哪儿转了？"

"刚刚在贵宅里面参观了一圈。神代说他住的是单身公寓，其实我也一样，所以很少见到这么漂亮的木制宅邸——多好的房子，庄严稳重，看着令人备感安心。"

大内山在说话时轻轻晃动着微胖的身躯，显得矫揉造作，令人有些不适。

"屋后的庭院也是没得说。真没想到在东京最好的地界里，竟能拥有如此大的庭院。"

"哪里哪里，在附近算不上稀罕，家母也常常抱怨院子不好打理。"

"那也真的很不得了，已经快有我们学校中庭那么大了。不过话说回来，神代这家伙散步时间真够长的。"

大内山说着，再次将目光投向庭院，看上去似乎有些不太放心。成一跟着他向外望去，刚巧看到两只小鸟正要从樟树枝上飞走。那是一双雌雄成对的小鸟，它们叽叽喳喳地叫着，扇动着美丽的褐色翅膀，渐渐消失在五月明媚的天空里。庭院里许许多多的树梢默契地一同跳起了有节奏的舞蹈，仿佛在随风舞动，又仿佛在应和着被小鸟摇晃过的树梢……

◇ 左枝子 13

起风了。

五月的风。

母亲最喜爱的，五月的风。

但今天的风儿稍微有些冰冷。明明天气如此晴朗，但今天的风似乎与母亲所深爱的、温柔和煦的五月风有所不同，而是略微有些冰冷无情。

我坐在院子里那张熟悉的长椅上。

拐杖放在身旁，我置身于五月的阳光中。

但是，我的心情却不太好。

降灵会……七点开始……那个人宣称要召唤外婆的灵魂。

美亚似乎对降灵会兴趣盎然，但如果可以的话，我却不太想去参加。

活在世上的人将死者召唤回世上，总觉得这对他们是一种亵渎。已经去世的人，应该静静地安息在珍重他们之人的心里。只有回忆，是人们存活过的真实证明。我们应该郑重地、静静地将他们埋藏在心里。随后，这份感情会慢慢沉睡。

那些灵魂像被包裹在柔软的天鹅绒里一般，静静地沉睡在人们心中。而我们真的应该打扰它们吗？我们真的有权将外婆的灵魂从舒适的床铺中唤醒，将她召唤到这个世界上来吗？

所以我在畏惧。

这或许是不可饶恕的罪行。我们的傲慢是否会扣动不祥的扳机，引发更加可怕的后果？如果可以的话，我真的不想出席，但是大家会同意吗？

可是……可是，今天他还是来了，为了将这场亵渎死者的仪式见证到最后。

神代大哥他们也为了此事，特地来到我们家中。如果没有这场降灵会，今天我就无法见到神代大哥。所以，我衷心盼望着这一天的到来，这是千真万确的事实。我矛盾的内心与无法如愿的心情，已经都任性地脱离我的思绪，展开翅膀不知飞到哪里去了。

外婆，外婆……在我还没出生时就早早离世的您，可懂得外孙女的心？您能原谅外孙女吗？他们来到这里，肆意打扰您的灵魂，可我却趁此机会与心上人相会，并为此感到高兴，您能够原谅我这个愚蠢的外孙女吗？

但我那颗无法如愿的心，依旧不受控制地追随在他身边。尽管心里在暗暗向外婆道歉，但我内心的一部分，依旧不能自已地被他占据着。神代大哥，神代大哥……

他是如此善良、稳重而又坚强。

我无法像他那样坚强，他拥有着自己所醉心的世界……

正当我在心里想着神代大哥时，背后突然传来一个声音，吓得我心脏差点蹦出喉咙。

"哎呀，我还在想是谁在这，原来是左枝子小姐。"

正是神代大哥的声音。

"我请成一先生允许我参观贵宅的庭院，在散步时发现这边有人，于是就过来了。左枝子小姐，我能在这坐会儿吗？"

神代大哥问我，但我羞得只能低头不语。神代大哥好像坐在了我身旁，我的身体不禁僵硬起来。怎么办，怎么办，怎么办……

"真是气派的庭院啊，简直快让我误以为这是什么地方的山庄了，真是令人心旷神怡。树木种类丰富，绿叶也如此耀眼，还有那么多的野鸟。简直令人无法想象这里是属于东京二十三区之内的地界呢。"

"是吗……"

血液涌上大脑，让我回了一句蠢话。我得回答些更自然、更识趣的话才行……

"不过，这么大的院子，想要打理想必也相当辛苦吧。"

神代大哥没有注意到我的慌张，而是安静地说道。

"还好……那个，我们会请园艺师傅来家里帮忙……"

"哈哈，说得也是，毕竟外行人再怎么也没法收拾这么大的院子嘛。一年大约要请多少次呢？"

"大概三次或四次。外公认识一个和他年龄相仿的园艺师傅，他会带几个年轻人过来打理……"

"哦？那还挺大费周章的。不过就算这样，一天之内也打理不完吧？"

"嗯……要花四到五天……"

"哇，还真是费力活儿。不过如此气派的庭院，也值得让园艺师傅们大展身手一番。对了，左枝子小姐……"

"什，什么事？"

"您怎么了，心情不太好吗？"

神代大哥的语气里透露出对我的关心，我慌忙回答："没有……那个，不是这样的。"

"是吗？但你的脸色好像不太好……抱歉，都怪我说了些多余的话。"

神代大哥也显得有些慌乱。直到这时我才终于发现，神代大哥的语气也有些生硬，仿佛是在拼命寻找话题，来让我保持注意力——我没想错，神代大哥是个十分体贴的人。想到他在为我着想，我的心里就不知不觉中涌起一丝甜蜜。

"神代大哥……"

"嗯，我在，什么事？"

"我有些担心。"

"担心……担心什么？"

"那个，是降灵会的事。神代大哥你说那位灵媒师是个骗子，这是真的吗？"

"哦，还在担心那件事啊。"

神代大哥好像松了一口气。

"他毫无疑问是个骗子，这点我可以担保。请回想一下他那种做作的说话方式，那不是摆明着在虚言恐吓吗？"

"可是我……"

"怎么了？"

"不知为何，我还是会害怕。降灵会之类的事，我总觉得对幽灵和死者来说是一种冒犯，我一直觉得这样是非常不对的。要怎么说才好……就像我们玷污了不可侵犯的领域一样……"

神代大哥认真地倾听了我的担忧和心事，然后坚定地说："是啊，我非常理解这种心情。在我们研究过程中，接触到那些人类未知的能力时，也会像这样……纠结在一些死板的想法中。我们也觉得自己在窥探一个超乎想象之外的神秘世界。所以我们常常告诫自己：正因为自己踏入了未知的领域，才更要心怀敬意，以慎重的态度去面对它。所以左枝子小姐，你所担心的我都懂。"

神代大哥温馨的话语令我心中躁动不安。神代大哥他明白我的意思……

"不过无论如何，我的梦想是成为一名学者。纵使眼前的领域神秘而不可侵犯，我也不能装作视而不见。绵贯教授常说，'我们要用名为科学的冷静之手，抽丝剥茧般细致地、一层一层地揭开谜题的面纱'。我认为，哪怕有违一般人心中的常识，哪怕被世人唾骂傲慢无礼，我们也依旧要寻求真理……啊，这么说是不是有种苦大仇深的感觉。不好意思，一不小心有点激动。真是丢人，有资格这么说的，应该是那些名垂青史的大学者们才对。"

神代大哥有些不好意思地笑着。

"不，不是这样！我觉得……我觉得神代大哥的工作很了不起。"

这句话在无意间冲口而出。

神代大哥的生活态度。

那种专心、纯粹，而又充满自信的生活态度，在拥有目标的前提下走在人生的道路上，我觉得这是十分了不起的。完全没有必要惭愧……

"那个……神代大哥。"

"我在。"

"可以问你一个问题吗？"

"嗯，是什么？"

"神代大哥你为什么会将研究超心理学——是叫这个吧，为什么会将这个作为自己终身的目标呢？"

我希望尽可能多地去了解他，这种冲动，令我一时间忘却了害羞。

"也不是出于什么特殊的原因，只是我从小就喜欢那些妖魔鬼怪。像是吸血鬼、狼人、弗兰肯斯坦的怪物这些。初中时我喜欢读小泉八云的书，上高中后，就开始阅读一些专业方面的书籍，就这样一点点迈进这个世界中了。跟我比起来，我的搭档进入这行的原因才更充满戏剧性呢。"

"戏剧性的原因？"

"没错，我的搭档是这样的。"

"大内山先生吗？"

"唉……与我不同，他从小就是一名纯粹的唯理论者。那时他觉得幽灵啦、妖怪啦之类的，都是些糊弄人的玩意儿。只不过在他高中时似乎发生过这样一件事——他有一块非常珍视的表，是块手表。当时他给自己制定了严格的时间表，然后遵循这张表格来过每天的生活——不过对高中生来说这样做似乎太过死板，也太过循规蹈矩了，如今回头想想或许有些好笑——后来有一天，那块表突然坏掉了。自得到起就从未罢过工的那块表，就这样指着某个时间，停止了转动……"

"咦？"

我完全猜测不到故事的走向，只好茫然地点点头。

"疑惑地回到家里后，他却突然得知了一位好友因事故身亡的死讯——那位朋友似乎曾多次劝他，希望他的生活不要被时间所束缚。尽管带着开玩笑的意思，但那位朋友似乎真的试图摔坏他珍视的那块表来劝诫他。据说他的朋友死去的时间，与手表坏掉时指针所指向的时间完全相同。"

"不会吧……"

"不，这是个真实的故事。他说这件事情令他不寒而栗。从某种意义上来说，这件事比挚友的死更加使他震惊。似乎从那以后，他的价值观就发生了一百八十度的转变。他说手表坏掉那件事，彻底改写了他以往的常识。他感到原本一直被迷雾遮蔽的视野，似乎一瞬间突然清晰了。而他后来也把那块令他感到不适的手表彻底砸了个粉碎——以这件事为契机，他开始对超常现象产生兴趣了。"

"这也是一种……有意义的偶然呢。"

"是啊，这也正是共时性的一种典型呈现方式，真是令人惊讶。不过我的搭档原本就是在那种情况下会从一个极端走向另一个极端的人，所以我在各方面都对他有些担心……"

神代大哥的语气里似乎带着几分担忧。

"不过嘛，毕竟当时他正处于多愁善感的年纪，所以受到的冲击也很严重。"

"这个故事……感觉有点可怕。"

但我多少也能够理解。或许正因为那件事，大内山大哥才会对某些事物呈现出偏执和狂热的态度。最后变成了那种只关心自己的专业领域，一旦来劲儿就会喋喋不休的人。不是说这样不好，只是觉得这的确像是会发生在他身上的故事。

"唉，说了些莫名其妙的话，抱歉，你一定觉得很无趣吧。"

"不……我觉得很有趣……"

"啊，风急了，会不会很冷？"

"不……"

我刚想说"没事"，突然肩膀上多了一件羽翼般柔软、温暖的东西。

是神代大哥……将自己的上衣披在了我身上。

神代大哥的上衣。

上面还留着神代大哥的体温……

我顿时惊慌失措，连一句感谢的话也说不出口，心里却早已像撞钟一样飞快地敲个不停，连我自己都为自己的反应而羞耻了。

而且就算天气变冷，神代大哥依旧只字不提回屋的事，而是贴心地为我披上了自己的外衣。或许他是在无声地告诉我——如果不想回去，我可以在这陪你。

我可以这样理解吗？和我独处他也会感到开心吗？怎么回事？究竟是怎么回事？

可是……我不清楚。我不清楚他心里的想法，只不过……有一件事可以确信。

如同黄昏逐渐变成夜晚，海水涨潮后又落下；又如同风儿轻抚着树叶发出沙沙的响声——缓慢、平稳而安静，却又无比真实——一切都发生得那样自然。但藏在我心中的向往之情，已经慢慢成了恋情——直到这个时间我才真正意识到这一点。

我将下巴埋进神代大哥上衣的衣领中，回味着刚刚那一刻的心情。

西服上淡淡的香烟味丝毫没有影响我的心情，反而令我感到温暖、舒适和依恋。

傍晚的庭院是那样安静。

◇ 成一 17

时间将近六点。

从起居室的大落地窗向外望去，天色已经渐渐昏暗，树木的枝叶被风吹得大幅摇摆。枝条如汹涌的波涛般不断起伏，仿佛要将什么东西从阴沉、灰暗的天空中招致于此。

望着窗外嘈杂的树木，成一将手伸向了烟盒。平时他极少吸烟，但今天却已经吸完了十几根。坐在他身边的神代与大内山也没闲着，同样都在吞云吐雾——看样子他们俩也和成一一样静不下心。

多喜枝和胜行始终没下过楼，两位研究学者散步归来后，依旧是成一陪着他们。说是陪着，其实也只是像这样，三人一言不发坐在这里抽烟发呆而已。

茶几上的烟灰缸内已经堆满了烟灰。

漫不经心地看着这幅景象，成一不禁想到了猫丸。

他不太会喝酒，却是个老烟枪，他的烟灰缸里也总是像这样堆满烟灰。早知道会这样，那天或许还是不顾他的推辞，强行邀他过来的好——成一心想。只有像他那样的怪人，才适合参加如此怪异的降灵会。他的反射神经异于常人，当有稀奇古怪的事情发生时，哪怕其他人都六神无主，他也会出人意料地以冷静的态度行动。话虽如此，除此之外的其他时间里，他都还是那个行事古怪、令人操心的活宝……

神代与大内山两人偶尔会聊上两三句，但对话都十分简短。再过一个小时左右降灵会就要开始了，不管乐不乐意，成一心头还是涌起了一股强烈的紧张感。

大内山有些慌忙地看着钟表上的时间。

"差不多……快了吧。"

从方才起，他就重复过这句话许多遍了。

"总觉得让人不太放心……"

"是啊……"

成一心不在焉地搭着腔。他能理解这种感觉，但遇到别人对自己这样说，他也只能随口附和一下而已。对话到这儿戛然而止，房间里的三个人又开始忙着吞云吐雾起来。

大内山用一副不耐烦的表情看着时钟，短短一会儿的时间里，他已经抬头看过十几次了。正当他又要说出那句"差不多快了吧"时，直嗣终于从餐厅那边走来。

"哎呀，让各位久等了。"

他脸上挂着一副得意扬扬的表情，笑嘻嘻地对成一等人说道。

"准备工作已经全部完成，这会儿大师正在冥想，为了不打扰他，我就先出来了……"

直嗣说到这，话头突然顿了一顿。

"其实呢，有些内容要稍微变一变。"

"变一变？"

神代说着，端正的眉毛因惊讶而抬起，大内山也一愣，随即抬起头来。直嗣的脸上依旧挂着那副半笑不笑的表情。

"是的，大师说了为了配合今天的仪式，会上要有一点变动……"

"什么变动？"

大内山有些不满。

"没什么特别的，只不过是大师想更换一下今天召唤的灵魂。"

"更换……灵魂？"

成一惊讶地嘀咕着。听了成一的话，直嗣转头望向了他这边。

"没错，小成，大师说了……与其召唤老妈，不如召唤老爹的灵魂更加合适。"

"召唤外公的灵魂……"

"是的，毕竟老妈已经过世三十年了，她灵魂的凝聚力已经有些松散，不是很容易聚集在一起。相比之下，最近刚刚过世之人的灵魂就更容易召唤一些——因为灵体还保持着与生前相似的状态。大师说召唤这样的灵魂，成功率会更高一些。两位意见如何，有什么异议吗？"

直嗣询问后，神代与大内山面露难色——但两人对视一眼后很快调整好了情绪。神代说："可以。既然他认为那样更好，就按他说的来。"

"是吗？没有问题对吧。哎呀，大师想必也会非常高兴。不过话说回来，无论要召唤的是谁，本质上都没有太大的区别嘛。"

"没错，这对我们来说不是问题。无论他召唤谁，我们都要拆穿他的骗局——这点是始终不变的。"

面对神代咄咄逼人的话语，直嗣的脸上依旧挂着晒笑。

"无妨无妨，还剩不到一个小时，二位敬请期待。"

听直嗣的语气，反倒是他们那边比较气定神闲。这时，富美从直嗣的身后向房内望来。

"直嗣少爷，晚饭怎么办？这会儿都六点了。"

富美挺着白色围裙下面圆滚滚的身躯。对她来说，家里的日常生活明显比降灵会什么的更加重要。直嗣回过头去表示："这个嘛……等降灵会结束再吃应该也可以吧，毕竟姐和姐夫都没下楼。"

"知道了，那我先随便做点三明治吧。我看各位差不多也饿了，趁这会儿先垫垫肚子也好。"

"这个主意不错，那就这样吧，先垫垫肚子或许好些。"

"好，我这就去做——那边的客人也需要吗？"

富美一边皱着眉头，一边用眼神向门口那边示意了下。她的意思是问慈云斋要不要吃饭。富美就是这样，即使家里来了她讨厌的客人，也会做到殷勤招待。直嗣也很清楚这点，他的脸上露出一丝苦笑。

"不用了,大师在降灵会前通常不会进食,而是斋戒沐浴,清洁身体,以便与灵界接触。"

"是吗? 我知道了。"

富美说着,无可奈何地看了成一一眼,便转身回到了厨房。"真是的,麻烦成一小少爷劝劝直嗣少爷,别让他老是由着性子做事儿了。"——光是望着她那丰满壮实的背影,就已经猜出她想要说的话了。富美巨大的身躯离开后,直嗣说: "那么,神代先生,大内山先生,世纪性的一刻终于就要到来,大师马上就要召唤出上上周去世的老爹的灵魂。这场降灵会或许会成为一场前所未有、历史留名的大事件!"

直嗣的脸上依旧挂着哂笑。神代与大内山两人则皱着眉头,用些许厌恶的表情望着他。

成一的心情其实和二人组一样。再怎么说,这对死者也太过不敬了。兵马才刚刚过世,那个灵媒师就宣告要召唤他的灵魂。这种做法不仅胡闹,也未免太不识趣,成一实在无法理解这种行为。但反观直嗣,他不但十分高兴,还大捧灵媒师的臭脚,不禁令人怀疑他精神是否正常。成一闷着火气一屁股坐进沙发里,再次将手伸向了烟盒。

◇　左枝子 14

时间接近七点。

降灵会马上就要开始。

我走出二楼的卧室打算下楼。

虽然还是有些害怕，但我现在打算参加这场降灵会了，这是因为神代大哥给我吃下了一颗定心丸——神代大哥已经信誓旦旦地说过，那位叫作慈云斋的大叔是个只会耍花招的大骗子，还说一定会揭穿他的骗局。既然神代大哥这样觉得，我就要相信他。我会无条件地接受他的一切观点，他的信念对我而言，就是至高无上的唯一真理……

在那之后，也就是神代大哥离开院子之后，我一个人回到二楼，把自己关在了房间里。

不知为何，我感到非常害羞，不好意思见人。刚刚富美姨过来敲门，说她做了些三明治，要不要吃一点，我说自己没有食欲，就不去了。因为如果在这个时候接近他，我怕自己会不敢抬起头来……

当然，我明白这一切都是我的自以为是。这段时间的我一直有些自作多情。自寻烦恼的结果，也只是让自己原本就闷闷不乐的心情变得更加忐忑。但这些充其量，都只是我自己一个人的臆想。只有我一个人在自顾自地害羞、腼腆、感到不好意思——这点自知之明我还是有的。

但我还是想去珍惜……

珍惜他为我带来的，在院子里那段短暂而美好的时光。

珍惜那段既甜蜜又痛苦——仿佛将五月碧色的风儿全部凝聚在一处，凉爽的、喜悦的——令我心荡神驰的时光，珍惜他仿佛用宽大的胸怀包容着我的那一瞬间……

正当我回味着这种感觉，怀着激动万分的心情将要走下楼梯时，那一瞬间。

就在楼梯最上层台阶处。

当我将手搭在金属扶手上的那一瞬间，我的身体突然仿佛过电般定在了原地。

有种奇怪的感觉……

总觉得哪里不太对劲。

有种奇怪的……异样的感觉。

这是恶意?

突然间，一种不知从何而来的怪异感将我包围，令我一动不动地定在了原地。

我感受到了一种……来自某人的恶意。

但是为什么……为什么会有这种感觉? 为什么我会突然有这种奇怪的感觉? 尽管只有一瞬间，但刚刚我千真万确地感受到了一股针对我的、原因不明的恶意，那感觉就像恶魔突然间用手直接触碰我的心脏。

残留意识。

这个词汇突然在我脑海中一闪而过。

残留意识，这是我在白天听到过的词汇。说的是人的意识，人对某种事物强烈的意识，会持续残留在那个地方……

这种怪异的感觉或许就是那样。有人在这，留下了针对我的强烈恶意……

没错，有人在这，在楼梯最上层台阶处动了什么手脚，怀着深深的恶意做了一些事情……

强烈、幽深而污浊不堪的恶念，漆黑到令人作呕的憎意，某个人的念头、意识就这样留在了这里。即便他本人已经离开此处，但那股令人不适的念头依旧像附着在地板上一般，久久不能散去……

　　果然存在这样的事……

　　恐惧感逐渐爬上我的后背。我僵在原地，心中充满了害怕与混乱。那感觉就像无数细小而湿漉漉的软体动物紧紧贴在我的背后。

　　我一时间动弹不得，只能茫然地站在原地。

◇　成一 18

　　在直嗣笑吟吟的迎接下，成一等人陆续走进房间。

　　"来来来，各位请进，一切准备工作都已做好。"

　　直嗣像是一流酒店的经理般，拿出一副殷勤和蔼的态度招呼着众人。配合这种态度，或许他应该在胸前的口袋里放条丝绸方巾。

　　房间的内侧已经用黑色幕布围住，除了门口，所有墙壁都被漆黑的幕布罩了个严严实实。就算电灯亮着，房间里封闭的氛围依旧令成一感到沉闷压抑。

　　房间里的家具早已搬空，只剩下一张大大的黑漆圆桌摆在屋内的正中央，让人觉得异常玄妙空灵。桌子旁有约莫十把椅子，绕着桌子围成了大大的一圈。围成一圈……成一回忆起猫丸和他讲过的把戏，不禁有些紧张。这个灵媒师打算用的，该不会就是那招吧……

　　放眼望去，慈云斋就坐在最靠里面的一把椅子上。那张仿佛将癞蛤蟆从正面压扁般的脸上挂着一副目中无人的表情。他眯着眼睛，合得紧紧的嘴唇两端下垂，花白的头发梳理得整整齐齐、油光锃亮。这样一来，反而令他看着更像是两栖动物了。尽管如此，成一依旧能感到他浑身上下散发出一种非同寻常的气场。

　　与板着脸的慈云斋相比，将成一等人迎进房间的直嗣则显得心情很好。反之多喜枝则是气呼呼的。

　　"不要太过分了好吗？直嗣！居然要召唤老爸的灵魂。玩笑也不能乱开吧！可以用常识想想问题吗？"

　　从刚才起她就在不断吵嚷，发泄着自己的不满。但直嗣并没有还口，只是摆出一副滑稽的样子向她鞠了一躬，避开了姐姐的锋芒。不好继续发作的多喜枝只好把嘴一噘。

　　"真是受够了！求求你消停消停吧。要是再搞什么莫名其妙的变动，我可要恕不奉陪了。原本我就不想参加这种无聊的玩意儿——我说直嗣，你会收敛一点的吧？可别再做什么出格的事儿了。"

　　但直嗣似乎在忙着迎其他人进屋，并没有专心听多喜枝说话。

　　即使是神代与大内山这对搭档，如今看上去也有些紧张。神代细长的眼睛里藏着一丝锐利的目光，大内山的圆脸绷得也比平常更紧。胜行依旧是那副漠不关心的表情，他轻轻眯着黑框眼镜后的双眼，像往常一样显得十分倦怠。美亚则兴致勃勃，漆黑的眼珠在好奇心的驱使下滴溜溜地转来转去，不停地东张西望。左枝子是最后一个进房，而且是被美亚搀进来的。望着她，成一的心情不禁有些沉重。她看上去有些胆怯和惴惴不安。刚刚左枝子走出二楼卧室下楼那会儿，成一就觉得她的态度有些不太对劲，看上去好像在畏惧着什么，成一不禁有些好奇。尽管在其他家人的面前不好发问，但他依旧非常担心。

"看样子都到齐了……"

慈云斋在桌子对面用低沉的声音开口说道，他的眼光仿佛利箭般射向门口的成一等人。

"是的，都到齐了。"

直嗣应答。

"那就麻烦你了，直嗣先生。"

慈云斋示意后，直嗣心领神会地开始了行动。他首先关上房门，房门上方早已用图钉挂好了黑色幕布，他摘下幕布将房门彻底遮住——这样一来，整个空间就被彻底隔绝在黑色幕布之内了。

而留在里面的，就只有被允许目睹这场现代黑魔术的参加者们——成一、胜行、多喜枝、美亚、左枝子、直嗣、神代、大内山以及慈云斋，全员共计九人。整个家里只有富美没有接受参加这场活动的"荣誉"特权。毕竟时间已经到了晚上七点，首先可能会有人打电话过来，另外也不能把家里所有人都关在一个房间里。于是富美便主动请缨成了那个留守"现世"的人。当然，其实成一也很想留在外面——多喜枝和左枝子恐怕也巴不得能和富美一样放弃参加这场降灵会的权利……

"那么各位，请坐。"

慈云斋沙哑的嗓音响彻整个房间。与平时不同，他并没有多说什么，而是似乎在极力维持着房间里凝重的紧张感与他自身的注意力。

"各位不必紧张，请挑选自己喜欢的位置入座。"

慈云斋重申了一遍。这时仿佛要打消他的气焰一般，大内山从人群中走上前去。

"稍等一下，在此之前……"

他用干巴巴的语调说道："可否让我们稍微检查一下房间？我们需要确认这里没有安设过方便你弄虚作假的机关。"

"哼，说我弄虚作假……"

慈云斋用锐利的眼光狠狠地瞪着大内山。

"你的意思是我会使用那种愚蠢的把戏？你们一向都是这样，因为自己的性格过于下贱，就以为所有人都和你们一样卑劣。只会用丑陋、扭曲的眼光看待他人，还痴心妄想解开深奥的灵界之谜，真是不自量力、愚昧可笑！灵力的世界岂是你们这些宵小之辈肮脏的爪子所能玷污的俗物？只有心灵澄澈、洁净的人才能……"

"穴山先生。"

神代大声打断了慈云斋的话。

"我认为现在不是争论的时候……"

他低沉、冷静的语气令慈云斋闭上了嘴。

"我们好不容易做到这步，接下来只剩演示了。你的说法是真是假，我们的逻辑是否正确，全部都由实际情况来证明。我认为事到如今，尽早达成共识，让我们双方都能接受这场演示，才是最该做的事情。"

"哼，尽耍些小聪明。"

慈云斋轻蔑地从鼻子里哼了一声。

"无妨，既然你们要查，那就尽情去查，查到你们那肮脏污秽的逻辑思维满意为止。"

"非常感谢，那就恭敬不如从命了。"

神代静静地说过这句话后，默默地向大内山示意了一下。随后两人开始在房间里分头搜查起来。他们的行动看上去分工明确，手法也十分娴熟。

走到墙边的大内山对成一等人说："麻烦各位也稍微看看，如果发现什么不对劲的地方，还请及时告诉我们。"

"哇，可以吗？太好啦！"

美亚兴奋地大声喊着，立刻趴到了地板上。

"老哥，你也来找找嘛。你勉强也算是个物理实验员嘛，要是有什么地方不对劲，你应该一眼就能看出来吧？"

让美亚这么一说，成一无奈也只好加入了搜索。

而多喜枝、胜行和左枝子三人则站在原地没有动弹。他们脸上的表情始终未变，依旧是不悦、冷漠及畏惧。

成一像大内山那样，首先搜查了房间内部四周的黑色幕布。幕布往上一直通到房间的天花板，顶端用图钉仔细钉牢。幕布背面的书架上应该是整整齐齐地摆放着许多书籍，隔着厚厚的布料向后摸去，能够感受到书脊坚硬的触感。看来如成一记忆中那样，那些书籍依旧毫无缝隙地紧紧地挤在书架上，怎么看也不像有什么位置可以用来藏匿物品。幕布遮蔽着房间的墙壁，与墙壁之间的缝隙感觉连一只小猫都藏不进去。

接下来是那张巨大的圆桌。

那是一张古老的四脚木桌，桌面因伤痕与坑洼而显得凹凸不平。尽管是件老家具，但依旧非常结实，从设计上也能感受到那个年代的朴实感，看不出上面有什么地方可以动手脚的。成一在房间里检查来检查去，最终也没发现什么古怪。硬要说有什么怪异的话，就是桌子上所摆放的物件了——上面固定着一根粗大蜡烛的金色烛台、一台盒式录音机、一个火柴盒、一个带把手的小型铜钟以及一个同样小巧的鸟形木雕玩具。尽管不知道这些物件是拿来做什么的，但这样的组合方式，确实十分怪异。成一将这些小物件拿在手中仔细端详，但似乎都没有什么不对劲的地方。最终当成一停止检查，将小型铜钟放回桌子上时，它轻轻地发出了叮的一声。

成一的检查到此为止。在他眼里，这只是一个将原有的家具搬出去后显得十分空旷的房间，继续检查似乎也不会有什么发现。

但神代与大内山却格外执着。他们沿着地板、墙壁、黑色幕布、桌子的顺序，细致入微地一处处检查过去。看他们的劲头，似乎哪怕慈云斋只是在一粒灰尘上做了记号，他们也要给找出来。这股固执劲儿，连美亚都感到难以奉陪了。

"我说老哥，他们到底要找到什么时候啊？"

美亚茫然地低声向成一问道。

就在慈云斋一言不发的注视之下，大内山他们的检查持续进行了三十分钟。

检查完毕后，神代似乎终于满意了。接着他拍了拍沾满灰尘的手，又提出了对慈云斋进行搜身的要求。

两边还是老样子，进行了一番争执，最终慈云斋答应了他们的要求。神代与大内山毫不犹豫地搜遍了慈云斋的全身。但与检查房间不同，搜身很快就结束了，因为慈云斋身上穿的是僧侣服，窄袖子与窄裤腿，看上去根本不像能藏什么东西。神代与大内山为防万一，让成一也像海关安检员一样彻底检查了一遍慈云斋的身体，不过依旧没有发现任何异样。

一切检查都做完后，慈云斋用极尽嘲讽的语气问道："怎么样，好了吗？这下心满意足了？"

"是的，恕我们冒昧了。"

神代非常有绅士风范地行了一礼。

"这下总该满意了吧。哼，真是两个不可救药的家伙，都怪你们，浪费了不少宝贵时间。这下可以开始了吧。"

"当然，我们对此也期待已久了。"

"很好。那么各位，请上座吧。"

慈云斋发话后，所有人都在为位置问题而犹豫，神代立即不失时机地说："成一先生，不好意思，能请您坐在那里吗？"

神代示意的是慈云斋左侧的位置。接着他继续说道："请允许我坐在这里。穴山先生，您应该没有意见吧？"

神代敏捷地坐在了慈云斋右侧。灵媒师狠狠地瞪了一眼年轻研究学者那张轮廓鲜明的侧脸，但最终还是没有提出异议。接着，成一也坐在了神代指定的位置上。这样一来，慈云斋就被夹在了神代与成一之间。

接着，大内山拽出神代旁边空着的椅子。

"恕我冒昧，直嗣先生请您坐在这里。"

"咦，连我也要坐指定位？"

"是的，委屈您了。"

"无所谓啦。那么恕小生无礼，坐在您指定的位子上啦。"

直嗣哂笑着坐在了椅子上，接着他对正要坐在他身旁的大内山说："你们这么积极地检查，结果如何？有什么发现吗？"

"不，应该没有什么问题。"

大内山微胖的身躯坐在了椅子上。

"真的？真的什么都没找到？"

"是的。"

"可是屋外呢？窗户外侧那片呢？能让你们高兴的机关，保不准就藏在外边呢。"

面对直嗣的嘲弄，大内山依旧面无表情。

"无须担心，我们已经检查过了。"

"哎呀呀，检查得真够周全。"

直嗣像西方电影里的角色那样耸了耸肩。感到对方没有捉弄的价值后，他便不再与大内山搭话。

这样一来，慈云斋就被夹在神代与成一之间，而直嗣被夹在神代与大内山之间。这应该是为了防止两人作弊而事先商量好的战术。

"其他人就请随意入座了。"

神代说完话后，美亚拉起了左枝子的手。

"姐姐，咱们坐这儿。哇，终于要开始了，我都快等累啦！"

美亚发过牢骚后，雀跃着坐到成一身边，并拉着左枝子也坐到自己旁边。与此同时，胜行默不作声地坐在了大内山旁边的位置上。尽管表现出自愿参加的态度，但明显能感受到他丝毫不想理会小舅子的爱好，只是凑合参加而已。想必他心里也在期盼这场闹剧能够尽早收场。而最后的多喜枝，也是一副不耐烦的样子。

"真是的，怎样都无所谓，赶快搞定完事儿得了。"

她说着在美发店里做发型时会说的话，坐在了最后空着的位置上。尽管心情很差，却没有离开房间，或许她潜意识里对此还是有一点好奇的。

这样一来，所有人就都入座完毕了。

以慈云斋为首顺时针望去，参加者依次是成一、美亚、左枝子、多喜枝 、胜行、大内山、直嗣、神代。从整体位置上看，房门正好在胜行身后的黑色幕布之后。

在神代与大内山指定座位时，慈云斋始终不悦地盯着他们。看到所有人落座后，他的脸上流露出一副无奈的表情，用目光在所有人脸上扫了一圈。

"看来终于能开始了，都怪某些蠢货，浪费了这么多宝贵的时间。那么，我宣布降灵会正式开始。"

他用嘶哑的声音庄严地宣布。

神代与大内山眼神相对，轻轻点了点头。两人脸上都浮现出紧张，甚至是有些不安的表情。

美亚眨巴着大大的眼睛，专心致志地盯着慈云斋的嘴角，等着灵媒师的下一句话。

胜行面无表情，呆呆地盯着桌面上的一处。藏在黑框眼镜后微微眯

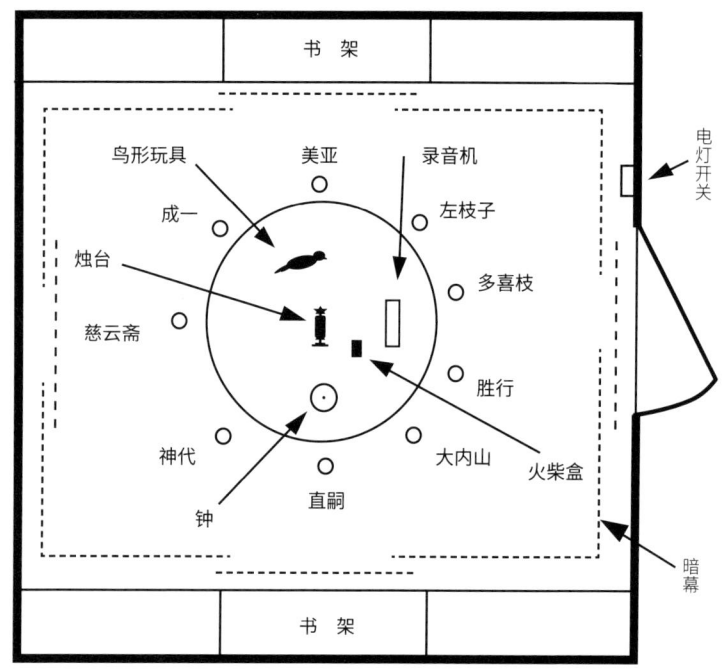

书架

鸟形玩具　美亚　录音机

成一　左枝子

烛台　多喜枝

慈云斋

胜行

神代　大内山　火柴盒

钟　直嗣

电灯开关

暗幕

书架

降灵会上的座次

起的双眼显得茫然，感受不到他在考虑任何事情。

多喜枝一副不满的样子，双臂交叉抱在胸前。她眉头紧皱，看慈云斋的眼神仿佛在看着什么奇葩一样。

直嗣依旧装模作样地坐在椅子边儿上，面带哂笑地撇着半张脸孔，饶有兴趣地斜眼观察着姐姐和姐夫的态度。

而左枝子依旧像是在畏惧着什么。她美丽的嘴唇紧紧合在一起，注意力明显没放在降灵会这边。尽管不清楚她在苦恼什么，但成一对她的担忧只增未减。这种活动对左枝子来说或许还是有些为难，要不就让她一个人退出这场降灵会吧……

正当成一打算把想法说出口时，哧的一声轻响，桌上突然有什么东西亮了起来。仔细一看，原来是慈云斋擦着了一根火柴。他点燃了烛台上的蜡烛后，煞有介事地甩灭了火柴上的火焰。

"哪位都好，能麻烦把电灯关掉吗？"

"我来我来——"

美亚轻快地站起身来，把手伸进门边的黑色幕布里掏摸着。下一刻，她似乎找到了开关，房间里的灯光一下子熄灭了。这样一来，整个房间里的光源就只剩那根粗大的蜡烛。昏暗的淡黄色光芒形成一个光圈，将所有人的脸都照得阴森森的。参加者们的背后一片黑暗，每个人的脸上都笼罩着阴影，忽明忽暗，显得十分妖异。

等美亚回到座位后，慈云斋将盒式录音机拿在手中。小小的机器反射着微弱的烛光，呈现出一种冷冰冰的质感。他打开了录音机的开关，一阵声音从里面传来。那声音既像风在吟咏，又像海浪澎湃，没有任何旋律，只是单纯作响。低沉的声音如洪水般持续涌来，但无法辨清那究竟是什么声音。

"这种声音里含有特殊的频率，播放这个是为了让各位集中精力，也是为了让灵界波长的频率与我的灵力一致。"

慈云斋解释道。先不管灵界的频率如何，他所播放的录音中倒是夹杂着极其低沉的音调，令人感到小腹嗡嗡作响。蜡烛的火焰似乎也受声音所激，时明时暗，仿佛易逝的幻影般摇晃着。尽管录音机的音量不高，但低沉、古怪的声音甚至令人感到一丝不快。但不得不说这种声音成功地令房间中的气氛变得惊悚，营造出了一股诡谲的氛围。

"今日，将从三千净土的彼方敬请降临到世上之灵的尊名是……"

慈云斋冷不防地用独特、夸张的语调震声大喝："生前之尊姓大名为方城兵马，享年八十四岁，前日里因幽灵作祟而亡……"

多喜枝听到这句话，毫不掩饰地皱起了眉头，但慈云斋并未理会。他紧紧地盯着眼前的空气，双眼当中似乎染上了一丝疯狂的色彩。

"在我召唤灵魂降临之前，有两点问题需要各位多加注意。第一点，接下来无论发生什么情况，各位都不可慌乱。连接灵界与现世的精神波动是极其脆弱的，一旦我的注意力被扰乱或动摇，微弱的连接就极有可能断裂。最坏的情况下，甚至会给恶灵或低等动物灵以可乘之机，最终引发无可挽回的灾祸。因此请各位保持平静，千万不能慌乱，知道了吗？"

慈云斋的语气十分夸张，但话语中带着一种压倒性的、容不得别人插嘴进来的威严。成一也真切地感受到了，灵媒师慈云斋所散发出的异样气魄的确震慑到了他。

"第二点，在幽灵出现时，不能用光照射。幽灵最恨自然光以外的光芒。哪怕是善良的灵魂，被人类用浅薄的知识所制造的火焰和光芒激怒后，也极有可能化作凶狠、狂暴的恶灵。一切都要在我的指示下进行，尤其是你们两个家伙，少来给我惹是生非。我奉劝你们，那些卑鄙的手段最好想都不要想。一切结束之前，不准你们横插一杠，听懂了吗？"

慈云斋用锋利的言辞给神代与大内山打预防针。

"那么接下来，请各位像我这样。"

慈云斋说着，将双手抬起后分开，然后平平地按在桌子上。

"请各位像我这样拿出双手，然后每个人依次用小指压住邻座的小指。"

慈云斋说着，摆出一副两栖动物四足着地的姿势。由于他的样貌也和两栖动物过于相似，让他看上去真的像是一只大号癞蛤蟆了。成一瞥了一眼慈云斋身旁的神代，但后者似乎对这种事情早已司空见惯。只见神代毫不犹豫地将左手的小指压在了慈云斋右手的小指上，成一也怯怯地按他那样做了。坑洼的桌面与粗糙的手指，两者的触感同时传到他的手上。灵媒师的手指比他想象的要细，当手指叠在一起时，成一再次回忆起猫丸给他的建议，但此时慈云斋的双手离得很远。他的两肘大大地分开，双手相隔的距离也有身体那么宽。再加上他双手平平地紧贴在桌面上，如果不做移动，就无法使用猫丸所说的办法。

"各位也请像我这样，按住邻座的手指。"

慈云斋话音刚落，美亚立刻用纤细的手指按住了成一的左手小指，其他人也纷纷行动起来，桌子上仿佛盛开了一朵手掌组成的鲜花，花瓣片片相连。但这副情景看上去非但让人不觉华丽，在昏暗烛光的映照下，反而更像谁把许多具尸体的手摆成一圈一样，显得无比阴森。

"好的，这样就可以了。"

慈云斋满意地歪着两栖动物般的嘴角。

"这样一来所有人就围成了一个圈。这个世上的生者围成圆圈，使生命力形成了旋涡，升华为神圣的光芒与气息，而通往灵界的大门也将会从这里打开。生命脉动的起伏会产生能量，当这些能量汇聚到一点后，端坐于彼方遥远净土之上的善灵会以此为指引，继而降临到这个世界之上。这个圆圈就好比现世与彼世的接点，因此——接下来是最后的提醒——无论遇到什么事，无论发生什么事，都绝不可以把手撤走。记住了吗？千万牢记，绝不能撤走自己的手指。万一在幽灵降临时，由生命力所围成的结界被打破，就会大祸临头。来自那个世界的幽灵——善灵也好，恶灵也罢——都会夹杂一处，从缺口中如怒涛般涌入。如果发生此事，我就不得不耗尽所有灵力去填补这个缺口。一旦如此，降灵会就当即结束！还是你们两个，如果不想中途结束，就老老实实地按我说的去做！唠唠叨叨地说了不少，那么降灵会正式开始。"

突然，慈云斋吹灭了蜡烛。

成一有些担心起左枝子。蜡烛熄灭时，成一正望着左枝子，他担心慈云斋那不祥与怪诞的言语会吓到她。因此当房间陷入黑暗的那一刹那，成一视网膜中的余像是左枝子被摇摆、微弱的烛光映照的侧脸。她微微低着头，柔顺的长发遮住了半边脸颊。她静静地闭着眼睛，仿佛在忍耐着什么。她纤长的睫毛……就在这时，余像从他眼前消失，消失在一片伸手不见五指的黑暗中。

一片伸手不见五指的黑暗。

黑暗不禁令人怀疑自己是否睁着双眼。即使意识到自己睁着眼睛，也会令人怀疑自己的眼睛是不是出了什么问题。成一第一次感受到——原来真正的黑暗是如此深沉、凝重而顽固。

录音机里传出的重低音令人的身体也跟着微微震颤。在这股音浪中，成一也正在与涌上心头的担忧感斗争。

美亚似乎觉得这种跳脱日常的体验十分有趣，成一听见她在自己身旁哧哧地笑着。

◇ 左枝子 15

美亚哧哧地笑着。

我却感到无比畏惧。

在楼梯处感到的恐惧，依旧沉重地压迫在我心中。我有点后悔还没平复心情就立刻参加这场降灵会。要是能推掉就好了，要是和富美姨一起留在外面就好了。

虽然神代大哥给我吃过定心丸，但身后的这股微寒的感觉究竟又是怎么回事。尽管一阵头晕目眩，但我依然默不作声地坐在椅子上。录音机的喇叭里传出的仿佛风声，又仿佛浪潮翻涌的声音，令我的腹部传来一阵压迫感。

　　神啊，求求你……请让这场降灵会快快结束，让我回归正常的世界当中吧……

　　"吾以掌管八百万神明之天照大御神之圣名，在此向汝下令……"

　　慈云斋大叔瓮声瓮气的话语声传入耳中。尽管声音不大，却饱含着动人心魄气势。

　　"如今正是汝等前来履行前世盟约之时。听从冠以圣洁御名者之命，跨越生者与死者之障壁。岁月再久，也是无根之木，一切因果，皆由自己所种。躁动不安的灵魂，今日就以汝为尊，吾令恶鬼为汝护驾，魔神为汝开道，神明也不能阻拦，就让冥府之门为汝打开微小的缝隙，汝可速速由此而出！"

　　咒语的念颂声渐渐小了下去。

　　他的声音逐渐淹没在录音机所发出的令人不适的声音里，无法再次听清，反之录音机中传出的声音却越来越大。那声音低深幽邃，婉转起伏。紧接着，一个微弱的声音突然在桌子上方响起，混入了洪水般的音浪之中。

　　我惊诧地抬起头来。

　　刚刚的声音，不是从录音带中传出的。而像在现实中有人用木制品轻敲着桌面……

　　可，可这是为什么？我右手的小指正压着美亚的小指，左手的小指也毫无疑问被姨妈的手指压着。如果所有人的状态都是这样，那为什么会响起刚才的声音？

错觉？是我想多了吗？

尽管如此，刚才的声音依旧无比真实。

录音机里传出的声音越来越大，连桌子都微微颤动起来，但那声音并非大到能让桌子跟着晃动。既然如此，究竟是为什么……为什么，会出现那种声音？难道说真的出现了幽灵……

哐哐，哐哐……

这次我清楚地听到了，绝对不会有错，是什么物品敲打桌面的声音。之所以能确信，是因为美亚也被吓了一跳，手指也随之一颤。这说明美亚也听到了，但这究竟是什么声音？

我顿时不寒而栗。两只胳膊和后背上起了一层细细的鸡皮疙瘩，非常难受。神代大哥求求你，快想想什么办法……

哐、哐、哐哐、哐……

桌子上的声音还在大声作响，丝毫没有被录音机的声音掩盖过去。接着……

叮、叮、叮叮、叮……

铃铛？钟声？只听一个冷彻、清冽的声音响起。这个声音也是从桌上传来的。那是一种与录音带里狂野的伴奏极不合拍，令人感到一丝清冷和凉意的钟声。

我的的确确感受到，一股不安的气氛像涟漪般在房间里扩散开来。美亚的手指在微微颤抖，姨妈的手指也时不时因恐惧而猛地哆嗦一下。我很清楚，在场的人们都无比惊慌。尽管心中十分恐惧，想要大声叫喊，也想立刻把手放开，但我还是拼命地忍耐着这股冲动。

哐、哐、哐哐、哐……

叮、叮、叮叮、叮……

我能感到，敲桌子与敲钟的声音明显开始同步起来。

哐、哐、哐哐、哐……

叮、叮、叮叮、叮……

耳朵里能听到这些声音。

心脏也跟着声音跳个不停。

哐、哐、哐哐、哐……

叮、叮、叮叮、叮……

我的心因恐惧而突突突地跳个不停。

然后，我感受到……

感受到一股气息……

是我的错觉吗？

桌子上似乎出现了什么……朦朦胧胧的，仿佛邪恶的气息盘根错节地凝聚在一起，又像是种烟雾般的物体正在汇聚成形……

我能感觉到桌子上方正在发生一种我从未想象过的，无比可怕的事态……

莫非是通往冥界的大门如今它正要敞开吗？外公的灵魂正要通过大门，回到现世当中来吗？不会吧……这种事情真的有可能发生吗？

"……呃……啊……"

紧接着，桌子上方响起一个声音。尽管十分微弱，但我还是真真切切地听到了。

这时我终于无法忍受，轻轻地叫出了声。

◇ 成一 19

在一片黑暗中传来了左枝子微弱的叫声，成一立刻就要站起身来。但她的叫声很快被淹没在录音机里传出的低吟般的风声之中，没有再次出现。看来她只是稍微被钟声给吓到了。成一深深地舒了口气，将心中的不安与焦躁一吐为快之后，又重新坐稳了身子。紧紧贴在桌子上的手掌，现在已经因汗水而变得湿黏。从刚才起，他的双手就像是中了诅咒般无法活动。录音带里传出来的重低音固然变得更大，但桌子上的怪声也毫不逊色，同样变得更加响亮。小型铜钟发出的声响，以及木制品敲打桌子的声响——恐怕是那只鸟形的木雕玩具正在动吧，然而成一不清楚究竟为什么会这样。慈云斋的小指依旧放在蜡烛熄灭前被成一按住的位置，丝毫没有移动。木雕玩具和小型铜钟也不可能自行移动……

圆桌因重低音而嘎嗒嘎嗒震颤着。成一的后背因汗水变得黏答答的，感觉有些难受。那感觉就像抽了太多不习惯抽的香烟一样。

喔、喔、喔喔、喔……

叮、叮、叮叮、叮……

声音越来越大。

成一不清楚慈云斋究竟是怎样做到的，又或者说，这真的是没受到任何人为干涉的超自然现象？

喔、喔、喔喔、喔……

叮、叮、叮叮、叮……

除此之外，房间又多了一个大河奔涌般低沉的声音。

"……我……是……谁……"

听到这个声音后，成一心头一惊。他凝视着伸手不见五指的半空，声音明显是从桌子上方传来的。

"是谁在……扰……梦……？"

声音并非从录音带中传来，而是如假包换的真声。那沙哑的嗓音，的确像是老人所发出的。

"是谁在……扰我……清梦……？"

声音一顿一顿地，从桌子中央上方传来。

"何处？这是……何处？……此处……并非我先前所在之地……这是何处？"

成一试图透过黑暗望向前方。但在黑咕隆咚的房间里，根本看不见任何东西，这不由得令人心急如焚。成一急得甚至想要跺脚，但这时，仿佛有人察觉了他的心思一样，什么东西突然亮了起来。

在桌子上方差不多一米高的地方，冷不防地有什么东西亮了起来。

那是一道柔和、微弱的光芒。仿佛是从黑暗深处冒出来般，一道模糊的光带出现在半空中。

成一惊讶地张大了嘴，他身旁的美亚也倒吸一口凉气。除此之外，还能听到"喔喔"的感叹声，多半是直嗣所发出来的。

光带仿佛跟着低音的节奏，在空中缓缓地飘动。

柔顺、雅致、悠然……

宛如天女的羽衣飞舞在空中。

又宛如某种生物。

一边悠然自得地放着光，一边在半空中盘旋、直立，划出优美的弧线。

一遍又一遍地重复着，不断重复着……

那是一幅如梦似幻般的景象。

成一像丢了魂儿似的愣在座位上，茫然地望着这幅景象。他内心受到的冲击不亚于被人一把攥住了心脏。

那光带的舞蹈美到不可思议，令一切观者为之心动。它如梦似幻，却又不知为何带着几分妖异。

没错，那光带的舞蹈仿佛不属于这个世界。更像是来自其他世界，来自一个未知的世界。

"……里……冷，这……"

光带突然说起了人话。

"……里，太……冷了……这里……"

那声音太过低沉，时断时续，因此大部分被淹没在录音带中传出的暴风雨般的声音中。成一不禁瞪起眼睛，竖起耳朵仔细倾听。

"是谁……将我从另一个世界……到这儿的……？"

"老爹，是你吗？"

直嗣战战兢兢地开了口。

"你是老爹对吧？你回家了？"

"……直嗣吗……是你……把我叫到……这么冷的……地方来的……？"

与最开始相比，声音清晰了许多，它确实是从光带附近传来的。

成一还未从惊叹中回过神来，旁边的慈云斋在一团黑暗中开口了："灵魂已然降临，你们可以自由和它对话了。"

他的语气比成一想象中冷静得多。

"老爹，听得见吗，听得见我在对你说什么吗？"

直嗣冲着桌子的方向喊着。

"直……嗣吗？听……见了，我……这是……在哪儿……"

声音里带着疑惑。或许是离现世越来越近的缘故，成一已经能够听出声音里的感情变化。光带也如声音般显得有些迷惑，在半空轻轻地盘旋。

"……我，这是怎么了……为什么我会在这儿……暗，太暗了……什么都看不见……为什么……会这样……"

"老爹你是在那间别室里被人杀害的！"

直嗣话音刚落，慈云斋突然静静地说："直嗣先生，声音太大了，会吓到灵魂的。"

"不好意思，大师。"

直嗣立刻压低了声音。

"老爹，你还记得自己遇害的事吗？"

一个令人毛骨悚然的声音回应道："被杀害……？被杀害……我……被人……是……是吗？我是被人杀害的……想不起来……不记得了……"

正当声音说到这里时。

就在光带上升到最高点的一瞬间。

"呃……"

耳边突然响起了一个怪异的声音，它与刚才出现过的所有声音都大不相同，似乎是某个人的惨叫。这个声音仿佛一个信号，刚一响起，光带就立刻停止了运动。随后光带径直而悄无声息地掉了下来。它脱力后摊在桌上的样子，仿佛一条被遗弃的、湿答答的手帕，看上去一副无精打采的样子，丝毫没了刚才那种如梦似幻般舞于空中的风韵。

就在成一目瞪口呆时，慈云斋的小指哧溜一下从成一的手指下面滑了出去。

接着，他脚边传来什么东西轰然倒下的声音，先前营造的灵异感瞬间烟消云散。

而现场的气氛也被突如其来的巨响打破。原本奇异多彩的幻想世界，瞬间变回了漆黑一片的恐惧。这情形简直如同电影刚要到达高潮时，却被掐断播放一样。

接着没有发生任何事情。

成一依然一头雾水，他用空出来的右手，在慈云斋所在的位置划拉着。但那里空无一人，他的右手只摸到一片空气，最后碰到了椅背。

"……大师，您怎么了？"

直嗣在一边恭恭敬敬地问道："大师？……您哪儿不舒服吗？"

但慈云斋没有回答他的问题。

"成一先生，他的手……"

神代用有些失魂落魄的声音问道。看来神代也因慈云斋的手指突然抽走而感到蹊跷。

"嗯，我这边也是。"

成一对着那片伸手不见五指的黑暗答道。

"等等，喂，到底怎么回事？我有种不祥的预感……"

多喜枝的语气显得不知所措。

"总之……先把灯打开吧……"

胜行的声音响了起来。这时房间里面已经一片嘈杂，大家都七嘴八舌地随意说起话来。

"谁去把电灯开一下。"

"喂，发生什么不对劲的事儿了？"

"真是的，到底怎么了？"

"总之先快点开灯吧。"

或许是因黑暗而不安，也或许是先前的紧张感绷断了弦，房间里的人们纷纷吵嚷起来。再加上暴风雨般的背景音，整个房间里顿时乱成了一锅粥。

这时，电灯亮了起来。

明亮的灯光突然充满房间，大家纷纷安静下来，喧闹声如同退潮般消散。

强烈的光束刺进了人们已经习惯了黑暗的眼睛里，成一急忙用手臂遮住面孔。片刻之后，他终于习惯了光明，继而望见了呆立在门口的美亚。她脸上一副茫然自失的表情，打开电灯开关的手，还依旧按在黑色幕布之上。

成一一边皱着眉头缓解着双眼的刺痛，一边环视整个房间。

继而发现慈云斋就倒在桌腿旁边。

看上去他是从椅子上跌落下去之后，就这样一动不动地倒在了地上。他的身体仿佛被夹在自己的椅子和桌腿之间一般，佝偻在一个狭小的空间里。但他本人已经不会再感到狭小了，这是因为他的后脖颈上插着一柄匕首。

灵媒师的眼神茫然地游荡在半空，里面已经完全感受不到活人应有的气息。他佝偻着的躯体已经脱力，手脚都耷拉在地上。

直嗣与神代站在慈云斋的尸体两旁，仿佛在围着他一样。两个人都愕然失色，哑口无言。胜行依旧呆坐在原处，多喜枝死死地搂住了自己的脖颈，但两人最后还是忍不住将视线投向了已经变得面目全非的灵媒师。左枝子也坐在椅子上，一脸茫然的样子——她的双手依然还放在桌面上。大内山站在桌子与门口之间的尴尬位置上，似乎是刚才想去开灯。接着他回到桌子旁边，关上了录音机的开关。

房间里顿时陷入一片死寂。

习惯了洪水般噪音的众人，此时不禁觉得难以忍受这种安静。

仿佛终于从咒缚中挣脱般，直嗣长长地呼出一口气来。

"大师他……为什么会……"

他已经不在意有谁能听到这句话，只是如同呻吟般嘀咕着。

"总……总之先叫救护车……"

胜行的声音仿佛被人掐住喉咙后发出来的，接着……

"咿！"

多喜枝一声短促的惨叫打断了他的话语。

"喂，那个……"

多喜枝用微微颤抖的手指指着桌子上面。

只见在桌上各式各样的小物件之间，有一块薄薄的浅黄色布条。它平整地掉落在桌子上，仿佛一块在雨天里被人随手撇在路边的破布。尽管刚才还妖异地在空中飘舞，但如今看上去，简直如同一条破旧的手巾。见此情景，所有人都恍若大梦初醒。

但吓到多喜枝的并不是这个。

"那个……不是老爸的……念珠吗？"

在布条和倒下的小型铜钟旁，掉落着一串黑色的念珠。那是一串用黑色的珠子穿成，看上去已经被人把玩过很久的念珠。成一发现它与原本放在兵马别室佛龛前的那串佛珠极为相似。

但它究竟是从哪儿冒出来的？成一疑惑地望着那串念珠。降灵会举行之前它应该还没有出现在房间里。不止房间，就连慈云斋的身体也被神代等人彻底搜查过了。难不成它是凭空冒出来的？而且还有那把匕首……

成一的大脑依旧混乱。他将视线移向插在慈云斋脖颈上的锐器。他发现自己记得那把匕首柄的样式。那个洋里洋气的观音像——绝对不会看错。这把匕首毫无疑问是原本放在别室中，属于兵马的物品。

"我早就说过别做这种事了……"

多喜枝用尖锐的声音责怪着直嗣。

"为什么会发生这种怪事？你们到底想要搞什么鬼？"

"姐你先别说了……现在不是谈这些的时候。"

直嗣有些语无伦次，胜行立刻接口："总之……还是先叫救护车，警察也要叫来，其余的事等打完电话再说吧。"

胜行故意咳嗽几声之后站了起来，他似乎是在靠这样给自己打气。但直嗣还在喋喋不休地说着其他方面的话题。

"中途……有人松手了吗？我的手指没有离开过神代先生与大内山先生的手指。如果谁都没有松手，大师为什么会这样？真的都没松过手吗？"

面对直嗣仿佛对每个人发出的质问，大家都一言不发。

只有一片沉重的死寂弥漫在整个房间里。

◇　**幕间**

一个脏兮兮的活动板房。

房间大小约十五平方米。三合板铺成的地板上，满是杂乱的泥脚印。

房间的角落处，被干燥的泥土磨到褪色的工装靴杂乱无章地堆在一起，墙上挂着不少沾满泥渍泥点的雨衣和安全帽，乌漆麻黑，被揉成一团的军用手套也扔得到处都是。这间小屋乍看之下就像工地的临时休息处一样。

小屋里沾满泥土的桌子和铁凳做工十分粗糙，一看就是便宜货。一张大大的地形图贴在墙上，让这里更像工地的活动板房了。

只不过聚集在这里的并非工人。

十几个人，有男有女，而且都很年轻。即使其中那个满脸胡须，看上去最为年长的男人，年纪也不过三十岁出头。他们一言不发，每个人都是一副心神不定、坐立不安的样子。有的人坐在铁凳上，有的人在满是灰土的地板上走来走去，还有人趁这会儿叼上香烟，在那边吞云吐雾……

在这间脏兮兮的小屋里，尽管沉默不语，但所有人都无法按捺激动的心情。既是因为期待，也是因为不安——他们或漫不经心地不停晃着跷起的腿，或焦躁地拽着手中沾满泥巴的安全帽的扣带，或漫无目的地用指尖敲着满是灰土的桌面。身躯疲惫的人们，使这里与工地小屋几乎别无二致，但聚集在这里的人们的目光却与工人完全不同。在等待着什么回报——等待着什么好消息——整个房间里弥漫着这样一种氛围。

窗户因沾满尘土而显得灰蒙蒙的。向外望去，天空已经被夕阳染红。尽管天色就要暗淡，但没有任何人打算离开。心神不定、坐立不安、紧张不已……他们只是漫无目的地不断重复着先前的动作。

接着——当房门被人打开时，大伙热情的目光立刻望向了门口，原本坐着的几个人也猛地蹦了起来。

伴随着嘎吱一声，进来的也是一位年轻男人——一位身材瘦弱，身形微驼，戴着一副圆框眼镜的青年。他的样子十分沮丧，与在小屋里等待的众人形成了鲜明的对比。

仿佛觉得"圆框眼镜"的样子有些不妙，其中一个站起来的人怯怯地小声问道："怎么样？"

"圆框眼镜"依旧是那副垂头丧气的样子。

"我只说结论……"

所有人都咽了一口唾沫，死死地盯着他。尽管被所有人注视着，但"圆框眼镜"只是死死地盯着地面。

"闹大笑话了。"

"大笑话……什么意思？"

一个长发年轻人坐在铁凳上慌张地问。"圆框眼镜"哭丧着脸看着他说："唉，他们说不用拿去鉴定了。那里的工作人员都是行家中的行家，他们说我们挖出来的是距今两千几百年前，也就是弥生时代的化石。"

"弥生时代？"

一个头上扎着印花头巾的女生发出一声怪叫。

"是的，也就是公元前三世纪中叶。这样一来，我们挖出来的化石或许的确是生物的骨头，但据他们所说，百分之九十九点九的概率是白尾鹿的骨头。从大小和形状看来，基本上可以确定是白尾鹿的大腿骨。"

"喂，等等！他们说是白尾鹿？白尾鹿算什么稀有物种啊？"

看上去最为年长的"胡须脸"高声怒吼，"圆框眼镜"被他吓得险些后退。

"嗯，就是遍布全日本的一种哺乳动物。"

"这种玩意儿为什么会出现在中生代的地层里啊！那个时代有哺乳动物吗？"

"这……你问我我问谁啊……"

"不对劲吧！那不是一亿两千万年前的地层吗？要不然我们也不会以为是恐龙化石了啊！"

"都说和我抱怨也没用了……只不过……"

被"胡须脸"气势汹汹地逼问着，"圆框眼镜"说："他们的说法是，可以认为那是弥生时代的人们处理垃圾的地方。也就是说，出于与绳纹时代的人留下大森贝冢相同的理由，弥生时代的人们也挖了一个洞，然后把吃掉猎物后剩下的垃圾扔在里面。后来这里因为地质变动，恰好移动到了三叠纪的地层当中。毕竟弥生时代的人们不可能想象到我们会因为挖掘到这些东西而轰动。"

"什么意思？你是说我们被两千几百年前的古人给耍了？"

"胡须脸"的声音变得粗暴起来。

"没有，那个……我只是开个玩笑，玩笑而已。"

"我知道！"

"我想也是……所以消消气……毕竟弥生时代的人又不懂二十多世纪后的考古学……"

"白痴！我气的是你不识趣！这种时候居然还有心思开玩笑？"

"胡须脸"一把揪住了"圆框眼镜"的衣领。

"噫！别打我，别打我……就算拿我撒气也没有用……"

"谁要拿你撒气！"

"胡须脸"的愤怒仿佛点燃了火药桶，其他人也纷纷吵嚷起来。

"可不是！居然连一点歉疚的意思都没有！"

"我们在这挖得浑身沾满烂泥，结果就是为这个？"

"你的意思是我们都白忙活了？"

"哪个混蛋最先说这是恐龙化石的？"

"有马，最开始是你说的吧！"

"别瞎扯！不是我说的，是盐田那小子说的！"

"瞎咧咧什么呢！我早就说过不太对劲了！"

"光是正常想想，城市中心的地底下也不可能埋着什么恐龙骨啊！"

"都这个时候了你才放马后炮？"

"话说在前头，我当时可制止你们了啊。"

"到了这种时候你就开始推卸责任？"

"可不是嘛，一开始最来劲儿的不就你吗？"

"混蛋，你说什么？"

"什么本世纪最大发现！根本就是个笑话！"

"疼疼疼，快住手！别扯我！"

"把负责的给我叫来！"

现场一片混乱。

狭小的活动板房里乱成了一锅粥，一时间似乎没法静下来了。

"闭嘴！你们这帮臭原始人！叽叽喳喳吵个没完。你们这帮混蛋，都给我喂恐龙去吧！"

一个身材瘦小，眼睛像猫咪般滚圆的男人用格外高亢的声音怒吼着。

第五章

GONE WITH THE GREEN WIND

◇ **成一 20**

"抱歉，可能您会嫌我啰唆，成一先生。但您真的一直在按着身旁的穴山的手指吗？"

警官愁眉苦脸地反复询问着成一相同的问题。

"是的，没错。"

成一不耐烦地点着头。

啰里啰唆的询问令他感到厌烦。一遍又一遍没完没了地，变着法地问着同一件事。成一好不容易才控制住自己不要歇斯底里地喊出——"我都说过多少遍了！"这句话，继而深深地叹了口气。

会客室里，墙上时钟的指针已经指向了半夜十二点。

在这个临时被当作问讯室使用的房间里，只有成一与四名警察。

房间里格外安静。

除了一名自称柏木的警官与成一对话的声音外，就只有年轻警察在笔记上写来写去的声音。但能感觉到在门外，许多警方人士正急匆匆地走来走去。

案件相关者暂时都被警方控制在起居室里，处于半禁足状态。警察正在将所有人依次叫来这里问讯，而成一刚刚被第二次叫到这里。十点半左右，警察依次完成了对所有人的问讯。当富美最后返回起居室时，所有人都松了口气。但紧接着，之前最先被问讯的直嗣又一次被警方叫去，大家脸上的表情瞬间又显得疲惫不堪——谁都没想到还有第二轮问讯。等到第二轮的第四个被问讯者成一来到这里时，已经过了半夜十二点。照这样下去，谁也不知道警察们到底要问到什么时候。现在的起居室里，气氛想必会无比沉闷吧。

"然后，穴山先生自己吹灭了蜡烛，整个房间变得一片漆黑，是这样没错吧？"

警官不厌其烦地死死盯着成一的眼睛。

"嗯，是这样的。"

这个问题成一已经回答过许多遍了，应该不会有错。

"在此期间，穴山先生念起了什么咒文，还是什么祷文。"

"是的。"

"原来如此，到这里没有问题，不过还是冒昧请您把后面发生的事再详细叙述一遍。"

尽管话语十分客气，但警官在说话时却不由分说地渐渐向成一逼近。成一仿佛要将内心的焦躁倾吐而出般叹了口气，随即讲起了后面发生的事。在将对方可能已经听到耳朵起茧的内容从头又重复一遍后，他觉得自己简直成了一台复读功能坏掉的 CD 播放器。

尽管如此，这起案件依旧过于扑朔迷离。当按照顺序讲起案件发生的经过时，成一不禁再次想道。

灵媒师的手指始终放在蜡烛吹熄前的位置，也就是成一的手指下面。既然如此，他应该也没法使用猫丸和成一讲过的那招。同理，其他人的手自然也触碰到了两侧的人。

当时房间内的所有人中，应该没有谁的双手是可以动弹的。

而且当时，房间里被暗幕遮了个严严实实，连藏下一只小猫的缝隙都没有。为了打电话叫救护车及报警，大家将门口的暗幕摘了下来，但光是这样就已经费了不少力气。这固然是因为直嗣用图钉固定暗幕时太过仔细，但也从侧面说明整个房间的确被密封得无比严实。

尽管如此，现场还是发生了怪异现象。玩具鸟在桌子上敲打、钟声作响、一条光带在空中乱舞、不可思议的声音响起……甚至还出现了命案。直嗣在偶然间一语成谶，这真的成了一场前所未有的降灵会。

完全搞不懂发生了什么——说实话，这就是成一心里唯一的感受。不要说杀人案，就连降灵会上的灵异现象都令他如堕五里雾中。

降灵会上的那些怪声并不是录音，而是毫无疑问来自现实世界中的声音。那卷录音带警察应该调查过了。如果那些混在重低音中的怪声是重复录音，恐怕早就有人告诉他了。

在起居室里等待问讯时，大家也都相互确认过了。在场所有人听到的声音、感觉到的情况都别无二致。就连超心理学二人组，也承认了这个他们耳闻目睹的事实，不过他们并没有对幽灵现象发表看法。

慈云斋为什么会被杀害，又是怎样被杀害的？没有人知道这些问题。据警官所说，案发现场的那把匕首刺得并非很深，但刀尖触及了延髓，严重伤害了掌管呼吸功能的部位，因此，慈云斋几乎是瞬间死亡。

因为这样，不但降灵会有始无终，还又一次给警方添了麻烦。

从打电话报警到警车到来期间，几乎所有人都呆立在原地，中途应该没有人做过可疑的举动。后面的事情，警方就非常清楚了，成一等人在莫名其妙的状况下被他们带到了起居室。

在成一讲述案情时，房间里的四名警察始终保持着饶有兴趣的态度。明明已经听了那么多人一遍遍复述这件事，可他们的脸上还是挂着仿佛没听够的表情。看来在警方人士的字典里，真的没有"厌倦"二字。

由于困倦，成一摇了摇已经开始有些犯迷糊的脑袋。警官听他说完之后表示："明白，可以了。之后我们就来到这了，是这样的对吧？"

在这过程中警官不停地点着头，但表情依旧显得十分困惑。成一觉得他紧皱的浓眉与圆瞪的眼睛，简直就与矗立在上野的西乡铜像如出一辙。他记得兵马被害时，在别室里临阵指挥的也正是这位"西乡"。

一位年轻的警察专心记着笔记，另外两名中年警察老老实实地坐在"西乡"两侧，就像日光、月光两菩萨侍奉在药师如来身边一样。两人的衬托使西乡一样的柏木警官看上去显得还算年轻文雅。在警局里，他想必也是精英圈子里的人吧，但他的脑袋却也和西乡一样留着个小平头，这令他与英姿飒爽的形象毫不沾边。

"至于你说的那个发光物……"

柏木警官唰地摸了一下自己留着短发的脑瓜。

"它的真身应该就是这个——一条丝绸。"

他示意了一下，坐在他右侧的警察变戏法似的不知从哪掏出来一个塑料密封袋。一条浅黄色的布料装在袋中，像团烂泥般蜷在一处。"西乡"把它拿到成一面前。

"这上面似乎浸泡过能在暗处发光的荧光涂料。如果用得好，就能让它呈现出你口中'光带在空中飘舞'的样子。"

他像跳草裙舞那样挥手示范着。

看来当时掉落在桌上的确实是块布条。成一第一次被叫到时警察并没有出示过这个，想必是刚刚才调查出来的结果吧。

"不过嘛，具体结论还要等细致检查之后再说。由于材质原因，没能从上面检测出指纹。"

"我们……都被那种玩意儿给骗了吗？"

成一说完，警官笑了起来。

"似乎是这样的。你们可能以为自己见到了真正的幽灵。因为在你们的描述中，那似乎是种梦幻而美丽的事物。"

"是啊，看上去就像不属于这个世界一样。"

"这应该是种类似于集体催眠的行为吧。像他那种老练的灵媒师，会用花言巧语事先给参加者一定暗示，然后制造特殊事态，营造出一种神秘和灵异感，容易让人相信他的氛围。用录音带播放声响掩人耳目，用古怪的说辞危言耸听，这都是为了令你们陷入这样的氛围中。他真可谓是精通此术了。这段时间里出了不少与灵能师相关诈骗的受害者，唉，我们警方也非常头疼。"

"可是……他究竟是怎样让那块布动起来的？当时他的手指毫无疑问就压在我的手指下面。"

听着成一说话，"西乡"脸上的表情未变，只是不停地点着头。

"没错，没错，这点的确十分蹊跷，我们也没弄清，所以才会像这样找各位谈话。可能会害你们有些受累，但还是请稍稍配合一下。"

警官有些闪烁其词，模棱两可地答复着。

"唉……"

站在自己的角度上，成一只能长长地叹气。

"那么有关这些东西……"

"西乡"说着，将装着布条的密封塑料袋扔在桌子上。桌上早已放着其他两个袋子，里面装的是在第一次问讯中警方向成一确认过的物品。它们分别是念珠，以及作为凶器的那把匕首——它们被各自装在不同的透明袋中。在上次问讯中，成一已经听说这两样物品上没有任何人的指纹。而且它们都毫无疑问是原本放在别室的，属于兵马的私人物品。

"有关这些呢？根据其他人的证言，这些物品在降灵会举行之前根本不在房间里面，那究竟是谁把它们带进来的？这个问题我问了所有人，但没有人知道。你有什么头绪吗？"

"西乡"说着，用目光紧紧盯着成一，这个问题也已问过许多遍了。

"不知道……我没有一点头绪……"

成一百思不得其解。

"降灵会开始前，您对遇害者进行过搜身对吧。"

"是的……"

"然后呢？先不提念珠和匕首，这块布条不就被他揉成一团藏在衣服里面了吗？你看，只要这样就能把布料变成小小的一团。那么是不是可以这样认为：你们在检查时漏掉了哪里呢？"

"不知道……这么小的东西想藏应该能藏得住……但其他物品谁知道呢，这个我也不太清楚。"

"……真是服了你，一问三不知，问什么都说不清楚。"

"唉……不好意思。"

"到底是怎么回事……我做了将近二十年警察，这么古怪的案子还是第一次见。"

"西乡"也一筹莫展地自言自语着。但成一无法判断这究竟是真心话，还是装装样子而已。

"话说回来，明明在服丧期间，居然还要凑在一起开什么降灵会，像我这种凡夫俗子真是理解不了。光这事就已经够离谱了，现场居然还发生杀人案，简直是在难为我们警察。"

"西乡"一副指桑骂槐的态度，仿佛成一该为此事负责一样。

毕竟兵马遇害后还没过两周，而且连兵马的案子都尚未解决，转眼间又发生了第二起命案，也难怪警官会不愉快了。

"总而言之……"

"西乡"再次面无表情地死死盯着成一。

"究竟是谁用什么方法刺死了遇害者，这是我们现在最想知道的问题。成一先生，你在现场从头到尾目睹了整个案件，我们非常期望你在当时注意到了什么。"

"唉……就算这么问，不知道的也还是不知道……"

"我就开门见山问了，你觉得凶手用了什么方法？"

"谁知道呢……"

要是知道这个，成一早就主动说出来了。

"你当时就坐在遇害者的旁边，难道就没有什么想法吗？"

坐在遇害者旁边——总觉得警官强调这个位置别有用意。

"……没什么头绪，不知道的事就是不知道……"

"按照令妹的说法，似乎是兵马老先生的灵魂回归现世，用念力控制匕首把人杀了。"

"我妹是这么说的？"

"是的。"

"不是开玩笑？"

"看样子相当认真。"

看样子美亚彻底被唬住了，真够令人头疼的。

"先不提降灵会和令妹的说辞，其实光是府上，就已经够邪门的了。"

"西乡"毫无顾忌地说着方城家的坏话。

"不过嘛，出于工作原因，我不怎么喜欢心灵主义之类的东西，是叫这个吧。我希望能考虑些更加具体，更加可行的办法。退一百步来说，我也不知道怎么才能见到那个幽灵，总不能再去雇个灵媒师来，让他帮我召唤出那个幽灵凶手，然后我来逮捕他吧……"

"西乡"莫名其妙地开着些完全不好笑的玩笑。

"那么，说到具体办法，这样如何呢？假设凶手是坐在遇害者旁边的神代——当然这只是假设，我们并没有真的这样认为。为了防止误会我提前说好——明白了吧？"

"嗯，我知道。"

"很好。那么继续说回神代先生——因为他就坐在遇害者身边，从位置上来说，可以认为他最容易进行作案。"

"嗯。"

既然他这么说，成一自己也坐在慈云斋身边。

"据神代先生的证词，他似乎和你一样，全程只是按着遇害者的手指，所以说他可以一瞬间松开自己的手，取出藏好的匕首迅速刺向对方。如何，这种方法是不是很有可行性？"

"西乡"歪着头向成一问道，但语气就像在开玩笑一样。从他脸上波澜不惊的表情中，无法看出他是否真是这样想的。成一望着对方的圆睁的牛眼说："不太清楚……但我觉得多半不太可能……"

"哦？这又是为什么？"

"这个嘛，我觉得如果当时是这样的，神代一定会在松手的同时遭到穴山的呵斥。在神代伸手掏出匕首时，穴山先生一定会说些什么的。因为当时直嗣舅舅光是因为激动，说话声音大了一点，就被穴山开口警告。他在降灵会开始前也再三强调过绝对不能松手，但案发当时我似乎并没有听到穴山说话。而且在一片漆黑之中，我不认为他能迅速而准确地瞄准对方的脖颈。"

成一斩钉截铁地说。

如果光是坐在遇害者身边就会被怀疑成凶手，那么成一同样也有嫌疑。兵马的案件发生那时也是，成一总是嫌疑最大的人，如今的他保不准就是警方眼中的头号嫌疑犯。但提起这件事，说他只是单纯倒霉似乎有些解释不通。那天他刚刚回家是凑巧，今天他只能眼睁睁地看着凶案发生，却对此无能为力也是凑巧……

或许是自己太过往坏处想，但成一觉得警官刚刚的那番话，其实是在以怀疑神代的名义来怀疑他，并借此观察他的反应。他或许是在期盼成一因此冲动，继而失言。想到这点，成一刻意强硬地否定了神代作案的可能性。但事实上，警官口中的作案手法也的确没有丝毫的可行性。

"唉，还是不行吗……"

"西乡"说着，但语气似乎并不怎么遗憾。

"你的意思是，他完全不像是松过手的样子？"

"是的，完全没感觉到。"

"原来如此。那其他人也不太可能松手吧。"

"我想是的。"

"尤其是直嗣，他被夹在大内山与神代之间。看来在降灵会上，有着利害冲突的人们都坐在能够相互制约的位置。哎呀，这样一来就头绪全无了，真难办啊。"

"……很抱歉没能帮上您的忙。"

"哪里哪里，你不需要愧疚。光是像这样和我们谈话，就已经起很大作用了。"

"不过警官先生，现在警方这边有什么头绪吗？有关作案手法方面。"

"暂时还没，不过嘛，我们还将继续追查下去……"

"西乡"依旧面无表情。他仿佛有些心神不定，说话声有气无力的。警方一直都是这样，在询问时起劲得很，可一轮到被问，就开始含糊其词，不予应答。这或许也是问讯中的技巧之一吧——避重就轻，搪塞推脱。这样做究竟是因为真的没有明确答案，还是为了防止手头的信息曝光呢？成一连这点都无法断定。他唯一能够确定的，就是警官的态度使他心里更加焦躁，毕竟他早已十分困倦。他觉得自己面前的这个家伙时时刻刻披着一层伪装，一点都不爽快。成一甚至已经在心里大喊——"我不管了，你们爱怎样就怎样吧！"但当然，惹火对方可能也是他们问讯时的惯用手段之一……

"那么……好吧，差不多就这样……最后麻烦你再从头确认一遍案件的整个经过。"

柏木警官又一次唰地摸了下头发短短的脑瓜。

"首先，被害者是在下午一点多时来到府上拜访，直嗣也与他一起。后面暂时没有什么问题，那么首先说说遇害者当时的情况……"

柏木警官探着身子向成一询问，其他三名警察也仿佛打了鸡血般挺直腰板，重新打起了精神头。成一无可奈何，看来这些人还真是不知"疲倦"二字为何物。要是自己"舍命"陪君子，或许真的会被他们追问到"没命"吧……

成一弯下因疲惫而僵硬的腰身，呼出一口气来。他的脑袋里仿佛灌满了黏稠的泥水，这种疲惫感令他相当不适。唉，这样下去明天可能去不了公司了。他一边心不在焉地想着，一边有一嘴没一嘴地回答着"西乡"的提问。这种情况下的缺勤要怎么算？应该没法算成是丧假吧。他的大脑越来越迷糊，无聊的念头像水泡一样一个个冒出来，又旋即破开。

◇ **左枝子 16**

睡不着觉……

时间应该已经过了凌晨四点。

警察们离开时，已是凌晨三点前后。在把所有事都问了个遍之后，他们还让大家重新演示了一遍发生在房间里的事。无论是当时坐着的位置，还是动作，都追根刨底地询问了好多遍。正因如此，才会把时间拖到这么晚。原本就因恐惧和疲惫而晕头转向的我，已经完全不记得自己究竟回答了什么。

直舅今晚在家过夜，神代大哥和大内山大哥被警察开车送回了家。

神代大哥……他没事吧？

警方对他的问讯似乎相当严厉。

因为遇害的慈云斋大叔和他关系很差，所以警方可能会着重怀疑他吧。如果真是这样该怎么办？怎么办……怎么办……

睡不着觉……

我在床上辗转反侧，却始终无法入睡。

害怕……我真的很害怕……

日间那种怪异的感觉。

在楼梯上感受到的恶意。

残留意识。源自某个人心里的，黑漆漆的意识。

尽管不知道原因，但某人对我心怀憎意，并将它化作无形的意识，慢慢渗透到了这里……

想到这，我不禁觉得那或许是一种征兆。

那场可怕的杀人案发生前的，微小的征兆。人们常说"福无双至，祸不单行"，我之所以能敏感地捕捉到那缕残留意识，一定是因为家人们的神经也都变得敏锐了起来，大家都预感到家里会继续发生可怕的事件。

可怕的事件……

那并非一起普通的事件。

报应……这一定是报应。

我们打扰了死者，试图随意摆布外公的灵魂，我们犯下了亵渎灵魂这一不可饶恕的罪行，所以我们遭到了报应。这是愤怒的外公对傲慢无礼、打破了禁忌的我们降下的惩罚。

虽然我不是很懂这些，但被我们打扰了安息，外公一定相当不悦。就像我们在熟睡中被粗暴地叫醒时也会有起床气那样……不，被人从死亡的床铺上摇醒，那股愤怒劲儿或许比我们想象中更加严重，甚至要严重得多。正因如此，人们从很久很久以前就哀悼死者，为死者服丧，祈祷他们的灵魂得到安宁。这都是为了不触怒死者，为了不遭到死者的诅咒。

而如果有谁打扰了死者的安宁，就会遭到他们降下的惩罚……

可是……可是，真相又是怎样的呢？

那位灵媒师大叔真的是被外公咒死的吗？

美亚一直说，是外公的怨念控制了那把匕首。毕竟当时所有人的手都放在桌子上，不可能进行活动……

我不懂。

什么都不明白，也什么都无法思考。

只是……只是，我很害怕。

杀人案……以及某人的恶意……

这是多么可怕。

已经够了，不要再发生这种可怕的事情了。求求你保佑我，让我从这种令人讨厌的心情中得到解脱吧。神啊，求求你……

睡不着觉。

感觉神经紧绷着。

因为害怕，所以无法入睡。

不安与恐惧沉沉地悬挂在我心上，让我无法入睡。

——我轻轻地下了床。

不再试图让自己进入睡眠，因为独自一人令我无比恐惧。

不知道成一哥还睡没睡。如果他还没睡，我希望能稍微和他聊聊，希望他能稍稍减轻我的恐惧。

伸出脚探到拖鞋后，我拿过拐杖，披上一件长袍睡衣走出房间。

外面有些冷飕飕的，我挂着拐杖嗒嗒地穿过走廊，来到了成一哥的卧室。

哥哥好像也不太睡得着觉。

"怎么了左枝子，睡不着？"

哥哥说着，亲切地让我进了房间。

"嗯，睡不着。"

"……是吗，我也一样。不用勉强自己，毕竟刚发生那种事……稍微聊聊吧。"

"嗯。"

成一哥，体贴的哥哥总是这么懂我……

我们俩一同走到床边，哥哥一言不发地接过我的拐杖放到一旁，然后扶我坐到床上。

一时无语……成一哥平时疏于表达，也不怎么主动和人讲话。尽管如此，和他在一起时我却丝毫不觉拘束。之所以会这样，或许是因为我知道哥哥总在替我着想。就算不用语言，人与人之间也能用心意相互沟通。没错，就像白天在院子里，我与神代大哥一瞬间心意相通那样……

这样的安静令人感到舒适……我一时沉浸在这样的气氛中。光是想着有成一哥陪在自己身边，就能感到些许安心，所以现在我终于可以静静地出声了。

"成一哥……"

"怎么了？"

"我怕。"

"嗯。"

"我很害怕。"

"嗯，我知道。"

"成一哥你也怕吗？"

"是啊……"

"是因为那个灵媒师吧？"

"嗯。"

"他的死法不太正常是吧？"

"嗯，或许如此。"

"是幽灵做的吗？"

"谁知道呢，这个我也不太清楚，不过……或许真是这样。"

"真的会有这种事吗？"

"啊，或许有吧。那些用科学也解释不清的……灵异现象之类的情况，毫无疑问还是存在的吧。"

"是啊，今天白天……啊，应该是昨天白天了……"

我对哥哥说了神代大哥给我讲的故事，也就是大内山大哥之所以会走上超心理学道路的原因——有关那块坏掉的手表的故事，那个十分不可思议的故事——看来这种事情真的存在。

"是吗？原来还发生过这种事，的确像是他那样的人会做出来的……"

"对吧，于是大内山先生就开始相信那些不可思议的现象了。"

"我能理解他，所以他才会变成那样吧。"

哥哥感慨地说。

"变成那样？"

"你想想，大内山在某些方面不是显得很狂热嘛，甚至可以说是虔诚。"

"是啊……"

我同意哥哥的想法，但我只是微微点了点头，因为我不想说神代大哥好朋友的坏话。

"然后……哥哥你还记得吗？昨天在会客室里，大内山大哥他们讲过的内容。"

因为有点害羞，所以我没能直接叫出神代大哥的名字。

"会客室里？——什么来着？"

"还记得吗？就是残留意识那些。"

"哦，那个啊……怎么了？"

"嗯，昨天在那个……降灵会举行之前，我也感受到了。"

仿佛电击般瞬间穿过我身体的，某个人的意识、念头……那股阴森的恶意。

"左枝子，你说的是真的？"

在我说完这件事后，哥哥有些过于激动。他似乎突然紧张起来，甚至把我吓了一跳。

"……嗯……嗯，真的。"

"就在楼梯上？楼梯的哪里？"

"……最上边。"

"右边？还是左边？"

"我说过了呀，就在扶手这边。怎么了，成一哥？为什么突然这么紧张？"

"听我说，左枝子。"

哥哥没有回答我的问题，而是冷不防地用双手抓住我的肩膀。

"你什么都不用担心，也什么都不用挂虑。放心，我会保护你的，就算豁出性命也会。所以不要在乎这些，把一切都交给我。我会一直保护你，直到你嫁出去，离开家门的那一天到来。在此之前，我都会一直陪着你。我一定会保护好你的，听到了吗？你什么都不用担心！"

"真是的，哥哥你怎么了？"

我忍不住笑了出来。哥哥这副一本正经的态度真是莫名其妙……我嫁出去？到底在说些什么呀？

"哥哥你在乱说什么？"

"不是，我的意思是，那个……"

哥哥时而激动时而消沉，这会儿又开始语无伦次起来了。

"没什么……就是想让你别老闷闷不乐的。"

"可以呀，不过哥哥还是好怪。"

我咻咻地笑着说道。

虽然不知道哥哥为什么突然变得这么古怪，但我的心情还是稍稍轻松了些。

这下总算能睡着了……

◇ 成一 21

睁开眼睛时，已经过了十一点。

不好，这下彻底迟到了……想到这儿的一瞬间，成一猛地从床上蹦了起来。但下一瞬间，他就叹着气重新坐回床上。纷繁杂乱的片段在大脑中不断复苏——烛光下家人的面庞、灵媒师倒在椅子之间的扭曲的身体、"西乡"柏木警官紧紧瞪着他的那双牛眼，还有凌晨和他交谈过的左枝子畏惧的样子……

由于早晨太过疲惫，他觉得自己就算去了公司也没办法正常工作。心想反正还攒着年假没用，于是在九点多给公司打电话请假后便放心睡去了。昨天发生了太多事情，让他感到相当疲惫。

成一揉着因缺觉而浮肿的双眼，换好衣服后下了楼。昨晚发生过案件的房间里依旧人声嘈杂，似乎有许多人在里面忙碌地工作。看样子警方还真够锲而不舍的。

要是被警察看见，估计又会被他们缠上，于是成一轻手轻脚地向厨房那边走去。

厨房里，富美正穿着白色的围裙忙碌着。成一一进厨房，富美立即就笑逐颜开。

"哎呀呀，小少爷您终于醒啦。"

"嗯，差不多睡够了……"

"要吃些早饭吗？"

"吃不下去，反正也快到午饭点了。"

"至少喝点咖啡吧。"

"嗯，好吧……他们来了？"

成一用眼神示意着门外，富美一副厌烦的样子。

"可不是，一大早就来了。"

富美说着，将手叉在自己胖墩墩的腰上。

"真是的，在家里走来走去烦死人了，也不知道收敛一下。连害死老爷的凶手都没找出来，还好意思这样。"

"不过他们如此大费周章地调查，或许也是为了破外公的案子。"

"那也未免太久了吧，昨晚开始就一直是那个样子。电视里的那些警察面对再难的案件，都能在两个小时内破案呢。"

"如果是连续杀人案，长点的要花上三个月呢。"

成一苦笑着抛下这句话，走进了餐厅。

餐桌旁只有多喜枝一人，她坐在椅子上，呆呆地用胳膊挂着下巴。

"成一啊，公司请假了？"

"嗯，早上打电话了。老爸呢？"

"一大早就上班去了。这点你倒是学学他嘛，光是些不好的地方像你老爸……"

多喜枝嘴上嘟囔着，但或许是因为疲惫，她的语气里彻底没了往日的精神头，眼睛下面也有了些黑眼圈。

"美亚也照常上学了，只有你睡得那么死。你啊，看上去挺认真的，可某些方面还是有点没紧张感。"

"我说老妈。"

"怎么了？"

"关于案件，警察说什么了？"

"没说什么……"

多喜枝一副受够了的样子摇着脑袋。

"一大早就兴师动众地在那边调查，但什么话都没和我们说。"

"是吗，看来这会儿他们还没什么目标。"

"看来是这样的。"

"舅舅他怎么样？"

"这会儿还睡着呢。恐怕他也没脸见人了吧，自己欢欢喜喜带到家里的人最后却死于非命。不过嘛，这对直嗣来说或许也是一剂良药，都怪他老大不小的，还净把精力放在这种无聊的事儿上……"

成一一边听母亲没完没了地牢骚着，一边向起居室走去。

阳光透过大落地窗倾泻而入，庭院里的绿植也反射出一片鲜亮的光芒。

又是一个平常而晴朗的正午。一夜过去，感觉昨晚的混乱仿佛不曾有过。在降灵会上发生的那神秘而不可思议的一幕，在明亮的阳光下也显得如幻象般苍白。昨晚成一还隐隐约约地相信着那个房间里充满了超越人类认知的灵力，也刚刚有些倾向于相信那个灵媒师的确拥有灵力。但一切都仿佛南柯一梦，当他冷静下来仔细想想，得到休息的大脑似乎再次觉得种种奇妙现象都只是骗术而已了。只不过具体的操作方法还不得而知……

至于杀害慈云斋的凶手，成一在昨晚失眠时也稍微考虑了下。但无论如何也没能发现什么端倪。

正常考虑的话，凶手无疑就在那个房间里面，因为那里当时完全处于密室状态。

而从座位来看，最可疑的自然就是坐在遇害者旁边的成一与神代了。有关这点，昨晚柏木警官也唠叨过许多次。成一当然不记得自己动过手，而如果神代是凶手的话，就说明他要放开自己的左手去刺慈云斋。但如果神代放手，慈云斋一定会立即加以斥责。这样一来，就只能认为神代是在与慈云斋事先商量好的前提下放开的手。或许两人事先做过某种密约，商量好在降灵会上偷偷松开对方的手，这样一来，那些灵异现象就基本能够解释了，神代甚至还可能协助他做了某些工作。但如果是这样的话，维系着他们的究竟是什么呢？问题就在于此。原本应该处于对立关系的两人，背后究竟藏着什么利益关系？距离兵马的案子已经过了两周，警方应该已经彻底排查了案件相关者之间的私人关系。身为大学教授助手的神代与"民间高手"慈云斋之间如果有什么关系的话，警方肯定早就有所行动了。但至今似乎还没出现这种情况。既然如此，神代与慈云斋串通一气的说法也就行不通了。按理来说神代应该是清白的。

这样一来最为可疑的人——灵媒师两侧的成一和神代，已经都从嫌疑人名单上排除了。那么如果按正常思路去想，就只有可能是其他人把手从邻座的手中抽出，打破大家围成的圈，以确保自己能够自由行动，然后在一片漆黑中偷偷绕到慈云斋背后，完成杀人的目的。那么下个问题就是，能做到这点的究竟是谁。

从成一旁边按顺序看的话，下一个人就是美亚。

但成一确信她不可能犯案，因为当时他的手指始终能感受到美亚的小指。就算她松开的是左枝子那边的手，也会因距离太远而够不到慈云斋。看来美亚应该无法用匕首刺到慈云斋的后颈。

下一个是左枝子。左枝子想要自由行动，需要美亚与多喜枝两个人都松手才行。而且就算如此，用拐杖行走本就相当困难，想在那种情况下走到慈云斋身边，继而作案的行为恐怕更加困难。

接下来是多喜枝。如果是她作案，就需要左枝子和胜行的协助，但这也并非不可能。在事先串通好的前提下，左枝子与胜行在会上偷偷放开她的手，并在事后保密的话，也不是没办法做到，因此多喜枝现在是有嫌疑的。

胜行也同样有这个嫌疑。如果能得到多喜枝与大内山的协助，也不是没办法做到。首先胜行和大内山姑且能算是站在同一边的人，而且他与多喜枝也算是老夫老妻了。

至于大内山，似乎就不太可能了。他如果想行凶的话，少不了胜行与直嗣的协助，但他与直嗣至少在表面上是对立关系。这与神代、慈云斋合作的设想中所存在的问题一样，没有证据能证明他们私底下有关系，因此这种想法也很难成立。

这样一来，所有人都考虑完毕，能够行凶的情况只有两种。首先是多喜枝、胜行、大内山共犯的情况——如果是这样，就需要胜行动手。另外一种是左枝子、多喜枝、胜行共犯的情况——如果是这样，就需要多喜枝动手。

然而在仅有的八个嫌疑人中，勾结在一起的居然有三人之多，这显然不太可能。如果是电影或小说也还罢了，在现实中发生未免太过离谱……

当成一昨晚想到这时，连自己都觉得太过荒唐。自己又像之前那样，开始不由自主地怀疑起家人了。但如果神代和大内山都不可能作案的话，凶手总不至于是空气吧？

成一晃了晃混乱不堪的脑袋，走进了起居室。

面对庭院的沙发上，只坐着左枝子一人。她看上去有些孤单，似乎在沉思着什么。一头乌黑的长发在阳光下闪闪发亮，是那么美丽。

"怎么了……在想事情？"

成一开口搭话。

"……啊，成一哥，和公司请假了？"

左枝子笑着回过头。

"抱歉，都怪我找你说话才会这样。"

"不，没关系……反正去了也是心不在焉。"

成一在左枝子身边坐下。

他用余光偷偷望着左枝子脸上的表情，看着她纤细的鼻梁、清冽的侧脸、纤长的睫毛在眼睑上留下的影子……她好像没太睡够，脸色显得有些差。

他想起了凌晨时分左枝子告诉他的话。

残留意识……举行降灵会时她之所以那么害怕，或许就是因为这个。因为那件无论如何也无法向她开口说明的事——有人曾在楼梯的台阶上摆放了黑色的玻璃珠，并在那里留下了对左枝子的恶意，而左枝子感受到了这股恶意——固然诡谲，但对经历过那场预知梦的成一来说，这并不是件难以接受的事。既然左枝子这么说，那就是千真万确的。但问题在于究竟是谁，究竟是什么人会向如此温顺老实的表妹露出恶意的爪牙？

他不清楚，也找不到敌人的所在。

在这种情况下，成一就算想保护左枝子也无从下手。他之前隐晦地提醒过富美和美亚等家人要多加注意，也下定决心尽可能多照看她们。

尽管如此，成一终究不能二十四小时贴身保护她们，那么现在的自己究竟能够做些什么？

"啊，对了哥哥，刚才有人打电话过来。"

"电话……"

"嗯，是一个名叫猫丸的人打的。"

成一早把这茬事给忘得干干净净了。回头一想，猫丸的确说过他很想知道降灵会的结果。案件发生后，他或许是在报纸或新闻上看到消息了吧。为了解详细情况，他肯定又要追问个没完没了了。

"他说什么？"

"他要我转告你的只有一句话——我闲下来了。"

"我闲下来了？"

"嗯，就这一句。"

"就这一句？没有其他的对我说？"

"没有，他说把这句话转告给你，你就懂了。"

懂就有鬼了，他又拿出这副我行我素的派头了。而且奇怪的是，他是在成一睡觉时打电话过来的，但以他的性格遇到这种情况，一定会毫不在乎地让家人去拍醒自己……

"他好像找我有事。"

"找左枝子你？"

"嗯，最开始听电话的是富美姨，但他要我来接。"

越来越搞不明白了。那个怪家伙，到底想干什么？

"他找你什么事？"

"没什么特别的……但他问了我许多问题。例如外公是个怎样的人，我对大内山大哥的印象之类。问了许多方面的事，真是个奇怪的人。哥哥提过的猫丸大哥就是他吧？徒步游览东海道五十三次的那个人。"

"嗯，是的。"

"他真有趣，我还是第一次和那种奇怪的人聊天。"

或许是猫丸和她说话时的表现太过滑稽，左枝子回想起刚才的事，不由得又笑了起来。虽然不知道猫丸有什么打算，但如果能像这样让左枝子心情好转，那就随他去吧。不过成一还是稍稍有些担心，他最好不要有什么非分之想……

晚上猫丸又来了通电话。正如成一所料——他追问个没完起来。

"喂喂喂喂，我说成一，出了这么大的事居然也不告诉我一声，你小子是不是瞧不起我？时间晚点也无所谓，昨晚那起案件发生后倒是打个电话知会我一声啊。"

猫丸还是老样子，在话筒对面旁若无人般吼得震天响。成一坚信如果自己真这样做了，猫丸回他的一定会是——睡觉时不要给我打电话。

"虽然光看报纸只是了解了个大概，但降灵会杀人这种桥段，简直都能写成本格推理小说了好不好。这可不是什么随随便便就能遇见的事儿啊，我说你小子也太诈了吧。为什么发生这种有趣的事儿时，每次都是你小子恰好在场？我都要羡慕死你了！"

"有什么值得羡慕的，这种事发生在我家，对我而言可是个大麻烦。那帮警察刚刚还把我们家里给搞得一团糟……"

"你又用那种患了胃下垂的议员在做国会答辩一样阴郁的声音说

话了。都和你说多少遍了，看问题的态度不要总是那么消极。"

"可是这种事情再怎么说也没法积极思考吧。话说回来，学长今早给我表妹打过电话？"

"哦，你说小左枝是吗？"

"还小左枝，能别这么凑近乎吗？"

"有什么不好的，要不我叫她什么？"

"你找她有什么事？有什么想问的直接问我不就行了。"

"我说你烦不烦呀，给你表妹打个电话而已，不要啰唆个没完啦。你是不准女儿晚上出门的老父亲吗？只不过是有点事要问她而已。"

"你问了什么？"

"啰不啰唆啊你，我问得很多啦，总之还是很有参考价值的。而且她真的是个好姑娘，无论谈论什么都那样纯粹而率真，与某个自卑又别扭的家伙真是截然不同。"

"那可真是不好意思了。"

"行啦，别闹了。听你说这些闹别扭的话，还以为你打算找根绳子上吊呢。对了成一，听说你今天请假了。"

"是啊。"

"这怎么行，一个正儿八经的成年人还随便翘班。"

你还有资格说我吗——成一不禁心想。但他知道如果说了这一句话，一定会引来对方的十多句还击，于是便放弃了。

"然后呢，明天去上班吗？"

"嗯，当然了。"

"好，那就明天晚上六点新宿见面。到时候可别用加班这种小家子气的理由放我鸽子啊？老老实实准时下班过来。知道纪伊国屋书店后面一家叫作'TORENO'的咖啡馆吗？明天我们在那碰头。我和那个人约好七点见面，见面之前我先仔细听你讲讲昨晚发生的事。啊，还有尾款？无所谓，随便给点就行。那就给我够三个人在居酒屋喝一顿的钱吧。"

"喂，等等，你说什么？你那边还有别人？为什么连我都要过去？"成一不满地说。

对方大声喊道："说什么傻话？你以为我是为了什么才东奔西跑了一整天啊，还不是为了发生在你家的那点事？我为了这个才找好时间约你出来，还要花那么多功夫的——真是不知好歹。记得按我说的做啊，算我求你了——记住了吧，明天六点，可别迟到了。"

"那个……学长你不是说你最近很忙吗？"

"忙什么？"

"就是那个恐龙化石什么的。"

"我告诉你小子……"猫丸说着，音调突然低沉下来，"今后在我面前，连个'恐龙'的'恐'字也不要提，要是敢提我就跟你没完。"

虽然不清楚是怎么回事，但猫丸似乎是在威胁他。与表情一样，猫丸的声线也非常丰富，而他现在的语气听上去凶巴巴的。

"我知道了……非常抱歉。"

总之还是先向他道歉吧。

"好的，那明天见，可别迟到了啊。"

"等下，到底要见谁啊……"

猫丸没听成一最后说的，而是直接挂了电话。成一沮丧地将话筒放回原位，心里想着——真搞不懂这位学长脑子里想的都是些什么。

六点，那个让人搞不懂脑子里在想什么的男人准时走进了店门。

在此之前，成一一直在惴惴不安地等着他。新宿下午六点的咖啡馆里显得异常空旷。不知是因为这里的咖啡像青汁一样苦涩，还是因为那扇橙色的树脂店门太过老土，又或是因为店里的木纹壁纸沾满污点，灯光也显得暗淡而昏黄。就这家店的店面而言，任何一处要素都不像能吸引时尚的年轻情侣进店消费的样子——甚至其他类型的顾客也会对这里敬而远之。这不禁让人产生怀疑——这家店真的打算认真做生意吗？店员只有一个冷漠的年轻男子，店里的客人也很少。只有一个看上去十分疲惫，穿着夹克衫的中年男人张大嘴巴趴在桌子上睡觉。在猫丸进来前，成一一直觉得心情不太舒畅。所以当见到猫丸穿着那件熟悉的松垮垮的黑色外套推开橙色的树脂店门时，成一略微放下了心里的石头，原本对猫丸的不满之情也瞬间消了一大半。如果他是提前算计好这些，才约成一在这里见面的，那就真可谓老奸巨猾了。事实上，成一担心他真的可能做出这种事来。

猫丸迈着急匆匆的脚步向成一走来。接着他甩了甩垂至眉梢的刘海，让自己瘦小的身躯坐在椅子上。

"说吧，给我讲讲事情的经过。听说那个灵媒师大叔死了，到底是什么情况？"

随意打了声招呼并急急忙忙点完单后，猫丸立刻兴冲冲地掏出一根香烟，探着身子向成一问道。

"光看报纸没法了解具体情况，搞得我怪心急的……然后呢？案子是在降灵会举行到正当中时发生的？"

"嗯……算是吧。"

成一对他那副兴奋劲儿有点吃不消。

"还什么正当中，说的好像电影的高潮一样。"

"喔喔喔，这可真了不得。然后呢，那场降灵会是什么形式的？不，等等，冷静一下，先别着急，从最开始说起，最开始的地方……我想想，就从灵媒师大叔来到你家开始说起吧。不要急，慢慢讲。"

猫丸催促着，那双幼猫般的双眼瞪得更大。这个人纯粹只是想不负责任地听些自己感兴趣的故事而已吧——成一心里嘀咕着，随即讲起了事件的经过。因为要是不满足猫丸的要求，过后他一定会缠着自己啰唆个没完。

不过一旦开口，整件事情的经过就脱口而出，毕竟昨晚在警察面前已经讲过许多遍了。

为了防止以后被他骚扰，成一详细地讲述了事件的经过，一直讲到猫丸满意为止。即便如此，猫丸还是在成一说话时插嘴询问了许多案件的细枝末节，以至于一些内容重复了许多遍，例如大内山他们在会客室里滔滔不绝的演说、慈云斋的自吹自擂，以及成一在一片漆黑中的个人感受……

把一切都讲完后，成一的喉咙已经干渴难忍。

他将杯里已经半温的水一饮而尽，稍微休息后向猫丸望去。

有点奇怪。

猫丸目光涣散，整个人仿佛丢了魂儿似的发着呆。在他纤细的手指间，香烟已经燃到了过滤嘴，但他似乎完全没注意到。打个比方的话，他现在简直就像一只生来第一次见到下雪，茫然地眺望着窗外景色的幼猫。松软的刘海软塌塌地垂在前额，他的那张娃娃脸上似乎带着一丝惊愕——那是一种令人捉摸不透的表情。

"学长……你怎么了？"

即使成一疑惑地开口询问，也不见他那双圆滚滚的眼珠转动分毫。

"我说……猫丸学长，你哪儿不舒服吗？"

成一已经开始认真担心起他是不是有突发性痴呆症之类的问题了。看样子他的脑回路果然与普通人相去甚远。而这种性格发展下去，终于使他病入膏肓了吗？要是一直这样反常下去，干脆就丢下他自己回去好了……

"哇！烫死了！"

成一还没想完，猫丸就大叫着蹦了起来。他扔掉烟头，把手指插进水杯里浸泡着——看来是燃尽的香烟烫到了他的手指。

"啊——烫死了！该死，怎么又遇上倒霉事了。"

猫丸气呼呼地用脚狠狠地踩着掉在地板上的烟头。

"你小子到底在发什么愣啊——烟头都快烫到我的手了，干吗不告诉我？"

他怒气冲冲的，这种拿人撒气的样子并不常见。

"你小子哎，真是个没用的家伙。"

"发呆的人是学长好不好。"

"什么发呆，我那是在思索，在思索！"

那副模样真的算是思索的表情吗？

"好吧，是我不好……然后呢，学长在思索什么？"

"思索案件的真相。"

"真相——？学长有什么头绪了？"

成一不抱期待地问道。猫丸咬着自己的下唇。

"好像有了些，又好像没有……再加把劲儿应该就可以了——不管怎么说，手头的牌还是不够。但如果顺利的话，今晚之内应该会有办法。"

正当猫丸碎碎念时，树脂店门打开，一位新的客人走了进来。猫丸转向了门口。

"啊，已经七点啦？一定是他来了。"

他一边说着，一边灵巧地将座位换到与成一相同的一侧。

进来的是个身穿西服的年轻男子。他身材高瘦，仿佛全身都是用铁丝扎成的。他的脸庞看上去也不呈圆形，而是像在骸骨上紧紧包了层皮一样。

"铁丝男"在店里张望一圈之后，似乎发现了自己要找的人，继而向成一和猫丸这边走来。就连他走路的样子，也像铁丝工艺品般生硬。

猫丸恭恭敬敬地站起身来迎接这位"铁丝男"。

"您是谷田部先生吧——之前在电话里打扰了，抱歉让您亲自过来一趟。"

猫丸将双手放在膝盖上，彬彬有礼地向他深鞠一躬。"铁丝男"谷田部找好位置坐了下去。

"不必客气，反正今天也没其他事情。"

他的声音非常沉稳，显得与外表不符。

"劳烦您特地来此，非常感谢。我是给您致过电的猫丸——这位是我提到过的方城。"

听猫丸说到自己，成一也不由自主地开了口："初次见面，我是方城——学长，请问这位是……"

猫丸用圆溜溜的眼睛向成一瞥了眼。

"这位谷田部先生是正径大学心理学科的助手，也是神代先生与大内山先生的同事。"

"哦……是这样啊。"

成一点了点头。谷田部用一本正经的表情看着他。

"没错。我们大学的神代与大内山这段时间似乎给您和您的家人添了不少麻烦，我在这里深表歉意。"

"哪里哪里，怎么能说是麻烦……反倒是我们家发生的怪事把他们二位牵扯其中，该道歉的应该是我……"

猫丸打断了成一的话头。

"好了，客套话就先说这些吧，我们尽快进入正题。在电话里也提到过，我有两三个问题想向您打听。"

"可以，请问吧，是什么问题？"

谷田部悠然地说。

"首先是第一个问题，能请您谈谈大内山先生与神代先生在贵校里给人的印象吗？也就是在贵校的其他人眼里，他们是什么样的人——恕我直言，他们对超常现象的研究，是这么叫的吧，人们真的觉得那是正经的研究吗？"

猫丸问道。

"这个嘛，他们的研究会——也就是以绵贯教授为中心的心灵研究小组——"

谷田部稍加犹豫后正颜厉色地说："老实说，他们的研究在我们之间的评价并不算高。虽然名字叫'正径大学心灵研究会'，但它与我们大学其实没有任何关系，顶多算是同好会性质。它只是绵贯教授以个人名义找来几个爱好者共同成立的研究小组而已。他们自作主张使用学校的设备，已经被一些教授批评过了——还有一些教授认为：根本没必要在大学里正儿八经地研究什么把勺子弄弯的超能力。"

"原来如此……然后呢，这件事谷田部先生您是如何看待的呢？"

猫丸饶有兴趣地问道。

"这个嘛……我的想法倒无所谓，但我的恩师有村教授也是对此感到不悦的教授之一。他曾想与其他教授共同劝诫绵贯教授，但对方却始终固执己见——绵贯教授甚至认为有村教授只是看他不顺眼。不管有村教授怎样好言相劝，他依旧自行其是。"

换句话说，这也算是大学内部派系之争的一种了。正所谓有人的地方就有江湖——这句话真是颠扑不破的真理。

"那么谷田部先生，您觉得他们的研究小组今后有可能会晋级为大学内部的正规研究所吗？"

猫丸问道。

"这个嘛……我觉得不太可能吧。"

谷田部扭了扭头。

"首先,您知道要在大学新成立一个研究机构有多么困难吗?"

"抱歉,这个我不清楚……"

"我举个例子吧。无论是绵贯教授想要将他那个心灵研究会发展为正规研究机构也好,还是购买特殊实验器材也罢,都必须向文部科学省提出计划书和预算书才行。"

"哦……文部科学省吗?"

"没错,因为大学建设的规格和标准都由文部科学省来决定——当然,超心理学的课程并没有包含在内——如果要增设新的科目,就必须在有限的预算中争夺自己所需的那部分。如果增设成功的话,就必须要从其他讲座与研究机构中削减预算,而光是现有的研究项目就已经让预算捉襟见肘了,您觉得文部科学省会同意为了研究超能力而削减其他方面的预算吗?"

"要是政府机构能这么容易说话就好了。"

"当然在如今的体制下……"

"肯定是办不到的,对吧?"

"没错,不仅如此,在向文部科学省提交计划书之前还有几道难关。首先需要去所属学部的教授委员会进行咨询并获得认可。可如今我们人文学部必须要做的研究计划还多如牛毛,超心理学的计划书根本没有被优先采用的可能。再说,就算研究计划得到教授委员会的认可,也只是过了第一关。之后还必须让计划书在负责所有大学管理运营的评议会上通过才行。而只有这个运营评议会的负责人才有权向相关部门直接提出申请——教授们得让这位负责人充分地理解到这个计划值得他与相关部门交涉，否则计划书只会卡在相关部门处打太极。但我不认为这种研究计划能够在评议会上通过——任何大学都不会有勇气把'折弯汤匙'这样的研究计划提交到文部科学省去。首先这会让人质疑大学的水平，其次搞不好甚至会让大学成为社会的笑柄。"

谷田部冷着脸结束了自己的话语。

不过话说回来，为什么这些正径大学的助手，无论大内山他们，还是这个谷田部，说起话来都喜欢长篇大论？——成一在心中思忖。难道是因为平时太过专注于研究，没什么机会说话，导致一旦有了机会就开始说个没完吗？还是因为在教授面前没有插嘴的机会，导致他们表达观点的欲望无法得到满足？不过这也不是坏事，从他的话里，已经大概可以明白这位"铁丝男"所处的立场了。也就是说，他在大学里应该是与神代他们站对立面的。他清楚对方脱离主流的研究无法得到社会认可，确信自己的阵营一定能赢过对方，所以才会向局外人轻易透露内情。想必猫丸早在打电话邀请的时候，就已经灵敏地嗅到了他身上的优越感。也正因如此，对方才会毫无防备地来到这里见他。想都不用想，昨天猫丸一定是用肉麻无耻的花言巧语把谷田部给恭维到了天上。从猫丸对他极尽殷勤的态度上也能够大致看出是怎么回事。不过轻易着了猫丸的道儿，还特地跑到这里来说自己同事的坏话，可见对方的人品也好不到哪儿去。

"劝诫绵贯教授的众多教授中，有位言辞激烈的人甚至这样说过——堂堂大学在编教授，却始终做着'灵异现象'这种不科学的研究，这种事情光是说出来都觉得荒谬。"

先不管这样说是不是太不留情面，但谷田部的语气的确很有研究学者的风格。

"现状就是如此，做这方面的研究只会被人当成不务正业或是个人爱好——也不知道绵贯教授到底懂不懂这一点。其他教授似乎也不知如何处理这个棘手的难题，毕竟绵贯教授对集体行为心理的研究在学会获得了相应的认可，教授至今做出的成绩也值得我们这些年轻助手尊敬。只不过现在已经有人认为——如果再这样下去，就不能让他继续留在研究室了。但又不能去排挤打击一位既有研究成果又有实力的教授。我的恩师有村教授和绵贯教授是老朋友，各位老师都曾想方设法想让绵贯教授醒悟过来，可是神代和大内山他们两个却一直大力推崇绵贯教授的研究，真是想不清为什么——说实话他们简直是在添乱，教授们想必也对他们感到十分头疼。"

谷田部在说话时始终皱着眉头。猫丸饶有兴趣地听完了他的话，像只小猫似的将手伸到长着一头乱发的脑袋上挠来挠去，他看上去似乎非常高兴。

"说句题外话，猫丸先生，您知道福来友吉吗？"

谷田部喝了一口青汁味道的咖啡后，向猫丸问道。

"嗯，我听说过这个名字。"

猫丸乐呵呵地回答。

"方城先生您呢？"

"不……我不认识。"

成一说完，谷田部那张骷髅般的面庞微微转向了他。

"福来友吉是明治时期的心理学家，曾在原东京帝国大学进行催眠术方面的研究。他搜集大量临床实验案例，撰写了一本名为《催眠心理学》的书籍，在当时很有影响力……"

"我记得，后来他的研究好像渐渐转向超心理学方面了吧。"

猫丸说道。

"没错。福来教授之所以会这样，似乎是因为当时发生了一件怪事——某位实验对象在被催眠的过程中，说出了一本放在桌子上的书籍中的内容，连哪一页里写了什么都说得清清楚楚。福来博士认为这名实验者是通过视觉以外的感官透视了那本书。在此之后，他便开始埋头于透视和念写方面的研究之中了。您对念写有了解吗？"

被问到的成一回答："只清楚个大概……将照相机像这样放到额头处，然后按下快门，是这个吧？"

"没错，在电视上经常能看到冒牌货的超能力表演者进行这种表演。但在福来博士那时还是干版摄影（黑白相片），念写方法与现在有些不同。那时的方式是先密封好干板胶片，然后在无人接触的情况下，用念力使其曝光。也就是完全不接触光的前提下用意念让胶片曝光，显示图像——当然从物理学的角度看来，这种事情纯属胡说八道，只不过福来博士似乎认为这样是可行的。之后他还撰写了《心灵与神秘世界》等书籍，成为我国首位研究灵异现象的科学家。至于为什么提到福来博士，是因为我听说大内山他们似乎想把绵贯教授吹捧为第二个福来友吉。"

"哦？第二个福来友吉吗？"

猫丸惊叹一声，似乎很是钦佩。

"嗯，不过纯粹是听别人说的，实际情况我也不太了解，他们似乎是想让绵贯教授成为国内心灵研究的代表人物。"

"哈哈，毕竟这位教授既有名声又有研究成果，可以成为一块很好的招牌对外宣传嘛。"

猫丸说完，谷田部表示："确实有这个意思，但我听说不仅仅是成为招牌那么简单，绵贯教授似乎也有自己的打算。"

"教授也有打算？不过谷田部先生，我记得福来友吉正是因为热衷于那些研究，才会被赶出帝国大学的吧？"

猫丸说道。成一不禁感叹他了解的偏门知识还真不少。

谷田部点了点头。

"没错，由于受到了社会和大学内部的批判，他被迫离开教职。而且据说由于他'蛊惑人心'，宪兵们也看他不顺眼。"

"晚景如此凄凉，绵贯教授还想费尽心思成为第二个福来博士吗？福来的晚年应该是颇不得志吧……"

听猫丸这样说，谷田部郑重其事地说："所谓的不得志，只是权威人士们的看法。"

"哦？也就是说福来友吉晚年并非郁郁不得志？"

"嗯，我觉得这不能一概而论。听好了——研究学者分成两类，其中一类人的乐趣是获得一定的社会地位，最大限度地活用预算和人手；另一类人的乐趣则是埋首于自己感兴趣的研究当中，能够安贫乐道。这两种类型的研究学者各有各的利弊——前者需要向大学机关妥协让步，此外还必须做一些不愿意做的研究，而后者的研究则常常伴随着缺乏资金的苦恼。要说福来友吉的话，他大概属于后者吧。沉迷于研究之后，其他难处就毫不在意了——也就是人们口中的'学痴'。至于哪类研究学者更加幸福，就是个人天性的问题了，至于他们幸福还是不幸，我想我们不能乱下定论。"

"哈哈，我懂你的意思。"

猫丸用力点着脑袋，似乎深有感触。这位学长平时总是过着闲云野鹤般自在逍遥的生活，看样子福来友吉的经历也引起了他的共鸣。

"这样考虑的话，我们或许不能断言福来的晚年是不得志的……"

谷田部继续说道："据说福来博士从帝国大学离职后始终居于仙台，还创立了'东北心灵科学研究会'，将一生的时间都用在了研究上。尽管也苦于资金不足，但多少还有一些人资助他。在他死后，人们还建立了福来友吉纪念馆。福来生前经营的'团结会'后来更名为'福来友吉心理学研究基金会'，支持着后生学者继续进行研究。他的人生其实也算得上成功了。"

"原来如此……这么说绵贯教授也是福来那样的学者？"

"一定要划分的话，我想是吧。他一旦沉迷于某件事，就会忘记其他一切。"

"因此他才会想成为第二个福来吗？"

猫丸问后，谷田部连忙摆着干瘦的手臂说："不不，我也只是道听途说而已。是有人在讨论那些拍绵贯教授马屁的人是否有这样的企图，实际情况我也太不清楚。只不过他们或许真的在考虑成立基金会，也有传言说他们在寻找资助者……"

成一恍然大悟——他想起来了，之前神代说过"非常希望今后能和各位交个朋友"之类的话，话里估计就暗含了成立基金会时希望对方提供资金赞助的意思吧。谷田部的话语让他注意到了之前没能发现的事。神代和大内山，他们似乎也有着自己的打算。想想也是，猫丸这样的闲人暂且不论，他们俩可是一流大学的研究助手。光是为了揭穿灵媒师的骗局就特地抽出时间三番五次往别人家里跑，这也未免太做作了。即使用揭露骗子、营造良好的研究环境为借口，他们也未免显得过于积极。这样一想，他们的行为多半是为了给自己做宣传。揭穿灵媒师的骗术，展示自己的优秀，继而渐渐提出请求资金赞助的话题，这或许就是所谓的对比宣传了——优秀的推销员都会用到的手段。但成一心里依然有些别扭。他们所做的虽然算不上是坏事，但以有心算无心，总让人觉得不太舒服。

将组织的内幕透露给外人能起到释放压力的作用。谷田部心满意足地离开后，成一立刻向猫丸发起了牢骚。

"我算明白了，他们不就是心灵研究会的推销员吗！"

"此话怎讲？"

猫丸点上一根香烟，用圆滚滚的眼睛疑惑地望着成一。

"难道不是这样吗？每次来我家都东拉西扯说上一堆，结果还不是想为基金会拉赞助！"

"我说刚才怎么格外安分，原来你在想这些啊。"

"我说错了吗？虽然谷田部说是传言，但很明显就是真的啊！"

"看来你小子还是不够老练啊。"

猫丸用鄙视的眼光望着成一。

"刚才那个谷田部明显是与神代、大内山他们站对立面的，原本就看不惯搞心灵研究那派的人，你觉得他会对大内山他们极力赞扬吗？他平时想找人说说大内山他们的坏话都没机会，所以才会对像我们这样的局外人发泄——正因为我们是局外人，他才会滔滔不绝地像刚才那样说上一大堆。"

"那他刚才提到的资金赞助之类的话，都是夸大的传闻吗？"

成一问后，猫丸漫不经心地答道："肯定有一部分是真实的，但不能因为这个，就认定大内山他们单纯想要攫取暴利。你的感觉没错，谷田部一定是那样认为的，但这并不是唯一的真相。我不是说过许多遍了，看待事物不能过于片面。你还真是老样子，一点进步都没有。除了客观事实以外，任何人的话都只信一半是不会有错的。对待问题必须纵观全局，用更加广阔的视野进行看待。"

"那你今天为什么特地叫我出来？我还以为你要让我和谷田部见面，让我看清大内山他们的本来面目……"

"唉，你的想法总是那么惊人。"

猫丸轻轻撩了撩下垂的刘海。

"叫你一起过来是为了让他更容易管不住自己的嘴。"

"什么意思？"

"就是说如果只有我一个人跟他谈话，那个家伙肯定会心怀戒备——没有人会出来和一个初次见面、素不相识的人谈论学校内部的事情。但如果我告诉他你也会到，他就会愿意出来了。即使与神代他们站对立面，表面上大家还是同一所学校的同事。要是给同事添了麻烦，哪怕是他也会产生罪恶感的。但如果以你的名义找他问话，他就不会毫无理由地拒绝了。而且估计他也很想见你一面，因为他担心你家会出资赞助神代他们，让那个令自己不愉快的圈子达成目的。于是他决定和你见面，尽可能阻挠一下对立团体。毕竟谁也不愿意看见自己讨厌的家伙获得成功。如果你对神代他们印象不错，就想方设法破坏这个印象，然后事态就会像油纸包不住火一样，不用怎么诱导，他就自然而然把该说的都说出来了。"

这位表情仿佛小动物般的温顺学长，满不在乎地使用了卑鄙的招数。

"不过嘛……虽然之前还无法肯定他是否有这样的想法，但至少我给了一个让他说出来的理由。今天的你所充当的就是这样一个诱饵的角色——一个能给同事带来麻烦的事件相关者，一个让自己心里过得去的借口，一个能让自己来到这里的行为拥有意义的人。"

"这算什么……你就是为了这个把我叫出来的？"

"差不多……就是这样吧。"

"也就是说，我只是个陪衬？"

"嗯……算是吧。"

猫丸说得仿佛事不关己一样。

"饶了我吧，这样一来我不是简直像个傻子一样？"

"行了行啦，又摆出那副被地狱瘴气呛到一样的阴郁表情了。我说的应该没那么过分吧？你要瞧得起自己，用不着那么自卑。"

分不清猫丸到底是在安慰自己还是调侃自己，但又没有必要因此太过生气，成一不禁哑然失笑。

"好了，该去下一个地方了。"

猫丸摆出一副事不关己的态度，继而掐灭了香烟。

"喂，在那傻笑个什么劲，我们走了。"

轻轻丢下这句话后，猫丸霍然起身向外走去。成一慌忙想跟上去，却在门口被面无表情的店员截住。这时成一才注意起一件事来，他回过头去，发现刚刚自己所在的位子上正放着一张还没结过的账单……

成一现在只想回家。

前天晚上的睡眠不足依旧让他感到疲倦。可以的话，他真想立刻回到家里，扑倒在自己的床上。但原本打算走向小田急线检票口的成一，又被猫丸强行拽到了 JR 线上。

"你要去哪儿啊？走这边。"

猫丸虽然身材瘦小，倒是有着一股蛮劲儿。

"等，等等……又要干什么啊？"

"啰不啰唆啊你，跟着来就对了。"

他不容分说地强行把成一拉进了电车。

在车里，猫丸也不管一头雾水、骑虎难下的成一，而是拉着电车上的吊环，漫不经心地望着窗外的路灯。望着猫丸那张如茫然的幼猫般的侧脸，成一悄悄地叹了口气。真是够了，先是被他狠狠捉弄一顿，现在又被他拽着到处乱跑。他很清楚猫丸的性格有多么强硬专断。但像这样被他拽着跑来跑去，感觉似乎倒也不错。但就算如此，至少提前告诉他要去哪里也好啊……

下车的地点是上野。

两人分开人群，步行前进，走到离浅草不远的地方，最后来到了一个满地垃圾的街口。

各色霓虹灯铺天盖地地闪烁着，酱油在锅里烧焦的味道随处可闻。这条小巷的前面似乎就是大街——站在这里就能听见车辆往来穿行的声音。街上既有身穿西服、走在下班路上的工薪族，也有喝得东倒西歪、跌跌撞撞的醉汉。

在这个因垃圾而显得有些肮脏的街口，能充分感受到人类生命的活力——喧闹、体味以及人类的体温。

这条小巷有着自己的生命。

猫丸敏捷地在小巷中穿行，那件松垮垮的黑色外套随风飘舞，成一的步伐则有些缓慢。

他感到一丝为难。

不擅长与人交往的成一，很少会踏入这种夜晚的街口。他甚至不太清楚还有这样的地方，因此不由得有些慌乱。尽管如此，他却绝没感到不适。或许是因为他的潜意识觉得：偶尔逛逛这种地方倒也不赖——当然，如果不是猫丸带他过来，他自己是不会想到要来这里的。

五月的夜风令人心情舒畅——街头夹杂着各种味道的夜风轻轻抚过成一的身体，猫丸的乱来给他造成的闷气也被一扫而空。偶尔逛逛这种地方倒也不赖——他再次这样想着。和猫丸一起，感觉世界都变得更加宽广了。想到这里，成一自己都觉得有些莫名其妙。

没过多久，猫丸在一家店门前停下了脚步。门前挂着大大的红色灯笼与绳暖帘。成一刚想仔细看看店名，猫丸也不管成一跟没跟上，匆匆忙忙地走了进去。成一赶忙在他身后追了上去。

就在这时，一股烟雾扑面而来。那是烤鸡肉串冒出的油烟，这种油烟灰蒙蒙地笼罩在整个小店之中。

与油烟混在一起的，还有店里的喧嚣。

杂乱的怒吼声以及男人们粗野、沙哑的嗓音——噪音的声浪向两人袭来，成一瞬间被这种气氛震慑在原地。但猫丸却丝毫不为所动，见怪不怪地环视着店内。

店里的墙壁被煤烟熏得污黑，写着菜名的纸笺也已经被熏成棕褐色，连边角部分都开始发翘。地板和天花板看上去都油乎乎的，或许是被香烟的烟油与烤鸡肉串的油烟夹杂在一起的产物所熏成的。食客坐了店里约七成的位子——这里比刚刚的咖啡馆要热闹得多。成一觉得店里的人们虽然穿着不甚讲究，但都十分豪爽奔放，反观西装革履的自己倒是显得极不应景。为了稍微缓解这种尴尬的感觉，他还是松了松领带。

猫丸好像看到了自己要找的人，他对成一使了个眼色后走向吧台。尽管不清楚他的意图，但成一还是跟在他的后面。

那个人正独自坐在吧台前的座位上。

"请问，您是武井大叔对吧？"

猫丸开口后，对方缓缓地转过身来。眼前的人已经年逾花甲——他有着圆圆的面庞，花白的头发剃得短短的，下巴上的长须似乎未经打理，看上去呈现着红烧鸡蛋那样的古铜色。

"您说过要是有事找您，来'阿多福'酒馆就行，您差不多每晚都会在这喝酒，于是我就来了。"

猫丸笑呵呵地说着。

"哦……你不就是白天给俺打过电话的小哥嘛。"

年逾花甲的男人脸上布满了深深的皱纹，他把目光投了过来，显得有些惊讶。

"你还真过来啦。唉，无所谓，你叫猫……什么来着对吧。算了，坐坐坐。"

男人的脸和胸膛在酒劲下变得通红，说话的声音也十分沙哑。

在"铜胡子"的邀请下，猫丸轻轻一跳，坐在了他身旁的座位上。成一则坐在了猫丸身旁——尽管那张木制框架、竹藤编成的座椅上有种油腻腻的感觉，但他还是坐了上去。就这样，坐在吧台前的三人——一个年逾花甲、头发花白、身穿驼毛衬衣的老人，一个披着松垮垮的黑色外套、长着一张娃娃脸的小个子男人，以及西装革履的成一——形成了一个相当别致的组合。

"那么，武井大叔……"

猫丸迅速和这位"铜胡子"搭起话来。

"这位就是我在电话里和您提过的方城。"

"哼……"

名叫武井的"铜胡子"只是瞥了成一一眼，似乎对他丝毫没有兴趣。同时他也像是担心被骗一样，警戒着他们。成一半半拉拉地向他鞠了一躬。

"有关小善的事，俺已经跟警察老爷们说得够多了。"

"嗯，我猜也是。不过我们只是出于个人原因想请教您几个问题。"猫丸说道。

"俺也不太清楚。小善遇害的案子，俺啥也不知道。"

"没关系。我们只是想了解一些简单的问题，例如穴山大叔生前的为人之类的。"

"哼……算了，既然你们特地跑来一趟，也不好撵你们回去——喂，掌柜。"

老人武井说着，向吧台里大声喊道："总之先上啤酒，给这俩小伙子也上两杯。"

"哦，这可怪少见的。武哥今天怎么找年轻人陪你喝了？"

吧台里的一个中年男子说道。他身穿脏兮兮的白褂，头系正面结扣的头巾。别看他嘴上和武井说着话，手上可一点也没闲着，把架在炉子上的鸡肉串猛地翻了个个儿。只见男子额头上的汗珠闪闪发光，长期受油烟熏渍的眼睛也显得红通通的。

"没这回事儿，这两个小哥是过来打听小善的事儿的。"

武井大声嚷着，把老板端来的啤酒推到猫丸面前。

"来，先喝上一杯，喝了这杯，咱们就算亲近了。"

"那真是谢谢了。"

将啤酒倒好后，两人碰了碰杯。武井将自己杯中的啤酒一饮而尽。

猫丸只是轻轻地嘬了一口，就把整杯酒都推到了成一面前。

"我酒量一般，剩下的就由他替我喝了——武井大叔，这儿的烤鸡肉串，味儿说得过去吗？"

"何止是说得过去而已。"

武井顶着通红的脸笑着。

"这家的烤鸡肉串可是浅草最出名的！"

"那太好了，我得尝尝。"

"这儿的炖杂碎也好吃，有不少人专门从隅田川对面过来，就为了吃这个。"

"这可真不错——老板，来三人份的鸡肉串和炖杂碎。"

"好——嘞！"

吧台那边传来了劲头饱满的应答。

"来，小哥，一口闷！"

武井把啤酒瓶推到成一面前。

"啊，谢谢。"

在武井的极力相劝下，成一不由自主地很快喝空了杯里的酒。空腹饮酒让冰爽感渗透全身，令他无比舒适。

"喔，小哥喝得爽快！快，再来一杯！"

成一的面前倒上了第三杯啤酒。

"这位武井大叔与穴山大叔可是老交情了。"

猫丸说罢，成一被喝下去的酒猛地呛了一口。慈云斋的朋友？在他眼里，这个男人只是个住在平民区的普通大叔而已。

"武井大叔你也喝。"

猫丸周到地给武井倒上酒。

"穴山大叔遇害，我感到非常遗憾。"

"是啊……他还没满六十岁啊……虽然小善也常说自己会不得善终，但还是太可怜了啊……"

武井一口干掉了杯中的酒，似乎在强颜欢笑。

"请问您说的小善是……"

成一好奇地向猫丸对面的武井问了一句。

"嗯？——哦，小哥你只知道他现在的艺名吧。"

武井用朦胧的醉眼望着成一。

"过去小善是用原名活动的——穴山善介——善介是他的原名。当时人称'吞天阿善'。在一群伙伴中，他是名气最响亮的那个。"

"吞天阿善？"

"没错，吞天阿善。对艺人来说，只有拥有自己的绰号才算够格。别看俺现在是个糟老头子，当时俺'走绳阿哲'的绰号也是响亮得很呢！"

"您是……艺人吗？"

成一惊讶地瞪圆了双眼，猫丸像看热闹一样笑嘻嘻地望着他。武井继续说道："是啊，俺和小善都是地道的浅草艺人，而且不是在六区表演，是正儿八经地在浅草公园表演。"

"公园？"

"没错，街头艺人。不过嘛，现在的年轻人可能已经不知道了。现在的庙会里顶多还剩下几个叫卖蛤蟆油的小贩。小哥你见过那样的人吧？"

"嗯……"

成一茫然地点了点头，武井冷不防地挥起手中的筷子。

"瞧一瞧看一看啊！来看看俺手上这把宝刀，这世间没有它斩不断的东西！如各位所见，俺只需在这张白纸上轻轻一划，就能一张变两张，两张变四张，四张变八张，八张变十六张，十六张变三十二张，纸片恍似比良暮雪从天而降！但别看它如此锋利，只要在刀身两侧涂上这蛤蟆油，它就连一张白纸也划不开！您瞧好了，无论是砍是拉，怎么割都没事。但要是擦去了这蛤蟆油，就连一寸厚的铁板也能一刀两断！瞧一瞧看一看了啊！"

他口若悬河地说着贯口，声音听上去完全不像刚才那样醉醺醺的。但更令人惊讶的是，猫丸迅速地接了下去。

"清晨十分，万物影影绰绰，目视不清，一片恍惚迷离当中，看不出事物的形状与模样。山寺里钟声雷雷，童子以杵撞钟，分不清是钟响还是杵响。各位看俺手中这个茶罐，中有一寸八分大小的唐人风发条人偶。说起人偶手艺人，有名的有京都的守随、大阪的竹田缝之助、近江的大掾、藤原的朝臣。而俺这个乃是近江手艺人所制，人偶咽喉安着八枚齿轮，背后别着十二枚别扣，将枣子置于大路上，吸天地之灵气，取日月之精华后，人偶就会破罐而出。"

他的流利度也完全不输武井。成一固然吃惊，武井则更为惊讶。

"咦——这可真了不得。小哥，你很行嘛，在哪学到这个的？"

"不敢当，只是边看边模仿来的。班门弄斧，真是惭愧惭愧。"

"哪里哪里，很了不起啊。你这一口江户腔可是流利得很呢。年纪轻轻就这么有出息，俺高兴啊。来，咱们喝一杯！"

"这个嘛，就还是让他来替我喝吧。"

猫丸说着拽了拽成一的胳膊，武井在成一手中的空杯里倒满了酒。

"这位小哥，你也知道蛤蟆油？"

"这个……我不太清楚……"

"什么嘛，原来你只是负责喝酒的，那你喝吧，一口闷。"

"嗯……我喝了。"

"哦？看来你唯独喝酒还算痛快。来，再满上一杯。"

啤酒一杯又一杯地续着。

"那武井大叔，咱们继续谈穴山大叔……"

猫丸不经意地说回了正题，武井的喉咙咕嘟地响了一声。

"哦，对了，我们要说小善来着……"

"是啊。"

"小善……小善他是昨天没的……不，已经是前天了……直到现在俺还没法相信。俺认识的那个小善——就在前几天晚上，俺还和他在这儿喝酒来着。俺直到现在也不能相信……"

"您的心情我懂。"

"小善……他是个好人啊……作为艺人也是第一流的。而且小善能说会道，只要他一开口，路上的行人一下子都会凑过来，俺看在眼里，"

真是既不甘又羡慕。除此之外，他的杂技也精湛得不得了，在人体水泵这招上，没有人能胜得过他。"

"人体水泵？"

"没错，就是像水泵一样，无论什么东西都能吞到肚子里的技巧。"

"正因为这样，才会有'吞天阿善'这个绰号吗？"

"是啊，小善的杂技真是有趣极了。钢针、灯泡、金鱼、剃刀……首先吞下各种各样的东西，再按观众说的顺序吐出来，真是精彩极了。他甚至能吞下连着电线的灯泡，灯泡在他的肚子里一下子亮起来，惹得观众们都哈哈大笑。"

成一被吓了一跳，不禁放下了手中的杯子。能把各种物品吞进腹内再吐出来，没想到慈云斋还会这种杂技。

但猫丸轻轻用眼神示意成一不要出声。

"原来穴山大叔过去是表演这种杂技的街头艺人啊。"

"是啊，过去有很多像俺们这样的。在浅草公园或是浅草观音像之类的地方，人们会排成长队观看表演。那时候真是热闹极了。到处都是小商小贩，有靠托儿卖货的，有靠说套话卖货的，有占卜算命赌棋的，还有牵条会算术的小狗过来展览的——一到晚上，煤油灯唰地成排亮起，年轻姑娘们高声唱起《安来节》，光问价不买货的客人挤得到处都是……怎么说的，显得特别有烟火气。旧杂货摊、旧书摊，还有拉洋片和变戏法儿的。大规模一点的会用苇草搭个简易小屋，在里面表演马戏，给人参观些稀奇古怪的玩意儿，但得花钱才能进去。在里边能看蛇女、看骨头架子跳舞、看女人玩相扑、看辘轳首、看熊女、看大力女……最有意思的是看蛸男表演，只见他胳膊腿儿左拧一下右拧一下，就能钻进一个不丁点儿大的箱子里。接着三个年轻人把箱子翻过来转过去，再拎在手里抢来抢去——真不知道那帮家伙现在到底都在干啥，不知道还在不在庙会上了，他们真的都很有艺人的心气儿啊。原来俺认识一个熊女，别看浑身是毛，可她为人真的很好。背地里总是那么努力，又很彬彬有礼，比那儿的其他姑娘都稳重得多。但她出现在客人面前时又很有艺人范儿。别看是让人参观，可她一点也不怕生。只不过她的钱却总被几个野蛮的家伙抢走。有个叫顷助的侏儒，每天都去抢她的钱，然后跑去赌骰子。欺负得她每天晚上都像个孩子似的哭着，求他能还自己一点，可对方是个彻头彻尾的守财奴，根本不可能还给她。不过在表演方面，那里的所有人都毫无疑问有着身为艺人的自尊心，大家都是抱着精益求精的态度去表演杂技的。"

武井抬头向上望着，嘴里面叨咕个不停。猫丸也少见地从头到尾闭着嘴巴，老老实实地听对方继续讲着。

"但在所有人中最耀眼夺目的，还得是俺——俺们这些本领高强的艺人，因为俺们都有着看家绝活。像是大神乐、椅子戏、足技、杂耍、腹语术什么的。俺们这边是俺、小善，还有大力士古田在一起搭伙，俺们三人并称'三巨头'，因为俺们仨在这片也是小有名气，当时还和歌舞团的姑娘们有过不少风流韵事。过去那些杂技可了不起得很——原本俺是关西的艺人，在那边和女老板闹翻被她给炒了，所以才到这边来营生的——货真价实的瓦片，三十块，俺一下就能劈开，比现在那些玩空手道的可厉害多了。就像这样屏息运气之后，大喝一声，就能单手劈开三十块瓦片，干脆利落，就是一下子的事儿，了不起吧？不过瓦片摞得太高也不好办，一不小心就全倒了。哇哈哈哈，是不是很有趣，这位叫猫什么的小哥。"

"可不是嘛……武井大叔，咱们差不多该换清酒了吧。"

猫丸笑吟吟地说。

"喔,猫小哥,你很懂喝酒嘛——喂,那边那位专门负责喝酒的小哥,你没啥问题吧？"

"嗯，好的……我陪您喝。"

"很好，就得这样。老板，给俺们上五壶！"

看样子喝得有点上头，武井原本粗重的声音又抬高了好几个调。

"后来呢，俺们年轻的时候也爱到处周游——虽然浅草也很中意，但那会儿年轻嘛，就是想出去走走。当时俺们马不停蹄地跑遍整个日本，哪里有庙会祭典，哪里就是俺们的舞台。我们像流浪汉一样，旅途是一段接着一段。当时俺们甚至还去过亚洲其他地区，那可真是太有趣了——以艺人的身份走南闯北，花天酒地，无论去哪都大受欢迎。吃香的喝辣的，每晚都是觥筹交错。当然，有的时候还是很辛苦的，但那时候年轻，俺们也丝毫不在乎。可回到日本不久后，老家在轰炸中被烧毁，日本也输掉了战争……"

武井在空杯里咕嘟咕嘟地倒上酒。

"因为疲劳过度，那时候俺还服用一些药物……俺和小善说过，自己恐怕将来会不得善终，可没想到小善居然会先俺而去……他这个人心好，也很爷们儿。每当俺们在外面和当地的流氓混混儿有冲突时，打头去和对面谈判的都是小善。真是个好人啊。"

武井摇着头发花白的脑袋，一口气干掉了杯中的酒。

"但最重要的是，小善真的很爱杂技。一旦小善发现感兴趣的杂技，就会过去缠着人家教给他——他又非常聪明，那些杂技一学就会。当时有个人叫三龟太郎，会耍南京玉帘，小善一下子就学会了，后来他的生意都没法做了，只能干发牢骚。就这样，小善掌握了各种各样的杂技。不过其中最有趣的，还是他的人体水泵。前一秒还一脸严肃，下一秒就把电灯泡一下子吞进了嘴里，光是看着就让人想笑……"

武井已经开始口齿不清起来。或许是陪着他太久的缘故，成一感觉自己也有了些醉意，同时还伴随着困意和饥饿感。然而他觉得心情不坏。不但周围的吵闹声他完全没放在心上，就连店里的醉汉们粗野狂放的笑声，如今听起来也只是像背景音乐一样令他感到愉快。

"那么武井大叔，穴山大叔是从什么时候开始从事灵媒师这行的？"

猫丸问道，看样子终于要进入正题了。武井又在杯子里续上了酒。

"啊啊，灵媒师吗……那种玩意儿算什么……明明小善的技巧还在，就算现在也能继续吃杂技这口饭。可他总是说什么时代已经变了……"

"是啊，是啊……既然这样说，那他从什么时候开始做起了灵媒师呢？"

"什么时候开始的……这个嘛，差不多是十年前吧……啊，对了，是在差不多十年前。因为俺记得那年上野的信浓庵正好倒闭了。"

"穴山大叔为什么会想到做灵媒师呢？"

"不太清楚……可能由于他热衷杂技吧。不管是什么形式，他如果不做点什么，肯定是闲不下来的。"

"也就是说，他并不是一定要做灵媒师的，对吗？"

"算是吧，谁知道他怎么想的……小善性格里有些地方像个孩子那样天真无邪，他特别喜欢吓唬人。当然，这也是因为他对自己的技巧太有自信……他最擅长用麻利的戏法吓唬人，幽灵那套应该是最有意思的一个了。"

"是为了……吓唬人？"

"是啊。他做灵媒师，没有过一丝要赚大钱的想法。毕竟他这个人视金钱如粪土……在俺看来，他纯粹是在行善。"

"行善？"

"没错，就是行善。"

武井说完这句话，喝了一大口杂碎汤。

"喂，猫小哥，知道小善平时是怎么做的吗？"

"不知道，怎么做的？"

"说出来真是惹人发笑——喂，老板，再上五壶清酒——小善他说自己受人所托，会去别人家里开降灵会或是做做除灵之类的活儿。"

"嗯嗯。"

猫丸眼睛里闪过一丝光芒，向前探出身子。

"最开始呢，他会先尽可能讲些不怎么吉利的话吓唬对方。你们也知道，小善长得本就吓人，再顶着那副表情说些荒诞的、令人不愉快的事——例如对方的家人遭到了诅咒，或是这家的女儿被鬼怪附身了什么的，让他这么一说，全家人都会被吓得不行。不过这也在所难免，毕竟小善一向能说会道。俺跟他去过一次，当时简直都要笑出来了。小善的演技实在太高明了，骨子里都是戏啊……"

"原来是这样。"

"然后呢，狠狠吓唬人家一顿之后，就结束了。小善会告诉他们，只要家人之间和睦相处，恶灵就会退散。"

"什么？"

"这话从俺嘴里说出来，可能有点像开玩笑。你看，小善他用了那么可怕的语气，那么复杂的话术，最后光是告诉人家，只要全家人齐心协力，增进感情，恶灵就会被这股力量驱散之类的话——配合着他的样貌说出这种话来，看上去就更煞有介事了。"

武井笑着，黝黑的面庞上满是褶皱。只见他大口大口喝着杯里的酒。

"前一阵子也是，一个老婆子得了癌症快要死了，他跑去那儿举行降灵会——说是要召唤那个老婆子已经过世老伴儿的灵魂——那个时候他说的是'别怕，等你过来了，咱老两口还在一块儿'。"

猫丸陷入了沉默。他的表情显得有些呆滞，光是用指尖扯着垂到自己眼前的刘海。

"当时那个老婆子，哭得跟个泪人一样——小善是这样告诉俺的。这阵子也是，有一家人坚信家里盘踞着恶灵。小善去了那里对人家说——不必担心，盘踞在这里的只是家中先祖们的灵魂，他们只是担心家人生活是否和睦，前来查看而已——小善做的都是这样的事。那家人很高兴，多给他不少礼金，但小善坚持只收最开始谈好的那些——小善他的确会做出这种事来。"

武井咕咚一声将杯里的酒一饮而尽。

"穴山大叔……他为什么会这样做呢？"

猫丸用平静的口吻问道。

"谁知道呢……或许因为他还是爱着杂技吧……小善的老婆儿子没得很早……俺在想，家人对他来说，会不会是个一直解不开的心结……但这方面俺也不是很清楚了。"

"对了，武井大叔……我有个问题想问您。"

猫丸睁着他那双圆溜溜的眼睛。

"您知道穴山大叔在开降灵会时，具体用的是什么手法吗？"

"小善的……手法？"

"嗯，像是不用手碰，就能移动玩具和小型铜钟，或是让一块发光的布条在空中起舞之类的。"

"不知道，这些俺也不太清楚。这类事情就算俺问小善，他也不肯给俺解释。就像过去那些变戏法儿的人一样，不管怎么问都只是笑着，但从来不肯告诉俺里边的诀窍。"

"原来是这样……但武井大叔您是怎么想的？ 既然您和穴山大叔曾是同行，应该能看出点儿端倪来吧。"

"俺吗？ 俺可不行。俺和小善不一样，手脚笨得很，头脑也不如年轻时灵光了。说到底，俺对杂技的态度就没有小善那么热忱……"

武井说着，用手把自己的右膝敲得梆梆作响。那条腿看上去虽然不像有什么大问题，但他还是长长地叹了一口气。

"过去，俺也能在细细的麻绳上轻快地行走——还有着'走绳阿哲'这个绰号，现在却沦落成这副狼狈相，真是丢人丢到姥姥家了。"

武井说着，继续将酒往喉咙里灌着。

"小善做的那些事……可能的确是在弄虚作假。他用来骗人的手段，肯定是天衣无缝……但是猫小哥，小善他干的都是好事儿，至少不是什么没脸去见老天爷的事儿……这些你是知道的吧？"

武井的话语里夹杂着呜咽。

"我清楚，我很清楚。"

猫丸连连回应，仿佛在安慰他。

武井湿润了双眼，不停地点着头，仿佛面前的人就是穴山一样。

从店里出来时，已经是晚上十一点多。

两人把烂醉如泥的武井托给了店里人照顾。店里的人告诉他俩——这已经是常事了，不必担心。然而这顿酒最后依然是成一结的账。

成一与猫丸一同走在前往车站的路上。

室外的气温非常适合散步。

恰到好处的醉意令人无比舒适。街上的霓虹灯耀眼夺目，连街上那些步履蹒跚的醉汉，现在看着似乎也不那么讨人厌了。成一的心情也是一反常态地愉快，他叫住了走在前面的猫丸。

"喂，猫丸学长……那个灵媒师，好像不是什么坏人。"

猫丸一言不发，只是匆匆忙忙地走着，他那件松垮垮的外套被风吹得飘了起来。成一再次喊道："刚才见了武井大叔，也算是收获不小。

猫丸学长，你怎么知道他是那个灵媒师的朋友？"

"稍微调查一下，这点消息还是能得到的。"

猫丸的话听着令人很不舒服。

"不过学长你真挺了不起的，光是得知慈云斋不是个坏心眼儿的家伙，就已经是今天的重大收获了。"

"你怎么还这么幼稚？"

猫丸说罢回过了头。

不知从何时起，猫丸的目光变得仿佛要择人而噬般凶恶。

"我不是刚告诉过你看待事物要全面吗？这也只不过是事物的一个侧面。他是慈云斋大叔的朋友，自然不会说他坏话——这种事情只要冷静想想就能清楚。"

成一心头一凛。

"那学长，刚刚武井大叔的话，也只有一半可信吗？"

"谁知道呢，这么想总不会有错就是了。"

猫丸漫不经心地说着。

有点出乎意料。

这位学长平时虽不是个多愁善感的人，但方才在听过武井的话语后，难道他都没有丝毫的感动？难道连那样的肺腑之言，他也要冷冰冰地进行看待和分析吗？——但话说回来，成一原本也不记得猫丸真正地展现过他的心意。他常常用话痨和"毒舌"加以掩饰，内心深处的真正想法却从不让别人看到。

想到这里，成一原本兴奋的劲头不由得有些低落。光靠表面行为无法准确把握事物的本质，必须要了解事物的内在——成一不禁觉得自己碰了个大大的壁。

"不过成一，我有个有趣的发现，这才是重大收获。"

猫丸突然咧开嘴巴笑了起来。

"咦？什么发现？"

成一疑惑地问。

"我说你小子，关键的内容根本就没有听到嘛，就是人体水泵啊。"

"我当然听到了，没错，人体水泵。使用那招就可以在空无一物的情况下，让一些物品出现对吧。"

"没错，而且从嘴里吐出来的动作是用不到手的。"

"这招可真是了不得，之前完全没有想到。"

"还记得吗，直嗣不是说过——那位灵媒师大叔，在降灵会之前不吃任何东西——就是你们家保姆问他要不要吃些东西时。"

"是啊，降灵会举行前富美问他要不要吃点东西填填肚子，但舅舅却说他在斋戒什么的……"

"对吧？这件事情可以作为旁证。"

猫丸停下脚步掏出香烟。

"毕竟再怎么说，也不能让'储物室'里混进咀嚼过后的食物嘛。降灵会前毫无疑问是要保持空腹状态的。"

"然后把念珠之类的东西从肚子里取出来吗？"

"没错。过世的家人使用过的物品突然出现，一定很有轰动效果。你还向我提过灵能对吧？"

"是啊，他给外公展示的那个……"

"没错，那招应该也是他使用了什么伎俩做到的——就像这样。"

猫丸站在原地点燃一根香烟，深深吸了一口，随即慢慢地把烟吐出来。

"但这么简单的把戏肯定行不通吧？我听说他吐出来的烟是相当多的。"

听完成一的话后，猫丸脸上笑吟吟的。

"有一种东西不是能产生大量烟雾吗？"

"产生大量烟雾？"

"是啊，唉，真够迟钝的。难道你连干冰都不知道？"

"干冰？"

"没错，卖冰激凌的小贩不是经常把它放在箱子里保持低温吗？只要将干冰扔到热水里，就会产生大量烟雾，不过准确地说，那应该算是雾气——难道说你没有这样玩过？"

感到惊讶的反而是成一——这个人平时玩的难道都是这些吗？

"当然，干冰这玩意儿要是吞下肚去，连胃壁都会被烧烂的。但如果是这样呢——先在乒乓球上开上许多小洞，然后剖成两半，将干冰装进去，最后再重新粘好……"

"哦哦，最后把它给吞下去是吧。"

"毕竟那个大叔连电灯泡都能吞下肚去，我说的这种事应该只是小菜一碟。这样的话既能够不伤到自己的胃，携带起来也很方便。只要事先喝下足够的白开水，然后向兵马老爷子吹嘘自己能够操纵灵能，最后找准时机偷偷把乒乓球吞下肚去——这样一来，水就会从乒乓球上的小洞渗到里面去，瞬间冒出大量蒸汽。因为有乒乓球保护着，所以也不用担心汽化时产生的热量会伤到自己的胃部。"

"也就是说他给外公看的，就是用这种方法吐出的烟雾吗？"

"没错，由于水蒸气遇冷后形成的雾气密度比空气高，因此在吐出来后会沿嘴边缓缓下沉，就像瀑布一样奔涌而出。这种蒸汽比香烟的烟雾更具有厚重感，因此看上去也十分逼真。"

"原来是这样……"

成一钦佩地回望着猫丸圆溜溜的眼睛，他想这种方法应该能行得通。最近这位学长的注意力一直放在恐龙化石身上，没法专注于解决这边的案件。不过现在恐龙事件已经结束，猫丸的机敏终于显露锋芒。照这个势头下去，他或许真能发现案件中的什么端倪……

"灵能事件的真相应该就是这样了。学长，这件事我们是不是告诉警察会好一些？"

成一说。

"告诉他们什么？"

猫丸愕然地回望着成一。

"不是说了吗？灵能事件的真相，以及今天我们调查到的内容——正径大学的人打算成立基金会，还有人体水泵之类的事……"

"说什么傻话呢？你小子真是头脑少根弦，这些小事，警方早就能调查清楚了。连我都能想到的事，他们自然也早就想到了。可别小看了警方的搜查能力，我估计他们的搜查也正如火如荼地进展着……说实在的，这会儿指不定正有警察跟踪你呢。"

"不会吧……"

成一慌忙向四周望了望。

上野站附近——

夜色渐浓，人潮匆匆涌向车站，一些无忧无虑的身影在四处晃荡——出租车红色的空车灯在站口排出一条线，远处传来咣当咣当的电车声。城市的夜晚显得无比平常，并不像有人在盯着自己的样子——

"学长你别吓唬我啦，才没有什么警察呢。"

"谁知道呢，保不准就藏在哪儿呢。"

猫丸一脸笑嘻嘻的模样。

"除了这个，学长你有想到其他的吗？关于外公的案子与灵媒师的那件案子。"

"这个嘛……手牌差不多已经凑齐，谜题并非完全没有头绪，手法似乎也算不上复杂……只不过如果不能一口气全部解决，事情或许会有些麻烦。"

成一的惊呼打断了猫丸的嘀咕。

"算不上复杂……难道说学长你已经解开案件的谜题了？"

"啊啊，差不多吧，我感觉是的。"

"那怎么不早点说啊？"

成一大声追问。

"和杀人案相比，念珠啊灵能啊之类的小事根本就无所谓啦，你知道凶手是谁了？"

"嗯……我想我已经知道了。"

"行凶的手法也弄清了？"

"……差不多是这样。"

成一顿时惊讶到无言以对。这不就等于是彻底破案了吗？

"学长，头脑少根弦的是你才对吧？——知道了就早点说出来呀，还在考虑什么呢？"

"倒也没在考虑什么特殊的事……"

与焦急的成一恰恰相反，猫丸显得十分淡定。

"只不过成一，有件事情你要想想。那就是降灵会的那起案件——为什么凶手要在那里杀害灵媒师呢？——我在考虑的也是这件事。"

"降灵会的案件？"

"没错，凶手为什么要挑一个如此特殊的时机犯案呢？——重点在于这里。"

猫丸像是在给人出谜题一样。

"现在不是猜谜的时候。学长你就别卖关子赶紧告诉我吧，我家表妹因为这件事现在都有些神经过敏了，所以得尽早把案件解决才行……"

"你的表妹怎么了？"

猫丸用锐利的目光盯着成一。

"怎么了，她有什么问题吗？"

"嗯，她现在好像快要精神崩溃一样……之前也和你讲过楼梯上放了玻璃珠的事。说出来或许学长你不相信，但我妹妹有种感受，她感受到一种精神上的，来自凶手的恶意。"

成一将残留意识一事讲给了猫丸听，猫丸听后突然变了脸色。

"蠢货！这么重要的事为什么现在才说？"

猫丸的声音太大，吓得成一下意识地退了两步。

"不是瞒着不说，我只是觉得学长不会相信这种超自然现象一样的事情——而且也没觉得它有多么重要……"

"重要不重要不是你说了算的！你这个废物傻蛋！"

猫丸边叫喊着不明其意的话语，边用细长的手指扯着自己的刘海。

"让我想想——这下不太妙了。该死，这可不是玩笑。混蛋，还愣着干吗？快去打个电话！"

"电话？往哪儿打？"

"蠢蛋，还用问吗？当然是往你家里打了。快点，别磨磨蹭蹭的！"

猫丸的语气过于激动，惹得路上的人们还以为发生了什么事情，都远远地望了过来。尽管丢人现眼，但如果在乎这个他也就不是猫丸了。

"急死人了，快点儿！"

"我知道了……但是为什么啊？"

"哪儿来那么多为什么。事关小左枝的安危，少废话了，赶快确认一下她现在的情况。"

虽然不知道他在着急什么，但提到左枝子，成一也立即感到一丝不安。猫丸争分夺秒的态度也令他觉得问题不太简单。

成一在附近找了台公共电话，拨通了自家的电话号码。猫丸火急火燎地吸着香烟守在电话旁边。

"您好，方城家。"

接电话的人是美亚。

"啊，美亚吗？是我……"

"咦，老哥？怎么了？"

美亚的声音一如往常，听上去家里并没有发生猫丸所担心的怪事。

"没什么，在外边稍微喝了点……"

"和谁？——啊，问这个是不是有点不识趣儿呀？就算夜不归宿，老哥也不用特地打电话回来吧。放心好啦，我不会告诉爸妈的，好好干哦。"

"蠢丫头，少阴阳怪气的。左枝子她怎么样？"

"姐姐吗？不知道……富美姨这会儿应该在替她整理床铺吧……我也不清楚。"

"家里没有发生什么不对劲的事儿吧。"

"不对劲的事儿？——老哥你怎么了，在说些什么呀？"

美亚的声音显得有些怀疑。猫丸突然在成一耳旁小声说："帮我问问今天来过客人没有。"

成一微微点头，向电话那边询问。美亚说："客人？——不太清楚，白天我上学去了——应该没有吧，毕竟富美姨什么都没说过。"

"是吗……"

成一边说，边用眼神请示猫丸自己接着该问什么。但猫丸只是静静地摇了摇头，变得不再那么激动，看样子他的目的已经达到。

"那好……我这就回了。"

"等等，老哥，怎么了？你好像有点不对劲。"

成一没有理会美亚在电话对面的叫喊，挂上了听筒。

"这样可以了吗？"

成一一头雾水地问。猫丸脸上的表情显得有些奇特。

"嗯，可以了。看来今天暂时还没发生什么……那就好，我们走吧。"

"走……还要去哪儿？"

"笨死了，真拿你没办法……还用得着问吗？当然是去你家。"

"学长你等一下，都什么时候了……而且就算现在回去，我家里人也都睡了。"

令人意想不到的是在成一为难地表态后，猫丸只是淡淡地说："这样啊，说得也是……今晚应该不会再发生什么了……那就明天吧。成一，明天记得请假。"

"求你别乱说啦……这么急的假请不下来的……我昨天都请过一天假了。"

"真是个死心眼儿的家伙……晚上总行了吧？对了，晚上你家人应该也都在……这样或许更好……很好，那就这样吧。明天咱们在小田急线成城站的检票口碰头，哪个口都行，你大概几点到？"

和往常一样，依旧是强行邀约。尽管成一早已疲惫不堪，但最终还是不得不像往常那样，和猫丸约好了第二天傍晚下班时在站前会合。唉，到时究竟要怎么向家人介绍这个稀奇古怪的小个子才好……

正当成一感到为难时，猫丸猛然把脸凑到成一面前。他的表情突然变得无比严肃，长长的刘海后透出的目光，仿佛要钻进成一的眼睛里一样。

"成一……我有种不祥的预感，这次或许真的会不太妙……听好了，成一，现在正是你履行好责任的时候。如果你真的认为自己应该为那场车祸负责，如果你真的认为自己有保护妹妹安全的义务，听好了，现在就是你应该竭尽全力的时候。千万留意她的周围，如果发现什么异常，就立刻通知我，明白了吗？"

"明白……"

猫丸的眼里带着一种成一从未见过的认真劲儿。成一被他的目光所震慑，不由自主地点了点头。

"记住了吗？一定要保护好她，一定。"

猫丸再次强调了一遍，随即转过身迅速离开了。成一还没从惊愕中缓过神来，他瘦小的身躯就已经混入并消失在车站杂沓的人群中。

只留下成一独自一人。

望着猫丸离开的方向，成一在原地呆立了许久。猫丸最后留下的话——那异常严肃的声音，在他耳边久久未曾散去。

◇　**幕间**

成一的备忘录——

18:30~

成城站　南口　见猫丸学长

目的不明·用意不明

第六章

GONE
WITH THE
GREEN WIND

◇　左枝子 17

神代大哥与大内山大哥的到访在晚餐后，时间已经过了七点。

据美亚说，两人似乎在稍早时打电话通知过，说是过一会儿要来这儿，问大伙都在不在。姨父和姨妈都已回家，直舅也像往常那样来到了家中，只有哥哥还未回来。尽管昨天回的很晚，但今天他似乎很快就会回了。美亚将情况说给他们听后，他们回道"直嗣先生也在吗，那更好了"——然后说有话要来我们家讲。

姨妈不太高兴地说："这么晚了到底要干什么？"姨父也想不到他们要来说些什么。

我的身体不太舒服。

三天前那起事件中留下的后遗症似乎还没完全恢复。没错，就是那起不可思议的、恐怖的杀人案……

光是回想起来，就令人脊背发凉。我的心情久久无法平复，饭也吃不下去，今天又害得家人们一直为我担心。美亚反复问我："姐姐，你就吃这点吗？"富美姨也一直在担心着我的身体。

我的脸色想必相当难看，看上去充满疲惫和痛苦。

真不愿意让他见到这副表情。

所以，当神代大哥他们过来后，我一直尽量低着头，不敢抬起面孔。

"这么晚来府上打扰，真是万分抱歉。我有几句话想对大家说，可否借个方便的地方？"

　　在场的人有姨父、姨妈、直舅、美亚、富美姨和我，以及神代大哥和大内山大哥，加上这会儿哥哥也快回来，会客室实在是不够宽敞，于是大伙便一同来到了餐厅。尽管如此，椅子依旧不太够用，于是富美姨就在厨房一边收拾，一边听着这边的对话了。

　　由于不清楚神代大哥他们此次前来究竟要说些什么，家人们显得十分不安，也没怎么说话。仔细想想的话，外公已经过世，那位灵媒师也死了，如今神代大哥他们已经没有必要再来我们家了。连直舅都绝口不提降灵会的事了，因此他们也没了劝说的对象。事实上，我在两天前就想到这点了。神代大哥他们或许再也不会来，也没有理由再来了……当想到这里时，我自己都感到震惊。而意识到今后或许再也无法见到他时，我不禁悲从中来。

　　因此在美亚刚刚接电话时，我的心里又燃起了些许兴奋。

　　但是……但是，他们来这究竟是为了什么？我在心中依旧疑惑不已。

　　富美姨给大家泡来了红茶。

　　餐厅里顿时充满了馥郁的芳香。

　　然而在充盈着茶香的房间里，气氛却依旧显得十分凝重。大伙仿佛期待着什么，又仿佛畏惧着什么。在这种怪异的气氛下，所有人都缄默不语。

　　就在我将手伸向红茶杯时，仿佛有些焦躁的姨父打开了话头。

　　"然后呢？你们究竟要说什么？这么晚了还把我们叫到一起……"

但他的话没有说完。

因为所有人都听到有人正从走廊里向这边走来。听脚步声是穿着拖鞋的，而且还伴随着另一个人的脚步声……

"啊，是成一回来了吧。"

姨妈说着。与此同时，走廊里响起了一个人的声音。

"哎呀呀，乖乖不得了，你家可真够大的。院子也好宅子也好，都简直大得离谱！"

那个人的声音很大，而且听起来疯癫古怪，有些似曾相识……没错，我在电话里听过这个声音，这个人我记得……好像是叫猫丸……是哥哥的朋友。但为什么他会来我们家？而且也是在这么晚……正当我诧异时，厨房的房门被人推开了。

◇ 成一 22

成一带着猫丸刚打开厨房门，就立刻受到了餐厅里所有人的注目礼。不只是成一的家人，还有诧异的正径大学二人组。

"哎呀，小少爷您回来啦。"

独自在厨房清洗餐具的富美笑容满面地打着招呼。

"我回来了……这是怎么回事？"

沐浴在众人的目光下，成一不禁有些畏缩，他小声地询问富美。

"谁知道呢……我也不太清楚……那两位年轻的客人似乎有话要说。"

"有话要说？"

"嗯，不过他们也刚到这儿没多久……"

既然直到最后也没说出个子丑寅卯，看来富美也不清楚他们为何突然拜访。于是成一没再多问富美，转身走进餐厅。

"又来贵宅打扰了。"

大内山低下了豆沙面包般的脑袋说道，成一对他点头回礼。这时直嗣开口了："你回来啦，小成。来得正好，这两位好像有什么有趣的事情刚刚要讲……你那边是什么情况？"

他好奇地望着成一身后。

成一差点忘了自己今天带了个麻烦精回家。

他赶忙回过头，发现那个麻烦精正瞪着滚圆的眼睛，毫不拘谨地张望着成一家的起居室，就差毫不顾忌地闯进里面去了。成一忙一把拽住他瘦小的身躯。

"哦，那个……这位是我大学的学长……"

成一才说到一半，猫丸便毫不客气地抢过话头。

"晚上好，非常抱歉在这么晚的时候突然打扰各位。我是成一老弟的朋友，叫猫丸，平日里受过成一不少照顾。"

猫丸笑眯眯的，脸上挂着一副和蔼可亲的表情。他把手放在膝盖上，干脆利落地鞠了一躬。

"今天是因为想向成一老弟借一本书，才冒昧来府上打扰。原本只打算站在门口等的，但成一老弟劝我进屋里喝杯茶。我原本是要推辞的，但拗不过他盛情邀请，于是就恭敬不如从命了。哎呀，非常感谢，真是太不好意思了。"

猫丸一边喋喋不休地说着些不着边际的话，一边自顾自地从起居室里拖出了一把小小的圆椅。

趁所有人都还目瞪口呆的时候，他已经见缝插针地坐在了左枝子和美亚中间。这已经令人不知该说他脸皮太厚，还是不要脸才好了。他的行为甚至已经无法用"不懂事"来形容，而是明摆着的"古怪"了。

而他这种古怪的行为，也令在场所有人都一时失语。

"哎呀，不好意思，没规没矩的，还请原谅。我看各位好像正在谈论什么有趣的话题——啊，这两位就是正径大学心灵研究会的研究学者对吧。我听成一老弟提过你们，所以就有了种似曾相识的感觉，还望多多包涵。啊，两位不用管我，该说什么话继续说就好，我就坐这儿老老实实喝茶——成一老弟，你要在那儿戳到什么时候啊？找个地方坐呗——请请请，你们继续，不用管我。"

他笑嘻嘻地一屁股坐下后，就再也不挪窝了。说是让人不用管他，可实际上怎么可能？直嗣似乎有话想说，但最后只是张了张嘴，没能说出什么。似乎觉得和猫丸扯上关系，肯定不会发生什么好事——这是个明智的决定。多喜枝也用责备的眼神盯着成一，但成一只是向她摇了摇头。既然猫丸不惜如此也要强行赖在这里，一定是有他的打算。而且一旦他想留在哪里，就是用撬杠也别想撬动他分毫。

成一觉得只有自己一个人呆站在这有些尴尬，不得已也只好从起居室里拽了把凳子出来。他见多喜枝正闷闷不乐地用眼神示意着他过去，于是便坐到了多喜枝与神代之间。

"我说成一……"

多喜枝小声问道："那个人真是你朋友？"

"嗯，算是吧……"

"性格也太古怪了吧。"

"……差不多吧，是有点怪。"

"哪是有点怪……根本就是个怪胎！该不会又是什么莫名其妙的灵媒师吧？"

"没那么夸张啦。怪是挺怪，但平时人畜无害的，放心吧。"

成一劝了劝多喜枝，但她依旧不太高兴。

新端了两杯茶过来的富美也一脸诧异地看着猫丸。猫丸彬彬有礼地道了声谢，随后接过了茶杯，这一举动令富美有些惊讶。

"然后呢？两位还没说明今天的来意吧。"

坐在桌子对面的胜行问道。看来成一的父亲也打算先对猫丸置之不理了。

"毕竟时间也不早了，所以还请尽快讲完。"

尽管如此，他依旧不忘别有用意地揶揄这个时间来自己家的猫丸一句，可猫丸还是老样子，脸上笑嘻嘻地不予回应。

"我已经看清了……"

神代有些突兀地开了口。他的语气中带着些许犹豫，却又带着几分犹豫后下定决心的气势。

"我已经看清了案件的真相。"

他的语气一如既往地显得沉着而冷静。

"无论是兵马老先生的案子，还是前几天灵媒师的案子，我们都深感责任在身。当然，案件并非与我们直接相关，但我们的参与，或许也间接导致了悲剧的发生，因此我们决定单独调查一下此事。"

或许是出于紧张，成一觉得神代端正的侧脸显得有些僵硬。

"杀人案交给警察调查固然可行，但我们两个也遭到了他们的盘问，甚至是一些怀疑，老实说，这种事情并不让人舒服。于是我以外行的身份做了许多调查，在调查过程中我突然发现，真相或许是这样的……"

"你说……真相？"

直嗣惊愕地追问："也就是说，你们解开了案件的谜团？"

"正是。"

"老爹和慈云斋大师的案子全都明白了？"

"没错。"

神代回答的声音低沉而清晰。成一惊讶地窥探着猫丸的脸色，但后者只是蠢兮兮地笑着，脸上的表情丝毫未变。直嗣也一时无语，但脸上紧接着就换上了他那招牌般的哂笑。

"那可真是了不起啊。然后呢？你是为了公布真相而特地前来的？"

"差不多是这样。"

"哦？那还真是令人期待。您究竟有何高见，我倒想洗耳恭听。"

直嗣靠在椅背上，脸上依旧是那副表情。

神代看了一眼身旁的大内山，对他点了点头。而后者面带难色，用一副难以捉摸的表情望着搭档的侧脸。

　　胜行一如既往地面无表情，他的眼神透过黑框眼镜望着眼前的桌面，显得有些飘忽不定。多喜枝毫不掩饰地一脸怀疑，在神代与大内山之间看来看去。在灵媒师那起案件后，她对两人的信任似乎已经消失殆尽。美亚向前探出身子，眼睛里放着光芒。左枝子依旧低头不语。而猫丸始终保持着脸上的笑容。

　　"那么，请容我继续讲下去了。首先我们通过调查，弄清了穴山慈云斋过去的身份。"

　　神代说着，用舌头润了润他那秀气的嘴唇。

　　"他原名穴山善介，是杂技演员穴山嘉平与三味线乐女的孩子。身为口技演员的父亲早逝，或许是受此影响，他年纪轻轻便成了一名街头艺人。他的拿手好戏就是'人体水泵'。"

　　"人体水泵指的就是……那个？"

　　美亚惊讶地不停眨着眼睛。

　　"就是把金鱼吞下去又吐出来的那个？我在电视上看过！"

　　"没错，就是那种杂技。"

　　"大叔原来还干过那个？"

　　"没错。善介所掌握的，似乎是难度最大、最为复杂的杂技。这件事我今天白天刚刚从他过去最好的朋友口中得到确认。"

　　看来神代也去拜访过武井大叔了……想到这里，成一不禁望向猫丸，但猫丸只是轻轻地点了点头。

　　"而对拥有这种特技的他来说，干灵媒师这行，给人表演些不可思议的奇妙现象，想必也并非难事。无论念珠还是匕首，全都可以藏在胃里，所以他才丝毫不怕我们搜身。"

"可是我问你……"

直嗣伸出一根手指左右摇晃着，装腔作势地开了口。

"就算是藏在胃里，降灵会上的怪事又是怎么回事？他的手当时被紧紧按在桌子上，根本没有办法动弹。"

"这个嘛……"

"对吧？不能因为他过去有什么身份，身怀什么特技，就说人家做的一切都是在装神弄鬼吧？这叫蛮不讲理。连双手都没法使用，要怎样才能伪造那种灵异现象？"

直嗣的话语中充满嘲讽，但神代却毫不慌乱。

"这种时候，就该轮到这玩意儿登场了。"

神代轻声说着，从口袋里掏出了什么东西。那是两根短短的棒状物，它们被神代放在桌上之后不住滚动，但却没有发出丝毫声响——成一心头一惊，瞪大眼睛看着它们。

"真恶心！这是什么玩意儿？"

美亚尖叫一声蹦了起来，连胜行都被她吓了一跳。他用手指推了推眼镜，凑过去仔细端详着。

那是两根手指——人的手指。

两根微曲的、质地僵硬的手指——若将人的手指齐根斩断，长度差不多会与之相仿。它们在桌子上滚动的样子，带着一种说不出的诡异。

"这是什么玩意儿？"

直嗣惊诧地问。神代的表情依旧严肃。

"如你所见，这是小指的模型，用塑料做芯，再包上一层橡胶膜。怎么样，做工是不是非常精致？"

原来如此，仔细看去，会发现手指的截面处有个空洞，空洞的内部异常光滑，整体带着一种人造品独有的光泽。但光看表面，却能实实在在感受到真手指般的肉感和重量，甚至能在上面看到指甲末端苍白的部分，显得非常真实。

"其实这是那天我在尸体身边捡到的。"神代说道。

这么说来那个时候……成一记得当大家察觉到异常并打开电灯后，神代的确就伫立在慈云斋身边。

"可是……这是干什么用的？"

美亚有些摸不着头脑，神代终于微微一笑。

"让我来演示下它的用法吧……"

神代说着，将自己的整根小指套进了模型中，接着双手前伸，将手掌翻来覆去地给成一等人看。

"怎么样，看上去不像有什么问题吧？"

指套一直套到了手指根，看上去严丝合缝。除了在接合处有些异样，以及小指显得略粗，其他方面都伪装得十分完美。

接着，神代将自己的茶杯推到桌子中央，空出了面前的空间。他张开双手，按在已经空了出来的桌面上，摆出青蛙一样的姿势——与举行降灵会那时完全相同。

"穴山先生让大家把手摆成这种姿势时，是在关掉电灯之后对吧。"

神代说。

"他点亮蜡烛，吩咐关上电灯，然后美亚小姐关掉了电灯的开关。"

"是的……"

美亚点点头，她的眼神依旧显得十分惊诧。

"接下来，房间里只剩烛光，变得一片昏暗之后，穴山先生才提出要摆出这种姿势。这是因为在日光灯下，他的把戏有可能会被看穿。因此等房间里一暗下来，他就将手放在了桌子上——如果周围一片昏暗，除非十分注意，否则不可能看穿他的把戏，我们当时也疏忽了。不是讲冷笑话——但真没想到他居然还有这'手'……"

眯着眼睛自嘲般地说完这句话后，神代望向了成一。

"那么成一先生，麻烦帮我个忙。请你把我的手当成穴山先生的手，然后像当时那样把我的手按住。"

成一如他所说，将一只手按在桌子上，并将神代的小指——那只戴着指套的小指，按在自己的小指下。它摸上去并无特别之处，如果不知道神代戴着指套，他甚至怀疑这真的就是人类的手指。神代让身旁的大内山同样按住他另一边的手指。

"这样就能明白了吧，穴山先生在讲解完降灵会的规矩后，吹灭了蜡烛。"

神代噘起嘴吹了一口气。

"于是房间陷入一片黑暗——接着他这样做……"

神代说着，将自己的手缓缓向外抽出，那情形有如某种奇妙的生物在蜕皮一般。

"哇……真厉害！"

美亚小声惊叹。

这时，指套依然留在成一的小指下面，但或许由于指套内部的塑料部分较为坚硬，使它并没有被成一的手指按瘪。尽管承受了些力量，但它的弹性依旧令成一感受到反作用力。

所有人都"哦……"地发出惊叹声来。美亚自不必提，连多喜枝和胜行都无法掩饰自己的惊讶。胜行不停地用手指推着黑色镜框；猫丸那双原本就像幼猫般滚圆的双眼这会儿瞪得更圆，他的目光紧紧盯着成一手边；富美也在厨房里停下了手，用钦佩的目光远远地瞧着这边。

"我和成一先生，全都被他给欺骗了。"

神代淡淡地继续说道。他丝毫不为成一等人的惊叹所动，反而像是在为自己没能看清这个把戏而感到耻辱。

"我居然会对穴山先生的话言听计从，死心眼儿地一直按着这种玩具手指，真是丢人丢到家了。"

怪不得在降灵会举行时，慈云斋的手指始终一动不动。假的手指自然无法动弹，而他的真手，那时候正忙着干别的呢——成一终于想通了这点。

最后神代说："至于后面发生的事情，就不难想象了吧。"

他轻轻向大家拍了拍得到解放的双手。

"要判断木雕玩具与小型铜钟的位置，手摸也好目测也罢，那些物品的位置，多半早就记在他脑中了。配合上事先准备的小物件进行调整，就算在一片黑暗中，他也能大致确定各个物件的位置。他只需要伸手拿到他要用的，然后进行操纵就好，而且完全不用担心有人会妨碍他——穴山先生让大伙把手相互按住的做法，固然能将自己双手同样无法活动的印象深深烙印在所有人的脑中，但他更不希望的是有人妨碍他的行动。"

成一一边听着神代讲解，一边将指套拿在手中检视。他的脸上不禁浮现出一丝苦笑——虽说这小玩意儿的确做工精良，但自己居然会被这种玩具给耍得团团转……

"没能事先发现那块发光的布料，也是我们的疏忽。或许这个也是他事先藏在胃里面的，也有可能是他把那块布缝进了僧侣服的内侧，无论怎么说，这都会成为我们的前车之鉴。居然会被他骗得团团转，这件事我要向各位道歉，但我更要注意的是，下次检查时，我会连一根手指都不放过……"

神代的脸上流露出一丝苦笑。

"接下来是那个声音。方才我和穴山先生的朋友聊过了，他说穴山先生热爱杂技，一有机会就会学习各种技巧，听说他的腹语术也相当熟练。那个声音，那个自称是兵马老先生的声音，自然也是他的花招之一。或许有人会说声音是从桌子上方传来的，但这应该只是错觉。难以辨别发声位置，正是腹语术的特点之一。据说腹语是一种利用横膈膜震动进行的特殊发声方式，所以才会令人很难判断声音的位置。当然，其中也有穴山先生用话术引导我们，将错误的观念深深植入我们脑中的缘故……"

神代说着，将茶杯拉回自己面前，轻轻呷了一口。直到这时，成一才意识到自己也有些口渴。案件出人意料的进展似乎令他有些激动，于是他将杯子里剩下的茶水一饮而尽。尽管凉掉的红茶略显苦涩，但他毫不在乎。

"那么……那两根手指。"

胜行的语气显得有些畏惧。

"还没交给警方对吧。"

"嗯……还没。"

神代轻轻地点了点头。胜行皱着眉头说："这不太好吧，那可是重要的物证，为什么当时你没有立刻交给警察呢？"

"嗯，非常抱歉……"

神代挠着脑袋笑了起来，像是一个恶作剧被人识破的孩子。直到这会儿他才难得露出一副他这个年纪的年轻人应有的神情。

"倒也不是因为我想抢在警方之前查明真相什么的。最开始我确实想早点说出来，但警方的问讯太过严厉……唉，也没办法，谁让我和穴山先生是敌对关系，结果就有点激起了我的逆反心理吧。毕竟直接告诉他们太过无趣，而且从洗清自己嫌疑的角度上讲，我也想先独自调查一下。非常抱歉，但我打算马上把它交给警察，所以还请不必担心。"

神代面有愧色。

"其实还有一个原因，就是我想像刚才那样，将谜题的答案展示给各位，以博得各位的信任……"

原来如此，是为了资金赞助的事——成一一边思忖，一边偷偷地望着神代的侧脸。但神代似乎没注意到他，而是又呷了口红茶。

"先不管慈云斋大师的事……"直嗣朗声说道，"重点在于杀人案才对吧？刚才你不是说已经看穿了案件的真相吗？"

尽管自己推崇的灵媒师的把戏已经被揭穿，但直嗣却似乎丝毫不为所动。

"嗯，大致弄清了。"

"那么凶手究竟是谁？是谁杀害了慈云斋大师？"

"毫无疑问，他是自杀的。"

听到神代的话后美亚大吃一惊。

"自杀？！"

左枝子似乎被美亚的声音吓了一跳，身体因恐惧而颤抖。

"他原来是自杀的吗？"

美亚大叫后，神代静静地点了点头。

"是的，我想应该没错。请各位想想，那时除他以外，所有人都无法自由行动，也没有任何外人能出入房间。这样想的话，除了他自己刺死自己之外，就没有其他可能了。"

"唉……说得也是。"

美亚叹了口气。

"恐怕是他用一只手操纵着那块发光的布料，然后用另一只手握着匕首刺入了自己的后颈。我刚才说过，匕首是他从胃里取出的，能够用的人也只能是他自己。"

"真瘆人……"

多喜枝紧锁着眉头。

"好死不死地，干吗非要跑到别人家里做这种事？就是因为这样，我才烦这种人来我们家的。都怪你，非要找什么灵媒师，办什么降灵会……"

"姐你稍等一下。"

直嗣赶忙拦着姐姐继续牢骚下去。

"等事情结束后，姐你随便向我抱怨，但现在还不是时候——我问你，慈云斋大师究竟有什么理由非要自杀不可？"

他向神代质问。

"因为……他就是杀害兵马老先生的凶手。"

神代冷静地答道。

"不会吧？"

"你说什么？"

美亚与直嗣同时大喊，成一也吃惊地瞪大双眼，一时间无法呼吸。神代安静地用手示意大家让他把话说完。

"他杀害了兵马老先生……而且知道自己已经无处可逃。警方对案件严加追查，他自己也无法忍受杀人带来的罪恶感……于是在穴山先生的心里有了一个想法，他至少要死得像一个灵媒师……身为一名艺人，死也要死得无比绚烂……他在这件事上钻了回牛角尖。"

神代断断续续地说着。

"对于从少年时代就一心钻研杂技的穴山先生来说，与其以罪犯的身份身陷囹圄，他宁可在表演进行到最高潮时，死在无上的幸福之中。在降灵会中因幽灵作祟而死，并以此作为灵媒师生涯的闭幕演出，或许正是他心中所愿——我认为他是想刻意营造出这种情况的。至于会不会给各位添麻烦，就根本不在他考虑之中了。艺人的执拗，想来真是令人悲哀。"

"所以……他才会用那种方式自杀吗……"

美亚目瞪口呆地小声嘀咕着。

"原来是这样……原来是因为老爹的事……既然如此，那就讲讲你眼中的真相吧。"

直嗣说道。

"好的，我也正有此意。"

神代说着，一口喝光了杯中剩下的红茶。

"那么，接下来该谈谈兵马老先生的案件了。首先，案发那天，我们前来贵宅打扰时，穴山先生就已经在兵马老先生所在的别室里了，直嗣先生当时也在一起对吧。"

"是的……"

"然后，当我们与成一先生等人在会客室闲聊时，直嗣先生和穴山先生也去了那里。"

没错，当时在美亚的带领下，两人与成一见了第一次面。随后左枝子也去了那，五个人就心灵研究方面的话题聊了会儿天。接着直嗣来了，慈云斋也随之出现。慈云斋当众将两位研究学者痛斥一番，而神代他们也针锋相对。然后，他们立下了降灵会上一决胜负的约定。最后慈云斋将胸中的恶言恶语一吐为快之后，离开了方城家……

"随后，穴山先生装作离开这里，实际上却再次返回了别室。"

神代说道。

"当然，那时候他应该还没打算杀人……接着他和兵马老先生打好招呼，藏在了厕所或是壁橱当中。恐怕说服兵马老先生的借口就是——他要听听我们劝告老先生的说辞，然后告诉他我们的话有多荒唐。而实际上，他恐怕只是想听听我们对话的内容。尽管嘴上强硬，但他在心里依旧非常畏惧我们。无论他对自己装神弄鬼的把戏有多自信，骗术永远都是骗术。他害怕我们揭穿他的把戏，想知道我们的知识水平究竟是什么程度，想知道什么样的把戏才在我们面前适用，他希望摸清我们的老底，以便让降灵会上的对决有利于自己。"

神代沉稳的声音回响在餐厅里。富美也放下了厨房的活计，走进餐厅听起他的推理。连猫丸都没在他说话时插一句嘴，安静的样子甚至令人觉得有些不太正常。虽然老实了下来，但太过老实，反而令人几乎忘了他还在这里。

"但我们很快就被兵马老先生赶了回去，穴山先生就是在此之后打死兵马老先生的。随后他撇下老爷子衣衫不整的尸体，拔足逃离了别室。"

"但这是为什么……"

直嗣的语气中流露出不满。

"为什么他非要杀死老爹？要怎么解释他的杀人动机？"

"多半是因为看到了兵马老先生轻视我们的态度而心情大好吧。他知道兵马老先生已经完全相信自己，便得意忘形起来。加之一切事态都如他所愿，于是他便肆无忌惮地向兵马老爷子索要起了钱财。"

"是为了钱吗……"

直嗣自言自语般嘀咕着，神代对他的话表示认同。

"正是，因为像他们那样的人，最终的目标一定是攫取钱财。而当时的情况，要么是兵马老先生一口回绝了他的要求，要么是由于某些原因导致他的骗术露了马脚……我认为十有八九是他在死乞白赖地索要财物，而老爷子的拒绝使他怒火中烧，于是在不知不觉中举起了手边的凶器——"

说到这里，神代的话语戛然而止，房间里陷入一片令人不适的沉默当中。凝重的气氛，甚至令人感到无法动弹。多喜枝深深地叹了口气，但在这样的气氛中，连叹气声都显得出奇地响亮。

就在这时。

"我给大家添杯茶吧。"

富美从厨房里走了出来。

"好的，麻烦你了，富美。"

直嗣勉强让自己做出开朗的样子说道。他的话语打破了凝重的气氛，所有人都长舒了一口气。

成一的茶杯也早已空空如也。事态的进展超乎他的想象，这使他的喉咙因紧张而无比干渴。

富美绕桌一圈，给大家都添上了红茶。她用单手轻松地拎着喷壶般巨大的茶壶，在每个人的杯子里都倒满了茶水。成一有些无所事事，便不由得观察起了她倒茶的样子。只见她从靠近厨房的人开始倒起，按着美亚、猫丸、左枝子、多喜枝、成一、神代、大内山、胜行，然后是直嗣的顺序——依次将金色、温暖的饮料倒进每个人的杯中。看来这起事件终于要尘埃落定了……成一一边呆呆地望着富美倒茶，一边在心里想着。他万万没想到今天刚一回家，案件就得到了破解。尽管特地拜托猫丸过来一趟，却似乎没有他出场的机会了。但这也没关系，因为凶手已经找到，左枝子也不会再有危险，这样就足够了。

但尚未明确的问题还有许多，神代真的能将案件细节也全部解释清楚吗？

美亚等这杯茶似乎已经等了很久。茶水刚一倒好，她就立刻端起茶杯咕嘟就是一口，紧接着似乎被烫到般露出一副夸张的表情。大内山也立刻将茶杯递到嘴边。成一也同样开始慢慢品尝起第二杯红茶的滋味。红茶那温暖而深邃的苦涩感，令他激动的心情慢慢平复了下来。

喝下一口茶后，胜行自言自语地嘀咕道："那么……凶手就是那个灵媒师吗？"

美亚滋溜地吸了一口红茶。

"可是，不在场证明又是怎么一回事呢？外公那起案子里，他是有不在场证明的呀。"

"没错，而且他从这逃走的时间也是个问题。"

直嗣把杯子递到嘴边，却不去喝里面的茶水，而是开口道："当时我和小成一直望着连接走廊。如果大师从别室里逃走，我们一定会看到的。"

没错，这个问题也亟须解答。既然建筑物周围没有任何痕迹，慈云斋就只有可能是从连接走廊里逃走的。但直到尸体被发现前，连接走廊都处于成一与直嗣的视线之内，这究竟是怎么回事……

"这个嘛，也就是时间问题对吧。"

大内山望着身旁的神代，眼神里透露出些许担心，但后者的表情依旧十分从容。

"这个问题，我想也能解释。"

神代说着，呷了一口自己的第二杯红茶。

"听警方的说法，那天穴山先生的不在场证明，似乎是说五点半时他在浅草的居酒屋。于是我们考虑了一下，究竟如何才能推翻这个不在场证明。"

说到这里，神代突然停下了话头。

房间里再度回归一片寂静。

成一双手捧着茶杯，等待着神代的下一句话，但隔了好一会儿依旧没有下文。感到奇怪的成一正要望向身旁——

最先注意到不对劲的人是美亚。

"神代哥，你怎么了？"

美亚的话令左枝子惊诧地抬起头来。

成一触电般地站起身来望着神代，紧接着他倒吸一口凉气。

神代的状况……很不对劲。

他半个腰身离开椅子，手里的茶杯端在半空，僵在一个不上不下的位置。

他惊诧地大睁着眼睛，仿佛在眼前的空气中发现了什么难以置信的事物……

紧接着，他仿佛喝醉般身子大幅后仰——身后的椅子被他就势撞倒在地板上，发出哐当一声巨响。神代反弓着腰，茶杯从他手中滑落，当地一声摔在桌上，碎裂成了三瓣。浅棕色的液体在桌子上分成好几股，蛇一般地蔓延开来。

"神代先生！"

"你怎么了——！"

成一与直嗣同时大喊。

所有人都呆若木鸡般地立在原地，大内山瞠目结舌，大张着嘴，一句话也说不出来。

神代发出咯咯的声音，上半身仿佛咳嗽般剧烈地抽动着。

"——咯——咯——！"

神代的喉咙深处不断发出怪声，他用双手紧紧按住胸口附近的部位，身体向后绷得紧紧的。接着他就以这样的姿势，仿佛大树倒下般扑通一声摔在地上，猛地抽搐了两三下，接着再也不动弹了。

"呀啊啊！"

美亚发出一声惨叫，一屁股瘫倒在椅子上。

"糟了，没想到还会这样……"

猫丸若有所失地嘀咕着，令人觉得话说得很不是时候。

"神代先生！"

成一跪在神代身边摇晃着他的身体，但后者没有任何反应。直嗣随即也奔了过来。

"喂，你怎么了！"

"这，这……这是怎么回事啊？"

多喜枝脸色苍白，已经彻底失了方寸。

"总之先叫医生……"

胜行拖着瘫软的身子向电话走去。

"姐夫，把警察也叫来。"

直嗣将目光从神代身上抬了起来。

"把警察也叫来吧……他已经断气了。"

直嗣的声音里带着颤抖，额头上渗出的冷汗闪闪发亮。

"讨厌！到底是怎么回事啊！"

美亚乱蹬着双腿，歇斯底里地叫喊着。富美从厨房里飞奔过来，茫然地站在美亚身后，她的脸色像身上的围裙一样煞白。

又是这种事，又发生在了自己身边。

血气上涌令成一的大脑有些迷糊，但他还是在用力思索着。

自己身边又一次出现了死者……注意到这件事后，他想到一个可能性。

难道说凶手真正的目的是陷害自己？他不禁想起了猫丸问过自己的问题——凶手之所以会在降灵会上杀人，是因为自己就坐在慈云斋旁边……而杀害兵马的日子，也是选在了成一回家的那天……

"喂……对，叫救护车，是的，我们家有位客人倒在地上了！"

胜行正对着电话听筒大吼。

"不，好像不是……嗯，没有呼吸了……不，是位年轻男性……什么？好的，你记一下，地址是世田谷区成城……"

胜行握着电话听筒的手不住地颤抖。

"应该是……中毒。"

直嗣保持着前倾的姿势用低沉的声音说道。

"什么？"

直嗣用锐利的眼光望着反问他的成一。

"他这个样子，一定是被人下毒了，小成。"

"不会吧……"

成一下意识地朝餐桌上望去，上面是神代裂成三瓣的茶杯。

"不会吧……"成一重复了一遍。

他清楚地记得，神代是在喝了第二杯红茶后不久倒下的。然而，究竟是谁，用什么方法在神代的杯子里下了毒？他在喝第一杯的时候还没出事，而第二杯是富美用大茶壶轮流给所有人倒的，倒茶的手法也全部相同。而这些茶——从同一个壶里倒出的茶，无论美亚、大内山、胜行还是直嗣，甚至包括成一自己也都喝过，而且是在神代之前喝的，因此自然也不是富美在倒茶时下毒。因为当时成一不经意间注意了富美倒茶的动作，她只是正常地，像给其他人倒茶那样将茶壶里的茶水倒进神代的茶杯，没有做过其他任何的可疑举动。而神代自己甚至连糖都没往茶杯里面加过。这样一来，就没有任何方法能在茶里下毒。然而……只有神代的杯子里混入了毒药。这种事应该是不可能发生的……

神代的杯子之前一直放在桌上。为了演示指套的功能，他特地空出面前的位置，将自己的杯子往桌子中间挪了挪。因此那个杯子的位置非常显眼，始终处在众目睽睽之下，显然不可能有人在里面偷偷下毒。

"可是小舅……这件事好奇怪。"

美亚大大的瞳仁仿佛在不断颤抖，她盯着碎裂的茶杯说道："如果说是下毒，那毒药究竟是怎样投入杯子里面的呢？难道说……该不会这也是幽灵作祟？"

"别再提这个了！"

多喜枝大声尖叫道："行行好吧，别再闹了！又是下毒又是幽灵的，为什么家里老是出这种怪事？"

"可是妈妈，我真的不知道这是怎么回事……"

"姐，他这副模样怎么看都是中毒啊！"

美亚与直嗣自顾自地高声辩解，正在打电话的胜行心烦意乱地回过头来大吼一声："都小声点，电话听不见了！"

在十万火急的凶案现场，所有人都在因亢奋而大声地叫喊着。在纷乱嘈杂的房间里，只有大内山、猫丸和左枝子三人始终一言未发。

大内山从方才起就一声未吭，他仅仅是一副精神恍惚的样子，显得有些茫然自失，仿佛孤魂野鬼般低头看着失去意识、倒在他脚边的神代，始终呆立在那里。

而猫丸也魂不守舍般地站在一旁，刚刚发生的事似乎把他给吓傻了，以至于没能派上任何用场。想不到他居然会如此没用——直到这时成一才终于明白，自己过去真的是高估这个学长了。

然后是左枝子——她摇晃着身体，一只手扶着椅背，艰难地试图维持身体的平衡，但似乎没有起到多大作用。在她那张美丽但煞白如纸的脸上，如今已经看不到任何表情。一头秀发也随着仿佛魂不守舍的身体晃来晃去，可以看出她甚至连站立都很勉强。出于担心，成一站起身来，这时胜行的声音在他背后响起："快！帮我接柏木警官！呃，那个，不好意思，麻烦帮我接搜查一课的柏木警官……不是，那样更快一点……我是方城，世田谷区的方城……是的，没错，那起案件的……对，都说了，麻烦赶快帮我联络负责那起案件的柏木警官……"

◇ 左枝子 18

"你好，警官，对，是我，方城……对，又是我，你说又有案子？是，就在我家……呃，是神代先生，正径大学的那位。嗯，我们叫过了，可他恐怕已经……不，这个还不清楚……"

姨父讲电话的声音仿佛是从远方传来的一样，那声音无比微弱，无比细小。

耳朵里面嗡嗡作响。

仿佛几万只蜜蜂组成的蜂群在我脑内筑巢一般。

挥之不去……

脑袋里好像也有一大群蜜蜂在盘旋。

耳朵里面嗡嗡作响。

因此无论是姨父的声音，还是美亚她们的声音，听上去都十分遥远。

我的头……好痛。

仿佛被敲得咣咣作响……

但有件事必须要想起来才行……

为什么……为什么会……

我记得……好像发生了什么非常可怕的事。

嗡嗡作响……感觉耳边的声音挥之不去。

那是件不可以发生的事。

那是件不可能发生的事。

如果真的发生那样的事，我的心跳一定会随之停止的。

那是件不可以发生的事……但那究竟是什么事？

嗡嗡嗡嗡……耳鸣声挥之不去。

那是件不可以发生的事……

但那究竟是什么事？

想不起来。

我记得明明发生在我身边不久。

嗡嗡作响……耳鸣声甚至让我感到头痛。我的头……好痛……

不过没关系的……

没关系的。只要睡上一晚，就一定能好转过来。

没错，就像做梦一样。

只要到了早上，这件事一定就会烟消云散，变成一件无关紧要的事。

因为那是件不可以发生的事，也是件不可能发生的事。用不着去刻意强调，因为不可以发生，所以才根本不可能发生嘛……我究竟在说些什么？

嗡嗡作响……我的头，好痛。

非常非常地痛……

所以先不要管我了。

我想独自待上一会儿，所以谁也不要和我说任何事，因为我的脑袋很痛……

"……枝子……"

谁？

不要这样……我现在还不想说话。

"……左枝子！"

是母亲吗？不，我没事，只是头有点痛而已。所以别那样用力摇我……我的脑袋嗡嗡作响，感觉很痛……

妈妈，我要睡一会儿了……我要一觉睡到明天早上……所以不要再叫我了……

"左枝子……你没事吧？"

哥哥……

是哥哥的声音，是哥哥在现实世界中的声音……现实？

刚刚发生的……是现实。

那件事……是现实。

一刹那间，我脑内的蜂群迸射出万丈光芒。

随即化作无数玻璃碎片，飞散在半空中。

一闪一闪，亮晶晶地……化作成千上万个光点，破碎后四处飘散。但这一过程十分安静，没有任何声音……不知为何，我的脑子里映出了这样一幅画面。

那是我小时候做过的，一场噩梦——

那场车祸发生时……

车前的挡风玻璃化作一片光雨……

母亲……父亲……

神明……神明……

那是发生在现实当中的事。

神代大哥他……神代大哥他……

死了……

结束了……一切都结束了……

我的意识被抛入一片无边的黑暗中……

CHAPTER 7

第七章

GONE WITH THE GREEN WIND

◇　成一23

柏木警官用恶狠狠的表情盯着会客室这边。

除了不省人事的左枝子外，所有案件相关者都被押到了此处。

警官背对门口站着，视线在手上的记事簿与成一等人之间来回巡视。他低垂着嘴巴两侧，脸色像嚼了臭虫一样难看。警官的左右站着四名刑警，都同样板着脸。其中三位是穿着朴素西装的中年刑警，还有一位是看上去教养良好、相貌儒雅的年轻刑警。四人仿佛被警官的不愉快传染了一般，脸色都十分阴沉。

"院子里的仓房没有上锁，任何人都可以自由进出——这点没错吧？"

警官气势汹汹地问着，仿佛要从口中喷出火花一般。前几天的温厚稳重已经不见了踪影，现在的他仿佛一只择人而噬的猛虎。

"是的……没错。"

胜行回答道，声音小得几近消失。

"也就是说，任何人都能轻松拿到仓房里面的除草剂——这点也没错吧？"

"是的……"

面对警官恫吓般的质问，胜行无力地垂着脑袋。

"东西你是怎么管的！敌草快类的除草剂，只需六克就足以致死！

这么猛烈的毒药，你居然放在那种地方，放进去后还不上锁，你是有多疏忽！"

"等一下……警官先生。"

直嗣有些为难地对大发脾气的警官说："刚才我们也说过，将除草剂放在仓房里面的是负责打理庭院的雇工，和家里人毫无关系，您这样责怪姐夫是不是不太好……"

"你这话什么意思？你是说这件事完全没有他的过错吗？"

"但他也不过是忘给仓房上锁而已……"

"那你认为他不用对此负责？是个人都知道保管剧毒品要采取相应措施吧？"

"警官先生，我已经说过许多遍了……家里人根本不知道仓房里放着那么危险的毒药。"

"你们不知道的东西为什么会被放进客人的茶杯里！"

柏木警官大喝一声，他的太阳穴随着声音一跳一跳的。

警官看上去无比震怒。这倒也是——毕竟他是这起案件的现场负责人，案件相关者接二连三地死去，可谓是让他丢尽了脸面。

"真的有人在神代先生的茶杯里下了除草剂吗？"

直嗣好像还没接受教训似的。

"这种事用不着你操心！不然要法医和刑警过来干什么？"

柏木警官恶狠狠地瞪了直嗣一眼，没有正面回答他的问题。那双圆瞪的牛眼充血涨红，真不知道鹿儿岛的那位伟人在发怒时会不会也是这副表情。紧接着，警官利剑般的目光扫向了众人。

"你们家到底是怎么回事？户主才遇害还没过几天，案件相关者就接二连三遭遇不幸，这算什么？"

他喘着粗气，显得十分烦躁。

"我们也不知道怎么回事啊，警官先生……"

多喜枝带着哭腔抗议着。

"我们也很头疼，还想找您问问为什么我们家里老是发生这种事呢……"

"现在是我在问你！"

"但是警官先生，老爸的案件您还没有解决吧？如果警方破案的速度够快，或许就不会有现在这些事了……"

老妈又开始多嘴了——成一不由得垂下了视线。虽然性格乐观大方是她的优点，但糟糕的是她有时会说一些挑拨别人神经的话。

果不其然，站在"西乡"旁边的中年刑警怒声回道："所以这不是在向你们打听案情吗！可你们呢？有过一点儿为破案提供帮助的想法吗？你们自己说说这是怎么回事？所有人喝的是一样的茶，只有被害人倒下了——这么荒唐的事情你们觉得说得通？净是说些幽灵之类的蠢话！别胡说八道了！"

"殿村，行了，别说太过……"

柏木警官安抚了情绪激动的刑警，不过看上去没有起多大作用，中年刑警依旧喘着粗气，用怒火中烧的眼神瞪着多喜枝。

"西乡"沉沉地叹出一口气，像是在调整心情。

"那么，待会儿我会单独对每个人进行详细询问，你们先在这儿等会儿吧。"

他的语气十分强硬，潜台词仿佛是——"过会儿再狠狠审问你们，给我做好准备吧。"

柏木警官给刑警们使了个眼色，然后将手按在门把手上——

"……警官先生！"

富美出声叫住了警官。

"怎么了？"

"我……我能去帮忙照顾一下左枝子大小姐吗……"

"抱歉，您不能过去。请放心，那边有医生和护士陪着她。"

"但是……我很担心我家小姐。"

"不必担心，医生说她只是因精神方面突如其来的打击而引发贫血。让她在房间里休息一会儿，很快就会恢复过来了。"

柏木警官抛下这句话，背对众人推开房门。这时富美又说："……警官先生！还有……"

"……怎么了？"

柏木警官回过头，一副想打人的表情。

"……各位警官要不要喝杯茶再过去？"

"不用了！"

说罢正想离开——

"……警官先生！"

这次开口的是美亚。

"干吗？"

"请加油喔！"

柏木警官毫不掩饰地咬牙切齿道："我谢谢你啊。"

这句话像是吼出来的一样，这次他终于头也不回地离开了房间。三名中年刑警跟了出去，只剩年轻刑警留在这里。年轻刑警关上门之后像保镖一样在门前站直，看样子他的任务是监视这些案件相关者——不，现在应该叫嫌疑人。

"西乡"等人离开后，会客室里的气氛像台风过境般缓和下来，房间里的所有人都松了口气。

时而喧闹，时而沉默，今天房间里一直在上演这样的循环……

家人们都各自陷入沉思之中。

胜行坐在沙发上，一如既往面无表情地盯着桌面上的一处。

他旁边的多喜枝瘫坐在沙发上，丝毫不顾忌自己的形象。

美亚一屁股坐在地毯上，将穿着牛仔裤的长腿伸向前方，时不时用惴惴不安的眼神望向站在门口的刑警。

直嗣坐在沙发扶手上，像往常那样装腔作势地双臂交叉抱在胸前。只不过他收起了常常挂在脸上的晒笑，而是抖着一只跷起的腿。

富美坐立不安地在胜行等人身后来回走动，看上去是想让自己冷静下来。

另一边，大内山好像还没有从打击中回过神来。他僵硬地坐在多喜枝对面的沙发上，整个人仿佛变成了一只人肉椅子。豆沙面包似的圆脸上失去了血色，似乎在惧怕着什么。他好像完全陷入一片混乱，警官刚刚问他问题，他也回答不出个所以然来，只是一个劲儿地嘀咕着"我什么都不知道，我今天只是跟神代过来"。

至于猫丸，正怅然若失般沮丧地坐在一旁。他目光呆滞，离了壳的灵魂不知迷路去了哪里——成一不禁感叹他真是太不靠谱了。

在这个房间里，所有人都心不在焉，唯有年轻刑警一个人表情复杂。他是个高个子，有着一张看上去弱不禁风的幼稚的脸庞，却站在门口极力装出一副威严的派头。

成一完全没有头绪，也根本无法应付眼前沉默的气氛。自外公的案件发生后，曾经苦思过的许多问题一直在他的脑海里盘旋——为什么连神代都被杀害了？毒药是怎么被放进茶杯里的？神代的推理距离真相还有多远？有关这些问题，柏木警官没有发表任何看法。到底是怎么回事？成一没来由地突然想抽根烟，但平时不吸烟的他身上并没有烟。找直嗣要一根吧——成一抬起头，却刚好对上猫丸的视线。

看来他终于回魂了——在被刘海半遮的幼猫般的眼眸里，能看到他的精神在复苏。成一发现他的眼眸里不知何时多了一道奇妙的光芒。

猫丸用圆溜溜的眼睛直直望向成一。

"抱歉，是我的疏忽……我没有想到事情会这样发展。不管怎样这都是我的疏忽，请原谅我……"

猫丸突然说出这么一句怪话，把成一给吓了一跳。这个别扭精居然会如此诚恳地道歉，真是太阳打西边出来了。难道他还没有睡醒？

猫丸没等成一回答，就倏然移开目光。

"……快没时间了吗？"

他嘟囔着，这句话只是自言自语。

"看来必须快些……不然又要出大事了……虽然有些做作……不过情况紧急，看来只好迫不得已……"

紧接着，猫丸仿佛想通了什么事情般突然站起身来。

"各位请不用担心，案件已经全部解决了。"

只听他大声喊道。

在场的所有人顿时一起看向了这个古怪的小个子。年轻刑警听到他突如其来的宣告后也惊讶地愣住了，张着嘴巴不知道该怎么处理。

多喜枝完全不清楚是怎么回事，她茫然地问着成一："我说……成一，你的朋友是怎么回事？"

"不知道，我也想问这个……"

直嗣也一副不悦的样子。

"小成，他到底是什么人？"

猫丸丝毫没有在乎这些声音。

"请放心，一直折磨着各位的怪异事件，会在今天全部结束。既然我来了，各位就没有什么需要担心的了，我保证今晚各位都可以睡个安稳觉。首先我想问一个问题——美亚你晚上通常穿什么衣服睡觉？"

"什么——？"

美亚的眼睛睁得和猫丸一样圆滚滚的。这也难怪，一位自称哥哥朋友的人刚刚突然间说了一堆怪话，紧接着又开始了"色狼式"发言——给人的感觉简直就是个大变态。

"你晚上通常穿什么衣服睡觉？"

猫丸气势汹汹地重复了一遍，美亚被猫丸的气势所压倒，只得犹犹豫豫地说："……一般穿睡衣。"

"睡衣吗？好的。那如果你去日式旅馆住宿的话，晚上会穿浴衣睡吧？"

"是的……"

"这时你一般会将腰带系在什么地方？"

"……咦？"

"腰带啊，腰带！不知道吗？就是穿和服时用来缠腰的那个——旅馆在叠放浴衣时，一般会把它卷成一团放在最上面。"

"嗯。"

"那条腰带你一般会系在什么地方？"

"我想想……一般是这样系……"

美亚用双手在腰部附近比画了下。

"嗯……应该是系在这附近吧，这个可以摸到腰骨的地方。"

美亚按着自己的侧腹说道。猫丸盯着美亚的动作眯起了眼睛。

"原来如此，系在这里啊，可以了。那么胜行先生，你又是怎么系的？"

突然被问到的胜行下意识地答道："啊，睡觉时我也是系在那里……不对，你到底在……"

"好的，我知道了。大家基本都是系在那个位置对吧，很好。"

猫丸目光严肃。

"刑警先生——"

"……嗯？"

年轻刑警被吓了一跳，他茫然地看着猫丸。

"接下来我们要做一些闲聊——只是聊一些闲话应该没问题吧。所以后面我们要聊的顶多算是些无聊的内容，你在一旁可以听也可以不听，不用想太多——可以吗？"

刑警没有回答猫丸的话。他应该是在心里做好了决定，闲话爱怎么聊就怎么聊，脑子有问题的案件相关者瞎嚷嚷些什么都不在我职务范围之内。

"好了，那么该从哪儿开始说起呢……"

猫丸煞有介事地开了口。

"首先从降灵会的戏法开始说起吧。毕竟这个戏法是最容易理解，而大家又最关心的——灵媒师穴山到底是用什么手法欺骗了大家呢？且容我细细道来。"

"喂，等一下，猫丸学长……"

成一赶忙劝住猫丸，不能让他再继续胡闹下去了。

"这个戏法不是已经搞清了吗？刚才神代先生都已经解释过了。"

神代死前揭穿了那是用指套完成的戏法，物证现在已经在警察的手上。这件事才刚刚发生不久，成一原本还在纳闷当时猫丸为什么出奇地安静，原来是在打瞌睡吗？

但猫丸反而像看傻子一样看着成一。

"你是说刚才那个用指套如何如何的解释？唉，蠢死了，你平时是用什么思考的？你脖子上面顶着的那玩意儿是菠萝吗？脑袋里面灌的都是百分百纯果酿吗？"

　　猫丸在成一的家人面前毫不顾忌地挖苦起成一来，嘴巴毫不留情。成一被气得甚至说不出话一句反驳的话。之前在餐厅假装一只乖猫咪的猫丸，此刻已经完全褪下了"猫"的伪装。按理说"猫丸"减去"猫"后应该还剩下"丸"，不过他现在的态度可是一点都不圆滑。

　　"听着，给我仔细想清楚了——现实的情况是，灵媒师怎么会使用如此危险的手段？在旁边摁住他手指的人可是神代。想象一下如果你是灵媒师，死对头就坐在自己身边，你会让他做道具表演的配角吗？对方一直虎视眈眈地想拆穿自己的骗术，灵媒师甚至要担心自己在表演时手指如果不小心动一下，会不会遭到身边神代的怀疑，谁会在这种时候使用指套？要知道如果当时神代突然故意挪一挪手，穴山的指套立刻就会滚走。这时神代只需一把抓住道具打开电灯，那就彻底玩完了。这相当于把欺诈的证据拱手交给对方，让自己陷入进退维谷的境地不是吗？随便想想就能知道灵媒师大叔不可能背负这么大的风险使用这种方法。所以说你小子真是够天真的，居然相信这么荒唐的解释。我敢肯定只有你才会相信神代的话，别说警察他们，你在座的家人们都应该早已注意到这点了。"

　　"咦？可是我……"

　　美亚刚想说话，中途又停住了，看来天真的人不是只有成一一个。

　　"那学长你的意思是……"成一开口说道，"刚才神代给我们解释的方法……"

　　"非常遗憾，是错误的。"

　　猫丸平静地断言道。

"就算不说全错，错了一大半还是没跑的。那两个指套大概是神代从其他灵媒师手中攫取来的战利品吧。"

"其他灵媒师？你的意思是那两个指套不是穴山先生的所有物？"

"当然，刚才我不是说了吗？"

"那神代先生为什么要带它过来，还做了那些解释？"

"神代自有他的理由，之后我会一一说明。"

"那穴山先生也就不是自杀的了？"

"没错。按神代的说法，匕首是从灵媒师大叔的胃里取出来的，然而人体是无法吞咽匕首的。念珠倒是另当别论，但匕首不可能吞得下去，否则胃里会被戳开一个大洞。固然有人表演过生吞长剑的杂技，但也需要预先吞下一把剑鞘在食道中。而在穴山的死亡现场并没有发现类似刀鞘的物品，警察也没有表示在被害者胃里发现过刀鞘。因此只能认为凶器应该是其他的人——也就是凶手偷偷带过来的。"

"那说穴山先生是杀害外公的凶手也……"

"当然不对。"

"……那案件不就回到原点了吗？"

"不，我已经说过——案件已经解决了，今天就能解决，就能完美落幕。"

猫丸环顾四周，微微一笑。

所有人都像在参观一件珍稀的展览品一样，一脸迷惑地望着这个奇怪的小个子。其中直嗣似乎被猫丸勾起了兴趣，他脸上又出现了那副招牌的哂笑，好像在说"就让我洗耳恭听您的高见吧"。猫丸似乎十分欣赏众人的反应，于是再次环顾一周。

"那么各位，我要开始揭露慈云斋大叔在降灵会上使用的戏法了。说出来其实很简单，说真的，完全就是一种骗小孩的把戏而已。"

猫丸故意放慢了语速，他似乎很清楚这是一种能勾起听众兴趣的技巧。

"就像刚刚我说的那样，在表演戏法时，他无法判断自己两边的手会不会试探着揭穿他，所以从头到尾，慈云斋大叔的双手应该真的没有离开过最初的位置。也就是说，他的手的确没法移动——这点各位没有疑问吧？那我们就来实际演示一下。"

猫丸说着张开双手按在桌子上，摆出青蛙一样的姿势。而早已十分熟悉这套动作的在场所有人——除了富美和刑警之外——也都下意识地摆出了与前几天降灵会举行时相同的姿势。

"慈云斋大叔维持着这个姿势，为大家表演了许多怪异现象。"

这时，猫丸的话语停顿了好一会儿，他的停顿成功地勾起了众人的好奇心。

"他维持着这个姿势敲响了钟，操纵了一块发光的布条，还做了些其他事情。乍看上去这种情况是不可能发生的。"

"是呀，正是因为不可能做到，人家才会觉得是幽灵在搞鬼嘛。"

第一个掉进了猫丸节奏里的人是美亚。猫丸带着孩子般的笑容望着她。

"没错，毕竟灵媒师的工作就是让人这样觉得。那就来试试吧，但毕竟我没有做过专业训练，可能没法做到像慈云斋大叔那样熟练，所以还请各位多多包涵。首先维持这个动作进行降灵会的解说，然后吹灭蜡烛，这时房间里面陷入一片黑暗，念颂完咒语后，像这样做——嘿呦。"

伴随着吆喝声，猫丸保持着双手紧贴桌面的姿势伸直双肘，收起膝盖，攀到了桌子上面。

所有人都呆呆地瞧着猫丸发神经的样子。

猫丸嘿呦嘿呦地爬上桌子之后，轻轻地坐在了上面。当然，他手掌的位置从头到尾都没有改变过。

"降灵会上使用录音机播放背景音，自然是为了掩盖桌子的晃动和声响。因为据说当时录音机里传出的声音甚至能让桌子跟着微微晃动。"

猫丸一边说着，一边挪动着坐在桌子上的屁股。他没有移动手掌，只靠屁股前进——像是将手放在身后做的挺胸舒展动作一样。

"而且神代刚才也说过慈云斋大叔热衷于杂技，除了拿手好戏人体水泵之外，他还擅长许多其他杂技。用腹语术模仿兵马老爷子的声音自然是其中一种，再有就是足技了。"

足技……说起来武井好像提过穴山与伙伴们所精通的杂技——大神乐、椅子戏、杂耍、足技……

"足技与它的读音和字意都相同，即用脚表演的杂技，例如倒立着用脚倒酒，或是表演手玉——不过这时就该称为足玉了吧……"

坐在桌子上的猫丸保持着双脚朝天的姿势，像花泳运动员一样灵活地向众人晃动着双脚。

"听说技巧高超的艺人甚至可以用脚趾夹住竹签，用其接住观众抛过来的带孔铜钱，而被接住的铜钱就归艺人所有，成为他的赏钱。慈云斋大叔使用的正是这种足技。试想一下，如果不能用手，就只能用脚了对吧？这是种最为理所当然的想法。"

猫丸说完良久，众人依旧面面相觑，无言以对，唯有猫丸的双脚还在摆来摆去。坐在别人家会客室的桌子上，还用脚在人面前摆来摆去，这样的杂技实在有些不合礼仪，不过此时已经没人有心情去责怪他了。

"各位请看，我的双脚可以如此灵活地运动。这种杂技对于年事已高的慈云斋大叔来说可能会有些吃力，不过他年轻时很可能做过难度更高的杂技，所以这对他来说应该还算小菜一碟。他之所以穿着窄袖子窄裤腿的僧侣服，既是为了方便脚的动作，也是为了不让袖子碰到两边人的手臂。而在降灵会开始后，他的小指丝毫未动，这倒也不是他装模作样，而是因为要用手去支撑身体。你们看，想做什么都很方便。"

猫丸得意忘形地不断挥舞自己的双脚。

"就连小孩子都可以像这样用脚去摆弄桌子上的物品。发光的布条可以事先将其缝在裤子的接缝里，只要能骗过简单的搜身，就可以像这样用一只脚拽出布条。会听到兵马老爷子的声音从桌子上方响起，也并非大家的错觉，而是因为腹语的声源就位于桌子上——当慈云斋大叔本人需要说些什么时，只需身体后仰，让嘴巴在自己的椅子上方说话即可。感官敏锐的人当时应该能感觉到桌子上有什么东西。"

说到这里，猫丸像体操运动员结束动作般敏捷地从桌上一跃而下，稳稳地站在地面上。

不过真是任谁也没想到慈云斋使用的会是如此荒唐的戏法——

"我们原来……都是被这种招数给骗了吗？"

多喜枝喃喃地说道。看来众人已经纷纷开始接受起猫丸的推理来。

"灵媒师的手段基本都是这种既荒唐又简单，却出乎意料的玩意儿。"猫丸愉快地说道，"精彩戏法的原理通常都是这样，听完解密后人们大都会感叹原来是这么简单的把戏——也大都会觉得扫兴。"

猫丸取出一根香烟点燃，继而深深地吸了一口。

这时，会客室的门突然啪嗒一声被人打开。

扭头一看，原来是负责看守的年轻刑警正急急忙忙地向外跑去。猫丸看了看他的背影，吐出了一大口烟雾。

"另外，我认为这一连串的案件，其共通的特点是'无计划性'与'突发性'。"

猫丸突然朗声说道。这与他刚刚做演示时那种无拘无束的声音大相径庭，连他的脸色也变得极其认真。这种语气转换似乎也是能让听众的注意力集中在他身上的技巧之一。

"换句话说，所有案件做得都不够彻底。给人以一种没有事先计划过的、突然间的，甚至是临时抓瞎的感觉。要问我为什么会这样觉得，那就该提到最开始的案件——兵马老爷子那桩案件了。我们知道那间别室作为犯罪现场，是没有一丝散乱的。我在委托成一去调查后，他告诉我尽管有许多佛像和佛具摆在房内，搞得像旧杂货铺一样，但房间本身就是那样，而非是凶手动手弄乱的。也就是说凶手没有接触过别室里的其他任何物品。听好了，令人感到蹊跷的正是这点——"

猫丸深深地吸了一口香烟。

"兵马老爷子的案件看似发生在不可能的情况下。明明没有人可以进出那个房间，案件却发生了——这就让幽灵杀人这种荒谬的想法有了诞生的余地。但是，如果凶手从一开始就有这样的意图——打算有计划地创造出一个不可能犯罪的环境，来引导大家相信这是幽灵杀人，那别室里为什么没有一丁点儿散乱呢？别室里能够更明显地暗示幽灵杀人的道具数不胜数，用兵马老夫人的遗像也好，佛像也罢，更可以用那幅描绘着幽灵的挂画，甚至可以像慈云斋在降灵会上那样使用念珠都行。兵马老爷子抱着茶碗死去的模样固然可怕，但想要安排出更令人毛骨悚然的一幕，想必也能做到。比如将念珠缠在尸体的脖子上，将木鱼塞进尸体嘴里，或是将凶器放到佛像手中……只消有这个打算，房间里有的是工具，犯人却并没有使用。但为什么凶手没有用堆积如山的小物事故布迷阵呢？所以我判断，凶手原本就并没有将案件伪装成幽灵杀人的企图，打从一开始他就没想过要营造一个不可能犯罪。也就是说，这起不可能犯罪并非凶手有计划营造出来的。"

猫丸认真地将快要燃尽的香烟在烟灰缸里按灭。

"这么说可能会有些难以理解，我举个更加容易理解的例子吧。在接下来的降灵会案件中，有一个很大的疑问，那就是——为什么凶手选择了降灵会这种特殊的场合作为犯案现场？"

借着用手将长长的刘海往上撩的动作，猫丸用眼神向成一示意了一下。

"仔细思考这起案件，就会发现这一点很奇怪。如果对慈云斋大叔怀有杀意，在外面犯罪岂不是更好？为什么要在这种闭塞空间里杀人，让警方一下子就能锁定嫌疑人的范围？这样一来嫌疑人的名单就进一步缩小了。这样做简直就像是在主动宣布'凶手就在参加降灵会的成员之中'一样。从这方面考虑，我判断这起案件也没有计划性，同样是一起突发犯罪行为。这点各位应该能认同吧。"

在猫丸说完这句话时，刑警们正好从门口鱼贯而入。进来的刑警共五名，为首的正是熟悉的小平头"西乡"。除了他和刚才那位年轻刑警以外，其他三人都是陌生面孔。

年轻刑警对着柏木警官窃窃私语。他用手指着猫丸，看上去像在打小报告一样。一位面孔像螃蟹的刑警正想说话，却被柏木警官抬手给制止了。警官本人似乎有什么想说的，但最后也只是不悦地将双臂交叉在胸前，没有开口说话。成一有些担心地看向猫丸，这个怪人却正饶有兴趣地保持着微笑，接着他漫不经心地再次环顾成一众人说道："好的，那么凶手究竟为什么选择了降灵会作为犯罪现场呢？如果想杀害慈云斋大叔，当然是趁降灵会前几天，在夜路上或其他地方袭击更好。这样一来嫌疑人的范围会扩大，确定凶手的身份会比现在更难，但凶手为什么没有选择这样做呢？那肯定因为直到降灵会举行当天，凶手才突然发现不得不除掉慈云斋大叔——我觉得除此之外应该就没有其他理由了。在这之前，凶手应该是没有理由杀害慈云斋大叔的，直到那天，才初次有了必须在那种密闭环境中实施杀人的理由。如果不是这样，就根本没有必要在密闭环境下杀人。而这个必要又是什么呢？这自不必说，当然是因为在降灵会举行当天发生了一些变故。"

"变故？那天有什么变故吗？"

直嗣问道。如今他已经没有不相信猫丸的意思了，只是纯粹感到疑问。看来一不小心连直嗣也被带进猫丸的节奏当中了。猫丸微微苦笑着说："这件事别人都可以忘，但你不能忘啊。变故是有发生过的。降灵会举行那天，慈云斋大叔不是突然之间决定更换将要召唤的灵魂吗？"

"啊……是的，我想起来了。"

直嗣恍然大悟。猫丸说话的方式又变得随和起来，不过他自己似乎也没意识到。

"那天，到午后接近傍晚时，慈云斋大叔突然改变主意，决定召唤兵马老爷子本人的灵魂。将这个变故看作是产生犯罪行为的直接动机，应该是最合理的推测了吧。降灵会举行的日期是已经确定好的，凶手如果早就有杀害大叔的想法，他最好的选择是在嫌疑人更难确定的情况下杀害大叔。如果说在降灵会这一天出现了什么杀人动机，想必就是这一点了，让凶手决意要实施犯罪的因素就只有这一个。但大叔当时称自己要进入天人合一的状态，躲在房间里一直没有出来。因此凶手只能在降灵会正式开始，大叔现身之后才有机会行动。凶手没有办法，不得不在密闭的环境下采取行动，事情就是这样。那么接下来的重点变成了这个问题——为什么这个变故会让凶手下定杀人的决心？"

猫丸缓了口气，重新点上一根香烟。

"对灵媒师大叔本人来说，这个变动应该没有太大的意义。当然，召唤前几天刚刚亡故的兵马老爷子的灵魂，一定比召唤三十年前去世的兵马老夫人更具冲击性的效果——他应该是这样打算的。毕竟无论怎样，大叔需要做的事情都差不多——只需要改变一下用腹语要说的内容就可以了。但是凶手却无法接受，这件事促使凶手不惜下定决心在固定环境下实施了鲁莽的犯罪行为。那么原因究竟是什么呢？"

猫丸缓缓吐出一口烟雾，紫色的烟飘飘荡荡，掠过他的刘海往上飘去。

"说句题外话，各位知道灵媒师还有这样一种惯用手法吗？——为了体现真实性，他们会在降灵会中说出只有某个特定人物才知道的事情。比如经常在电视节目上表演的那种灵能者开启灵视之类的能力，随后说出你老家的院子里长着什么品种的树木，门口处放着什么样的物品，让节目嘉宾大吃一惊。也就是灵媒师猜中他本不可能知道的事情的技巧。但那只是让同伙事先调查的结果。让同伙偷偷跑到嘉宾的老家进行调查，假装成推销员进入家门得知门口的情况……灵媒师只是在得知这些消息的基础上，以一副煞有介事的样子说出来而已，算是一种十分简易的技巧。好了，题外话到此为止。事情变成现在这个样子，我们无从得知灵媒师大叔当时是否想要使用这个手法，但大家不觉得这对于凶手来说是一种天大的威胁吗？他一定会为此感到坐立不安，在心里嘀咕着'他说要把召唤对象变成兵马，会不会是别有用心？难道他打算在降灵会上将只有兵马知道的事和盘托出'？继而又会进一步暗想，'难道那个灵媒师掌握了什么与案件相关的证据？他要在降灵会上借兵马之口把一切都说出来？他会变更原本要召唤的灵魂，一定是掌握了什么对自己不利的信息。'——他会变得疑神疑鬼起来。这个变故对在兵马老爷子的案件中做了不可告人之事的那个人来说，效果实在太显著了。譬如在降灵会上，兵马老爷子的灵魂降临，重现他在犯罪现场被杀害的情景——这样的一幕想必会具有强烈的冲击力吧。想象一下，他用兵马老爷子的声音喊道'你不是那个谁吗？你要干什么？住手！啊——'，然后戛然而止，凶手想必非常惧怕这样的事情发生吧。'那个灵媒师会不会知道案件的真相，为了达到演出效果才沉默到现在？'——凶手的心里会萦绕着这种想法，变得疑神疑鬼起来。我想这或许就是凶手想要阻止降灵会进行下去的理由。"

此时猫丸已经掐灭香烟，抬起头来露出幼猫般的双眼。如今已经没有人对他的话语提出异议，房间里的所有人都已经对他的推理感到信服。就连五名刑警也一声不吭，他们仅仅是交叉着双臂，带着严肃的表情站在墙边。

"因此我觉得杀害兵马老爷子的凶手与杀害灵媒师大叔的凶手，可以认为是同一个人。既然那个变动能令凶手决意让大叔永远保持沉默，就说明凶手的手上早已沾染了兵马老爷子的鲜血。大叔之所以会在那天被杀，就只有可能是因为这个了。话已至此我想各位已经明白，为什么我会说这几场案件从头到尾都是没有计划的了。除此之外，凶手在实施了这些无计划的犯罪行为后之所以至今还没被揪出来，我想完全是因为运气和胆量。"

猫丸略一思索。

"运气……没错，就是运气。正因为运气好，才让凶手那一无计划，二无谋略的行动直到今天都还没有暴露——凶手的好运实在令人感到可怕，我是这样认为的。尽管我不相信任何超常现象与灵异现象，但凶手直到现在都没暴露，让我觉得很不真实。如果说这起事件中真的存在什么神秘要素，那应该只有一个——就是那件单纯得要死，却一直没有人注意到的事情。不得不说凶手真是被幸运女神守护的幸运儿——这几起案件都是支撑在惊险而奇妙与危险间不容发的那个事实之上的。我觉得可以这样比喻——对凶手来说，这件事如同高空走钢丝般危险，而且是在尼亚加拉大瀑布上空，走在细如牛毛的一根钢丝上。没错，一切都建立在那个极其简单的事实之上——那就是，凶手利用了某人的一个特征。"

◇ 左枝子 19

意识渐渐恢复。

啪啪……像是气泡一样。

仿佛污浊的死水中，几个气泡浮出水面一般。

啪啪……

当然，这些气泡里充满了有害的气体。

气泡仿佛在抗拒着阻力，静静地从黏糊糊的水中浮上水面……

啪啪……

浮出水面的气泡立刻会啪的一声破掉……

就像这样。

当我回过神来时，发现自己正躺在床上。

是一场梦？

真的只是一场噩梦。

真是令人讨厌的梦。

感觉自己身上沾满了黏糊糊的、令人作呕的脏水……很不舒服。

现在是几点了？

看样子我挑了个不太合适的时间睡觉。我一点儿也不记得自己是什么时候躺到床上去的……

由于这段时间缺乏睡眠，所以刚刚不小心打了个盹儿。就这样再躺一会儿吧，让身体在温暖的被窝里多赖一会儿。

但是为什么我会做这样一个恐怖的梦？做了一个恐怖的、在现实中绝不可能发生的梦……

我的大脑直到现在还浑浑噩噩的，感觉梦境和现实的界线变得无比模糊……

那是件不可能发生的事。

那是件不可以发生的事。

那不是真的……

我弹跳般地从床上坐了起来。

不是真的……不是真的……

神代大哥他，神代大哥他……

不可能发生那种事。

直到这时，我才终于发现自己身上还穿着室内的便服。为什么我会穿成这样躺在床上？富美姨没有来为我整理床铺吗？还是说，我真的只是打了个盹？

"哎呀，你醒啦。"

不知所措、意识模糊的我听到了一个陌生的女声。

"还难受吗？大夫说你只是有点贫血，不用担心。"

女人说着，拿过了我的手腕。

"请问……"

"别说话，我先给你把把脉……不过我只是护士，要帮你叫医生吗？"

"不用，没关系……请问大家在哪儿？"

"哦，你的家人们都在楼下。"

现实——

这是现实。

这并不是一场噩梦。

那件不可以发生的事……是真实发生的事。

"请问……"

"怎么了？身体不舒服？"

"不……不是这样……我想知道他怎么样了。"

"那个倒在地上的人吗？非常遗憾，他似乎已经去世了。"

我愕然失语。

这一切……的确都是真的。

神代大哥……神代大哥死了。

现实世界，我如今所在的现实世界猛然坠入一片噩梦之中。坐在身下的床铺仿佛也整个跌入了可怕的异世界当中……

得去确认才行……

我从床上一跃而起。

得去确认这个世界是否是真实的……那件不可以发生的事，真的发生在现实世界当中了吗？

得去确认，得去确认……

我梦呓般地呢喃着。

得去确认才行……

"怎么了？你要去哪儿？"

"我要去楼下，去大家那边。"

"感觉还好吗？"

"我没事……"

"是吗？那也好，去那边或许比一个人待着更好……小心点……我陪你一起去吧。"

"不用了……我没事的。"

护士姐姐帮我拿过了拐杖。

我拄着拐杖走出了房间。

走在走廊，我似乎有一种强烈的虚幻感。

那是一种轻飘飘的，仿佛踱步云端的感觉……对吧？我就知道这是因为做梦，而不是因为我脚步虚浮。因为是做梦，走廊里的地面才会那样松软。如果是这样，就算不依靠拐杖，我或许也能行走……扔下拐杖后，我或许也能奔跑……我要跑去他的身边……一阵风似的跑去他身边……

"小姑娘，你没事吧？"

然而，一位偶然出现在楼梯上的男子，不容分说地将我拉回了现实。他似乎是位警察……

"听说你好像贫血了？也不怪你，毕竟发生了那样可怕的事。"

我非常熟悉这种同情的语气。尽管与他素不相识，但当他用那种独特的口吻对我说话时，我瞬间明白，自己终究还是无法奔跑。

"请问……我的家人们在哪儿？"

"他们都在会客室。"

"是吗？谢谢你。"

"啊，小姑娘，你还是不要到处乱转的好……我们现在还在查证。"

"……好的，对不起。"

我一瞬间浑身无力，拖着沉重、蹒跚的脚步走下了台阶。

整个一楼一片喧闹。

许多人在一楼走来走去，相互下着指示，到处都乱得像一锅粥一样……

他们当然都是警察。

一股沉重的绝望感压在我的心上，那件事果然是真的……

站在会客室的门前。

正当我将手伸向门把手时，突然听到里面传出一个男声。虽然声调高亢，但听起来依旧非常清晰有穿透力。我记得这是哥哥的朋友——猫丸大哥的声音。他是方才和哥哥一起来到我们家的。但在这个时候，他好像做演讲一样地在说些什么？

"——对凶手来说，这件事如同高空走钢丝般危险，而且是在尼亚加拉大瀑布上空，走在细如牛毛的一根钢丝上。"猫丸大哥说道，"没错，一切都建立在那个极其简单的事实之上——那就是，凶手利用了某人的一个特征。"

他说的人是我。

我用直觉猜测到了。

所以我情不自禁地推开房门，向着里面大声说道："你指的是……利用了我眼睛看不见这点吗？"

我感觉到房间里的所有人都将目光投了过来，我也听到房间里的人们都倒吸了一口气，显得十分惊讶。

短暂的沉默后。

"没错，正是这样，左枝子。"

猫丸大哥轻轻地说道。

在那场车祸——十七年前那场可恶的车祸中，我在父母双亡的同时，也失去了右腿的运动能力与视觉功能。因此我极少外出，基本只有在上盲人学校那段期间里出过家门。我的视觉记忆停留在五岁那年，因此不管有没有母亲的照片，都与我毫无关系——母亲的容貌也没能保留在我的记忆中。当然，就算有人说我长得像母亲，也没法确认这件事是不是真的……

"可是，猫丸学长……"

哥哥的声音响起了。

"凶手他……究竟是怎样利用左枝子这个身体特征的？"

"这个嘛，'利用'一词或许并非完全准确。"

猫丸答道。

"说白了就是……我更愿意相信此事最开始源于一个小误会，是这样吧，大内山？"

"……是这样的。"

房间里响起了神代大哥的声音。

◇　成一 24

"请大家注意左枝子的反应，这证明了我的猜想是正确的……你们看，她的表情是如此惊讶。"

猫丸长长地舒了一口气。

"对不起，左枝子，我好像吓到你了。麻烦谁来扶她坐下吧，我看她好像快站不住了。"

美亚一跃而起，扶着左枝子坐到了沙发上。

左枝子颓然坐下，她的眼睛——那是一双有着纤长睫毛，却无法倒映出这个世界的眼睛。成一悄悄地望着她的睫毛，它们如今正如打冷战般地颤抖着。

"这件事最开始只是个小小的误会……"

左枝子坐在沙发上后，猫丸继续开口说了下去。

"事情是这样的，神代与大内山这对组合在与人初次相见时，习惯用互相介绍的方式来打招呼。"

　　的确如此——成一隐约记了起来。在这间会客室里与他们初次见面时，两人的确是相互介绍了对方，那时他只觉得两人是一对亲密的搭档……

　　"或许由于两人常常共同行动，才会养成了这样的习惯。但我想就连他们两个也没想到，这位初次见面的小姑娘居然会是一位盲人。于是两人依旧按老样子相互做了介绍，所以左枝子仅通过声音才会理解错。我说的对吗，大内山？"

　　猫丸发问后，大内山点了点头。

　　"没错，是这样的。但等我们知道这件事情，已经是过了一阵子后的事了。"

　　他用沙哑的声音缓慢地说着。

　　"……但是第一次见面时，我们还不了解左枝子小姐的那种身体状况……之后我们也很为难……"

　　大内山显得有些战战兢兢，没法把话说得流畅，猫丸便接着他的话头继续说了下去。

　　"归根结底，这个误会还是由日本人含蓄内敛的性格特点所导致的。日常生活中，谁也不好将左枝子眼睛的问题直接挂在嘴上。我和成一老弟谈话时提到她，也只能模糊地提一句'你那位身体不太方便的表妹'而已。但对谈话对象来说，这已经足够让他明白我指的是谁了。而刚刚类似于成一老弟所说的'这个身体特征'，或是大内山也说过的'那种身体状况'，这种事是没法直截了当说出来的。硬要说的话，这应该算是日常生活中语言方面的一种禁忌吧……"

猫丸说到这里，又点上一根烟。

"那么大内山，后来你们也注意到自己的做法出了问题对吧，因为你们很快发现这位左枝子混淆了你们的身份。当她称呼你们时，你们发现她叫错了名字，因而发现了这个问题。那接下来你们是怎样处理的呢？"

"这个……我们什么也没有做……当察觉到这个问题时，我们的身份已经在她脑中根深蒂固了……如果这时去纠正她，对她无异于是一种伤害……于是我就和搭档私下里商量……"

大内山说着，那张豆沙面包般的圆脸脸色发青，上面满是痛苦的神情。

"原来是这样。去纠正对方因视力不便而出的错，会伤害到对方的自尊心……出于日本人性格含蓄的特点，我们更愿意对这件事闭口不提，从而避免节外生枝对吧。"

猫丸一边吞云吐雾，一边继续讲了下去。

"另外，一个人的印象，出于先入为主和喜好差异等原因，在不同人眼中的差距也会十分巨大。而外观正是影响印象的一个重要因素——说句题外话，前几天我给左枝子打电话时，问了问她对兵马老爷子的印象。在左枝子眼中，兵马老爷子似乎是个体贴入微的、包容大度的心胸宽广之人——这是她亲口对我说的。但成一老弟对兵马老爷子的评价又相差甚远——他觉得兵马老爷子是个顽固、可怕而傲慢的人。想必左枝子会对这种反差感到惊讶。像这样，对同一个人的印象就算在一家人之间也会有如此巨大的差异，更别说其他情况了。"

猫丸按熄了即将燃尽的烟头。

"至于初见就更是如此。无论是谁，在与人初次见面时，都会通过对方的外观特征——例如体型和容貌等，给人贴上固定的标签。然后依照自己的经验，判断其性格、行为等特征。这就是被称为'瞬间判断'的一种心理作用——其实就是人们俗称的'识人术'嘛。总之，人们往往乐意通过相貌来判断一个人的内心，这种现象就归属于'内隐人格理论'。举个例子来说，成一认为大内山性格阴郁、说话总是小声嘀咕、对特定事物有着狂热兴趣——抱歉，由于事态特殊，请原谅他的无礼——他是这样看待你的——别跟我摆这副臭脸，你不是的确这么说过嘛。这也实在没有办法，成一对大内山的评价很大程度是来自外表。咦？无礼的人好像是我才对，无所谓了。而左枝子又是怎样的呢？由于她看不见人的相貌，因此也就没了这种先入为主的印象——她只会觉得对方是一个稳重大方、才华横溢、性格认真并热衷于研究的人。出于这样的原因，一个人的印象在不同的人眼中会有着天壤之别。我们不是常说'情人眼里出西施'嘛，也就是说如果对一个人心怀好感，就会觉得他哪儿都好。咦？怎么了左枝子，表情为什么那么怪？无所谓了。总之这种情况在行为心理学中又被称为'晕轮效应'——不过在身为专家的大内山面前，我这番卖弄恐怕是班门弄斧吧。"

猫丸苦笑着，显得有些不好意思。

"这些事无所谓了，重点在于左枝子的误会。老实说，这个误会至今都没被人发现，只能说算是奇迹了。一般来说，这种误会在日常对话中很快就会解开，但毕竟左枝子是个内向、话少的姑娘，想必警方也早就清楚这点……"

猫丸说着，丝毫没向在门口挤成一团的警察们望上一眼。一位警察仿佛想要说些什么，但柏木警官制止了他。猫丸对此没有理会。

"刚才我也说了，这些只是案件相关者之间的闲聊，我只是在这里自说自话，你们可以不用理我。"

他假装糊涂，仿佛旁边没有警察一样。那位面孔像螃蟹的刑警刚想说话，但"西乡"还是拦住了他。是想一直见证到最后呢？还是有其他计划？从那双牛眼中完全看不出他的真实意图。

猫丸对眼前的情况视而不见，泰然自若地向上撩了撩刘海。

"那就继续我们的闲聊吧。左枝子的误会究竟导致了什么呢？答案自然是——让兵马老爷子的凶杀案呈现出了不同的面貌。让我们仔细考虑一下，首先是神代与大内山两人离开方城家的时候。那天直嗣与成一在院子里洒水时，目睹了两人走出别室的一幕。看到两人似乎没能说服兵马老爷子，直嗣还嘲笑了他们。接着突然下起小雨，直嗣与成一慌忙收拾好水管后跑回了房内。在此期间，左枝子在房门口处送走了神代他们，她还做证说在门口与神代聊了会儿天。然而我们已经知道——左枝子心里的神代，其实是我们眼中的大内山。而当时与左枝子谈话的人，也正是如假包换的大内山。此后，收拾好水管的成一在房门处目送大内山走出了院门。当然，由于忘带东西而打电话给左枝子的人是大内山；在新宿站偶遇东西屋的人也是大内山；而在自家附近遇到相识的洗衣店老板的人，还是大内山。"

这么一说，成一回忆起了那个印着大学名的褐色信封，当时在自己家里拿着它的人的确是大内山。但左枝子打电话的那通证词，令人彻底以为那个信封是神代的物品了……

"也就是说，一切的一切都发生在大内山身上，当天正常回家的人，也只有大内山。我们都以为他们是形影不离的二人组，但只有那天，两人是分别行动的。或许这就是种连当事人都没有察觉到的'一人两角'吧。"

一人两角——成一想起了猫丸和他讲过的灵媒师的把戏，那个将把一只手当成两只用的骗术。

"如何？这样一来有关神代的证词就已经消失无踪了，而他的不在场证明也不攻自破。那么神代当时究竟在哪儿？——当天离开的只有大内山一人，所以答案已经显而易见了，自然是留在这个家里。"

"也就是说……杀害了外公的凶手就是……"

美亚茫然地问道。猫丸冷冷地说："毫无疑问就是神代。"

没有人能提出任何异议，房间里如今已经成了猫丸独自表演的舞台。

"之前神代极力主张穴山是凶手的做法，也只是他的计策。他打算将所有脏水全部泼到灵媒师大叔的头上。不过就结果而言，这也只是他的垂死挣扎罢了。来吧，让我们继续深入案情，梳理一下案件当天所有事情发生的顺序。首先是直嗣与成一看到大内山和神代两人在连接走廊里行走，但由于突然下雨，他们并未亲眼看见两人进入主宅——接下来是我的推测——神代或许是在那时独自返回了别室，请问是这样吗？大内山，我没说错吧？"

"——是的……他说随随便便就被人赶回去……有点咽不下这口气……于是提出要去试试一个人说服他，让我先回去……"

大内山说话的声音仿佛痛苦的呻吟，猫丸听后轻舒了一口气。

"幸好是这样……我还在担心如果你对此否认的话要怎么办……不过这也并非瞎猜，因为我有其他佐证，那就是成一有过的异样感。"

"异样感——？"

成一只能鹦鹉学舌般重复着猫丸的话，猫丸露出一副得意扬扬的笑容。

"没错，就是你在门口有过的那股异样感。我考虑了一下原因所在，而得出的答案就是神代的鞋子。"

神代的……鞋子？

"你在洒过水进屋后，发现左枝子的神情有点古怪，所以被这件事吸引了注意力，但当时你应该是看到了神代的鞋子。尽管与其他家人的鞋子混在一起，你依然在无意之中看到了它。由于久别十年未曾回家，你没能发现确切的答案，但门口的鞋子的确与你刚回家时略有不同——你应该是隐约察觉到了这点。正径大学的两个人应该都已经回去了，但为何会多出一双鞋在这里？——你在潜意识中对这件事感到疑惑，而这就是你会产生异样感的原因。"

"原来如此……"

成一不禁小声嘀咕。连自己都没能察觉的事情被别人指出来，总觉得有些不太自在。

猫丸收起了脸上的哂笑，露出一副得体的表情。

"其实这件事令堂应该也注意到了。"

"咦……我吗？"

多喜枝惊讶地望向猫丸。

"是的，说实话，我之所以察觉到成一产生异样感的原因，还是多亏了您的一句话。"

"哎呀，是吗？是哪句话呢？"

"您那天回家后，说了这样一句话对吧——哎呀，我们家那口子还没回来？不对劲儿呀，总觉得他好像已经回了——您当时误以为胜行叔已经回家，我想这一定是因为您在哪里受到了错误的暗示。直白点说，之所以会这样，是因为您在门口看到了神代的鞋子，毕竟男装的皮鞋看上去都差不多。您当时有意无意地瞄了一眼鞋子，于是才以为胜行叔已经回家了。但由于您大大咧咧……哦抱歉，应该说是不拘小节的性格，因此没有多想，后来也没把这件事放在心上。"

"咦？当时的我是这样想的吗？"

多喜枝感叹着，仿佛当事人不是她自己一样。猫丸有些啼笑皆非。

"也正因为鞋子这件事，我才无意中想到——会不会是大内山与神代双人组的其中一个人在当时偷偷返回了别室？——而能够确凿证明这件事的，就是那天您家里的一通内线电话。"

"内线电话……老爹打过来的那通？"

直嗣发问后，猫丸点了点头。

"没错，正是兵马老爷子打来的内线电话——成一我问你，那通电话是因为什么事打来的？"

"我想想……是让富美去院子里洒水……"

"那是第一通好不好？你小子别给我掉链子——我问的是第二通电话，你接起来的那个。"

"哦哦，那通电话里外公让我吃过晚饭后去见他。"

"让谁过去？"

"让我。"

"只有这件事吗？"

"嗯，只有这件事……啊——！"

"发现哪里不太对劲了吧？"

猫丸轻歪着头。

"那时兵马老爷子还不知道你回到了阔别十年的家中，他是在得知接电话的人是你后，才吩咐你吃过晚饭后过去见他的。"

没错，当时成一在电话中表明身份后，外公是非常惊讶的。

"然后呢？成一，当时兵马老爷子究竟为什么会打电话过来？"

"不清楚……这个我没问。"

"问题就在于此，注意——"

猫丸的声调愈发高亢起来。

"兵马老爷子第二次打来电话，并不是有什么要紧的事。因为与自己多年未见的外孙回家相比，其他事情早就无所谓了。也就是说，这原本是一通可有可无的电话。这里我们需要重新回忆的，是兵马老爷子的习惯。当他第一次打电话说要给院子洒水后，直嗣对成一提起过这个习惯吧。"

直嗣恍然大悟。

"我知道你想说的了！是那个习惯对吧——一旦家里来了不喜欢的客人，就会打内线电话吩咐家里人做些无关紧要的活计。而打第二通电话时，恐怕房里也有一位令他讨厌的客人——是这么回事吧！"

"啊，原来是这样！"

美亚也高声赞同，猫丸开心地点点头。

"正是这样。无论是打电话，还是观察外面的天气，都是为了向客人展示自己的不悦。对兵马老爷子而言，那天会让他感到讨厌的客人，就只有来自正径大学的两位研究学者了。考虑到这里我不禁想到——会不会是双人组中的哪位中途折返回去了呢？我思索了很久，但两人都拥有着不在场证明。于是我又想，有没有可能是一个人制造了两个人的不在场证明？——究竟什么条件能够满足即使留下一人，也能做出两个人都不在的假象呢？——我对此再三思索，绞尽脑汁地做了许多设想，最后突然想到——在左枝子为神代提供不在场证明的那通证词里，会不会有什么漏洞？当想到这里时，发现左枝子认错人这件事，也就并非那么困难了。"

胜行长长地舒了一口气，显得十分钦佩。

"接下来，兵马老爷子一案中最难解释的，是直嗣和成一的证词——由于没有任何人通过连接走廊，因此不可能有人出入那间别室。但讲到这里，'入'这件事已经不成问题了，因为凶手就是在两人捧着水管在院子里慌慌张张跑向宅邸时进入别室的。之后是'出'——也就是逃离路线。这点是案件的谜团所在。想要逃离的话，需要满足逃跑路线与时机两个条件。逃跑路线就只有连接走廊，这一点警方已经查明，接下来就是时机了。"

猫丸说到这略微顿了顿。

"神代将兵马老爷子……呃，那个……打死，这件事当然并非有备而行之的。他最初的目的应该只是说服兵马老爷子，这件事容我稍后详细说明。总之他在行凶后冷静下来，开始擦去指纹、收拾现场的时候，富美已经用托盘端着晚餐向这边走来了。富美应该不会没规没矩，一声不吭地突然把门打开。因此在进门之前，想必她是打了声招呼的，像是'太老爷，晚饭送来了'这样的话——应该没有错吧？"

"嗯，嗯，是这样的。"

富美一直蜷缩在房间的角落，巨大的身体所发出的声音却细若蚊蝇。

"或许是出于'晚被发现一秒是一秒'的心理，神代听到富美的声音后，下意识地慌忙藏在了厕所之类的地方。接着富美发现了尸体，但也仅仅是发现了尸体。于是她吓得扔下托盘，跑向主宅来为各位通知此事。而神代则抓住这个时机，从她身后追了上去。"

"从身后……追了上去？"

美亚惊叫一声。

"没错，神代如影随形般，跟在富美身后跑了出去。恐怕是由于他在那时猛然想到，如果这时不跑，恐怕就再也没有机会了。而能令凶手从案发现场消失的时机也只有此时。因为直到这会儿之前——直到富美去送晚餐之前，直嗣和成一都在起居室里望着别室那边……"

富美扭过粗粗的脖子，惶惶不安地望向身后，仿佛杀人犯依然跟在她身后般……成一望着她滑稽的样子，却一点也笑不出来。

"成一和大家赶到别室时，半开的厕所门也正好能证明此事。就这样，没有任何人目睹到富美与神代返回主宅，这是因为当时全家人应该都已经去了餐厅。而没有注意到凶手紧随自己身后回到了主宅的富美，也立刻奔向了全家人所在的餐厅……"

没错，当时由于跑来通知兵马遇害的富美太过用力，推得厨房的门反弹后又关了回去。在那一瞬间，走廊里无论有谁经过，成一等人都是不可能看见的。

"另一边，神代就这样径直从门口逃走了。想必大家也都清楚——无论房门还是院门，当时都还没有上锁。胜行叔还受了太太的责怪对吧——尽管如此，当时的事态也的确是间不容发。即使事先计划也未必会如此顺利，凶手可也真的是侥幸之极了。之所以这么说，是因为他真的是勉强在千钧一发之际躲过了危险，并成功逃离。事情就是这样，许多幸运的偶然叠加在一起，才导致了案件中不可思议的状况。"

猫丸说着，用幼猫般的眼珠扫视着所有人。

"你叫……猫丸对吧？然后呢？"

直嗣开口了。

"凶手的把戏我清楚了……但他为什么要杀害老爹？"

直嗣收起了平时那副爱唱反调的性子，茫然地问猫丸。

"这个嘛……毕竟事到如今，他们两位都已不在人世，我也只好凭感觉猜测了……"

猫丸说着，略微犹豫了一下。

"那只茶碗，大家都知道吧……我认为当时神代想要将它摔碎。"

"茶碗？"

"没错，就是兵马老爷子的亡妻所留下的遗物。我想神代会不会是为了破除兵马老爷子对心灵主义的迷信，打算给他下一剂猛药呢？——之所以会这样猜测，是因为我听说了神代高中时发生的那个小插曲，也是令神代对超常现象产生兴趣的那个小插曲。我记得它是在降灵会举行当天，左枝子从大内山那里听来的故事。在神代散步许久后，大内山表示'想参观庭院'后也走了出去，并在那时给左枝子讲了这个故事……"

猫丸简略地给在场的人讲述了神代和手表的故事。

"似乎是因为这件事，神代砸坏了过去束缚着自己生活的手表。自行破坏了心灵的寄托之物。通过这件事，他脱离了框架的束缚。大内山也说过，神代的视野因此而变得更加宽广，价值观发生了一百八十度的转变。那或许神代也会试图将这种价值观层面的变革强加给兵马老爷子。对兵马老爷子来说，那只茶碗是他唯心主义的寄托，是灵魂附着的凭依。在他眼中，那是他与亡妻独一无二的维系。而神代或许正是想要破坏作为兵马老爷子唯心主义所仰仗的这一象征物——正如那块手表之于神代一样。或许他对兵马老爷子说了些'这种玩意儿不过是个陶器而已'、'不能将精神寄托在区区一个物件上面'之类的话。但对兵马老爷子来说，这'区区一个物件'却是唯一能使他与妻子二人共同进餐的、他最为珍视的物品，是他绝对不能失去的物品。神代想给兵马老爷子下一副猛药，摔坏那只茶碗，让他醒悟过来，但兵马老爷子却奋力抵抗。面对举动粗暴的神代，兵马老爷子或是怒不可遏，或是哭泣求恳……总之这个在年轻时独断专行、方头不劣的他，在那时做出了激烈的抵抗。而在神代眼里，对方丝毫听不进自己基于科学理论的建议，如此愚昧无知的态度令他束手无策。或许这时，老人的执迷不悟已经令一团怒火涌上他的心头。"

猫丸将话头略微一顿，字斟句酌地继续说了下去："神代这个人，据我所了解的情况，他经常把'一般人'这个词挂在嘴边。例如'得到一般人的理解'、'拥有启蒙一般人的使命'等。毕竟身为出类拔萃的青年才俊，他或许会因此而觉得自己并非'一般人'吧。我隐约能感受到这一点。他的性格中有着自以为是的那一面，同时作为头脑明晰的人，或许他在内心深处也有着一丝精英主义的倾向。神代似乎认为易受招魂说毒害的民众会对科学研究造成妨碍和干扰。这样的他面对拼死抵抗着想要保护茶碗的兵马老爷子，恐怕对后者身上的那股顽固劲儿和迷信心理，产生了一种无法抑制的厌恶感。同样，他也无法忍受兵马老爷子身上的老小孩心性和倔脾气。接着，在扭打抢夺中，他内心对'无知者'妨碍研究的那股怒火，令他的戾气一瞬间爆发了出来。于是他在不经意间抓起手头的独钴杵，照着兵马老爷子的额头挥了过去——"

讲到这里，猫丸的话语戛然而止。所有人都屏息凝神，紧张地望着他的嘴角。猫丸轻轻撩了撩垂在额前的刘海，仿佛要挥散这种沉闷的气氛。

"我想正因为有着这样的来龙去脉，兵马老爷子才会像保护般紧紧搂着那个茶碗，不过这也只是我的猜想罢了。从这件事上我们能够看到老一代人与新一代人，固执与信念之间的冲突和摩擦。但在报纸之类的媒体上，人们最终看到的只会是'双方产生争执导致激情杀人'之类的用来博眼球的内容……"

猫丸撇着嘴巴，显得有些黯然。

"不过暂时不用理会我多余的想象，总之案件就以这种近乎不可能的形式，呈现出了一副触目惊心的形象。但最惊讶的恐怕还是神代本人。因为在不知不觉中，连他自己都不曾意料的不在场证明就这样成立了。但毕竟他头脑敏锐，于是干脆顺坡下驴，决定认下这个不在场证明。他与大内山商量后，决定让自己成为在新宿站打过电话的那个人——我没说错吧，大内山？"

大内山缓缓抬起头来。

"……我也不想这样……但他当时坚持对我说那件事不是他做的……还说既然难得有不在场证明，就不要说穿了……因为无端受人猜疑而浪费时间实在是太不值得了……我一开始也认为他讲得很有道理……就照他说的去做了……但不久前我才开始觉得不太对劲……但既然他坚持说自己没做，我也只能信他……到后来我已经完全不知道该怎么做了……"

"可是……"

多喜枝紧皱着眉头。

"既然你觉得不对劲，告诉警察不就好了？这种事为什么不早说？要是你早点说出来，案子不早就破了吗？"

"非常抱歉……我也觉得一定要说出来才行……可他……他是与我合作至今的伙伴……我无论如何也没法做出那种……像是出卖朋友一样的事……"

猫丸用同情的眼光望着脸上一副哭相的大内山。

"原来如此，我猜大概也是这样。神代连大内山的性格特点也计算在内了。恐怕他已经确信在提前打好招呼的情况下，大内山一定不会把这件事暴露出去——既然如此，我就接着讲下去了——就这样，神代在确保自身安全后，下一个目标就是要除掉左枝子。"

左枝子纤弱的肩膀猛地一颤，美亚在一旁瞪圆了双眼。猫丸接着说道："对神代来说，这件事必须尽早完成。因为左枝子或是她身边其他人迟早会发现她将自己与大内山混淆的这件事——这么单纯的一件事，无论什么时候暴露都不稀奇。可以说这件事暴露的时候，就是他玩完的时候。但反之，只要能将左枝子这个重要证人灭口，记录过的话就成了如山铁证，他的不在场证明就会愈发牢靠，因此这件事情值得他迅速完成。"

"我就知道……"

大内山面露悲痛的表情。

"我就知道他想做那种事……他想要做那种伤天害理的事……"

"你注意到这件事了？"

"嗯……隐隐约约……因为他最近有些不太对劲……可没想到他居然会如此残忍……会做得这么绝……"

大内山的视线飘忽不定，猫丸继续说道："但如果不是这样，就没法解释在兵马老爷子的案件发生过后，他多次出入方城家的原因了。正常考虑，断绝与兵马家的来往对神代来说明显更为安全。因为与左枝子见面的次数越多，误会就越容易暴露，同时也越有可能碰到警方人士。随便找个借口缺席那场与灵媒师的对决，从此与方城家再无来往明显会更好些。但他却没有这样做。左枝子平日深居简出，因此他只得冒着一定危险来到这里。只有这样，他才能找到对左枝子出手的机会。"

多么可怕……神代心中扭曲的心理，竟能使他怀有杀意的同时，还能够表现得若无其事。想到此处，成一不禁毛骨悚然。

"当然，他也遇到过几次危险。举行降灵会那天下午似乎就出现过危险的一幕——在与左枝子和成一等人聊天时，面对指名道姓的提问，他也只能通过打手势的方式来应付过去了……"

猫丸这么一说，成一终于回忆起两人当时的行为。他们之所以会那样，不是因为两人专业差异，而是为了防止左枝子察觉到他们声音与名字的不同。

"刚才神代被毒杀而引发骚动那时，也发生了一个偶然性极强的状况。大伙因神代被毒杀而陷入一片混乱，大内山也因震惊而哑口无言，这也不可谓不是一个奇迹般的偶然。因为光是听其他人的吵嚷声，左枝子依旧无法分辨出究竟是谁中毒倒下了吧。"

猫丸继续说着："神代的目的是封住左枝子的口。但因冲动而杀死兵马老爷子那件事姑且不算，再怎么说他也做不到镇定自若地实施谋杀。毕竟他原本也和左枝子无冤无仇，于是神代设下了机关。之前成一在左枝子必经之路的楼梯上发现了一个玻璃珠，类似的机关恐怕他已经设下过许多次了吧……"

左枝子始终垂着头，但紧握的双手却微微颤抖。或许她正在想象那些给自己设下的陷阱……

"他是为了谋害姐姐才来我们家的……"美亚茫然地说。

多喜枝愤怒地对大内山骂道："那你这个混账跟他一起过来干吗？"

"真的是万分抱歉……"

大内山的声音显得无地自容。

"因为，我也略微怀疑过……他心里会不会盘算着这种可怕的事……也为此有些坐立不安……但尽管如此，我还是忍不下心来出卖自己的朋友……所以我想着，至少要去保护好左枝子小姐……一定不能再让杀人案发生了……我希望能保护她的周全……于是就……"

能听得出大内山的态度无比真诚，充满了热情与心中潜藏的斗志。他在说话时一直抬着头，眼里流露出坚定的神色。

想要保护左枝子小姐——

大内山的心意令成一为之愕然——原来同样想保护左枝子的人就在他的身边。他脸上无比真挚的神情、充满诚意的担忧，以及发自内心替左枝子着想的话语令成一感到震撼。多喜枝似乎也感受到了这点，于是没再多说什么。

猫丸也长舒一口气，好像心里放下了一块石头。

"总之我们先不去管大内山的骑士道精神，由于刚才我说过的原因，神代多次给左枝子设下了机关，但好运这次站在了弱者一边，一切陷阱都没能得逞。就这样，终于到了降灵会举行的那天。虽然已经不重要了，但这个问题依然还在，那就是直嗣要举行这次降灵会的原因。无论是凭空捏造出'在院子里见到母亲的幽灵'这种明摆着不可能发生的灵异现象，还是装作对灵媒师深信不疑，甚至在兵马老爷子去世之后，还要坚持举行已经没有必要的降灵会——我的想法是，直嗣早就了解那位大叔的作风。也就是通过假降灵会，令大限将至的人能够安心辞世，或是劝诫家庭和睦……"

"够了，别再提这些无关紧要的事了！"

直嗣粗暴地喊了出来，盖过了猫丸的声音。

"你……你才是那个一无所知、不可理喻的家伙！说得好像一切尽在你眼中似的……你错了，是为了钱！我只是和那家伙商量好，想骗老爹的钱而已！但那个狗屁大师，却说他根本没兴趣做这种事，装什么清高啊他！"

直嗣绷着脸喊着，连耳根都涨红了，强装坏人的模样简直一目了然，不禁令人感叹他的演技实在拙劣。成一给猫丸使了个眼色，后者轻轻眨了眨一只眼表示收到。

"算了，既然你这样说，就算是这样吧，那就继续我们的闲聊吧。我差不多也快累了，那就赶快说完好了，接下来是降灵会的案子。刚才我也说了，这起案件的凶手，毫无疑问与杀害兵马老爷子的是同一人。但我也稍微为他辩护一下，我认为神代的目的只是单纯想阻止这场降灵会。因为就算不用杀害大叔，只是单纯让他受伤就能令降灵会中止——我认为这就是他原本的目的。虽然这已经是后话了，但在此之前——在参加降灵会之前，神代还需要做一件事。"

　　猫丸说着，再次点燃一根香烟。烟灰缸里这会儿已经成排地挤满了烟蒂，旁边更是像被火山灾害肆虐过般惨不忍睹。猫丸的大脑和口舌，如今简直成了某种需要香烟烟雾作为燃料才能够运转的机器。

　　"那就是——解除那天他给左枝子设下的陷阱。"

　　补给过燃料后，恢复状态的猫丸再次不知疲倦般地讲了起来。

　　"神代已经对左枝子暗中下过许多次手，降灵会当天，他当然也这样做了。他鲜有机会拜访此处，因此不能浪费这宝贵的机会。那天他多半是以去院子散步为借口，趁着消失在各位眼前的时候，再次设下了陷阱。接着，直嗣突然宣布慈云斋大叔要变更降灵会的内容，这才坚定了他要干预这场降灵会的想法。就在这时他突然想到——万一左枝子在他伤害大叔之后中了陷阱该怎么办？如果一天之内有两人受伤，甚至死亡的话，就太过危险了。因此，他迫不得已地解除了陷阱。我猜他或许是在金属扶手的零件上动了手——拧松了台阶最上层处，左枝子下楼时一定会用手去扶的那个部位的螺丝。"

　　"可是学长……为什么连这个你都知道？"

　　成一插话表达了自己的疑问。

　　"学长说解除陷阱，意思就是他重新拧紧了螺丝对吧？可你居然连这些细节都知道得一清二楚。"

　　"因为如果不这样想，左枝子有关残留意识的说辞不就解释不通了吗？"

　　"残留意识？"

　　"没错，我不相信这种说法，因此我需要一个合理的说法来解释左枝子的异样感。"

猫丸说道。

"我是这样想的——或许神代在重新拧紧金属扶手的螺丝时，微微
划坏了螺丝头——在上面留下了微小的金属倒刺。这种划痕小到即使神
代发觉，也会不以为意。但日常生活中经常触碰的物品，即使只是发生
微小的变化，也会令人感到异样。更别说那个人还是会拜托富美从图书
馆借来盲文书阅读的，触觉极为敏锐的左枝子了。我想正因如此，螺丝
头上细小的划痕没有逃过左枝子的感触。而且左枝子自身也经常提防着
楼梯上的危险。挂着拐杖不好保持平衡，非常容易摔下楼梯，因此她也
在时刻保持着安全意识。于是那天，她的安全意识令自己注意到了金属
扶手与往日的不同。尽管只凭微小的划痕，不足以判断到底发生了什么
事，但她还是感觉到哪里有些不太对劲，察觉出了事情的异常。因此出
于本能熟知台阶危险的左枝子，无意识间感到自己的安全受到了威胁。
本来兵马老爷子被害后，她就变得更加敏感易怕，而这种危险更是令她
联想到了他人的恶意。事情差不多就是这样。她或许只是下意识地察觉
到了危险，但她在白天刚刚听过了令人印象深刻的'残留意识'这一概
念，因此便立刻把这件事与之联想在了一起。这样解释的话，不知能否
说得通呢？"

他最后的那句话是问左枝子的，但左枝子看不见。尽管如此，她还
是轻轻点了点头，一头油亮的秀发随之微微晃动。这或许是由于内心深
处的潜意识连自己都没能注意，如今却被猫丸所看清，导致无法掩饰内
心的惊讶吧。

"闲话少提，我们先继续往下说……"

猫丸说道。

"解除陷阱之后，神代便潜入别室，拿出了兵马老爷子的匕首。我认为他之所以会选择这把匕首作为凶器，是因为两个原因。第一个原因是降灵会内容突然变动，他在情急之下不得不赶忙准备一把凶器，而要寻找凶器，去别室是最方便的。因为在兵马老爷子过世之后，那里已经无人居住，便于潜入。他上次来到这里时，也知道那把匕首就放在别室里。除此之外，他也不好在不熟悉的外人家里到处乱转。于是，他选择了那把匕首作为自己的凶器。另一个原因是在盘算后，他认为使用这把匕首会在后面发生的事情中对他有利。也就是说——在最开始的计划中，神代就打算令大叔负伤，并中断这场降灵会。像我刚才说的，神代害怕大叔暴露出兵马老爷子遇害一事中他没有掌握的消息——如果他的计划顺利，就会引发会场大乱，让降灵会草草结束，你们觉得后面会怎么样？"

"慈云斋受伤……而外公的匕首留在现场……"

成一话音未落，猫丸再次开口："没错，就是这样。如果发生这种事情，无论伤情如何，这把匕首的出现对大叔来说一定不是一件坏事。"

"啊，原来是这样！"

美亚捶了下掌心。

"明明不在现场，匕首却突然出现，大伙一定都会大吃一惊对吧？或许还会有人相信真的出现了外公的灵魂。"

美亚说着，似乎忘了自己才是那个最容易被忽悠的人。

　　"没错。这与大叔让佛珠出现在现场是同样的原因。死者的物品突然间出现在降灵会的现场，对大叔来说一定不是一件坏事。这样一来就算受伤，大叔应该也不会当场声张——神代预测这种情况下大叔一定会说'唉，真是丢脸，兵马老先生的灵力过于强大，把我给刺伤了'之类的话，而不会当场追究是谁刺伤了他。因为大叔要证明兵马老爷子的灵魂确实存在，所以他至少要让降灵会成功落幕。到时大叔想必会一脸得意地结束这场降灵会，而神代的目的也就达到了。尽管只能解一时之急，但这样就能在大叔不透露口风的前提下，结束这场降灵会了。至于后面是与大叔进行交易，还是在哪将他灭口，就可以任凭自己决定了。"猫丸继续说着，"怀揣着这样的计划，神代带着匕首来到降灵会上。大叔要接受搜身，但神代却不需要，因此想把匕首偷偷带在身上简直易如反掌。神代是丝毫不相信大叔拥有灵能力的，他知道大叔一定会使用某种手段作弊。因此他计划好了——一旦到了那个时候，他就伺机出手。终于到了降灵会上的紧要关头，大叔也亮出了他的足技，而神代一定也立刻注意到了他的手法。因为这种技巧就连我都知道，对平日里始终研究这方面的他来说自然也不是什么难以理解的把戏。他伸脚往旁边的凳子上一探——发现大叔果然没有坐在那里。他立刻明白——灵媒师一定已经位于桌子上方。于是他以眼还眼，以脚还脚，当即也用自己的脚夹住匕首，慢慢向桌子上伸去。"

　　"用脚？夹住匕首？"

　　美亚连叫喊的声调都变了。但猫丸晃了晃烟头，示意她先不要出声。

　　"刚刚我也说过了吧，既然无法用手，就只有可能用脚了——脚可是相当好用的，隔着袜子还不会留下指纹……"

"可是，用脚应该没有办法刺出去吧？"美亚问道。

但猫丸表示："我说了，神代一开始没打算让他遭受重伤。只需要一点点伤——让大叔感到疼痛，让降灵会没有办法继续进行下去就足够了。"

"可是慈云斋大叔不是死了吗？"

"是啊，这是因为时机的问题。还记得吗，大叔发出呻吟声时，正是光带飞到高处，格外显眼的时候。请各位想象一下大叔那时的姿势。想象我刚才给大家做示范时，用脚趾夹着光带尽可能伸向高处时的样子，那时我必须背对桌面，整个人的姿势已经接近于倒立了对吧？就像踢足球时倒挂金钩一样——只有把光带举到高空的一瞬间需要摆出那种姿势，但在此之前，神代就已经用脚大致找到了大叔的位置——当然，脚上也依然夹着那把匕首——他通过光带的位置和大叔的身高进行逆推，立即找出了大叔身体的位置。于是神代将匕首尖朝向正上方……"

猫丸说着也用指尖夹起香烟，令其朝正上方指去。

"就像这样，在桌面上渐渐蹭了过去。"

他将自己的手也沿着水平方向渐渐向前推去。

"就像这样，当把刀尖挪到大叔的后背下面时，大叔正摆着那个关键姿势，那个背对桌面，翻跟头一样的姿势，也就是说，大叔自己的后背直接撞向了支撑在桌面上的刀尖——事情就是这样。也不知该算是巧还是不巧——尽管事出偶然，但我觉得可能性还是很高的。由于被刺中的大叔无法保持自己头下脚上的姿势，于是就这样跌到了桌子下面。

尽管这样做很有可能让匕首柄在桌上留下凹痕，但由于桌子原本就十分古老，导致新留下的凹痕混在了原有的凹痕之中，作案的痕迹也没有留下——事情就是这个样子。"

在一片黑暗之中，用足技居然能做出那种事来……

"可是，就算你的推测是正确的……"

沉默寡言的胜行打断了猫丸的话。

"再怎么说，也不是非要使用那么危险的匕首才行吧？"

胜行静静地问着，用手指推了推眼镜。

"要是如你所说，神代只是想中断这场降灵会对吧？既然如此，在他伸脚发现灵媒师没有坐在椅子上后，只需要把腿放在对方的椅子上，然后大喊一声'把灯打开'之类的话不就行了？这样，因为神代已经事先把腿放在椅子上，所以灵媒师没有坐在椅子上的情况就一目了然了——揭露对方的骗术，不也一样能完成自己的目的吗？"

"不，这是不行的。"

"为什么？要是他的骗术被揭穿，我们家的人肯定不会奉陪这场闹剧的。"

"因为光这样做，是不足以揭穿他的骗术的。各位想想，就算发生这样的事，大叔只要在开灯之前从桌子上跳下来就好了。就算神代事先把腿搁在椅子上，大叔也会装作摔在地板上，然后表示'这小子突然把我从椅子上踹了下来'。即便神代据理力争，大叔也会一口咬定自己是被踢下来的。在场的人也不可能知道该信哪边才好，最后还是只会陷入往常那样无谓的争论当中。这样的话，降灵活动可能会重新举行，大叔也会拿出其他招数来了。所以神代不惜令大叔负伤，最坏的情况甚至可能将他杀死，但他无论如何都必须使用这把匕首了。事情就是这样。"

等猫丸说完，胜行已经无法辩驳。

"还有其他问题吗？应该没有了吧。这就是降灵会案件的真相。简单点说就是——神代自己疑神疑鬼，以至于鬼迷心窍，本打算中止这场降灵会，但没想到劲头过猛，害死了灵媒师大叔，于是他又打算借此机会把罪行全部栽赃到大叔身上……"

猫丸说着，将手指伸到烟盒里。但里面的香烟似乎已经抽完，他皱着眉头捏扁了烟盒，然后一副恋恋不舍的样子用手指反复戳着里面已经满是烟头的烟灰缸。直嗣见此说道："来一根不？"

"好的，谢谢了，不好意思。"

猫丸恭敬地接过直嗣递来的香烟，美美地深吸了一口。直嗣对着猫丸那张悠然自得的侧脸问道："我觉得你说得没错，但他自己为什么又死掉了？"

"是啊，会不会是出于罪恶感而自杀了呢？"成一也插嘴说道。

但猫丸转着幼猫般圆溜溜的眼珠盯着他。

"我说你小子，又说傻话了。原因不是显而易见吗？而且警方应该早就查清是怎么回事了。不过既然他们还在忙着处理现场，我们这边也就顺便聊聊好了……"

猫丸依旧对站在门口迟迟不肯离开的警察们视而不见，而是晃着手中的香烟。

"最开始的时候我问过各位，还记得吗？住在旅馆的时候腰带怎么系——穿浴衣睡觉时，基本上都会把腰带系在腰窝处，也就是这儿附近……"

猫丸指了指自己的侧腹。

"请各位留意腰带这件事，我先有个问题要问。得知兵马老爷子的尸体被发现的消息时，最先跑去现场的人，是直嗣与成一对吧？那么我问你们，当时兵马老爷子倒下的姿势是什么样的？"

被猫丸圆圆的眼睛盯着，直嗣不禁侧首沉思。

"什么姿势……对了，是侧躺在地上的。"

"没错，是侧躺的。身体右侧朝下，就像这样，像虾米一样的姿势……"成一补充道。猫丸满意地点点头。

"很好。那就没问题了。然后呢，刚才神代说灵媒师大叔是凶手对吧？那么接下来，我有个问题要问美亚。"

美亚向猫丸回了一个白眼。

"美亚，还记得吗？当神代回顾大叔的行动时曾经这样说过——'但我们很快就被兵马老先生赶了回去，穴山先生就是在此之后打死兵马老先生的。随后他撇下老爷子衣衫不整的尸体，拔足逃离了别室。'——虽然可能不是一字不差，但大致是这个意思。要是有什么不对的地方还请订正。"

"嗯，他的确说过类似的话……但那又怎么了？"

猫丸没有直接回答美亚的疑问。

"不，没什么。如果我没记错，这样应该就足够了。接下来我有问题要问富美。"

"嗯……什么问题？"

富美疑惑地反问。

"兵马老爷子平时总是穿着和服吗？"

"是的……太老爷平时总是穿着和服……"

"案件发生，也就是老爷子被害那天也是这样的吧？"

"……嗯，是这样的。"

"那就好。怎么样——现在各位听出神代的口误了吗？"

猫丸说着，视线依次从所有人脸上滑过。他的脸上挂着一丝得意的表情，但又不清楚具体因为什么。

"刚才我听神代说话时一直在想，他在描述案情时几乎不带多余的修饰和比喻，言语丝毫不显冗余，不像我说话时总是啰啰唆唆，而是单纯叙述那些简洁而客观的事实。他的讲述很有学者风范，选择的都是浅显易懂的话语，不需要的内容完全不会加以描述。但如我刚刚向美亚所确认的那样，当他在描述大叔的罪行时，使用了'衣衫不整'来形容兵马老爷子倒地的样子。考虑到他的说话习惯，我觉得这并非虚指。也就是说这句话或许正如字面意义所言，讲的就是'衣衫不整'这个真实情况。但我想这应该只是神代说漏了嘴。听好，据直嗣和成一所说，兵马老爷子侧躺在地上——蜷曲着身体，姿势像虾米一样。但首先，这种姿势是完全谈不上会'衣衫不整'的，因为和服的穿着特点是右衽。"

猫丸把左右手分别放在他穿着松垮垮的外套的胸前。

"首先像这样，把右边的衣襟贴在身上……"

他先将自己的右手抬到左胸。

"然后再将左襟压在右襟之上，这才是和服的正确穿法。"

接着他做出了将左襟压在右襟上的动作。

"也就是说要穿和服的话，必须将右襟贴在胸前，再将左襟压在右襟之上。只有在死者入棺时才会反过来穿，而平时在外侧的从来都是左襟。即使多加一件外套也是同理。既然如此，露在外面的自然就是左襟。既然这样，请各位想一想，当兵马老爷子倒下时，他是身体右侧朝下——即左侧朝着天花板。这样一来衣襟会怎么样？由于身体左侧朝上，因此和服是像被子一样轻轻盖在老人身上的，而绝不应该出现'衣衫不整'的状态。如果兵马的状态能够被称作是'衣衫不整'，那他的形象只能想到是左襟彻底掀开，小腿露在外面。但事实是任何人都没有表示过兵马当时是那样的。于是我想，也许兵马老爷子只是在某一段时间内处于他所说的状态——也就是说只有在被神代杀害的时候，他是以'衣衫不整'的状态倒在地上的。我想兵马老爷子刚刚倒在地上时多半是仰面朝天，下摆掀开，身体呈'人'字形躺在地上的。也正是因为这幅画面留给人的印象太过强烈，才令神代在描述案情时说漏了嘴。"

说到这里，猫丸的表情突然严肃起来。

"而在那天，兵马老爷子所系的不是角带，而是兵儿带。兵儿带各位都了解吧，就是带幅很宽，直接系在腰上的那种。"

说来是这样的——成一回想了起来。当他洒水时在院子里看到的外公，以及后来在起居室里看到站在别室门口的外公，他的腰后都耷拉着狗尾草一样的带梢。

"于是，我还有一个问题要问富美。那时——也就是你发现兵马老爷子死亡后跑去餐厅的时候，我记得你说的是——'太老爷他死在别室里了。'"

"嗯，是的。"

富美重重地点了点头。

"这件事你确认过吗？因为无论溅出多少鲜血，光看一个倒下的人，应该还没法判断他究竟是生病还是单纯受伤而已——所以你当初一定是进入别室，确认了老爷子的状态。不然你是不可能知道他已经死了的。"

"嗯，我当然确认过。"

富美说道。看着直嗣给自己的香烟越来越短，猫丸恋恋不舍地揉灭了手中的半支烟。

"很好。那么我们说回旅馆腰带的话题——为什么我们睡觉时会把腰带系在腰部侧面？我想大家都很清楚，因为系在腰后会被硌得很疼。睡觉时如果是平躺，腰带打结的部位会正好硌到后腰——因为这样，大家都会把腰带系在侧面。让我们再次回到案件中来——当富美发现兵马老爷子倒在地上时，一定非常担心他的安危。因为现场情况再怎么说也没法立刻让人联想到这是一起杀人案，她以为老人是生病或者受伤，怕他后背硌得难受——就算没有刻意去想，也会在潜意识里感到担心。如果是生病的话，那更不能让腰带在背后打的结阻碍呼吸了。尽管她在抱起老爷子后确认对方已经死去，但还是无意间将他的身体侧着放在了地上——我是这样认为的。而后来除了警察之外，富美没有把这件事告诉任何人。因此除了富美、警方和凶手之外，没有人知道兵马老爷子最开始是仰面倒下的事实。后来神代在谈话时不经意间说漏了嘴，而富美注意到了这一点，于是她通过与我相同的思考方式找出了凶手的真正身份。所以富美，你实行了自己早已做好的计划。"

"幸好能来得及做这件事。原本我还担心，警察先生们会不会在我动手之前发现凶手。"

富美笑眯眯地说着，温和的语气听上去像在谈论天气一般。正因如此，一开始成一甚至没能明白她话里的意思。

但惊愕的波纹很快就扩散开来。

当家人们慢慢咀嚼了富美话里的意思后，渐渐受到了冲击。大家一言不发，哑然失语，但内心都无比震惊。当不经意发现猫丸脸上露出了无比沉痛的表情时，成一才终于恍然大悟。

房间里沉默得令人感到压抑。在兴奋与沉默反复交替的这一天里，如今是最安静的一刻。

◇ 左枝子 20

不明白……

我不明白。

仿佛暴风雨反复敲打着窗户般，一个又一个惊愕的事实令我哑口失言。

我已经完全搞不清究竟发生了些什么。

大脑当中一片空白……

已经无法进行思考。

已经搞不清任何事情。

而空白一片的大脑，自然也无法思考任何事情。

然而……然而，只有声音依旧传到耳中。我只知道在一片空白的大脑中一直有声音在响起。

刚刚……猫丸大哥用引人入胜的话语，解开了那起可怕的案件的谜团。在我耳中，那些手段简直就像魔法一样不可思议……但如今，猫丸大哥的声音却变得与刚才不同，显得是那样悲哀，甚至心痛……

"不管怎么说，与那杯茶直接相关的，就只有富美一人。排除一切多余的可能性，直截了当去思考的话，就能明白这件事只有可能是富美所为。"

"可是，为什么……"

姨妈的声音颤抖着。

"你为什么要这样做？"

"夫人，这还用问吗？他就是害死太老爷的凶手。不仅如此，他还对左枝子大小姐图谋不轨。这种人坏事做尽，居然还能装成一副好人面孔，简直是无可救药。"

富美姨的语气一如既往地平静。

"也就是说你知道神代想要左枝子的性命对吧？"

"是的，没错。大小姐外出用的肘杖上的螺丝也被人拧松过，如果我没发现的话，简直难以想象大小姐会遭遇什么危险——即使现在回想起来，我都觉得脊背发凉。但当时我还不知道这件事是谁干的。"

"看来这也是神代所设的陷阱之一……"猫丸大哥小声说着。

这时直舅开口了："可是……就算这样也不用杀了他……把他交给警察不就好了……"

"不，太老爷对我恩重如山，我必须为他报仇。而且最不能容忍的，是他居然对大小姐图谋不轨……我也无法饶恕这种行为。"

富美姨说着，语气中反而透露着自豪……

为什么会这样……

为了我，富美姨甚至不惜杀人……这种事……这种事……

神啊……

"可是，猫丸学长……"哥哥开口问道，"富美姨究竟是怎样在神代的茶杯里下毒的？她倒茶时，我全程都在看着，但没发现她有什么特殊举动。"

"方法吗……尽管事到如今，这个问题已经无足轻重了。"

猫丸大哥用低沉的声音说道。

"不过毕竟是闲聊嘛。比如说这种方法如何——富美应该已经认准凶手就是双人组的其中之一——虽然我也不清楚她是如何确定的，可能是因为兵马老爷子被杀害那天来过方城家的外人之中，那位灵媒师大叔已经死了，至于后面……"

"后面就很简单了，我相信家里人不会做这种事，剩下的就只有他们俩了。虽然我脑袋笨，但这种事也能明白。"

富美姨言之凿凿地说着，但是她的声音依旧非常柔和。

"原来如此……我猜也是这样。唉，在你的信任面前，我的推理真是显得黯然失色。接下来富美应该就开始等待时机了。她备好了毒药，打算一旦得知凶手是谁后就立刻行动。于是今晚，两名凶犯嫌疑人出现了。富美认为这是自己孤注一掷的好时机，于是在两个人的杯子上都抹了毒。"

"怎么会……大内山先生不是还活得好好的吗？"

哥哥问道。

"如果只是正常下毒，大内山这会儿自然讨不了好。但假如说——没错，只在茶杯内侧上方的边缘处微微抹上一点又如何呢？而且是抹在把手上方的位置——一般我们在喝茶时，嘴唇不会接触那个位置对吧。而且只抹在靠近上方的边缘处，也不会被茶水浸到。就这样，她事先在两个人的杯子上都抹了毒药，这样一旦得知两个人中谁是凶手，就可以直接下手了。万一没有看清，也只需等下次动手就好。然而神代的失语让富美抓到了作案的凶手，于是她做出了会让神代喝下毒药的行动。方法应该是过来给大家添茶，在倒茶时让茶水冲到涂在杯边的毒药。给神代倒茶时，她在涂了毒药的位置倒茶，令毒药混在茶水当中。而给大内山倒茶时，则是将茶水轻轻地倒在杯底——不让茶水触碰毒药。怎么样，很容易的方法对吧，事情就是这么简单。"

"您真的非常了不起。"

富美姨感慨地说道。

"您把一切都看得一清二楚，就像长了双千里眼一样。"

接着，富美姨慢慢地向我走来——然后温柔地抱住了我。

"大小姐，大小姐……对不起，富美今后不能陪着您，也不能再照顾您了。富美唯一担心的事情只有这个……真是非常抱歉。可是大小姐已经长大了，就算富美不在身边也没有关系了。您也不会感到孤单，就算富美不在也没有关系了。"

富美姨用力地、紧紧地拥抱着我。

富美姨那庞大的身躯。

富美姨那柔软的触感。

富美姨身上的味道……暖暖的、柔和的味道。

富美姨用手抚摸着我的后背……小时候，每当我在噩梦中惊醒，富美姨总会像是这样哄我入睡，而如今的情形一如当时——'大小姐，大小姐，做噩梦了是吗？在梦里被可怕的妖怪给欺负了是吗？没关系，不用怕，富美已经把欺负大小姐的坏家伙给收拾掉了。好了，大小姐，安心睡吧'——富美就像那时一样轻轻地拢着我的头发，轻轻地抚着我的后背……

"富美姨，富美姨，富美姨……"

我的眼泪流个不停。

我紧紧搂住富美姨的身子……内心的情感如决堤而出的洪水般倾泻而出。

"富美姨，富美姨，富美姨……"

我不断地叫着她的名字，抓着她不肯放手。

富美姨用手掌轻轻摩挲着我的后背用以回应。

我的眼泪仿佛无穷无尽般，止不住地流淌出来……

◇ **成一 25**

听着左枝子的哭声，成一不禁茫然自失。

猫丸精疲力竭地坐了下去，他让自己瘦小的身躯摔在沙发上面，像是自暴自弃一般。

警察们走上前来，将富美围在中间。他们的动作井然有序，似乎是早已商量好的一样。接着，他们将泣不成声的左枝子从富美身边拉开。悲痛欲绝的左枝子一个踉跄，多喜枝一把搀住了她。美亚也上前紧紧搂住了左枝子，将脸埋在她的头发里面。

一名警察拽住富美的手，她庞大的身躯被拽得险些跌倒。

"不许对我的家人这么粗暴！"

胜行发出一声雷霆般的怒吼，成一从未听父亲发出过如此可怕的声音。

正当警察们要将富美带出房间的时候……

"警官先生。"

猫丸用尖锐的声音叫住了柏木。他的语气仿佛打磨尖锐的箭头般气势逼人。

"我强调过许多遍了，刚刚的话，刚刚我说过的所有内容都只是案件相关者之间的闲聊，还记得吗？凶手也只不过是凑巧在闲聊中被发现的——我说得没错吧？所以她算是自首的。这点您应该很清楚，这个人是自首的。"

猫丸斩钉截铁般说出这句话后，语气变了回去。

"感谢各位愿意听我唠叨完这么多。"

他深深地低下了头。

柏木警官略一回头，尽管动作很轻——但成一看到他点了点下巴。

警察们从房间里井然有序地走了出去。

富美身上系着白围裙的背影也同他们一起消失在视线中。

猫丸用凝重的眼神望着他们走出房间。

"对不起，成一……我也没有更好的办法。破解投毒的手法对警察来说只是时间问题……富美早已下定决心要那样做……但主动自首至少能比被警方逮捕稍微好些，所以……我只能那样做。"

猫丸呢喃着，仿佛在为自己寻找借口。

——你不用道歉，学长，这样就已经足够了——成一刚想开口，直嗣抢先从兜里掏出一盒香烟扔给了猫丸。猫丸单手灵敏地接住了将要落到膝盖旁的烟盒，甩了甩额前的刘海，当即从里面抽出了一支。

他点燃香烟，深深地吸了一口，脸上流露出苦涩的神情。

终章

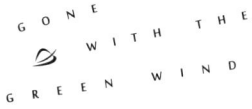

GONE WITH THE GREEN WIND

◇　成一 26

在庭院里。

天色已经过午。

左枝子坐在自己钟爱的长椅上，大内山站在她身后——两人现在就像左枝子离不开的拐杖与防滑套一样形影不离。

成一站在两人身旁呆呆地望着蓝天，感到心头卸下了一副重担。

猫丸也在。隔了好些日子再次来到方城家的猫丸对院子里的草坪感到新奇，显得十分兴奋。他在茂盛如茵的绿草上像个孩子似的欢呼打滚，逗得左枝子忍俊不禁。这会儿，玩累了的猫丸正坐在成一脚边，他向前伸出那双绝对称不上修长的双腿，用幼猫般滚圆的眼睛遥望着庭院里的树木。

树木仿佛在闪耀着碧绿的光辉。

辽阔高远的天空呈现浅浅的蓝色，一朵棉花糖般洁白的云朵悠然自得地飘着上面……它仿佛要融入天空的那片碧蓝之中。

太阳洒下一片耀眼的金黄色光芒。光是站在原地，就几乎热得快要让人流汗。

树木充分沐浴着阳光的恩惠，尽情地伸展着翠绿的枝叶，神气地炫耀着自己强大的生命力，又仿佛在欢呼着胜利般——全力洋溢出生命的气息，闪耀出一片碧绿。

庭院里一片寂静。

四人都一言不发，就这样置身于世外桃源般的自然之中。

一阵凉爽的风吹过。

树梢也随之一同摆动起来。

枝叶们欢喜着，摇摆着自己的绿意——在这个季节里，它们仿佛在用生命跳着惹人喜爱的舞蹈。

午后清新的空气令人不禁想打个盹儿。

自那件事结束之后，已经过去了两个月——夏天马上就要到了。

无论成一还是其他家人，都已经回归了平静的生活。当然，如今的生活与过去有了些许不同——尽管缓慢，但变化依旧发生着。

胜行为了雇到东京最好的律师，如今正忙得不可开交。前几天好不容易定下人选，初次公审即将召开，他每天都在忙着和律师接洽。

美亚似乎觉醒了厨艺之魂，她将自己的志愿学校改成了拥有家政学专业的短期大学。她的梦想是成为一名美食研究学者。按她本人的话说就是——'要是做不到，那就找个人嫁了吧！'在这种要紧关头更换志愿学校，父母都非常担心，但她本人似乎一副胜券在握的样子，最近总能听到她在厨房里面哼唱。但由于给她打下手的是母亲这个厨痴，因此在哼唱中偶尔也夹杂着抱怨。

多喜枝依然时不时地瞒着美亚这位唠叨的大厨，溜出家门学习、购物，又或者与附近的太太们喝茶聊天。但家里的新"厨师长"知道多喜枝也常常抽空去拘留所探望富美，因此不会多说什么。

直嗣的兴趣活儿如今做得有声有色。只不过听说他之所以变得稳重，是因为有了个中意的对象。尽管他本人予以否认，但据去画廊玩的美亚说——"那个大姐姐长得可漂亮啦。小舅说他只是个喜欢美术的客人而已，但他们俩的关系看上去不一般哦！"至于此事是真是假，可能过一阵子就会揭晓了吧。

然后是左枝子……

成一悄悄望着长椅上的左枝子，一股凉爽的微风正轻抚着她那头乌黑的长发。

尽管有一阵子她难过到茶饭不思，但最近这段时间里，她终于恢复了往日那副靓丽的容颜。

不得不承认，这是大内山尽心尽力地陪在左枝子身边加以抚慰的缘故。

"是我的错，我该负责。都怪我优柔寡断，既给各位添了麻烦，又害得左枝子这么伤心。"——这句话仿佛成了大内山的口头禅，总是被他挂在嘴边。最近他忙着帮左枝子重新打起精神，反倒自己消瘦下来，不禁令人替他担心。当然众所周知的是——他竭尽所能的关怀也并非完全是出于责任感。这会儿他也是抽出自己为数不多的时间来到方城家，来到了左枝子身旁。当然，并非所有的家人都表示赞同，但考虑到他的到来使左枝子的精神恢复得如此之快，也就暂时先默许了。

包括成一自己，也还有些不太放心。

要将公主般温婉的左枝子托付给骑士般形影不离的大内山，成一并非完全安心。毫不起眼的样貌、明显还不够可靠的性格……他身上让人不放心的地方简直说也说不完……

这时，猫丸仿佛看穿了成一心中的想法。

"意大利诗人杰拉尔·斐力尼切曾经说过——'恋爱源于心动，但之后的漫长道路上需要容忍和接纳。'"

猫丸不再摩挲草皮，而是抬头向左枝子和大内山望去。他面带微笑，幼猫般滚圆的双眼中露出柔和的目光。

"每个人都是不完整的，每个人的身上也都充满了缺点。没有任何一个人是十全十美的，不是吗？但有趣的是，当两个人——两个人类通过互补的方式克服缺点后，就能相互成就、相互进步。情侣关系就是这样培养出来的，只有这样才能萌生出真正的爱情——这位诗人是这样说的。"

猫丸的话让人有些肉麻。光是听他嘴里冒出这种被富婆包养的小白脸会说的话，成一都觉得丢脸。他第一次听到猫丸说这种话。身旁的成一固然觉得不好意思，连一旁的左枝子也似乎出于同样的原因而面颊微红。但大内山回望着猫丸，重重地点了点头。猫丸的话语似乎触动了两人的心弦。但成一现在只想用猫丸自己常说的话回敬他一句——傻乎乎的，受不了你。

成一苦笑着望向猫丸，却发现对方已经慢腾腾地站了起来，啪啪地拍着粘在自己松垮垮的外套上的草渣。

"走吧，成一……别老在这妨碍人家，咱们差不多该撤了，阿大休假来上一趟也蛮难得。"

他的嘴角露出一丝微笑，拍了拍成一的肩膀。

大内山似乎退出了超心理学研究小组，开始专心钻研自己的专业——社会心理学。最近各种工作交接和事务手续令他应接不暇。

猫丸悠然地向前走去，成一跟在他的身后。

明媚的阳光照在猫丸学长瘦小的身上，令他杂猫般蓬松发翘的乱发闪烁着光芒。他摇摇晃晃地走着，头也不回地对成一开了口。

"我说，成一。"

"嗯？什么事？"

成一向他前面那颗左摇右晃的脑袋问道。

"成一你之前提过的那个预知梦，我在想，可不可以这样来解释呢？"

尽管步伐悠闲，但猫丸的步调却丝毫不乱。

"你们家之前的那位司机……是叫荣吉对吧？会不会是因为你知道他缺乏睡眠的事，才会做那样的梦呢？——荣吉在那种疲劳状态下开车，该不会出事吧？千万不要出车祸啊——或许你当时在担心这些，才会做了那样的梦。"

"这是什么意思？为什么说荣吉叔缺乏睡眠？"

"看来你的记忆里已经没有这件事了，但我觉得你在潜意识里或许依然知道。"

"为什么说我知道？"

"这个嘛……你不是说自己小时候精神容易过敏，经常会在半夜迷迷糊糊地到处转悠嘛。这种事情在孩子身上的确偶有发生，由于深度睡眠导致过于迷糊，醒来后甚至不清楚自己做过什么……于是在车祸的前夜，你在家里走来走去，无意间看到了荣吉缺乏睡眠的原因。"

"缺乏睡眠的原因……究竟是什么？"

"也就是说……你看到了当时还年轻的荣吉与富美两人在卧室里的床笫之事。"

猫丸说着，始终没有回过面孔。

"我想会不会是这样。那时的你只有十二岁吧——差不多也是春心萌发的年纪了。你将那时所见到的情景，与自己仰慕的对象——也就是你的小姨——与她的印象重叠在了一起。你为此而涌起了深深的罪恶感和自我厌恶——在那个年龄的孩子，的确会对那种事产生厌恶感。尤其是你，你将那件事与自己小姨的死直接联系在了一起。出于强烈的罪恶感，你无意间封闭了那段记忆——当然也有可能是后来睡得太过迷糊而忘记了——于是，这件事没能留在你的记忆当中，但它却在你的潜意识中留下了难以磨灭的伤痕，令你对'性'这件事产生了强烈的厌恶，并将其与自己仰慕对象的死直接联系在了一起。也正因为这件事，你才会变得开始厌女……"

"都说了我不是厌女……"

成一低声嘟哝着，但猫丸没有理会。

"正因如此，你才会深信自己做了预知梦。于是后来当你偶然提前梦到一些事时，就把它们都当作预知梦了。差不多就是这样。"

成一无言以对。猫丸停下脚步，忽然抬头望向天空。

"不过你小子啊……我不是说过很多遍嘛，看待事情再多积极乐观一点。事情都过去了，就别老看不开，甚至为此而烦恼了。你这种阴郁的性子，想改是改不过来了，既然如此还不如多去担心担心今后的事。

平时多抬头看看天空，会发现许多乐趣的。看哪，今天天气多好。待在晴朗的天空下，会让人觉得一切都是如此美好。"

猫丸说着，慢慢取出一根香烟点燃，深深吸了一口，吐出一股烟来……烟雾被风一吹，转眼间消失得无影无踪。

成一轻轻回过了头。

他看到阳光下那片茂盛的草坪里，两个人坐在中间的长椅上。在如水般倾泻而下的阳光和鲜嫩欲滴的翠色中，两个人的身影因热气而变得模糊。

猫丸所说的话确有几分道理，成一心想。把那件事当成一场梦境，似乎也未尝不可。不过昨晚的梦境又是怎么回事？昨晚自己在梦中所见到的场景……

他梦到了坐在轮椅上的新娘。

洁白的面纱，丝绸的礼服。那种奇妙的真实感，仿佛特写画面一般。他能看到新娘纤长的睫毛被泪水沾湿；也能看到她细长的无名指上，一枚白金戒指在闪闪发亮；甚至连花束中嫣红的花朵都看得那样清晰……

"喂，怎么了？别不识趣了，当电灯泡是要遭天打雷劈的，在这儿发什么呆呀？"

猫丸那双幼猫般的眼睛里流露出往常滑稽的眼神。

"不……没什么。"

成一没有将刚才想的事说出口。那究竟是不是一场预知梦，相信总有一天，时间会给他答案。

"学长，我们走吧。"

成一转过身来，推着猫丸瘦小的后背，催促着他离开。

这一次，成一没有回头去望。

◇　左枝子 21

哥哥和猫丸大哥走了。

只剩下我们两个人。

只剩下他和我两个人。

一时间陷入沉默……

四周只有树叶沙沙作响的声音。

我最近才发现，明明有两个人在，气氛却能如此宁静舒适。这种舒适感与哥哥对我的关怀不同，是种令人内心平静的、不可思议的感觉。

而最令人开心的是，当他……当大内山大哥与我在一起时，他也会有种无拘无束的感觉……这件事就连我也一清二楚……而他一定也知道我清楚这点。直到最近我才第一次发觉……这种感觉围绕在心间会令人如此舒适。

光是有他像这样陪在我身边……

光是像这样待在这里……对如今的我来说就已足够。

当然，富美姨不在身边的孤独感依旧深深留在心中。

但我相信总有一天，富美姨一定会回来。

我坚信着。

神啊，求求你，请让富美姨能尽早回到家里……尽早回到我的身边……回到我们的身边……

"左枝子小姐……"

他小声对我说。

"嗯。"

我也静静地回应着他。

"我依旧不知道自己该如何负责……都怪我迟迟没有说出真相，才害得富美姨变成那样。我真的于心不安……我要怎样才能弥补自己犯下的罪过？"

"大内山大哥……"

"我在。"

"你今后要对我和家人的态度……已经很清楚了。"

"究竟……是什么呢？"

"那就是，容忍和接纳。"

我缓缓向他露出微笑，不知我的笑容是否灿烂，是否像母亲的笑容那样耀眼夺目？而他又是否在以同样的表情回望着我？

又是一阵风儿吹过……

风儿吹拂着。

吹过我们俩所在的庭院。

父亲和母亲有过同样的感受吗？在我出生很久以前，他们也同样被风儿所吹拂过吗？

风儿……吹拂着……

紧接着，染上了颜色。

碧色的风儿吹过……渐渐染上了我与他之间崭新的颜色。

所以，我要将身体寄托给这阵吹过的风，尽管现在还不清楚它的未来会是什么颜色……

但即便如此，也没有关系。

因为风儿永远都在吹拂。

时间也会永远向前推移。

没错……风儿永远都在向着未来吹拂。

本书中有关心灵研究现状之内容基本属实，
但仍有一部分描写纯属创作，特此告知。

◇关于新版刊行

本书是我的第二部作品，同时也是我的第一部长篇作品。

由于出道作品是一部短篇集，因此我自作主张地决定，这次要写一部长篇小说。因为与短篇相比，当时的我毫无疑问更爱长篇小说，因此打算撰写一部长篇小说。

与此同时，我也做好了心理准备——这或许会是自己最后的作品了。

毕竟我不是以获得新人奖的方式出道的，一没关系二没后门，最后也只是磕磕碰碰地出了道。万一编辑部告诉我"你的书卖不出去，不要你的稿了"，那我就要彻底和出版行业说再见了。所以当初，这本书真的十分可能是我最后的一本书。

于是我就豁出去了。

既然有可能是最后一本书，那我就把感兴趣的要素都写进去，把它做成一碗大杂烩。

故事发生的舞台是富翁的宅邸，连续杀人事件、不可能犯罪、超自然要素、超心理学、可疑的灵媒师、卖弄学识、魔术道具、降灵会、推理交锋、科学与迷信的对立、幽默与严肃的对比、名侦探精妙的推理……为了让各种要素能恰到好处地结合在一起，设计出让读者们意想不到的大胆诡计——就像这样，我将自己喜爱的要素统统塞进了这部小说。同时我在主题中加入了"家族的复兴与新生"作为暗线，为加深小说的立意下了不少功夫。

我没打算节省自己的灵感。即使觉得有一些素材可以留着写下一本小说，也不会有任何意义，因为我可能根本没有机会发表下一部作品。所以我毫不吝啬地将一切能想到的创意统统写进了这本小说里。我像杀鸡取卵一样将自己的创意榨了个干干净净，完全没想过要保留。

由此而诞生的作品就是这本《宛如碧风吹过》。

光看书名并不像是推理小说，但毕竟是东京创元出版社的小说，我想应该没有人会认为这不是一本推理小说。书名也算是沾了出版社品牌印象的光，如果是在其他出版社出版，书名大概就得换个其他的了。

做好了这或许会是我最后之作的心理准备，并抱着胡闹心理加入了所有自己喜欢的要素后，无论从外形还是内容来看，这本书都未免显得有些太厚——换算成稿纸后有九百张之多，实不相瞒，连我自己都觉得故事写得有些长了。但我并不后悔，至今我仍然坚信这个故事对得起它的分量。书本虽厚，但并不会难以看懂，读起来也不会有什么阻碍。有心阅读这本小说的读者无须对其敬而远之，请尽管三下五除二地看完它吧。

既然难得为新版书撰写后记，我就在这里和各位读者分享一个写作当中的秘密花絮吧。

阅读过正篇的读者想必已经知道：作为侦探角色的猫丸学长厚着脸皮地混进了第三起杀人案的现场，而第三起惨案就发生在名侦探的眼前。

但实际上，这个剧情与设计大纲和撰写草稿时预定的情节有所不同。

在原本的设定里，猫丸是没有出现在杀人现场的。

案件发生后，人们慌慌张张地叫救护车、联系警察，正当现场乱成一锅粥时，方城成一偷偷给猫丸学长打了一通求救电话。

"不好了，猫丸学长！又有人被杀害了，依旧是不可能犯罪。学长，请帮帮我！"

接着，正当警方进行现场取证时，猫丸学长赶到方城家中飒爽登场，在一众案件相关者面前从容不迫地解开谜题——初稿的剧情本是这样构思的。

但当我按这个思路撰写小说时，心中突然蹦出一个疑问——

这样一来是不是让猫丸学长太过潇洒了？

说实话，侦探角色潇洒一些倒也无妨，不过我担心这样的情节不符合猫丸学长的人设。

其次，这样安排剧情还会给人以拖沓的感觉。在故事的前中期到中期有着不少登场角色长篇大论卖弄学识的情节，使节奏变得有些缓慢，从后半部分开始，我想稍微加快故事的节奏。如果等案件发生之后再让猫丸学长出场未免过于老套，我觉得应该加快这部分的节奏。于是我在清稿阶段对后半部分进行了大改，改为让猫丸学长直接出现在第三起杀人案的现场。

如此这般，故事就变成了现在这个样子。

在改稿前的初稿中，我描写了方城成一偷偷打电话给猫丸学长，猫丸学长油嘴滑舌地骗过门口的警察溜进方城家里，以及在乱哄哄的杀人现场中突然出现一个古怪的小个子男人，令案件相关者和警察们头痛不已等情节，但最后还是果断删掉了。它们既不是故事主线所必需的情节，又妨碍了剧情的展开，因此我选择让猫丸学长从一开始就身处案发现场当中。

那篇初稿当然已经不存在了。在将清稿后的文本录入电脑（当时用的应该还是文字处理机）后，初稿就没必要留着了。因此直到现在"猫丸学长闪亮登场版"的故事也没能出现在任何人的眼中，成了如字面意思所言的"不存在于现实世界中的原稿"。因此我才想着，至少在后记里把这件事讲给读者们听。唉，说是秘密花絮，但其实也不是什么大不了的内容。用这种无聊的小插曲浪费了各位的时间，真是深感惭愧。

言归正传。刚才说过我将自己所有想到的创意都毫无保留地写进了这部长篇小说当中。想着它极有可能是自己最后一部作品，于是将全部灵感写成了书中的一个个情节，既没有吝惜自己的创意，也从没想过"或许可以把这个创意留给下一部小说"。

老实说，直到现在我还保留着这个习惯。

从写完这本书到现在，已经过去了快四分之一个世纪。如今的我依旧在写推理小说，但那种对创意毫无保留，在写作中倾尽所有的习性依旧没有改变。究其原因不外乎"你的书卖不出去，不要你的稿了"——发生这种事的可能性至今也丝毫未减。我的书不算畅销，也不算广受欢迎，无论哪天有人对我说"不要你的稿了"也不算奇怪。仔细盘算一下会发生这种事的可能性，或许比过去还要高。

所以我至今仍然坚持着过去的原则，那就是将自己的所有灵感都投入现今的创作中。因为现在写的每一本书，都有可能成为自己的最后一本书，所以我既不会无病呻吟，也不会有所吝惜。从某种意义上讲算得上是直接爽快，但也可以说我是个不会未雨绸缪的傻子。

由于这种习性，在构思新作时我常常是文思枯竭，黔驴技穷，脑袋里面空空如也。

因此每次起草新作品时，我总是必须从零开始构思。每当这时，我都要绞尽脑汁地去构思素材。为了构思一个全新的创意，我常常抱头苦思。这种情况下所费的力气不亚于从一块干巴巴的抹布里挤出几滴水来。说真的，这很辛苦。

但没办法，每次撰写新书时我都要重新经历这一步骤。恐怕正是因为每次都要这样，我的写作才会费时到连自己都感到惊讶；正因为是这样，所以新书才会很慢，还请各位读者原谅——有时我会这样去为自己辩解。

事情就是这样，直到今天我依然在拼命用力，拧着手中那条干巴巴的抹布。

仓知淳

图书在版编目（ＣＩＰ）数据

宛如碧风吹过 /（日）仓知淳著；张佳东译 . —北京：台海出版社，2020.6
ISBN 978-7-5168-2583-9

Ⅰ . ①宛… Ⅱ . ①仓… ②张… Ⅲ . ①推理小说 - 日本 - 现代 Ⅳ . ① I313.45

中国版本图书馆 CIP 数据核字 (2020) 第 073391 号

北京市版权局著作合同登记号：图字 01-2020-1046

宛如碧风吹过

著　　者：	[日]仓知淳	译　　者：	张佳东

出 版 人：蔡　旭　　　　　　　　　　　封面设计：**MF** 谜斯梦
责任编辑：曹任云

出版发行：台海出版社
地　　址：北京市东城区景山东街 20 号　　邮政编码：100009
电　　话：010-64041652（发行、邮购）
传　　真：010-84045799（总编室）
网　　址：www.taimeng.org.cn/thcbs/default.htm
E - mail：thcbs@126.com

经　　销：全国各地新华书店
印　　刷：嘉业印刷（天津）有限公司
本书如有破损、缺页、装订错误，请与本社联系调换

开　　本：880 毫米 ×1230 毫米　　　　1/32
字　　数：316 千字　　　　　　　　　印　　张：15.75
版　　次：2020 年 6 月第 1 版　　　　印　　次：2020 年 6 月第 1 次印刷
书　　号：ISBN 978-7-5168-2583-9

定　　价：65.00 元